바람
결에

바람
결에

초판 1쇄 인쇄일 2016년 05월 27일
초판 1쇄 발행일 2016년 05월 30일

지은이 | 소년감성
펴낸이 | 김기선
편집장 | 김은지

펴낸곳 | 와이엠북스(YMBOOKS)
출판등록 | 2012년 7월 17일 (제382-2012-000021호)
주소 | 서울시 도봉구 노해로 379, 1005호(창동, 대성빌딩)
전화 | 02)906-7768 / **팩스 |** 02)906-7769
E-mail | ymbooks@nate.com

ISBN 979-11-322-3762-4 03810

값 9,000원

바람
결에

소년감성 장편소설

YMBOOKS ROMANCE STORY

ym
BOOKS

차 례

프롤로그

혜영은 아버지 신 회장과 독대하는 자리에서 반명령의 말을 들었다.

"……어떻게든 엮여야 한다. 유혹한다고 해야 하나?"

"엮이는 건 뭐고, 유혹은 또 뭐예요?"

"이를테면 그렇다는 말이지. 그러니까 너하고 소문이 나야 돼. 명석원 이사와 신형춘 회장의 첩의 자식이 그렇고 그런 사이더라, 이런 식으로 말이다."

명석원 이사?

혜영의 눈썹이 살짝 치켜떠졌다.

"못 알아들어?"

신 회장이 벌컥, 화를 터트리자 얼른 혜영이 대답을 해주었다.

"아, 알아들었어요. 그러니까 명석원 이사라는 남자하고 저하고 안 좋은 소문이 퍼져야 한다는 얘기잖아요?"

신 회장이 고개를 끄덕거렸다. 순간적으로 분노한 그녀는 불퉁한 어조로 투덜거렸다.

"근데 왜 그래야 하는 건데요?"

그녀의 질문에 답답하다는 듯이 신 회장의 얼굴이 확 붉어졌다.

"시키는 대로만 하면 돼. 궁금해할 것도 없다."

"아니, 무턱대고 남자한테 엮이라면서요? 그게 무슨 뜻인지나 아세요?"

"그 댁에서 지영이한테 청혼한 거 몰라? 우리 애가 어떤 아이인데 명석원한테 시집을 보내? 어림도 없지!"

우리 애?

혜영의 입에서 가느다란 신음이 흘러나왔다.

"너는 정신 똑바로 차려야 한다. 무조건 해내야 해! 너한테 달려 있다는 말이다. 알아들었어?"

"그런 다음에는요?"

신 회장이 눈을 멀뚱히 뜨고 그녀를 바라보는 틈으로 재차 물었다.

"저보고 그 사람하고 결혼을 하라는 말씀은 아니지요?"

신 회장은 허허, 하고 너털웃음을 터뜨렸다.

"당치도 않다! 성인제약이 어떤 집안인데 너 같은 것하고 결혼까지 갈 마음을 먹겠어? 너는 그저…… 왜, 그런 거 있잖아? 남자를 막 쓰러뜨려 봐. 나머지는 이 아비가 알아서 하마."

말끝에 신 회장은 혼자 다짐하듯 붙였다.

"명석원 이사가 우리 지영이한테 결혼하자고 들이댄 이야기를 쏙 들어가게 해주자, 이 말이다. 암, 그래야 해. 네 언니가 명석원

이사보다는 그 집의 장남인 명이원과 결혼하는 게 제대로 된 그림일 거다. 명진만 그 영감도 그렇지, 어디 장남을 놔두고 둘째랑 짝지워주겠다고 나서서 이 사달을 만들어?"

"인간의 욕망은 내버려두면 한도 끝도 없다더니."

혜영이 혼잣말에 신 회장이 발끈해서 야단을 쳤다.

"너 지금 뭐라는 거야?"

"괴테가 한 말이랬어요."

그래, 그렇단 말이지? 자아, 나는 아버지의 욕심을 위해서 기세 좋게 타오르는 불꽃이 사나운 한복판으로 걸어 들어가야 한다.

그녀는 생각을 정리하기 시작했다.

나보고 얼굴도 모르는 남자에게 접근을 하란다. 언니에게 청혼한 것을 다시 거둬들일 정도의 스캔들을 일으키란다. 혜영은 입술을 꼭 깨물며 두 주먹을 아프게 쥐었다.

"그렇다면, 아버지."

그녀는 아버지의 눈을 똑바로 보며 갑자기 제안을 했다.

"아버지가 시키는 대로 하면 나중에 제 부탁도 한 가지 들어주시는 거지요?"

"부탁?"

"네에, 아버지는 장사치잖아요. 저는 아버지의 딸이고요. 세상에 공짜가 어디 있어요?"

그녀의 입가에 회심의 미소가 그어졌다.

명석원, 저 남자다!

혜영은 남자를 대번에 찾아냈다. 삼십 대 초반으로 보이는 남자는 흠잡을 데 없는 진회색 슈트 차림이었는데 장신인 탓에 다소 위압적으로 보이는 스타일이었다. 남자의 눈빛은 서늘하게 곧았고 훤히 드러낸 이마에서는 완고한 고집이 엿보이는 것도 같았다.

저런 남자는 여자한테 쉽게 빠지지 않는다.

어렵겠다.

그녀는 불쑥 겁이 났다.

오래 쳐다보고 있자니 남자가 휴대폰으로 통화를 하는 모습을 관찰하게 되었다.

"……몬트리올 캐나디언스 팀이기 때문이 아닙니다. 아쉽게도 저희는 남의 나라 아이스하키 팀의 후원 문제를 체결하는 것만이 능사가 아니거든요. 아시다시피 세계를 무대로 뛰는 달라스 킴의 입단이 가장 주요한 관건입니다."

중저음에 악센트가 세지 않은 남자의 목소리에 주의를 기울였다. 음성이 꽤 듣기 좋았다. 남자는 통화를 마무리하려는지 인사를 하고 있었다.

"예, 그럼 다음을 기약해야겠습니다."

그의 입술에는 미소가 그어졌지만 뜻밖에도 눈은 절대로 웃고 있지 않았다.

내가 저 남자를 상대해야 하는 건가?

'나는 현명해, 아니, 적어도 현명해야 해, 아니, 현명한 척을 해야 해…….'

사실은 정반대가 아닌가? 그렇지만 그녀는 주문을 외우듯 중얼거리며 제 자신을 다독였다. 어떻게 접근을 해야 하나? 아주 정면 돌파를 해? 그러는 게 낫겠지?

"실례하겠습니다."

혜영은 남자에게 다가가 말을 걸었다. 쇼윈도 앞에 서서 시계를 내려다보고 있던 남자는 흘깃 눈길을 돌렸다.

둘의 눈이 마주쳤고 그 순간, 혜영은 간절히 빌었다.

나를 보지 말아요. 나한테 관심 가지지 말아요.

……그냥 지나치세요.

"실례하겠습니다."

석원은 여자를 보았다. 선이 고운 검정 원피스에 검정 스타킹을 신고 있는 여자의 어깨선에 닿는 머리카락이 차분하게 정돈되어 있었다.

석원은 그 짧은 순간에도 나이를 확인하듯 더욱 뚫어지게 살폈다. 풋풋하고 볼 살도 탱탱한 것이 20대 초반쯤으로 보이는 여자였다.

가녀린 데다가 청순한 스타일의 미인이라.

그녀는 170은 넘어 보이는 쭉 뻗은 키와 마른 몸으로 인해 불면 날아갈 것 같은 스타일이었다. 더군다나 하얗게 상앗빛으로 빛나는 피부와 갸름한 얼굴선이 여자의 미모를 한결 돋보이게 했다.

가만있자, 내 주변에 이런 앳된 아가씨가 있었던가?

"내게 무슨 볼일이라도?"

오래 눈길을 마주하던 차에 여자의 얼굴은 스스로 질려가고 있었다. 그 모습이 안되어 보여서 그는 먼저 묻지 않을 수가 없었다.

"날 아십니까?"

여자는 망설이면서도 그를 똑바로 주시하고 있었다. 겁먹은 것 같으면서도 사냥감을 포획한 짐승의 집요함이 엿보였다. 석원은 그런 그녀의 시선에 호기심이 일었다. 그러나 아쉽게도 그는 시간이 많은 사람이 아니었다.

"그럼, 저는 이만."

그가 바로 목례를 하며 뒤돌아서다가 주춤했다. 여자의 손이 자신의 재킷 끄트머리를 잡은 탓이었다. 그가 다시 고개를 돌려 여자를 보았다.

"이봐요……."

못마땅한 어투로 한마디 내뱉으려는 그에게 여자가 용기를 낸 것 같았다.

"저와 차 한잔해요."

"무슨?"

"맞아요. 상황이 웃기죠. 근데 진심이에요. 같이 차 한 잔만 했으면 해요."

뚫어져라 그녀를 보며 석원은 혼자 별생각을 다 했다. 누군가가 소개팅을 주선한 것일까? 아님, 스폰을 받기 위해 작정하고 접근한 배우 지망생일까? 그것도 아니면 술집에서 본 적 있는 종업원이 그에게 딴마음을 품고 접근하는 것일까?

그러나 막상 커피숍에서 프라푸치노를 시키고 앉은 여자는 그에게 별 관심이 없어 보였다. 오히려 휴대폰으로 검색을 하며 딴청을 부리고 있었다.

"뭐가 났습니까? 북에서 탄도 미사일이라도 쐈답니까? 추신수가 홈런이라도 날렸습니까?"

황당한 마음에 그가 퉁명스럽게 물었을 때에 그녀는 진지하게 대꾸를 해왔다.

"세계 태권도 대회가 주말 동안에 제주도에서 열리거든요."

"태권도?"

뜻밖의 단어에 놀라서 일부러 비꼬듯 되물었다. 눈은 여전히 휴대폰 화면에 꽂은 채로 그녀는 스스럼없이 설명을 해주었다.

"제가 어렸을 때부터 태권도를 했어요. 워낙에 운동 신경이 발달해 있어서 승마를 해도 국가대표급이라 너무 튀는 거예요. 그래서 일부러 택한 운동이지요."

"일부러 택했다?"

"예, 맞아요. 대한민국 어린이라면 누구나 한 번쯤은 시작했다가 발을 빼는 게 태권도잖아요. 그러니까 제가 아무리 기를 쓰고 잘하려고 해도 그 경쟁력은 상상을 초월할 거 아니에요? 아무리 잘 해도 설마 1인자는 되지 않을 거잖아. 그래서 일부러 선택했다고요. 현재 공인 4단이에요."

"밤에 혼자 다녀도 무사하겠습니다."

사실 조롱이었는데 그녀는 바로 응수를 해 왔다.

"맞아요, 감사해하고 있어요."

그리고서는 대화가 없었다. 그도 할 말이 없고 그녀 또한 딱히 흥미를 보이지 않아서였다. 얼추 20여 분이 지났을까?

"전화번호 드릴게요. 그쪽도 주세요."

여자는 여태 들여다보고 있던 휴대폰을 내려놓고서 그에게로 손을 내밀었다. 석원은 그저 오랫동안 그녀의 얼굴을 쳐다볼 뿐이었다.

"왜요? 해치지 않아요."

그녀는 발칙하게도 씽긋 눈웃음을 짓고 있었다. 그는 저도 모르게 제 전화기를 그녀의 손에 쥐여 주었다. 그녀는 토도독, 키패드를 두드려서 번호를 입력하고 나더니 말했다.

"이제 됐어요. 그만 일어날까요?"

"이게 전부입니까?"

"차 한 잔만 하자고 했는데 못 알아들으셨어요?"

"내가 누군지는 알고 있는 겁니까?"

그는 의아한 눈빛으로 그녀를 정면으로 쏘았다. 처음과 달리 그 시선을 용감하게 마주치며 그녀는 또 웃어 보였다.

"성인제약 명석원 이사님이요."

돌아오는 차 안에서 혜영은 안도하고 있었다. 됐다, 단둘이 찻집에서 마주 보며 앉아 있었겠다, 전화번호도 교환했겠다…… 해냈다! 미리 그녀 주변에서 대기하고 있던 최 군이 캐논 DSLR 카메라로 두 사람의 사진을 찍었을 것이다. 만약 부친이 증거를 찾으면 명석원의 전화번호가 들어 있는 휴대폰을 보여주면 그만일 테고, 일은 순조롭게 끝났다…… 가 아니었다.

1시간 후, 최 회장은 대노하여 소리 질렀다.

"누가 어린애같이 커피 마시는 사진이나 찍히라고 했어? 호텔 정도는 드나들어야 하는 거 아니야? 말했잖아, 우리가 파혼을 말할 정도의 스캔들이어야 한다고!"

1. 하얀 유혹

"우리 막내, 촬영 잘하고 왔어? 남자 모델들도 실컷 보고 얼마나 좋아? 이런 걸 두고 꿀보직이라고 하는 거다."

커버 촬영이 지체되는 바람에 점심 한 끼를 놓치게 된 혜영은 솔직히 심술이 나 있었지만, 그것을 아는지 모르는지 선배인 왕여희는 마냥 들떠 있었다. 원래 찍어놓았던 잡지 커버가 국장 선에서 아웃 되는 바람에 부랴부랴 혜영에게 일을 맡긴 사람이 바로 그녀였다.

"저는 한 끼라도 굶으면 당 떨어져서 앞이 잘 안 보여요. 지금도 선배님이 김혜수로 보인다면 말 다 했지요."

너무 밉지 않게 응수하면서 혜영은 왕 선배를 '왕 여우'라고 부르는 동기들의 심경을 이해했다.

"막내, 자세 좋네. 그래도 꽃미남들 때문에 눈은 배부를걸? 보고 나서도 뒤탈 없고, 얼마나 좋아? 나 같은 다이어트 인생은 말이지, 뭘 먹고서 제정신이 들 때가 가장 괴로운 법이거든. 막, 인생이 가혹해진다고나 할까?"

붉은색으로 염색한 짧은 머리에 페도라를 쓰고 있는 왕 선배는 과연 잔뼈 굵은 사수다웠다. 혜영이 한눈팔 사이도 없이 빠르게 다음 업무를 지시했다.

"바로 미술부에 가서 표지 넘기고 와야겠네. 내지 레이아웃 시안도 체크하는 거 잊지 말고."

"다녀오겠습니다."

혜영은 의자 위에 가방을 털썩 내려놓고는 바로 뒤돌아섰다. 대여섯 개의 파티션으로 구분되어 있는 사무실 안은 취재를 나간 주인들을 기다리는 책상들이 대부분이어서 오늘만큼은 썰렁했다.

편집부 사무실을 나와 한숨 돌리며 혜영은 휴게실로 갔다. 허기가 져서 참을 수가 없어진 탓이었다. 음료수 자판기 앞에서 그녀는 가장 칼로리가 높아 보이는 망고주스를 선택한 다음에 지폐를 넣고 버튼을 눌렀다. 철컹, 하고 음료수 캔이 떨어지는 소리에 그녀는 제 몸이 땅으로 꺼질 것 같다는 생각을 했다.

오늘은 표지 진행을 맡은 선배를 도와 뒷마무리를 하느라 점심 시간을 놓친 경우였다. 그녀는 밥 한 끼 놓치는 것을 억울해하는 제 성격을 탓하며 화를 삭였다.

'아, 이놈의 애정결핍증! 됐어, 지금은 일부러 굶는 시대인데, 뭘.'

그녀는 유독 배 속이 허기지기만 하면 서러운 이유를 자신의 애정결핍증 탓으로 돌리는 버릇이 있었다. 절로 어머니 상숙이 생각났지만 머리를 흔들어 그것을 물리쳤다. 감정적인 것은 위험하다.

지금은 그럴 때가 아니야, 라고 그녀는 자기 자신을 단호하게 타일렀다.

뚜르르르, 뚜르르르.

장지갑을 겨드랑이에 끼고서 달고 시원한 음료를 마시고 있는데 휴대폰이 울렸다. 액정 화면에 영감님이라는 글씨가 떠 있었다.

"아, 젠장!"

그녀는 순간적으로 욱한 기분에 욕설을 뱉어냈다. 그러고는 눈을 한 번 질끈 감고서 휴대폰을 귀에 가져갔다.

"예, 아버지."

-어찌 되었어? 오늘쯤은 소식이 들려와야 되지 않아? 이제 보니까 모양 빠지는 짓거리만 하고 있어. 전화번호 교환했으면 뭔가 뒷이야기가 있어야 할 거 아니야?

"회사가 한창 마감 중이라서요. 아시잖아요, 바쁜 거……."

혜영의 변명이 끝나기도 전에 휴대폰 너머에서 불호령이 떨어졌다.

-그 같잖은 잡지사 때려치우라고 했어, 안 했어? 계집애, 배운 공부로 한다는 짓이 잡짓밥 먹겠다는 거, 그거 못 막은 나나 지영 어미나 아주 다 같이 한심한 족속들이다. 그러니까 지금 직장 핑계 대고서 우물쭈물하겠다는 거구나?

"기다려주세요, 아버지. 내일모레, 이틀만……."

그러자 더욱 큰소리가 혜영의 귀를 때렸다.

-어서 일을 진행해야지. 한시가 급하다. 최 군이 사진 한 장 건지겠다고 계속 스텐바이 하고 있는 거 너도 알지? 이번에야말로 그림 제대로 나오게 해야 한다.

이럴 때는 그저 알았다는 대답을 해주는 것만이 상책이었다.

"예, 잘 알겠어요."

통화를 마친 그녀는 체념한 듯이 반 남은 음료를 꿀꺽꿀꺽 마셨다.

"평생 인문학하고는 담쌓고 사셨다더니 교양이고 인격이고 그냥 국에 말아 드신 양반 같으니라고. 엄마는 저런 사람의 뭐가 좋아서 나를 낳았대?"

혜영은 휴대폰을 고쳐 잡았다. 그러고는 명석원 이사의 전화번호를 찾아냈다.

<피할 수 없다면 즐겨라!>

편집부 사무실 문 앞에 걸려 있는 음각 문구를 노려보며 혜영은 무표정으로 수신음을 기다렸다. 하지만, 끝내 그 남자는 전화를 받지 않았다.

"한 번 더 해서 안 받으면 아닌 거야, 알았지? 아무리 아버지 분노가 하늘을 두 쪽 낸대도 할 수 없는 일이야."

내기를 하는 심정으로 다시 번호를 눌렀다. 됐다! 상대방은 전화를 받지 않았다. 저도 모르게 안도의 숨을 내쉬며 혜영은 미술팀이 있는 위층으로 올라가기 위해 비상구로 향했다.

마감은 회사에 입사한 뒤로 정확하게 여섯 번째 겪는 일이었지만 그때마다 새롭고 살인적이었다. 혜영은 그날도 야근을 마친 시간이 밤 11시가 넘어 있었다.

거기다가 편집부의 가장 막내인 탓에 교열과 교정을 보는 팀에도 끼어 있었다. 때문에 다른 기자들이 완성한 취재 기사 파일을 보며 오타나 비문을 확인하는 일이 그녀의 마지막 작업이었다. 다행히도 마감 첫날인 오늘은 취재가 완료된 것이 별로 없어서 한두 개의 기사들을 검열하고 바로 디자인팀으로 보내고는 퇴근을 할 수 있었다.

"수고했다, 내일도 무사히!"

"예, 안녕히 들어가세요."

혜영은 다른 기자들과 인사를 주고받으며 엘리베이터에서 내렸다. 지하주차장이었다. 파김치가 된 얼굴로 그녀는 백팩을 추슬러 메고는 생각난 듯이 휴대폰을 끄집어냈다. 부친의 생떼 같은 엄포가 귀찮아서 전원을 꺼놓은 것이 생각나서였다. 막 휴대폰의 전원을 켜면서 동시에 폴딩키의 버튼을 눌렀다. 자가용의 불이 켜지는 것을 확인하다가 그녀는 화들짝 놀랐다. 휴대폰에서 연이어서 문자 알림이 왔기 때문이다. 발신자는 죄다 명석원이었다.

[전화하셨더군요.]

[PT가 있어 늦게 봤습니다.]

[아예 전원을 꺼놓으시면 어쩌란 겁니까?]

믿을 수가 없어 눈을 깜박이다가 그녀는 더욱 소스라치게 놀랐다.

"이렇게 직접 왔습니다."

"명…… 석…… 원 이사님?"

혜영의 입이 벌어지는 순간에 남자가 성큼성큼 걸어왔다.

"예, 맞습니다."

"어떻게……."

혜영은 말이 나오지 않아서 한참을 가만히 있었다.

"먼저 전화 걸어놓고서 그다음에는 전원을 꺼놓고 있으면 미칠 듯한 호기심이 사람을 잡는 겁니다. 결국 궁금한 쪽이 보러 와야지요, 어쩌겠습니까?"

포시즌에서 마주친 그 모습 그대로 남자는 한 치의 흐트러짐 없는 단정한 옷차림에 말끔한 얼굴이었다. 반면, 자신은 오늘 하루의 반나절을 촬영 어시스트한 데다가 거반 굶은 채로 원고 작업에 시달린 차림이라는 데에 생각이 미쳤다. 검정 스키니 바지, 캔버스 운동화, 쥐색의 베스트에 카키색 야상 점퍼…… 거기다가 아무렇게나 대충 묶어 올린 머리까지.

으악!

비명을 삼키며 혜영은 무의식중에 뒷걸음질을 쳤다. 너무하다, 진짜.

그날 백화점에서 이 남자와 마주치기 위해 에스테틱을 다녀와서는 미용실에 들러 완벽한 메이크업까지 받았던 일이 떠올랐다.

"그렇다고, 아니, 어떻게 여기까지……."

그녀가 당황해하거나 말거나 아랑곳없이 석원이 말했다.

"전화가 안 되기에 회사에 알아봤더니 자정 전에는 끝마친다는 소리를 들었습니다. 그래서 퇴근길에 바로 달려온 길입니다."

이건 정말 예상치 못한 장면이었다. 물론 아버지 신 회장이 이 모습을 봤다면 그는 좋아서 춤이라도 출 것이다. 어스름한 사위 속에서 명 이사가 고개를 숙여 그녀를 빤히 쳐다보았다.

"그렇다고……. 항상 이런 식이세요?"

그녀가 용기를 내어 물었다.

"보통은 그냥 넘어가기도 합니다만, 그쪽이 전화를 한 이유가 나는 진짜 궁금한 겁니다."

아!

진짜 호기심 왕성한 사람인 모양이네. 하긴, 뉴턴은 사과가 땅 바닥에 떨어지는 것을 보고 호기심을 이기지 못해 '만유인력의 법칙'을 발견하지 않았던가? 호기심 왕성한 것을 탓할 일은 아니다. 그런데 이 사람한테 전화를 한 이유를 나는 어떻게 둘러대야 하나?

혜영은 뺨을 붉히며 곤혹스러워했다. 그렇지. 작전에 돌입하자! 언니는 이미 이 사람에게 청혼을 받은 상태이고 가족들은 그것을 내켜하지 않으면서 어떻게 하면 거절을 하나, 목하 고민 중이지 않은가? 혜영은 미소를 지으며 선뜻 가방을 내밀었다. 은연중에 그가 그것을 덥석 받아 들었다.

"그래요, 만나고 싶었어요. 늦었지만 어디든 데려다주세요."

"전화를 한 이유는……."

"가서 말씀드릴게요. 일단 같이 가요."

혜영은 그와 함께 차에 올랐다. 명 이사의 비서라는 정하준 실장이 그녀의 경차를 끌고 뒤따르기로 했다.

"가만있자, 식사를 하기도 애매한 시간이고 커피를 마시자니 곧 잠자리에 들어야 하겠고……."

그가 내비게이션을 바라보며 망설이는 가운데 혜영이 거침없이 말했다.

"배고파요, 밥 먹여주세요."

그가 곁눈질로 혜영을 살폈다.

"하긴 배고프고 피곤한 모습이긴 한데……."

그가 말끝을 흐렸다.

"저 일하는 데까지 오셨을 때는 이미 다 알아보신 것 같으니까 말씀드릴게요. 작년 겨울에 정규직 됐어요. 근데 요즘 전체적으로 경제가 어려운 관계로 더 이상 신입을 안 뽑기로 해서 저 혼자만 막내예요. 덕분에 선배님들의 모든 어시스트는 거의 다 제 몫인 거 있죠? 오늘도 거의 굶으면서 일했어요."

"그래도 그건 아니지. 사람이 다 먹고살자고, 일도 하고 그러는 건데."

"제 말이 그거라니까요, 빙고!"

혜영이 박수를 치며 탄성을 지르자 그가 가만히 중얼거렸다.

"부럽다고나 할까."

"뭐가요?"

"역시 청춘이란 거죠? 그렇게 굶으면서 일했다는데도 기운이 펄펄 나는 것 같으니 말입니다."

"저 그렇게 청춘은 아닌데."

"몇 살? 실례입니까?"

나이를 물으면서 그의 눈빛이 조금 유별한 빛을 했다.

"그것까지는 조사 안 해보셨나 봐요? 스물다섯이요. 그런데 생일이 12월이라 또래보다 약간 늦긴 해요."

"심하게 어린 건데."

그의 무심한 어조에 혜영이 뜨끔했다. 뭐야? 나 정도는 애송이라서 상대가 안 된다, 이건가?

그가 불현듯 차의 방향을 틀었다.

"그나저나 종일 굶고 다녀서 쓰나, 신호 좀 어겨줍시다."

"어서 오세요. 시간에 맞추어 밥 지었으니 아주 기가 막힌 초밥 맛을 보게 될 겁니다."

늙수그레한 종업원이 그들을 반겨주고 있었다. 늦은 시간인데도 불구하고 그의 부탁을 받은 덕분으로 식당은 아직 문을 닫지 않고 있었다. 전체적으로 정갈한 초밥 전문점이었는데 고작 열서너 평밖에 안 될 것 같은 실내는 낮은 조도의 조명과 함께 은은한 샤미센 가락이 흥을 돋우고 있었다.

"기무라! 이사님 오셨어."

카운터에서 역시 나이 들어 보이는 깡마른 얼굴의 일본인이 명이사를 알아보고 악수를 청해왔다.

직접 초밥을 만들어 접시 위에 올려놔주는 셰프와 석원이 일본말로 소소한 대화를 주고받는 사이에 혜영은 눈치 보지 않고서 맘껏 초밥을 먹었다.

초밥의 맛은 기막혔다. 고추냉이가 섞인 장에 찍어 입에 넣으니 쌉싸래하면서 달달한 초밥이 혀에 녹아 꿀꺽 삼켜졌다.

"진짜 맛나요. 대박!"

마치 목구멍으로 음식물을 빼앗기는 것 같이 억울해서 그녀는 만들어내는 대로 야금야금 초밥을 집어 먹었다. 그가 무심코 혼잣말인 듯 진짜 잘 먹는구나, 라고 했다. 그러고는 그녀와 눈이 마주치자 당황하는 기색을 지었다.

"오해 마십시오. 칭찬한 겁니다."

아아, 하고 혜영은 눈으로 웃어주면서 여전히 초밥을 먹었다.

"걱정 마세요. 칭찬으로 들었으니까요. 전 먹는 것 하나는 복스럽다는 소리 듣고 컸어요. 먹는 게 남는 거다, 이게 또 제 원칙이고요. 그런데 오늘은 말 마세요. 저 완전 붕어였어요. 종일 커피 같은 것만 물처럼 마시면서 일했거든요. 우리 편집팀이 물귀신으로 불리는 이유를 오늘에서야 알았다니까요."

혜영의 먹는 속도가 빨랐으므로 셰프의 손도 덩달아 부지런해졌다. 그녀는 석원이 자신의 먹는 모습을 주의 깊게 보고 있는 것도 개의치 않았다.

한창 먹고 있을 때에 기무라가 한마디를 하자 석원이 고개를 끄덕거렸다. 혜영이 짐짓 놀라 물었다.

"왜요? 이제 못 만들겠다고 해요? 밥 떨어졌대요?"

그녀의 반응이 예기치 못한 탓일까? 석원은 지금까지의 완전무장이 해제가 된 듯이 비어져 나오는 웃음을 참으며 입술을 꾹 다물었다. 그러고는 그녀의 입술 옆에 묻은 밥알을 떼어내주었다. 그녀는 그가 제 입술 근처에 손을 대는 것에도 아랑곳없이 오로지 초밥이 문제였다.

"왜요? 재료 떨어졌다지요?"

그녀의 재촉에 석원이 떼어낸 밥알을 손끝에 들고 조금 웃었다. 어이없다는 웃음, 긴장이 풀린 듯이 맥이 빠져 보이는 웃음이었다.

"그런 거 아닙니다. 기무라는 한국에 와서 이토록 눈이 부시게 아름다운 여성은 처음 본다고……."

혜영은 무심결에 그의 손가락 끝에 있는 밥알을 가져와 입에 넣었다. 그가 아, 하고 놀란 얼굴인 것도 무시해주면서 그녀는 친근한 어투로 설명을 했다.

"에이, 이 모습은 가짜라고 말해주세요. 진짜 내가 작정하고 꾸미면…… 미스코리아? 아니다, 그런 것보다 걸그룹 센터 알죠? 그런 애들은 다들 내 앞에서 꿇어야 한다니까요."

혜영이 미처 눈치채지 못하는 것이 있었다. 석원은 그녀가 종알

종알 말하는 모습을 보면서 웃음을 참느라 아까부터 얼굴이 붉어
지고 있었다. 급기야 그는 시선을 딴 데로 향하며 헛기침을 했다.
마침내 혜영이 의아한 얼굴로 물었다.

"표정이 왜 그렇죠?"

"본인이 모르고 있는 것 같아서 한마디 하자면 나는 완전히 꾸
민 신혜영 씨의 모습을 본 사람으로서 그 정도는 아니었지 않았
나……."

"아, 그날 백화점 커피숍에서요?"

혜영이 황급히 녹차를 마시고는 배시시 웃었다. 그 미소에 석원
의 시선이 오래 머문 것도 알지 못한 채로 그녀는 박수를 쳤다.

"아, 인정해요. 그날 이사님이랑 마주쳤을 때에 완벽한 메이크
업을 했던 것은 맞아요. 그런데요, 아무리 외모가 경쟁력인 세상이
라고 해도 우리 같은 지성인들은 그런 것으로 화두 삼지는 맙시
다."

부러 그러는 듯이 심각한 얼굴로 그녀의 말을 듣고 있다가 석원
이 돌연 셰프 쪽으로 고개를 돌려 일본어로 말했다. 그러자 셰프가
오, 하고 감탄사를 연발하더니 웃음을 터트렸다. 혜영이 깜짝 놀라
그를 만류했다.

"수상쩍어요. 뭐라고 전달했기에 셰프께서 저렇게 웃는 거예요?"

"별말 안 했습니다."

그는 웃음을 참느라 주먹을 말아 쥔 손으로 입을 가렸다.

"에이, 같은 동포끼리 돕고 삽시다. 정말 뭐라고 하셨는데요?"

"신혜영 씨가…… 우리나라 여성들의 평균 외모라고 했을 뿐입
니다. 근데 저리 웃는군요."

"이봐요! 아니, 이사님! 자칫하면 나라 망신이잖아요? 그런 것 말고 제가 너무 맛있어한다고 통역 좀 부탁해요. 기무라 상, 베스트라고요."

그가 몇 마디를 건네자 문어와 도미 초밥이 연달아 만들어졌다. 혜영은 그가 따로 부탁을 한 것을 알아채고는 또 흐뭇한 미소를 입에 걸었다.

"어떻게 아셨어요? 이 두 가지가 가장 제 입에 맞더라고요."

"표정 보고 알아챘습니다. 눈은 그냥 달고 있는 게 아니니까요."

"오, 대단하세요. 역시 그 정도 위치에 있으려면 마인드가 남달라야 해요."

우물우물 씹으며 젓가락질하면서도 혜영이 살짝 그에게 미소를 지어 보였다. 그러자 석원이 마침내 크게 웃었다.

"좀 실례하겠습니다."

뭐가 웃긴 거지, 라고 혜영이 물을 마시며 혼자 끌탕했다. 내가 너무 돼지처럼 먹었나?

"제가 혹시 실수한 건 아니지요? 우리나라 여자가 막 먹는다고 흉이 된다거나, 뭐 그런……."

"절대 아닙니다. 오히려 기무라는 밝고 귀엽다고 칭찬하는 말을 하고 있습니다."

"다행이다."

혜영이 안도하면서 방싯 웃었다. 자연히 그도 따라 입가에 미소를 그렸다.

"근데, 궁금한 게 있어요."

어느 정도 배가 채워지자 혜영이 돌연 진지해졌다.

"천천히…… 국물도 마셔가면서 먹어요."

그는 미소 장국에 수저까지 챙겨주었다.

"다 알고 찾아오셨을 것 아니에요? 내 언니가 신지영이라는 것도요. 그런데 언니한테 결혼하자고 했다던데요? 우리 언니에 대해 잘 아세요?"

혜영의 진지한 질문에 그의 얼굴이 굳어졌다.

"스쳐 지나치듯 본 적은 있어도 이야기를 나누거나 그런 적은 없었습니다."

혜영이 눈을 둥그렇게 뜨면서 놀란 얼굴을 하며 이의를 제기했다.

"조선 시대도 아닌데, 그런 게 가능해요?"

"집안 어른들끼리 얘기한 거지, 내가 직접 결혼하자고 한 것도 아니니까."

더 이상 시시콜콜 따지고 싶지 않아서 그녀는 잠자코 있었다. 어디서 어떻게 손을 써야 할까?

이런 성인 남자에게 그녀가 뭘 어떻게 할 수 있단 말인가? 난 이 남자의 눈에는 그저 애송이일 뿐인데. 그녀는 낙심이 되었다. 여태 제대로 이성을 만나본 일이 없는 자신이 이런 성인 남자를 상대로 뭘 어떻게 해야 하는지 눈앞이 캄캄할 따름이었다.

그녀는 그의 앞에 놓인 사케 잔에 손을 가져갔다. 그러자 석원이 조금 당황해했다.

"그건……."

술이라는 것은 잘 알고 있었다. 그런데 문제는 한 번도 맛본 적이 없는 독한 술이라는 데에 있었다.

"아악!"

식도가 타는 것 같은 통증에 혜영이 비명을 지르며 두 손으로 목을 잡았다. 석원은 급히 물이 든 잔을 그녀의 입에 대주었다.

"그러게 녹차나 마실 일이지."

밭은기침을 하는 혜영의 등을 두드려주며 그가 혼잣말을 하자 그녀가 발끈했다.

"너무하세요. 이건 보통 사케가 아니잖아요?"

"보드카를 데워달라고 했습니다."

보드카? 러시아 사람들이 혹한을 견디기 위해 마신다는 독한 술?

두 눈이 휘둥그레진 채로 그녀가 고개를 갸웃하는 사이에 그가 또 웃음을 터트렸다. 이 남자, 이런 식의 근사한 미소를 짓는 법을 아는구나. 생긴 건 냉철한 남자가 은연중에 부드러운 표정을 드러내는 것이 압권이라고 생각되었다. 가슴이 철렁, 하고 내려앉았다.

"질문 하나 더 해도 돼요?"

그녀는 집요하게도 물었다. 그가 흔쾌히 고개를 끄덕거렸다.

"사귀어본 적도 없는데 어떻게 결혼할 생각을 하신 건지 궁금해요."

"아, 말 놓는 실례 좀 할게. 내가 너보다 나이가 많은 서른두 살이니까 괜찮겠지?"

문득 혜영은 그의 나이가 가지는 무게를 가늠했다. 피식, 웃음이 나왔다.

"비웃는 건가?"

그가 앉아 있는 의자째 옆으로 방향을 틀더니 그녀를 똑바로 보았다. 상반신을 숙이고는 그녀의 눈에 제 눈을 맞추었다.

"어떻게 결혼을 결정할 수 있느냐고 물었지? 대답해주지. 우리는 대개 그런 식으로 결혼들을 해. 실상은 상품의 하자가 있나, 없나, 합쳐져서 두 집안이 얼마나 큰 시너지 효과를 낼 것인가, 이런 것들로 혼맥을 성사하지. 그쪽 궁금한 것을 풀어주었으니, 됐나? 이젠 내 차례. 내가 아는 바로는 청운그룹의 딸이라고는 신지영 한 명뿐이었어."

그녀는 얼른 표정을 고쳤다.

"혼외자라고들 하지요?"

"……짐작했었어."

한마디 한마디 내뱉는 중저음의 목소리가 아주 기막히게 귀에 감겼다. 그녀는 갑자기 그가 측은해졌다. 겉모습이나 매너는 어디 꿀리지 않을 정도의 남자가 아닌가? 그런데 안됐다, 당신! 보니까 당신 하자 있어. 우리 아버지가 당신이 언니하고 결혼하는 거 피하고 싶어 해. 혜영이 뜬금없이 손을 반짝 들었다.

"난 이 결혼 반댈세!"

갑자기 그의 표정이 일시에 풀어지면서 그녀의 말을 가볍게 받아쳤다.

"나한테 반했나?"

혜영이 긴장한 채로 침을 꿀꺽 삼켰다.

"이사님이 우리 언니랑 결혼 안 했으면 좋겠어요."

"혼외자라며? 발언권 없을 건데? 그보다 그날, 포시즌에서……."

그가 무언가를 떠올리는 얼굴로 혜영을 직시했다. 무슨 말인가, 하고 의아해하고 있는데 그가 간헐적으로 단어들을 쏟아냈다.

"신형춘 회장님, 포시즌 백화점 커피숍, 아는 척을 해온 여자, 그 쪽은 뭐지?"

아아, 하고 혜영이 고개를 크게 끄덕이며 단도직입적으로 고백을 했다.

"맞아요, 이사님한테 반했어요."

그는 기다란 가운데 손가락에 담배를 끼우고서 다른 손으로는 라이터를 만져서 찰칵찰칵 소리를 내고 있었다. 그의 의미심장한 표정에서 담배를 여기서 피워야 되나, 말아야 되나를 놓고 고심하는 게 느껴졌다. 혜영은 찬찬히 그의 분위기에 젖어 들었다.

사내다움이 역력한 남자가 앞에 있었다. 그의 손가락에 끼워진 담배, 저음의 목소리, 혜영은 지금 그에게서 은근한 섹시함을 느끼고 있었다.

문득, 그녀는 회사에 갓 입사하자마자 인턴십을 수행할 때의 일이 떠올랐다. 갑작스럽게 일손이 모자라다고 해서 다른 부서인 남성 전문지에 객원으로 참여를 한 적이 있었다. 그때 남자 모델의 화보 촬영을 어시스트하면서 그녀는 생전 처음으로 남자의 섹시함에 매료되었었다.

단언컨대 그녀가 만일에 지금의 눈앞에 있는 명석원 이사를 먼저 보았다면 그 남자 모델의 섹시함에는 결코 반하지 않았을 거라는 단정이 지어졌다. 제대로 된, 진짜를 보는 느낌?

혜영은 입술을 깨물며 하릴없이 바에 놓인 잔을 집어 들었다. 녹차는 비어 있었다. 재빨리 그가 백자로 된 주전자를 기울여 물을 따라주었다. 그 물을 마시며 혜영은 어떻게 이 상황을 수습해야 하는가를 궁리했다.

"이사님이 멋지긴 한데 결혼해달라고는 못 해요. 저는 당신들하고 근본적으로 달라서 제 밥그릇이 아닌 것엔 관심이 없는 사람이에요. 너무 극단적으로 들릴 수도 있는데 저는 목구멍에 풀칠하고 사는 것이 궁극의 목적이에요."

"통상적으로 혼외자들에게 상속이 그리 거하지 않는다 해도 목구멍 풀칠 운운, 그 정도는 않을 텐데?"

"꼭 돈이 목적은 아니고요. 어차피 죽으면 가져갈 육체도 아닌데 살아 있을 때에 부지런히 움직이자, 이런 게 또 좌우명이라고나 할까요?"

"건설적이라고 해야 할까, 올바르다고 해야 할까? 아무튼 생각은 착하군."

"그게 다예요? 저한테 다른 칭찬은 없어요?"

혜영이 꼴깍, 마른침을 삼켰다. 그래, 유혹…… 해보는 거야.

"바로 실토할게요. 백화점에서 우연히 본 건 맞아요. 그런데 그만 반했어요. 이사님한테 이런 일은 흔하겠지만, 어쨌든 그래요. 맘 같아선 그쪽이 우리 언니의 정혼자만 아니라면 어떻게 해보고 싶을 정도예요."

자신의 유혹 같지도 않은 유혹에 그는 과연 휘말릴 것인가? 혜영은 불규칙한 심장의 쿵쾅거리는 소리가 제 귀에 울리는 것을 느끼며 초조하고 불안했다. 그들 사이로 잠시 침묵이 흘렀다

그가 담배를 세워서 카운터 위에 대고 필터를 톡톡 두들겨대기 시작했다. 샤미센 가락도 그친 정적 속에서 그것은 꽤 크게 들렸다. 혜영은 라이터의 불을 댕겨 그에게 내밀었다.

"아까부터 담배 태우고 싶어 하는 거 다 알아요. 뭘 고민해요? 그냥 피우고 말지. 이 가게는 지금 이사님이 세놓은 거나 마찬가지 잖아요. 다행히 금연 건물도 아닌 것 같고요."

그러나 석원은 그녀의 손에 쥐어진 라이터를 잡아채 불을 꺼버렸다.

"맞아, 고민하는 중이었어. 담배를 피울 것인가, 말 것인가로."

"피우면 어때서?"

"예전에 끊었어. 건강에도 해롭고, 좋은 점이라고는 한 개도 없는 거에 집착하는 타입이 아니거든. 그런데 간혹 담배가 간절해질 때가 있지. 지금처럼."

"근데 왜 담배를 지니고 다니세요?"

"유혹을 이겨낼 나 자신을 시험하기 위해 일부러 그렇다고 한다면…… 답이 될까?"

혹시, 성공인가?

손가락 빗으로 머리를 묶고 있던 혜영은 멈칫, 움직임을 거두었다. 그러자 곧장 신 회장의 음성이 날아들었다.

'당치도 않다! 누가 너 같은 것하고 결혼까지 갈 마음을 먹겠냐?'

그래, 나는 어차피 이 남자와 결혼까지는 가지 못할 입장이다. 그녀의 치명적인 약점인 재벌 집안의 혼외자라는 문제는 분명 속물적인 이 사람들에게는 절대 통하지 않을 것이기 때문이다. 그녀는 충동적으로 툭 던져 말했다.

"결혼, 꼭 해야 하는 거예요? 그렇다면 저는 어때요?"

가만히 그녀를 뚫어지게 보는 눈, 이글이글 불이 타는 것 같은 매의 눈, 지금 그의 눈빛이 그랬다. 거기에 화답하듯 그녀가 똑바로 눈을 뜨고 그의 시선을 받아냈다.

"나는 이사님이 좋아요. 처음 봤을 때부터 그랬어요."

조금 망설이다 그녀는 '우리 언니랑 결혼하지 않으면 안 돼요?' 라고 덧붙였다.

"신혜영!"

"오빠? 파파라치 할 만해?"

　최 군은 그녀의 차 문을 열고 운전석으로 들어와 앉았다. 조수석으로 비켜 앉으며 혜영이 '땡큐.'라고 인사했다. 그는 신 회장의 지시대로 요즘은 거의 혜영과 동선을 같이하고 있었다.

　180센티미터의 장신에 날렵한 몸매에다가 조용한 움직임을 가진 그는 이 집안에서는 최 군이라고 불렸다. 나이도 알려진 바가 없고 고향이나 신원을 밝히는 법도 없었다. 그는 언니 지영이 모스크바에 있을 때부터 고용된 경호원이었다. 그런 그가 카메라를 들고 항시 그녀의 주변을 대기하고 있는 상황인 것이 우스웠다. 그래서 혜영은 그를 가리켜 혜영은 '파파라치'라고 놀렸다.

"1시가 넘었어."

　차고에서 그는 시동을 끄고 차 키를 건네주며 나무라듯 말했다.

"그러게 말입니다. 우린 둘 다 고용주 잘못 만난 사람들이야."

"고용주?"

"응, 난 아버지를 진짜 아버지라고 생각 안 해. 그러면 나만 시험에 들게 돼. 그래서 그냥 고용주로 여기며 살아."

　혜영이 팔을 위로 뻗어 기지개를 켰다. 그때였다.

"이 일, 하지 마라."

　갑자기 그가 단호하게 말했다. 그녀가 쭉 뻗은 팔을 허공에서 멈췄다. 뜬금없는 그의 말에 조금 기분이 나빠졌다.

"방금 뭐라고 했어, 오빠?"

"이게 어디 사람이 할 짓이야? 언니가 결혼할 남자하고 이상한 스캔들을 낸다는 것이 처녀인 네가 할 짓이냐고."

"오빠는 모르겠지만 나도 나름 인생 진지하게 사는 사람이니까 내 일에 간섭 마요."

"넌 너 하고 싶은 것도 없어? 왜 한창 젊고 좋은 나이에 불나방이 되어 불속으로 뛰어들려는 거지?"

오호, 하고 혜영이 신기한 것을 바라보듯이 새삼스럽게 최 군을 보았다. 그가 두 마디 이상 말하는 것을 여태 들어본 적이 없었던 탓이다.

"오빠가 이렇게 말을 잘하는 사람인 줄 예전엔 미처 몰랐네. 그 나저나 사진은 찍은 거야? 어차피 둘이 야식 먹은 거 가지고는 별 이상한 그림이 안 나오겠지만."

그녀의 질문에는 대답을 회피하며 최 군이 퉁명스럽게 일갈했다.

"난 네가 너 자신을 사랑하며 살았으면 해."

"난 오빠 같은 사람이 감히 짐작도 못 하는 강을 혼자 건너왔어. 내가 죽기 직전에 남길 말이 뭔지도 생각해둔 사람이라고, 알지도 못하면서 함부로 비웃지 마요."

그는 잠자코 있었다.

"괴로운 일이 많았지만 살아 있어서 좋았어. 이게 내가 내 인생 마지막에 할 말이지."

"그렇게 소중한 인생을 아무 남자한테나 막……."

그가 더 이상의 말을 잇지 못하는 것을 보며 혜영이 핀잔을 던 졌다.

"나를 키운 것은 팔 할이 독이야. 이래 봬도 난 이 집안에 빚진 것 같은 셈치고 몰입하고 있단 말이야. 오빠가 이래라저래라 할 게 못 돼."

아직은 밤 기온이 차갑다.

정원을 가로질러 현관을 향하면서 불현듯 혜영은 남자의 굵고 기다란 손가락에 걸려 있던 담배를 떠올렸다. 그는 전혀 이롭지 않은, 해가 되는 것들에는 아무런 미련이 없다고 단언했었다. 그래, 그 정도 자세면 잘 살 거야, 그 남자는.

갑자기 그를 염려했다가 혼자 웃었다.

'이 세상에서 연예인하고 재벌 걱정하는 게 가장 불필요한 일이라고 우리 왕 사수가 그랬었어.'

깊은 밤의 한가운데에 있는 탓에 집 안은 마치 깊은 물속에 잠겨 있는 것 같았다. 2층으로 올라가는 계단에서 문득 멈춰 선 혜영은 유령을 본 듯이 입만 벌려 비명을 삼켰다.

"언니? 귀신 본 줄 알았잖아."

흰 네글리제만 입고서 침잠한 조명 속에 서 있는 사람은 다름 아닌 지영이었다.

"많이 늦네."

차갑게 일갈하면서 지영이 그녀를 맞이했다. 긴 생머리를 어깨 아래로 풀어놓은 채로 두 눈은 움푹 꺼진 탓에 지영은 위태해 보였다. 혜영은 급히 계단을 마저 올라가 지영의 손목을 붙잡았다. 모르고 있었는데 지영의 손에는 목이 긴 와인 병이 들려 있었다.

"내 방으로 좀 가자. 언니 너 이렇게 취한 거 알면 우리 이사장님이 기함해. 그렇잖아도 언니한테 할 말이 있었어."

혜영은 언니의 손목을 붙들고서 제 방으로 갔다. 바로크풍의 소파와 가구가 여성스럽게 꾸며진 방 안에는 패브릭 벽지가 앙증맞게 발라져 있었다. 널찍한 발코니가 있는 창문은 활짝 열어젖혀진 채였다. 아마도 일하는 사람들이 환기를 시킨다고 문을 열어놓고는 미처 닫지 않은 모양이었다. 혜영은 창문부터 닫은 뒤에 버릇대로 오디오 리모컨을 눌렀다. 뜬금없이 모차르트의 피아노 소나타가 흘러나왔다.

"언니가 만졌니? 이 방에서 술 마신 거야?"

혜영이 그녀를 홱 돌아보며 인상을 긁었다. 원래는 그녀가 즐기는 랩의 라임이 흘러나와야 하는 거였다. 아마도 지영이 이 방 안에서 시간을 보낸 모양이었다. 문에 등을 대고 서서 지영은 입술을 깨물고 있었다.

"난 내가 혜영이 너였으면 좋겠어. 같이 있었니?"

혜영이 '응.' 하고 짧게 대답해주었다.

"언니도 한번 봐야 해. 명석원 이사, 그 남자……."

"아니, 최 군. 최 군이랑 함께 있었느냐고 묻는 거야."

막 커튼을 정리하던 혜영이 멈칫 동작을 중지했다.

"누구?"

"최 군 말이야. 너랑 같이 있었냐는 얘기야."

"응, 그 오빠가 사진 찍기로 했잖아. 그렇잖아도 팔자에 없는 파파라치 짓 한다고 잔뜩 부어 있더라."

"오늘 네 직장 마감일이랬지? 뻔하잖아. 최 군이 너 지키고 있다가 에스코트하는 날이잖아."

가만!

혜영이 창문 앞에서 몸을 돌려서 지영을 봤다. 신지영, 언니 너도 사람의 심장을 가지고 있었구나. 그녀는 마냥 신기했다. 그저 김 여사에 의해 길들여진 그녀는 그저 '예'만 있고 '아니요'는 없는 인형의 삶을 살고 있다고 여겼었는데, 그런 그녀가 최 군을 궁금해하고 있다니. 아니, 적어도 그에게 마음이 가 있는 것으로 보인다. 아, 사랑은 저마다에게 비극이로구나! 정말 할 짓이 못 된다.

"언니는 최 군 오빠의 이름 정도는 알고 있어?"

아니, 라고 대답하며 지영이 고개를 저었다.

"나이는?"

팔짱을 끼며 혜영이 취재하듯 물었다.

"몰라, 아무것도. 그런데 한 가지는 확실히 알고 있어."

"그게 뭔데?"

"그 사람이 너한테만 관심 있다는 것, 나는 그걸 잘 알고 있지. 덕분에 여태껏 하찮게 봐오던 네가 이제는 세상에서 가장 부러운 존재가 되어버렸어."

혜영이 주변을 휘둘러보더니 다시 방문 앞으로 가서 문이 잘 닫혔나 당겨보았다.

"조용히 얘기해. 그리고 앉아. 서서 이러지 말고."

혜영은 아직도 어깨에 메고 있던 가방을 우선 자단 나무 소파에 휙 던져놓았다.

"언니가 기준 미달의 남자와 결혼하지 않게 하기 위해서 이 동생이 개고생 하는 거 안 보여? 난 지금 너무 피곤해. 언니도 알지? 내가 이문동 엄마 때문이라도 함부로 행동 못 하는 거. 그런데 대체 명석원, 그 남자의 하자가 뭐야?"

"하자?"

"응, 하자가 있으니까 언니한테 청혼 들어온 것 물리려고 내가 이 짓 하는 거잖아. 자네는 우리 딸하고 궁합이 안 맞아서 미안, 이렇게 한마디 해주고 퇴짜 놓으면 될 것을, 왜 이런 시추에이션까지 만드느냐, 이거야? 뭐가 어려워서?"

가만히 침묵을 지키는 지영의 기색을 살피며 혜영은 사이드 테이블 위에 놓인 비타민 캡슐 통을 집어 들었다. 내일 아침에 피곤할 것을 대비해서 비타민이라도 삼킬 작정이었다.

"너 그렇게 몰라서 뭘 하겠다는 거야? 정말 아무것도 모르는구나?"

지영이 비아냥거렸다.

"아버지가 불러서 가봤더니 대뜸 하신다는 소리가 유혹해내라, 소문나게 해라, 하고 끝."

"명석원이 형제 중에 둘째야. 회사의 최대 주주가 아닌 게 문제인 거지. 성인제약의 경영권을 쥐고 있는 사람이 특이하게도 그 사모라는 설이 있어. 그 사모님이 큰아들에게 몽땅 물려줄 거래. 그 때문에 엄마하고 아버지는 내심 그 집 큰아들을 원했어. 규영이 오빠하고 같이 학교 다닌 친구 있잖아. 명이원 부사장이 형인데, 은근 그 사람이랑 나를 짝지으려고 했나 봐. 근데 불시에 그 집 회장님께서 둘째 아들인 명 이사를 찔러 넣었더래. 거절하기도 뭣하잖아? 아버지는 큰아들에게 관심이 있는데 상황 안 좋게 파혼하면 안 되니까."

"부자들이란 참……."

혜영이 씁쓸히 중얼거렸다.

석원은 손목시계를 끌러 테이블 위로 툭 던져놓았다. 많이 늦었다.

넥타이를 조금 느슨하게 하고는 가죽 소파에 머리를 기대 잠시 눈을 감았다.

'우리 언니랑 결혼 안 하면 안 돼요?'

본인이 용감한 건지, 내가 만만해 보인 건지. 요즘 젊은 애들의 특기인가? 순수해 보이는 얼굴로 아무렇지도 않게 제 속을 피력한다.

인간은 타고난 것보다 후천적인 것에 길들여진다고 했던가?

석원은 세 살 버릇 여든 간다는 속담을 믿었다. 상대방이 약자이거나, 특히 여자라면 더욱 바르고 세련된 매너로 일관해야 한다는 가르침을 받고 컸다. 부자로서 방종은 할 수 있으되 그것을 책임질 수 있는 범위 안에서만 된다는 훈련을 받았다. 그래서 그런가?

요즘 무분별한 젊은이들의 도덕적 문제점이나 사회성 결여의 행위를 그는 비판하는 입장이었다. 신혜영, 그녀는 어떤 스타일일까?

'……혼외자요.'

아무래도 신형춘 회장의 본처가 낳은 자식이 아니다 싶더라니, 그의 예감은 적중했다.

'나는 세상에 태어나 너처럼 예쁜 여자를 처음 봐. 하지만 내가 모험을 걸 만큼 특별한 여자가 아니면 안 돼.'

일부러 상처 주려고 한 말이었다. 그런데도 그녀는 하나도 상처 받지 않은 얼굴이었다.

모험, 특별한.

이 두 단어의 괴리를 상기하며 그는 혼자 코웃음 쳤다. 모험이라든가 특별한 그 무엇을 할 나이도 지났다고 자조할 만큼 그는 치열하게 살고 있었다. 그야말로 하루하루가 전쟁이었다. 와튼 스쿨에서 박사 과정을 마치자마자 성인약품의 대표이사로 발령을 받은 일련의 과정은 그에게 있어 죽었다 살아났다는 표현을 쓸 만큼 지옥의 사태였다.

게다가 그의 친부인 명진만은 황혼 이혼을 준비하고 있었다. 그는 욕심을 다 내려놓았다면서 아내인 윤설화에게 모든 지분을 넘겨주었다. 이혼이 전제 조건인 만큼 다른 이유는 없었다.

2대 주주인 형과 그는 이제 지분 매입 경쟁에 돌입할 지경이었다. 같은 후계자 구도에서 승승장구가 필요한 대목인 그에게 갑자기 내려온 청운그룹의 딸과 결혼하라는 반명령은 딱히 나쁠 것도 없었다.

별다른 경제적 대외 활동이 없는 것으로 유명한 청운그룹의 딸, 그녀와의 결혼이 귀가 솔깃한 이유는 개차반으로 막나가는 오빠 신규영 외에 형제가 아무도 없다는 것이 주요했다.

마약과 술에 빠져 보통의 평범한 사람이 아니라는 소문의 규영은 상속권을 박탈당했다고 들었다. 그것은 곧 지영에게 힘이 더욱 실린다는 것을 의미했고, 그는 그런 상속녀의 남편이 되는 셈이다.

신혜영?

포시즌 백화점에서 마주친 여자. 그냥 지나쳐도 되지만 그는 내심 그녀가 마음에 걸렸다. 누가 사내 아니랄까 봐 그는 아름다운 것을 숭배한다.

한창 바쁜 오늘, 그녀에게서 전화가 걸려왔었다.

<신혜영>

휴대폰에 찍힌 이름을 보고 무심코 다시 전화를 걸었던 그는 그녀의 전화가 꺼져 있자 점점 신경이 쓰였다. 결국은 그녀의 잡지사로 전화를 했던 일은 스스로도 의외의 행동이었다. 그저 흥미가 동했다기에는 설명이 부족했다. 충분히 혼란스러웠다.

'이사님이 좋아요, 처음부터 그랬어요.'

웃기다.

그는 일어나서 창문 앞으로 가서 섰다. 11층 아래로 내려다보이는 불빛들로 이루어진 심야의 전경이 막힘없이 펼쳐져 있었다. 담뱃갑을 찾아 쥔 그는 그것을 한 손으로 구겨버렸다.

2. 사랑과 정열을 그대 가슴에

"왜 말이 없어?"

"할 말이 없으니까요."

혜영은 초조한 듯이 손가락으로 입술을 문질렀다. 여느 때와 같이 신 회장은 단단히 화가 나 있었다. 말대꾸를 하면 할수록 단순무식의 폭언을 하는 스타일이었기 때문에 그녀는 일부러 숨죽이는 자세를 택했다.

"너, 뭐 하는 물건이냐고? 성인제약에서 바로 상견례 자리 나오라잖아. 왜 이 모양으로까지 번졌냐, 말이야? 너 그날 밤에 단둘이 만나기까지 했다면서?"

"저기, 여자가 모험을 하기에는 요즘 추세가……."

"내가 언제 모험을 하라고 했어? 확 남자를……."

"끝났어요, 아버지."

"못난 것!"

앉은 채로 책상 위에 손바닥을 가져가 쾅, 소리를 내며 신 회장이 역정을 냈다.

"내가 자리 하나 만들 테니 무조건 나가. 우리가 필요한 건 사진한 장이니까. 그럼, 그것만이라도 제대로 해."

"그, 그건…… 공명의 계략이 아닌 것 같아요. 그건 꼭……."

사기!

사기 아니냐고 입을 떼려다가 그만두고 말았다. 성북동 대호(大虎)라는 별명에 맞게 신 회장은 다혈질에 으르렁거리는 것이 특기였다. 그리고 지금은 때가 아니다. 부친에게 정면으로 도전장을 내미는 일은 나중에 해도 된다. 당장은 모든 것을 차치하고서라도 비위를 맞출 때였다. 그녀는 바로 제 용건을 꺼냈다.

"알았어요, 알아들었다고요. 아버지, 대신에 이번 일 마무리하면 제 부탁도 들어주시는 거예요."

"네가 부족한 게 뭐가 있어서?"

"이 집안에서 내보내주시면 돼요. 만약에 이 나라에서 사는 꼴도 보기 싫으시다면 해외 어디든 보내주셔도 되고요."

토요일 오후 4시.

송아트센터의 라흐마니노프 연주회가 있는 날이다. 혜영은 마감 전쟁에서 겨우 빠져나온 참이었지만 신 회장이 귀띔해준 대로 석원의 자취를 좇아야 했다.

그의 사촌 중에 한 명이 지휘자로 있는 악단의 정기 연주회였다. 그가 가족 대표로 얼굴을 비치는 자리라고 들었다.

공연이 막 끝나는 시간에 맞추어 혜영은 아트센터에 겨우 도착했다.

4월 오후의 봄바람이 불고 있는 날이었다.

길게 기른 머리는 세팅을 했다. 시폰 원피스와 검정색 라이더 재킷 차림의 혜영은 어쩐지 자기 자신이 우스꽝스러웠다. 그러나 자책도 잠시였다. 그녀는 서둘러 명 이사의 기사가 자가용을 끌고 오는 동선에 맞추어 정문 앞으로 가서 섰다.

"저기 나온다."

막 휴대폰을 귀에서 떼면서 그가 회전문을 통과하고 있는 모습이 보였다. 웬만한 사람들보다 키가 큰 탓에 그는 한눈에 알아볼 수 있었다.

검은빛이 도는 감청색 슈트를 입고 딱딱한 인상으로 통화를 하는 그는 누가 봐도 멋진 남자였다.

나를 바라봐요, 내가 여기 있어.

혜영은 주문을 외우듯 혼자 중얼거렸다. 그의 모습은 여자의 가슴을 동동거리게 하는 무엇이 있었다. 만약에 '그와 내가 한 남자와 한 여자로 대등하게 설 수 있다면' 하고 혜영은 딴생각에 빠졌다. 연애 세포가 제로인 줄 알았는데, 하고 그녀는 기막혔다. 내가 저 남자의 겉모습에 혹한 것은 인정한다. 그래, 진짜 저 남자에게 반해버렸나 보다.

혼자만의 상념에 빠져 있던 그녀는 금방 현실로 돌아왔다. 시나브로 그가 가까워지고 있었기 때문이다.

내기를 하자. 지금 저 남자와 나의 거리는 100미터도 안 돼. 두근두근. 그녀의 심장이 요동을 쳐댔다. 일부러 고개를 수그렸다.

"신혜영?"

그가 믿기지 않는다는 얼굴로 내려다보고 있었다. 아, 알아봤다!

"이것은 우연? 아님……."

그가 한쪽 눈을 찡그리면서도 그녀를 뚫어지게 바라보는 중이었다. 차가운 시선이었다. 그녀는 담담하게 그 시선을 받았다.

"우연 아니에요."

"그럼, 일부러?"

끄덕끄덕.

그녀의 고갯짓을 보며 그의 입술 양 끝이 말려 올라가는 것도 같았다.

"신입 기자라 한창 바쁘다고 하지 않았습니까?"

그가 갑자기 거리감이 느껴지는 정중한 말투를 썼다.

도리도리.

"마감 다 마쳤어요."

이번에는 그의 눈에 웃음기가 들어찼다. 이 남자가 지금 우쭐해 있구나. 이거 모양 빠진다. 혜영은 자존심이 상했으면서도 이미 물은 엎질러졌다고 느꼈다.

"이런 식이면 곤란하지 않나? 나는 분명히 내 의사를 정확히 밝혔을 텐데?"

그가 이마 한쪽을 손가락으로 문지르며 난처하다는 기색을 보였다.

"제가 거치적거리세요? 그래서 빼고 싶으신 거예요? 저는 이사님하고 시간을 보내고 싶어서 왔어요. 여자와 남자와의 시간이요."

'……누가 어린애같이 커피 마시는 사진이나 찍히라고 했어?

호텔 정도는 드나들어야 하는 거 아니야?'

그녀는 부친의 말을 상기했다. 그래, 이미 주사위는 던져졌고 판은 시작되었다. 그녀는 이 남자와 끝까지 가 볼 심사였다. 그녀는 남자가 그리 싫지 않다는 이유로 제 자신을 다독였다. 이 정도의 남자면 행운이잖아? 당신과의 일탈로 인해 나는 훌쩍 이 나라를 뜨게 될 거야. 더 이상, 신형춘의 사생아로 살지는 않을 거야.

"남자와 여자의 시간? 무슨 뜻인지 알고 하는 말인가?"

"네에, 알아요."

그녀의 당돌한 대꾸에 그가 갑자기 나직한 어조로 응수를 해왔다.

"이러면 너 매력 없어. 다른 남자들은 소문낼지도 몰라."

"어떤 소문이요?"

"신혜영, 남자한테 들이대더라. 거기에 플러스 알파로 이런저런 스캔들까지."

"너무 앞서 나간 것 같네요. 내가 한창 젊고 팔팔한 청춘이잖아요. 남자도 만나고 찔러보고 할 수도 있는 거지."

"나는 이미 네가 아니라고 했을 텐데?"

"그래도 나는 이사님하고 시간을 보내고 싶어요. 아무런 부담 없이 본능에 충실한 시간이요."

그녀가 전혀 기죽지 않고 대꾸했을 때였다.

"명석원, 맞지? 여기서 보네?"

우르르 나오는 무리 중에서 누군가가 석원을 알은체해왔다. 석원과 혜영이 동시에 그쪽으로 고개를 돌렸다. 남자 둘에 여자 둘, 한눈에도 그들은 석원의 또래였고 어쩌면 커플들 같았다.

"너 이 자식, 귀국한 지가 언젠데, 한창 바쁘다면서 코빼기도 안 비치더니. 하긴, 명순원이 사촌이지? 걔 정기 연주회에 너 정도는 와줘야 각이 잡히는 거지. 근데, 같이 계신 숙녀분은 누구신지?"

"어머, 못 보던 얼굴이다."

혜영은 잠깐 얼어붙었지만 석원은 여유롭게 받아쳤다.

"나 아는 사람."

아는 사람?

그렇지, 내가 전혀 모르는 사람은 아니지. 혜영은 사람들에게 가볍게 목례를 했다. 그들은 일시에 감탄을 퍼부으며 그녀를 환영해주었다.

"이거 맘대로 상상해도 돼?"

그중의 한 명이 석원에게 손을 내밀어 악수를 청하다, 구체적으로 혜영에 대해 궁금해했다. 다들 그런 눈치이긴 했다.

"무슨 상상?"

"명석원 이 녀석, 미국에서 들어오자마자 제 영감님이 몸부터 만들라고 특별히 지시하셨다잖아. 왜겠어? 짝지어주시려는 거지."

"그렇지. 그럼, 이 숙녀분이…… 그 결실인 건가?"

모두의 시선이 혜영에게로 다시 모아졌다. 아, 이게 또 이렇게 되나? 혜영은 손가락으로 머리카락을 모아 귀밑으로 꽂으며 그들의 시선을 받아냈다.

"아니, 헛짚었어."

딱 한마디였다. 그 말 한마디에 모든 것은 알아서 제압이 된다는 듯이 석원은 그렇게 일축해버렸다.

"에이, 딱 보니까 그림 나오는데. 맞잖아?"

"자식, 실력 있는 척은 혼자 다 하더니, 그게 척이 아니었네. 어디서 이런 분을 만난 거야? 이거 아주 아름답습니다."

그러자 석원이 타박을 했다.

"이래서 내가 주입식 교육이 애들 다 망친다고 한 거다. 한 면만 보고 다른 한 면은 전혀 상상할 수 없게 만드는 교육. 너희는 틀렸다. 아닌 건 아닌 거다."

"그래? 이 숙녀분께서는 너와 아무 상관 없는……. 즉, 임자 없는 분이시다, 이거지?"

"이재훈, 너 혹시…… 네가 마음 있는 거 아니야? 너 아까부터 이 숙녀분을 보고서 궁금해했었잖아."

"맞아, 재훈이 저 자식이 딱 봐도 흑심 품었네."

저마다 한마디씩 하는 친구들의 응수에 재훈이라는 남자가 정색을 하고서 혜영에게로 향했다.

"벌이 꽃을 향하는 게 순리이지요. 아가씨, 저랑 같이 온 여자는 제 여동생입니다. 오해 마십시오. 저는 이런 사람입니다."

재훈은 실제로 제 명함을 꺼내 들었다.

갑자기 석원이 그 명함을 낚아채고는 툭 뱉어냈다.

"집어치워라. 이 아가씨 눈 높다."

모두 어어? 하고 한꺼번에 어리둥절해하는 사이에 마침, 정 실장이 끌고 온 승용차가 그들 앞에 멈추었다. 모두의 호기심 섞인 원성을 뒤로하고 석원은 혜영의 팔을 잡아채 그들로부터 떨어졌다.

"먼저 간다. 또 보자!"

"야, 명석원! 재수 없다."

"나도 알아."

그는 친구들의 웃음 섞인 야유를 맞장구쳐주고는 정 실장에게 일렀다.

"출발해. 곤지암으로."

"곤지암? 거긴 왜요?"

혜영이 곤지암이라는 말에 뜨끔한 얼굴이 되었다.

"우리를 아는 사람이 아무도 없는 데니까."

"너는 나에게 마음이 있다고 했어."

국도를 지나서 톨게이트를 통과해 고속도로로 진입했을 때까지도 말 한마디 없던 석원이었다. 한창 태블릿을 들여다보고 있기에 뭔가에 집중하고 있는 줄로만 알았다. 그런데 갑작스럽게 그가 이렇게 한마디 했을 때에 혜영은 적이 당황하지 않을 수 없었다.

"맞아요, 그건."

침착함을 유지하려 애쓰며 혜영이 대답했다. 그러나 목 밑의 맥박이 파르르 떨리는 것을 느끼며 목걸이를 가만히 움켜쥐었다.

"그런데 이상한 일이군. 네 언니는 나하고 결혼 말이 나온 뒤로 일부러 그러는 듯이 한 번도 마주치지 않고 있어. 신지영에게 허락이라도 받아내셨나?"

"말이 지나치세요."

혜영은 다분히 상처받았음을 드러내는 어조로 대꾸를 했다. 그래? 하고 되받아치던 그가 갑자기 혜영의 고개를 돌려 자신을 보게 만들었다.

"다시 말해봐, 내가 맘에 있어?"

그의 손을 뿌리치며 혜영이 쏘아붙였다.

"이사님이 좋다고 했잖아요. 그날 백화점에서 만난 뒤로 쭉 그랬다고요."

"그 말 위험한 거 알지? 우린 막살기에는 이성이 있고 또 배운 것이 아까운 사람들이다."

"살아가면서 한 번쯤은 본능에 충실하고 싶은 순간이 누구나 있는 거잖아요."

일부러 심상한 어조를 했지만 혜영의 심장은 더 이상 그럴 수 없을 만큼 팔딱대고 있었다.

"사람이 충동적이면 그만큼 손해를 보게 돼."

"손해를 보든 안 보든 일단 나중에 후회하지 않을 자신만 있으면 돼요. 아니, 손해를 감수할 정도의 좋은 보상이 기다리고 있을 수도 있잖아요?"

아버지가 부탁한 일만 잘해내면 나는 자유가 되어 내 맘대로 하고 살 거야. 지긋지긋한 집을 떠나는 거야. 혜영은 그에게 진심을 말하고 있는 건지도 몰랐다.

갑자기 그가 눈을 맞추며 나직한 말로 속삭였다.

"아쉽게도 나는 막노는 남자가 아니지. 하지만 너와는 일탈이 해보고 싶기도 해. 아니, 하려고 해."

자아, 이렇게 세게 나가면 너는 어떻게 반응할까? 남자한테 본능에 충실하자는 말을 아무렇게나 던진 게 아니라면 너는 분명 지금 외나무다리에 서 있는 격이다. 이제 너는 그 외나무다리를 더 이상 건너려고 하지 않을지도 모르지.

"나도 사랑만으로 만사 오케이라는 사고방식은 없어요. 원나잇 같은 거 할 수 있다고요."

오, 하고 그가 말문이 막혔다. 뭐야? 진짜 외나무다리를 건너겠다는 건가?

그들 사이에 1분 정도의 적막이 흐른 뒤였다.

"생각이 모아진 것 같은데 깔끔하게, 어때?"

그래, 그렇단 말이지? 나도 너와 본능에 충실하고 싶군.

그가 이런 생각을 하고 있는 사이에 내비게이션에서는 목적지에 도착했다는 안내가 흘러나오고 있었다.

"좋아요. 원나잇 해요."

혜영이 침착한 어조로 대답을 하자 석원의 미간이 일그러졌다.

"진심이야?"

"진심 맞아요."

그녀는 스스로 다짐하듯 확고한 어조였다. 센데? 하고 석원은 나직하게 혼잣말로 중얼거렸다.

그곳은 스키장이 가까운 관계로 한창 겨울 시즌에 오는 것이 더 좋았을 법한 별장이었다. 그래서인지 아직 늦은 봄인 4월 마지막 주의 별장은 조금 삭막해 보였다.

페인트칠을 한 나무 벤치가 곳곳에 있고 인위적으로 만든 작은 폭포와 연못까지 놓인 잔디밭이 깔린 마당은 넓었다. 그 마당을 지나 별장 안으로 들어가면서 혜영은 창백한 얼굴이었다. 정원 쪽에서는 아직 어린 소나무들이 즐비하게 서 있었는데 거기서 불어오는 바람이 쌀쌀했다.

"왜 그러세요?"

앞장서 있던 그가 돌연, 몸을 돌려서 혜영을 마주 보고 있었다.

그 바람에 그의 가슴팍으로 혜영이 제 이마를 부딪히고 말았다. 그가 서둘러 팔을 뻗어 그녀를 잡아주었다.

"신혜영, 제법인데? 남자가 있었어?"

그의 말을 언뜻 이해하지 못하고 있는 사이에 그가 손에 쥐고 있던 휴대폰을 보여주었다.

"정 실장이 전화를 했어. 차 운전해준 친구 말이야."

"그분이 왜요?"

혜영이 의아한 눈빛을 하고 고개를 갸웃했다. 그녀를 바라보는 그의 두 눈동자가 어처구니가 없다는 듯이, 또 신기하다는 듯이 빛났다.

"왜요?"

영문을 알 수 없어 혜영은 다그치기만 할 뿐이었다.

"내가 너 때문에 정말! 신혜영 찾으러 남자가 왔답니다."

그의 말이 끝나기도 전에 과연 그녀의 뒤통수에서 급한 발소리가 났다. 혜영은 고개를 돌렸다가 깜짝 놀랐다.

"최 군…… 오빠?"

검은 점퍼에 검은 모자를 눌러쓴 최 군이었다. 그는 날렵하게 뛰어 그들 앞으로 무섭게 돌진하고 있었다. 혜영은 믿을 수가 없었다. 무심코 그녀는 석원의 앞을 가로막기 위해 두 팔을 벌렸다.

"안 돼! 오지 마. 물러서요!"

순간적으로 그녀의 몸이 옆으로 밀쳐졌다. 뒤에 서 있던 석원이 날랜 손길로 그녀를 밀었기 때문이다. 무작정 덤비는 최 군의 몸과 함께 석원이 바닥을 뒹굴었다. 현관 기둥을 붙잡고 선 혜영의 눈에 두 남자가 바닥에서 한데 엉겨 엎치락뒤치락하는 모습이 들어왔다. 그녀는 이 상황이 믿을 수 없었다.

"이게 세상에, 무슨!"

실전 무술로만 인생의 반을 산 남자와 머리로만 인생의 반을 살던 남자가 몸싸움을 벌인다는 것은 말이 되지를 않는다. 어떻게든 뜯어말려야 했다. 혜영은 다급하게 두 남자에게로 다가갔다. 마침, 최 군이 석원을 바닥에 깔아뭉개고서 주먹 하나를 번쩍 치켜들고 있었다. 그 주먹을 혜영이 붙들었다.

"안 돼, 오빠! 그러면 안 돼!"

"놔!"

그의 숨소리가 격했다. 혜영은 최 군의 허공에 들린 주먹을 붙잡은 채로 만류를 했다.

"멈춰, 제발. 이거 아니야, 오빠."

"이런 데서 너를 데리고 뭐 하자는 수작이야?"

"내가 따라온 거야, 이러지 마. 제발 그만둬!"

그녀의 새된 비명이 이어진 순간, 밑에 깔려 있던 석원의 반격이 이어졌다. 그의 주먹이 크게 휘둘러졌다. 혜영이 반사적으로 두 눈을 감고 비명을 질렀다.

"아아…… 아악!"

정확히 미간에 주먹질을 당한 최 군의 몸이 풀어지는 순간을 놓치지 않고서 석원이 추슬러 일어나 발길질을 해대기 시작했다.

"완전 호러야."

혜영은 다리가 후들거리는 통에 바닥으로 주저앉았다. 그녀가 기절하는 것으로 알았는지 석원이 후다닥 다가와 몸을 부축해주었다.

"정신 차려, 왜 이래?"

"듣기로는 어렸을 때부터 죽기 살기로 공부만 했다는 사람이 뭐 이런 액션을 찍고 그래요?"

"몰랐어? 내가 당하기 전에 상대방의 뒤통수를 후려쳐야 하는 건 기본 중의 기본이라고."

"그게 뭐가 뒤통수치는 거예요? 펀치가 제법 날카롭던데, 그걸 눈에 맞아봐요? 최소한 장애라고요."

바로 그녀가 책망을 했다.

"그럴 일 없어. 남자라면 그 정도쯤은 방어할 줄 알아야지."

최 군은 바닥에 엎드려진 채로 숨을 몰아쉬고 있었다. 뒤늦게 정 실장이 달려왔다.

"방해하지 말고 돌아가십시오. 이건 차비입니다."

석원은 지갑을 꺼내더니 수표를 몇 장 최 군의 점퍼 주머니에 꽂아 넣었다. 최 군이 바닥에 주먹을 내리치며 신음처럼 욕설을 내뱉었다.

"빌어먹을! 신혜영, 나 다시는 너 안 본다!"

그러자 혜영은 생각나는 것이 있어서 단도직입적으로 그에게 질문을 던졌다.

"오빠, 설마 나 좋아한 거야? 지영이 언니는 그렇게 알고 있던 데?"

"너희 자매들에게 똑같이 환멸을 느끼는 중이다. 신지영은 이제 껏 아무 관심도 없던 남자하고 결혼한다고 하지를 않나, 동생처럼 아꼈던 너는…… 그 언니의 남자에게 한다는 짓이…….."

"이봐, 말이 지나쳐!"

날카로운 말로 석원이 끼어들자 얼른 그녀가 수습을 하고 나섰다.

"됐어, 그만! 어서 돌아가요, 오빠."

아차, 그렇다면 사진은 어떻게 되나? 증거가 있어야 하잖아?

그녀는 잠시 뜨악했지만 이어서 결심을 했다.

그래, 내가 직접 셀카를 찍으면 돼.

샤워를 마친 혜영은 거울 앞에 서 있었다. 수증기가 낀 거울을 손바닥으로 닦은 뒤에 제 모습을 살폈다. 여태 누구의 손 한 번을 탄 적이 없는 희부연 몸에서 모락모락 김이 났다. 그녀는 흔들리는 눈동자로 제 모습을 쏘아보면서 다시 한 번 마음을 다졌다. 명석원, 그와 잠을 잘 것이다. 저 정도 남자면 괜찮을 것이라며 자꾸만 합리화를 되풀이했다. 마치 최면을 거는 것처럼 그녀는 중얼거렸다. 괜찮아, 나는 괜찮아. 내가 저 남자를 잡아먹는 거야, 잡아먹히는 게 아니야.

원래는 하룻밤 정사를 위해 술을 하는 것도 좋겠지. 그러나 그는 말짱한 정신으로 여자를 사랑하고 싶었다. 그는 알몸인 채로 침대로 향했다.

신혜영, 그녀가 침대에 걸터앉아 있었다. 막 샤워를 마친 그녀는 드라이어로 머리의 물기를 제거하는 중이었다. 물론 다 벗은 채로 눈처럼 흰 타월만을 두르고 있었다.

"언니는요?"

드라이어기의 스위치를 끄고서 그것을 사이드 테이블 위로 올려놓으며 그녀가 묻고 있었다.

"그걸 지금 대답…… 해야 해?"

그의 의미심장하면서도 짧은 반문에 혜영이 가늘게 한숨을 내

쉰다. 체념, 그리고 수긍의 표현이었다.

"지금 넌, 너 자신만 생각해."

"그러니까 내 자신을 위해서라도 묻고 있는 거예요. 언니와의 결혼은요?"

"손해 볼 것 같으니까 이제 와서 두려운가? 본능에 충실하면서 후회 안 한다고 했던 사람이 누구였지?"

그가 그녀의 허리에 두른 타월을 빼냈다. 이제는 둘 다 알몸이 되었다. 그는 돌이킬 수 없다고 판단했다.

"이리 와, 재워줄게. 나하고 잔 여자는 깊은 잠을 잘 수 있다고 장담하지."

"그걸 무슨 사탕발림이라고 하고 있어요? 난 평소 불면증 아닌데. 잠이 아쉬운 사람이 아니에요."

"아니, 잠에도 질이 있는 거야. 그냥 자는 건 잠이 아니지. 나하고 하면 아주 잘……."

그가 말을 길게 끌더니 나직한 음성으로 연이어 속삭였다.

"……그러니까 아주 잘."

그의 음성이 더욱 낮아졌다. 혜영이 툭 핀잔을 던졌다.

"자신만만한 게 특기인가 본데, 머리만 대면 곯아떨어지는 스타일이라니까요. 잠은 알아서 잘 자요. 다른 달콤한 말이 필요해."

그러나 아쉽게도 그는 그녀에게 미래를 약속하는 밀어 따위를 속삭여줄 수 없었다.

"난 호기심이 왕성해. 너를 낱낱이 맛볼 거야."

참나, 혜영이 자조적인 웃음을 지었다. 핏기가 없는 얼굴 어디에도 남자를 꾀어내는 색기라고는 하나 없는데, 웃으니까 빨려 들어갈 것 같았다.

복잡할 것 없었다. 인생은 가볍게, 너무 진지해도 안 되는 법. 섹스도 마찬가지다.

매일 같은 일상, 지루한 하루에서 청량한 음료가 필요한 것처럼 너는 지금 나한테 그래. 한 번 자고 나서 등 돌리고 '바이바이.' 하면 되는 사이. 우린 거기까지, 딱 거기까지.

여자의 몸을 침대에 누이고 그 아래에 가서 자리 잡고 앉았다. 그녀의 두 다리를 활짝 벌려서 그 사이에 얼굴을 가져갔다. 움찔, 그녀가 몸을 크게 떨었다.

"저기요."

"뭐가요, 또?"

젖은 머리카락 사이로 두 눈이 보이는 그녀의 얼굴이 발갛게 익어 있었다. 그녀는 다급하게 확인을 하고 있었다.

"딴 건 아니고요. 이 와중에도 부탁을 한다니까 모양새가 좀 이상한데……."

"아까 그 남자 친구?"

"그런 거 절대 아니라니까요? 다 봤잖아요."

"남자 친구가 아닌데 그렇게 폭주해서 천지 분간도 못 하나?"

그러자 혜영이 몸을 발딱 일으켜 세우고는 곧바로 항의를 해왔다.

"우리 집 경호하는 분들 매뉴얼이 좀 그렇거든요. 주인집 딸들을 공격하는 늑대를 보면 무조건 막 달려들어서 가만두지 말라는 거요. 그래서 그러는데요, 이사님. 아무한테도 이 사실이 알려지면 안 돼요. 그렇잖아도 청년 취업률이 바닥을 치는 이때에 한창 잘나가는 젊은이를 실업자 만들지 말아달란 거예요."

"그러니까 그 경호원을 내가 용서해주라고, 뭐 그런 얘기지?"

네에, 하고 혜영이 고개를 크게 주억거렸다.

"나도 크게 한 방 맞은 것 없으니까, 뭐. 자아, 이리 와."

석원이 손을 뻗어 그녀의 가슴을 만졌다. 그녀는 입술을 꼭 깨물었다.

"잊지 마세요. 내가 원하는 일이에요."

혜영은 용감하게 머리카락을 매만져서 얼굴을 환히 드러냈다. 그러고는 깊은 숨을 한 번 들이쉰 다음에 천천히 내뱉었다. 이내 그녀는 두 손을 가슴에 가져가 뒤로 몸을 뉘였다.

"쇼크는 없어야 해, 알아들어?"

"쇼크요? 아, 네에. 처음으로 남자하고 섹스를 한 여자의 뒤탈 말이군요? 잘 알아들었습니다. 걱정 마셔요."

살면서 마주치는 무수한 문제들, 이건 그중의 하나일 뿐이다. 난 자꾸 들이대는 이 여자의 몸이 궁금하고 이 귀여운 여자는 나와의 엔조이를 원한다. 그러면 끝. 만약에 이것이 정답이 아니라고 해도 어쩔 수 없다고 생각하며 석원은 혜영의 한껏 벌어진 그곳에 제 입술을 묻었다.

흑, 하고 여자가 흐느끼는 신음을 흘렸지만 그는 움직임을 계속했다. 입술을 이용해서 여자의 비밀스러움을 간직한 수풀을 헤치고 혀를 뾰족 세워 안을 헤집었다. 처음이라는 여자에게 그는 찬찬히 애무의 기쁨을 일깨워주고 싶었다. 그러나 혀에 닿는 여자의 그곳은 남자가 더욱 흥분할 빌미를 제공할 뿐이었다. 그는 그녀의 허벅지를 강압적으로 잡아 움직이지 못하게 한 뒤에 연신 부드러우면서 힘차게 혀를 놀렸다. 연하면서 은밀한 여자의 살이 그의 혀와 입술에 의해 맘껏 휘저어졌다.

"너무해요."

혜영이 울상이 되어 몸을 뒤챘지만 그는 연이어 여자의 속살을 입으로 얼러대기만 했다. 그러다 제가 못 참겠어서 그는 얼굴을 떼어냈다. 다시 자세를 바꾸어 베개를 두 개나 그녀의 허리에 받쳐주었다. 진분홍의 새부리같이 톡 튀어나온 클리토리스를 손가락으로 지분거리며 또 다른 손가락으로는 안쪽을 탐냈다. 뜨겁게 젖어 있는 동굴 속으로 들어간 손가락으로 살이 파묻히듯 감싸졌다. 슬그머니 움직여 주름진 내벽을 살살 만졌다. 혜영은 신음을 터트렸고 그는 후우, 숨을 골랐다.

"아프면 아프다고 말해."

혜영은 두 손으로 얼굴을 가리며 고개를 젓고 있었다. 그 모습마저 한입에 삼켜주고 싶을 정도로 귀여워서 그는 잠시 웃음이 나왔다. 그러나 새부리처럼 발기한 그곳을 놀려대는 손길은 멈추지 않고 있었다.

높은 베개에 들려진 탓에 여자의 비밀한 그곳은 활짝 열려 꽃처럼 피어 있었다. 그는 못 참고서 다시 입을 맞췄다. 입술에 하는 키스처럼 그녀의 그곳을 마구 괴롭혀주었다. 혀로 쓸고 빨아들이고 깊이 파고들게 하고…… 연신 그곳을 못살게 굴었다.

동시에 손가락으로 클리토리스를 매만지는 것도 그만두지 않았다. 어느 순간이었다. 혜영이 두 다리를 빳빳하게 허공으로 치켜세우더니 허리를 뒤틀면서 신음을 내질렀다.

"……엄마야!"

그는 그녀의 골반을 힘껏 잡아주었다.

"어떡해요? 이상하잖아."

"견뎌."

그는 짧게 한마디를 툭 던졌지만 그 눈에는 성취감이 가득했다. 한차례의 썰물처럼 절정이 지나간 후에 혜영이 나른한 샴 고양이같이 몸을 축 늘어뜨렸다. 이번엔 베개를 치우고 그녀 위로 몸을 겹쳤다. 꼭 올 것이 오고야 말았다는 듯이 질끈, 혜영이 눈을 감았다. 그는 더욱 흥분하며 가슴에 진탕하게 키스를 퍼부었다. 양쪽 번갈아 꼭지를 어르고 입 안으로 빨아들이고 맘껏 희롱했다. 칭얼거리는 소리를 내며 그녀가 몸을 굴혔지만 그는 오랫동안 가슴을 애무했다. 그녀의 신음이 너무 고조되는 것 같아서 그는 물었다.

"아픈 거 아니지?"

혜영이 수줍은 얼굴로 고개를 끄덕거렸다.

"그래, 착하다."

그는 무심코 칭찬의 소리를 한 뒤에 다시 가슴에 혀를 가져갔다. 그러면서 은근히 제 장딴지로 여자의 다리를 벌려놓았다. 눈치 못 채게 그녀의 다리가 활짝 벌어지게 한 뒤에 꼿꼿하게 선 제 물건을 비밀한 곳에 비벼댔다. 이미 그가 한차례의 절정을 선사해놓은 그곳은 푹 젖어 있었다.

"잘 들어, 고비가 있을 거야. 참을 수 있어야 해."

그의 설명에 그녀가 또 말 잘 듣는 아이처럼 고개를 끄덕끄덕했다.

"괜찮아, 괜찮을 거야. 알지?"

또 끄덕끄덕.

그래도 그는 맘이 놓이지 않아서 곱게 융기한 가슴 한쪽에 또다시 입술을 묻었다. 유두를 맛보며 뜸을 들여 천천히 유륜 주변을 핥아갔다.

으으, 하고 혜영이 길게 신음하면서 그의 머리카락을 쥔 손에 힘을 주었다. 그는 이내 그녀의 두 다리 사이에 집중을 했다.

손바닥으로 그곳을 어루만지며 어떻게 진입할 것인가를 놓고 고민하기 시작했다.

"난 괜찮으니까 망설이지 마요."

열기가 가득한 눈으로 그녀가 그를 올려다보는 모습은 그의 욕망을 더욱 들끓게 했다. 사실 그는 아까부터 온몸의 피가 한군데로만 몰리는 통에 지금 정신이 하나도 없었다. 하지만 서둘러 해소할 수도 없는 일이었다. 그는 행위가 처음인 여자를 고려해 신중해야 힐 필요를 느꼈다.

"먼저 약속해. 놀라지 않겠다고, 응?"

네에, 하고 혜영이 낮은 음성으로 대답해왔다. 그는 질척하게 젖어서 꿈틀거리고 있는 속으로 제 물건을 들이밀었다. 귀두가 말려 들어가면서 후끈 달아오르는 여자의 속에서 하마터면 사정을 할 것 같았다. 이런, 제길! 그는 욕설을 뱉을 뻔했다. 너무나 자극적이었다. 그는 인상을 찡그리면서 손으로 제 물건을 다잡은 뒤에 다시금 그녀의 속으로 거침없이 돌진했다. 아! 혜영이 이를 악무는 소리를 들으며 그가 응? 하고 고개를 들었다.

"아파?"

"아니, 아니…… 그냥 해요."

그녀가 어느새 연분홍으로 번진 눈시울을 하고서 그를 독려하고 있었다. 그래, 하고 그는 커다랗게 한숨을 내쉰 다음에 엉덩이에 힘을 주고서 물건을 더욱 밀어 넣었다. 그러면서 검지를 뻗어 그녀의 발기한 클리토리스를 일정하게 문질렀다. 한 손으로는 그녀의 툭 튀어나온 골반 뼈를 붙잡아 단단하게 자신에게로 고정시키고는 또다시 힘껏 전진했다.

"됐다!"

드디어 그는 그녀의 깊은 속 끝까지 파고들었다. 한 번의 탄성 외에 그녀는 입을 꾹 닫고서 눈을 감을 뿐, 별다른 동요가 없어보였다. 그는 그녀의 속에서 한참 숨을 골라야 했다. 뜨겁고 촉촉하게 젖어 있는 그곳은 몹시도 빠듯했다. 헉헉, 그는 거친 숨결을 토해내며 인내했다.

"괜찮아?"

대답 대신에 혜영이 고개를 끄덕거리다 신음했다. 연신 클리토리스를 괴롭히는 그의 손가락에 힘이 들어갔다. 등을 시트에 비비적대며 혜영이 또다시 절정에 오르고 있었다. 그의 물건이 들어찬 속이 더욱 좁혀지며 꽉꽉 물어왔다.

"너 진짜…… 굉장해."

그는 숨을 길게 들이마신 후에 본격적으로 피스톤질을 하기 시작했다. 까아, 하고 혜영이 눈을 떴다. 그러나 아프다기보다는 놀란 것 같았다. 석원은 제 물건에 딸려 나오는 여자의 속살과 함께 피가 비친 것을 보았다. 움직임을 멈추지 않으면서 그가 작게 속삭였다.

"안 아파? 정말 괜찮은 거야?"

이 남자, 우습다.

그냥 한 번 하고 말 것을 굉장히 몰입하며 지나치게 조심스럽다. 본인은 모르겠지만 마치 혜영을 애인 다루듯이 그녀를 아끼는 정사를 하고 있었다.

"아프지 않지?"

그가 너무 걱정스러운 눈빛을 하는 바람에 혜영은 미소를 지어 주지 않을 수가 없었다.

"이봐요, 난 괜찮아."

그녀가 두 팔을 뻗었다. 그는 그것이 신호라도 되듯이 그녀에게로 몸을 포개어 정상 위로 달려갔다.

팍팍.

이제 본격적으로 살과 살이 닿는 소리가 크게 울렸다. 그녀의 젖어 있는 그곳이 그를 심하게 조여와 그는 도저히 참을 수가 없었다. 그러나 이를 악물고서 그는 끝이 보이도록 몰아가기 바빴다. 안 돼, 처음인데 남자만 좋을 수는 없지. 좋은 추억을 선물해줘야지.

그는 움직임에 진력을 다하면서 미치는 줄 알았다. 중간중간에 그녀에게 아프냐고, 괜찮으냐고 확인을 하며 그는 계속 피스톤질을 해댔다. 그러다 어느 한순간이었다. 아아, 하고 혜영이 비명을 내질렀다. 허리 아래가 경직된 듯이 그녀는 몸을 딱 굳히고는 두 다리를 쭉 뻗었다.

왔구나, 라고 그는 얼른 그녀의 몸을 다잡으며 움직임에 피치를 가했다.

안 돼, 어떡해.

울상을 지으며 혜영이 한껏 느끼고 있었다. 그의 물건을 조이며 꿈틀대는 내벽의 움직임을 통해 그 생생한 절정이 그에게도 전해졌다.

"됐다!"

더는 참을 수 없어진 그는 경련을 일으키고 있는 여자의 안에 사정을 하며 감탄했다. 끝내준다, 이거.

눈앞이 아찔했다.

"아아⋯⋯."

"그래⋯⋯ 이제 거의 다 되어가고 있어."

앓는 소리를 내는 그녀의 귓가에 대고 속삭이면서 그가 다독거리고 있었다.

"또 하려는 거잖아요?"

"한 번만, 응? 그 정도는 괜찮을 거야."

석원은 아직 그녀의 몸에서 제 물건을 빼지 않은 채로 그녀를 옆으로 안고 있었다. 한 팔로는 그녀의 머리를 괴어주고 다른 손으로는 유방 하나를 꽉 쥐었다. 자꾸 그녀의 안에서 빳빳하게 서는 그의 물건은 쉬이 가라앉을 것 같지 않아서 그녀는 꽤 버거웠다.

"쉿, 괜찮아."

연신 괜찮다고 얼러대면서 석원은 계속해서 하체를 밀어붙여왔다. 입술로는 혜영의 땀에 젖은 귓불을 물고 있었다. 다시 거대해진 남자의 물건이 처음처럼 그녀의 안에서 요분질을 치고 있었다. 그녀가 저도 모르게 힘을 주었다.

"그렇게 힘주면 다쳐."

그가 천천히, 그러면서 부드럽게 다시 공격을 가했다. 그의 아랫배와 여자의 엉덩이가 만나고 있었다.

그녀는 크게 당황하고 있었다. 검붉은 남자의 물건이 제 속을 들락날락하며 자극을 하는 노골적인 행위에 저도 모르게 길들여지고 있었다. 남자의 성기가 질 벽을 긁는 행위는 너무도 짜릿한 것이어서 척추를 타고 올라간 쾌감이 꿀럭꿀럭 머릿속의 나쁜 잡념이나 생각을 밀어내고 있었다. 근사하였다! 이런 것이 남녀 사이의 잠자리란 말인가? 그런데 다른 남녀들도 죄다 이런 식으로 몸의 대화를 나누며 사는 건가?

혜영은 그런 가운데에서도 자신의 몸을 다루고 있는 사람이 명석원이라는 데에 깊은 안도감을 느꼈다.

땀방울이 맺힌 넓고 튼실한 가슴, 성긴 털이 육감적으로 보이는 굵은 허벅지와 그 아래로 탄탄하게 뻗은 장딴지, 자잘한 근육이 단단하게 자리 잡은 등까지…… 그의 몸은 매우 남성적이었지만 그에 비해 그녀에게 행하는 애무는 전부 다정한 것이었다.

그녀가 마치 세상에서 가장 대단한 인물이 된 듯이 최고의 대접을 받는 기분이 들게 하는 그의 애무는 눈물이 나게 했다. 그녀는 온몸이 녹아들 것 같다고 느끼며 동시에 안심했다. 아아, 정말 다행이다. 능수능란하지만 제 맘대로 하지 않는 그의 매너는 감사한 것이었다.

게다가 어차피 지영은 이 남자와 결혼하지 않는다. 난 괜찮아. 이만하면 나한테 나쁜 상황이 아니다.

사랑받고 싶은데도 거부당하는 것에 진저리 치지 않아도 되고, 또 무엇보다도 포기하면서 무언가에 절실하지 않아도 돼……. 나는 그런 모든 것으로부터 떠나는 거다.

"설마, 우는 거야?"

갑작스러운 그의 말에 혜영이 정신을 차렸다.

"너무 좋네, 이런 거. 좋아서 그만 눈물 났어요. 계속해요."

어느새 그녀의 목소리는 쉬어 있었다.

"자칫, 감동받을 뻔했다."

석원이 희미하게 웃었다. 그러자 혜영이 급정색하며 그를 보았다.

"감동씩이나요?"

"내 말을 잘 들었어야지. 뻔했다고요, 아가씨."

석원이 몸을 일으켰다. 졸지에 두 사람은 마주 앉은 자세로 결합한 모양이었다. 혜영의 엉클어진 머리를 쓰다듬어주고는 그가 잠시 숨을 고르며 물었다.

"괜찮지?"

'네에.' 하고 혜영이 충실히 대답을 하자 그가 또다시 웃음을 터트렸다. 그녀의 머리를 제 가슴에 가져가고는 한 손으로는 엉덩이를 잡아 맘껏 비비적댔다. 여태까지와는 또 다른 식의 감각이 쾌락으로 이어졌다. 혜영이 그의 가슴에 뺨을 대며 숨을 씨근덕댔다. 여자의 속눈썹이 그의 맨살을 간질였다. 그것이 더한 흥분으로 이어져 그는 마구 그녀의 몸을 제 물건에 대고 비볐다.

"나 또 이상해."

"좋은 거야. 맘껏 이상해야 해."

"그래도 이런 건…… 진짜 너무해요."

숨을 가쁘게 내쉬며 혜영은 참을 수 없어했다. 아랫배로부터 시작된 감각이 온몸으로 뻗어가면서 말로는 형용할 수 없는 뭔가가 터지기를 고대하고 있었다. 그의 허리를 감고 있는 그녀의 가느다란 두 다리에 자꾸만 경련이 일어났다.

"힘들어?"

그가 그녀의 몸을 한 번 추슬러 올리며 챙겨왔다. 고개를 흔들다가 그녀는 그만 폭발을 맞았다. 그의 어깨에 매달리며 그녀는 비명을 질렀다.

"느꼈어?"

이런 걸 남자의 만족이라고 하나?

그가 자신만만한 얼굴로 우쭐거렸지만 헉헉, 이를 악물며 숨을 밭아내느라 정신없었다. 그가 얼마쯤 있다가 다시 두 손으로 그녀의 엉덩이 살을 잡고는 본격적으로 제 몸에 대고 움직이기 시작했다.

"엄마야!"

또다!

온몸의 끝까지 퍼지는 이상하고 야릇한 감각, 간질간질하면서 오싹한 느낌. 다이너마이트처럼 펑, 하고 터지는 쾌감에 그녀는 한순간 죽을 것도 같았다.

오래지 않아서 석원도 억누른 신음을 지르며 온몸을 경직시켰다.

"아팠어?"

"잠 와요. 이사님 말이 맞았어. 잠을 달게 자게 해준다는 거, 그거."

어느새 그녀는 그의 가슴에 얼굴을 묻고서 까무룩 잠이 들었다. 그는 어이가 없었다. 소녀의 모습으로 쌔근쌔근 잠든 여자는 여태 사내의 본능을 자극한 적이 없다는 듯이 마치 아기와도 같이 순수해 보였다. 이거, 너무 사랑스럽지 않은가? 그러나 그는 그녀의 몸을 감싸 안으며 어림없다는 듯이 웃었다.

미안하다, 신혜영.

넌 나한테 못 와.

3. 본능에 충실한 후에

'사고야, 사고였을 뿐이야.'

아버지는 그녀를 두고 그런 말을 했었다.

'뒷정리 제대로 안 한 탓이지. 내가 칠칠치 못했어.'

뒷정리 못해서 얻은 딸자식이라며 혀를 끌끌 찼었다. 그래도 내치지 않고 거두었으니 자신은 공덕 쌓는 거라고 자랑을 해댔다. 일곱 살 생일을 꼭 열흘 앞둔 날에 그녀는 성북동의 대궐 같은 집에 들어갔다.

'내 호적에 넣고 키우기는 키우는데, 저 아이는 우리 아이들과 아무것도 나눠 가지지 못합니다. 그게 조건이에요.'

김선진, 본처인 그녀는 애당초 혜영을 관심 밖에 두었다. 타고나기도 차갑고 냉정한 여자였다. 친정이 대학 재단을 운영하고 있는 탓에 자연스럽게 이사장의 직위를 갖고 있어서 누구에게나 '이사장님'으로 불리는 그 여자는 제 딸에게는 끔찍했다. 자신이 열 달을 배 아파서 낳은 딸 신지영은 그녀의 우상이었다. 그래서 제 의지라고는 없는 지영을 꼭두각시로 키웠다.

지영의 위로 오빠가 하나 있었다. 신규영, 그러나 큰아들에 대한 기대는 접은 지 오래다. 그 아들은 심기가 유약하고 매사에 부정적이더니 어른이 되어서도 사춘기의 방황이 끝나지 않는 위인이었다.

시골에서 뱀술을 만들어 보낸 날을 기억한다. 김 여사는 어떻게든 지영에게 그것을 먹이려 했다.

'차라리 죽으라고 해! 내가 그걸 어떻게 먹어?'

얼굴이 새파랗게 질려 바들바들 떨던 지영은 뱀이 똬리를 틀고 있는 투명한 병을 보고 구역질부터 했다.

'힘들게 구한 거야, 몸에 진짜 좋단 말이야. 이거 마시면 한겨울에 감기도 도망간단다.'

혜영은 그 밤에 아무도 모르게 주방으로 갔다.

'나도 감기 같은 거에 걸리고 싶지 않아.'

병을 꺼내 커다란 대접에 콸콸 따랐다. 굵게 꼬여 있는 뱀을 똑바로 쳐다보면서 단숨에 그것을 마셨다.

취했는지 어쨌는지 그런 건 기억나지 않는다. 다음 날에 술병의 술이 모자란다고 난리가 났지만 혜영은 유유히 지영에게 윙크를 해주었었다.

'언니, 너는 이제 그런 거 안 마셔도 돼.'

그때 이후로 지금까지 그녀는 김 여사의 말대로 한겨울에 독감 한 번을 앓지 않고 지나갔다.

김 여사는 혜영이 성북동에 들어온 날 이후로 딸 지영의 외모에 대해 열을 올리기 시작했다. 혜영의 머리를 짧게 치고서 남자 아이와 구분이 안 되는 모습을 만들었던 것, 나비 모양의 리본이 달린 원피스를 한 번도 못 입게 했던 것, 보석이 박힌 액세서리를 금지시켰던 것 등등. 그리하여 혜영은 선머슴 소리를 듣고 컸다.

'여자가 얼굴이 그 모양이어선 안 돼.'

김 여사는 지영의 얼굴에서 유독 사각 모양의 턱을 아쉬워한 끝에 결국 러시아로 유학 떠나기 전에는 양악 수술을 시키기도 했다. 그녀가 혜영의 달걀 모양으로 매끈하게 빠진 턱을 보며 혼잣말 하던 것을 똑똑히 기억한다.

'남자 잡아먹을 상이야.'

'사람은 맘이 더 중요하댔어요.'

그런 식으로 응수했다가 어린아이답지 못하다고 혼쭐이 났었다.

또, 그날이 언제였더라?

언니 지영의 고등학생 시절, 콩쿠르 공연 전날이었다.

그때 혜영의 나이는 고작 열네 살이었다. 구름을 잘라 만들었을 것 같은 발레 의상 튀튀를 걸치고 전신 거울 앞에 서 있는 지영을 보며 감탄하고 있었던 그때, 그 혜영의 손에는 향초가 들려 있었다. 생각해보면 지독히도 운이 나빴다.

길게 기른 머리를 하고 지영이 그녀에게로 다가왔었다. 별명이 성북동 이사장님의 인형인 그녀는 제 손으로 머리를 묶을 줄도 몰랐다.

'머리 묶어줘.'

그녀가 혜영에게로 몸을 굽힌 순간에 긴 머리카락 끝에 향초의 불이 옮겨붙었다. 다행히 화상은 면했지만 그 때문에 온 집안은 발칵 뒤집어졌었다.

'성격이 팔자라고 했다. 저 아이는 성격 자체가 애당초 글러먹었다니까!'

'무서워. 어떻게 그런 복수를 할 생각을 다 했을까? 하긴, 늘 음침한 꿍꿍이가 있어 보였어.'

한 소리 듣는 것쯤은 문제없었다. 자신을 욕하는 자들을 비웃어주고 뒤에서 잊어버리면 그만이니까. 그러나 언제나 숨죽이며 사는 자신의 생모에게 날벼락이 떨어진 것을 알았을 때 그녀는 그냥 죽어버리고 싶었다.

노상숙, 그녀의 생모는 그날 이후로 어느 이름 모를 절에 들어갔다고 했다. 분명 김 여사의 짓이었다.

비겁했어!

그녀는 분노했다. 그것은 지금까지 잠을 자다가도 벌떡 일어나게 할 분노였다.

차마 어린 자신에게 화풀이할 수 없어 그랬을 거다. 아니, 아마도 속으로는 그녀의 생모를 괴롭힐 구실을 찾았다면서 죽을 만큼 좋았을 거다. 혜영은 가만있지 않았다. 전국 방방곡곡의 절을 찾아다닐 수도 없는 노릇이었기에 그녀는 신문사에 전화를 했다. 신문사에서는 사연을 듣더니 주부들 대상인 잡지사의 기자를 연결시켜주었다.

그러나 청운그룹의 사모님이 시앗을 절에 보낸 사연은 신 회장에게는 천만다행으로 일파만파 퍼지지 않게 되었다. 잡지사의 기자가 직접 신 회장 측에 확인 전화를 넣는 바람에 그룹 홍보실에서 미리 손을 썼던 탓이다. 그래도 그 일로 인해 상숙은 절에서 돌아올 수 있었다. 그 이후로 상숙은 성북동에 있는 청운그룹의 본가와 그리 멀지 않은 이문동 쪽에 아파트를 장만해 살게 되었다. 그 이듬해부터 혜영은 상숙을 보러 다녔다.

사고 친 기억은 하나 더 있다.

'엄마는 이렇게 사는 거 괜찮아?'

그녀가 물었을 때에 상숙은 세상에서 돈이 제일 좋다 하였다. 그 말을 한 귀로 흘려듣지 않은 그녀는 뻣뻣한 지폐만 보면 책갈피에 숨겨놓았다. 엄마를 기쁘게 해줘야지. 그리고 그 돈으로 둘이 같이 멀리 도망치는 거야.

새해가 지나고 성북동의 온 가족들이 회사 시무식 겸 신년회에 참석한다고 해서 집이 비워진 날, 혜영은 드디어 과일을 담아두었던 상자 안에 꽤 많은 돈다발을 챙겨 넣었다. 그러고는 상숙에게로 향했다.

그런데 다음 날, 온 집안이 또 한 번 발칵 뒤집어졌다. 상숙이 그 상자를 도로 가져다 놓은 것이다. 그리고 상숙은 혜영이 보는 앞에서 김 여사에게 머리채를 잡혀 바닥을 뒹굴었다.

아이고, 나 죽네. 아이고, 나 죽어.

상숙의 비명 소리와 기회를 잡은 김에 맘껏 분노를 터트리는 김 여사의 눈동자가 선연한 잔상으로 아직까지도 남아 있다. 진저리 쳐지는 기억이었다.

'돈을 모아서 내 엄마랑 멀리 가서 살 작정이었어요. 그러면 안 돼요? 우린 어차피 다른 사람들이잖아요.'

제 의견을 똑 부러지게 말했을 때에 이번엔 신 회장이 노했었다. 그는 두 사람을 떼어낼 마음이 없노라고 했다. 이렇게라도 자신의 사생아로 살라고 야단을 쳤다.

그녀가 처음부터 가족들을 미워했던 것은 아니었다. 성북동에서 살게 되었을 때부터 그녀는 갑자기 생긴 언니, 오빠와 우아한 김 여사나 대단한 부자인 아버지가 자랑스럽고 좋았다.

날마다 사랑받기 위해서 기를 쓰고, 그들에게 실망을 주는 것이 두려워 열심을 내고, 미움을 받지 않기 위해 발을 동동 굴렀던 삶을 살았었다.

원망, 미움. 그리고 증오.

이제 그녀의 마음속을 차지하는 것들이란 기실, 그런 것들이었다.

'너 누군가를 좋아해본 적 있어?'

고등학교 시절, 단짝이 이렇게 물었을 때에 '아니.'라고 가차 없이 대답했었다. 그것은 진심이었다. 이 세상에서 생모인 상숙을 빼고 그녀는 아무도 사랑하지 않기로 일찍이 작심을 했다. 그녀가 좋아하는 만큼 상대방도 자신을 좋아해주어야 한다는 마음, 또한 상대방에게 자신이 유일한 사랑이기를 원하는 마음은 이미 사치였다. 허락만 된다면 이제 그녀는 모든 것에서 자유로워질 거라고 믿었다.

성북동 사람들을 떠나서 다른 삶을 살아보는 것이 그녀의 소원이었다. 누구도 미워하지 않고, 누구도 원망하지 않고서 타인에게 사랑받고 싶어 하지도, 인정받고 싶어 하지도 않을 것이다.

나는…… 나 하나만 사랑해.

나에게 정 줄 사람은 필요치가 않아.

생모 상숙은 뇌출혈을 겪은 뒤로는 어린아이가 되었다. 그 이전에도 그녀는 항상 세상을 두려워하며 자신의 딸이 버젓이 살아 있는데도 그것에 희망을 갖고 있지 않는 사람이었다. 지금 상숙의 정신은 온전치 않았다. 밥때가 되면 밥을 먹고, 잘 때가 되면 잠을 자고.

할 줄 아는 거라고는 밥을 차려서 먹고 텔레비전의 리모컨을 작동하는 것뿐이었다.

그녀는 정신을 놓고서 그렇게 살았다. 그 생모를 지키기 위해 혜영은 우선 신 회장이 하라는 대로 다 할 심사였다. 그리고 그녀는 성북동 사람들에게 자신이 진 빚을 갚아줄 생각이었다. 인생은 짧고 길고를 떠나 어떻게 사는가가 중요한 거라고, 그녀는 그렇게 마음먹은 지 오래다. 그것은 바로 타인에게 사랑을 갈구하지 않는 삶이라고 그렇게 정의를 내렸다.

혜영은 자신의 가슴 한쪽을 움켜쥐고서 잠이 든 남자에게서 등을 돌렸다. 푹신한 베개에 뺨을 묻고서 혜영은 눈물을 훔쳐냈다. 나는 함부로 사랑을 믿지 않는다.

엄마는 아버지에게 그야말로 유행가 가사처럼 몸도 주고 마음도 주었다. 그러니까 사람이 엉망이 되어버렸지. 난 아니야, 안 그래. 몸은 주어도 마음은 주지 않아!

잠깐 잠이 들었던가 보다.

"배고파."

혜영은 반짝 눈을 떴다. 모든 것이 어둠에 잠겨 있어서 시야로 분간이 어려웠다. 눈을 찡그려 벽에 걸린 디지털시계에서 야광으로 된 숫자를 읽었다.

5시 20분.

세상에, 그녀는 저녁도 거르고 밤새 남자와 그 짓을 했다는 생각에 놀라고 있었다. 문득 옆자리를 보니 엎드려 누운 남자의 벗은 등짝이 희미하게 보였다. 가볍게 코를 고는 소리가 깊이 잠든 남자에게서 흘러나왔다.

'나하고 한 여자는 깊은 잠이 들거든.'

'본인이 더 잘 주무십니다.'

혜영은 웃으면서 침대 아래로 다리를 내렸다. 옷을 찾아야 할 것 같아서 샤워를 했던 욕실로 갔다. 대충 브래지어 없이 캐미솔만 입고 레이스가 달린 속바지를 찾아 걸쳤다.

조심조심, 인기척을 죽여 가며 문을 열어 침실 밖으로 나왔다. 벽을 더듬어 스위치를 켜니 거실이 나오고 우측으로 주방이 보였다. 불기라고는 전혀 없는 벽난로 앞에는 유럽풍의 티 포트와 찻잔 등이 세팅이 된 테이블이 놓여 있었다. 아마도 여자하고 지내러 오는 펜션인 모양이라고 혜영은 추측했다. 어슬렁어슬렁 혜영은 주방으로 갔다. 온몸이 뻐근한 것이 운동을 하고 피로를 풀지 않은 다음 날과 꼭 같았다.

대형 냉장고 문을 열었다. 다행히 평소에도 착실한 관리인의 손길이 닿는 모양인지 냉장고 안에는 내용물이 가득 들어차 있었다. 손에 잡히는 대로 파프리카를 꺼내 씹어 먹으며 혜영은 전기 주전자에 물을 가득 채웠다. 반질반질하게 윤이 나는 카운터 위에 컵라면이 가득 쌓여 있었기 때문에 그것으로 요기를 때울 요량이었다. 카운터에 껑충 올라가 앉은 다음에 막 뜨거운 물을 라면 용기에

붓고 있는데 문 앞에서 소리가 났다.

"벌써 깬 거야?"

석원은 혜영을 바라보았다. 엉클어진 채로 어깨를 덮은 긴 머리카락, 희고 창백한 얼굴만큼이나 보얗기만 한 전신의 피부, 눈을 어지럽히는 살색의 속옷 차림. 그녀는 처연하게 아름다웠다. 같이 잠을 자고 났는데도 여전히 그녀를 안고 싶은 갈증으로 그는 목이 탔다.

"배가 고파서요."

그는 선뜻 몸이 움직여지지 않아서 문 앞에 선 채로 그녀를 바라보았다. 어젯밤의 진탕했던 정사가 꿈만 같아서 그는 바보같이 어찌해야 할 바를 알지 못했다.

그녀도 마찬가지였는지 서로를 응시했다.

나는 좋았는데, 너는 어땠어?

인정한다. 지금 이 순간만은 그는 그녀가 소중했다.

"같이 먹을래요?"

카운터 위에 올라가 앉은 채로 그녀가 물었다.

"그런 것 가지고 돼?"

그는 그녀에게로 성큼성큼 걸음을 옮겼다. 발가벗은 몸에 대충 가운만 걸친 탓에 큰 보폭에 의해 남자의 허벅지가 드러났다. 혜영이 발갛게 상기된 뺨을 하고 눈길을 돌렸다. 그는 모른 척하고서 냉동실을 열어 냉동된 닭부터 찾았다.

"나 그거 못 만져요."

닭을 보고 그녀가 엄두가 안 난다는 얼굴로 질겁하자 그가 씩 웃었다.

"내가 해."

"잠을 자고 난 다음에는 여자한테 요리도 해줘요?"

"때에 따라서."

"어떻게 그래요?"

"보고 배운 게 어디 안 가지."

"보고 배우셨다고요? 그럼, 여자한테 잘 해주는 매뉴얼이라도 따로 있다는 거예요?"

"그렇다기보다는…… 내가 좀 해. 무엇이든지 완벽하기 위해 노력한달까."

그녀와 시답잖은 대화를 주고받는 사이에도 그는 능숙한 손길로 닭을 손질하고 속이 깊은 냄비에 물을 붓는 등 바지런했다. 냉장고의 야채칸에서 그는 대추와 삼 같은 것들을 꺼내 삼계탕을 만들었다. 그동안에 혜영은 라면을 먹었다.

"끝내 말 안 듣네. 그런 거 먹지 말라니까."

"다 먹고 났으니까 커피 내려줄게요. 기분이다, 나도 뭐든지 완벽해야지. 같이 잠을 잔 남자한테 그 정도는 서비스해준다."

훗, 하고 석원이 웃었다. 거뭇한 수염이 돋은 턱과 인중이 그를 나른해 보이는 인상으로 만들었다. 평소 이마를 훤히 드러낸 것과는 반대로 머리카락이 내려온 그의 모습은 몇 살은 더 어려 보였다. 그의 나이보다 많아 보이는 얼굴은 잘 훈련된 가면이었던 걸까? 혜영은 돌연 궁금해졌다. 계산적이면서 사리 분별을 똑 부러지게 할 것 같은 평소의 사업가의 이면에 어떻게 이런 청신한 인상이 숨어 있었던 걸까?

그녀가 카운터에서 내리려는 찰나, 석원이 그 앞에 서서 양팔을 벌렸다.

"안겨봐."

"무슨 짓이에요?"

혜영이 귀 뒤로 머리카락을 넘기면서 새삼 수줍어했다.

"본능에 충실한 짓이라고 하면 알아듣겠어?"

그의 양 미간이 좁혀지며 표정이 어두워졌다. 그 눈 속에는 어떤 간절함, 그리고 완고함이 들어 있었다. 저건 무엇일까? 고민하던 혜영이 냉큼 대답을 했다.

"뭐, 못할 것도 없지요. 선심 쓰는 김에 팍 쓴다."

그녀는 그의 팔 안에 어린아이같이 쑥 안겼다.

"나의 여태까지의 인생이 살짝 잠꼬대였다면 이제부터가 진짜야. 너 끝내줬어. 나랑 사귀차…… 이렇게 나오면 안 된다는 거 잘 알지요?"

그의 목에 팔을 두르고 혜영이 불쑥 이런 말을 했을 때에 그가 어처구니없다는 듯이 웃음을 터트렸다.

"드라마를 너무 많이 봤어, 이 여자야."

그는 혜영을 안고서 티 테이블 쪽으로 갔다. 한 손으로 커피 메이커를 작동시키며 그가 원두를 골랐다. 그러면서 지나가는 어투로 물었다.

"너는 신에게 고마운 거 없어?"

"어디 아픈 데 없이 건강한 몸인 거."

"그 밖에는?"

"없어요. 아하! 그러는 이사님은 모든 것을 다 가진 별자리로 태어난 것에 아주 감사하겠네요? 여기저기 기부도 하고 사찰도 막 지어 올려주고…… 또 뭐를 했나요?"

"올바르게 살려고 노력하는 편이지."

그가 그녀를 의자에 앉혀주었다. 에스프레소가 두 잔이 나왔다. 그는 그녀에겐 묻지도 않고 한 잔의 에스프레소에 물을 섞었다.

"……그러니까 태어난 별자리가 신에게 감사해서 올바르게 살려고 노력하는 이사님은 저하고 이래놓고도 우리 지영 언니하고는 결혼하고 싶다는 거죠?"

"그건 선택의 여지가 없는 일인 거고."

"만약에 말인데요, 언니랑 결혼 못 하게 되면 이사님이 안 좋은 거예요?"

"일 이야기는 그만하지."

"결혼 이야기가 일로 분류돼요?"

"어느 정도는."

그가 에스프레소를 단숨에 비우고 나더니 자리에서 일어났다.

"난 모처럼 단잠을 잤어. 머리도 개운해. 넌 어땠는데?"

"누구 덕에 파라다이스를 경험했지요."

그가 제 허벅지에 그녀를 앉혔다. 훌렁, 그의 가운이 벗겨졌다. 남자의 탄탄한 가슴팍에 혜영이 코를 묻혔다.

"어디 다치진 않았나 보자."

그는 혜영의 속바지를 벗겨냈다. 그러고는 캐미솔을 위로 당겼다. 그녀의 머리카락이 정전기로 인해 위로 뻗치자 그가 소리 내어 웃으며 그것을 쓰다듬었다. 그가 손가락을 아래로 가져가려고 했다. 혜영이 서둘러 다리를 닫아버리자 그가 아쉬운 마음에 이번에는 예쁘게 융기한 가슴으로 시선을 향했다.

"그대는 신에게 진짜 감사해야겠네. 이렇게 완벽하게 타고나기도 어려운데."

그가 고개를 숙여 그녀의 유방에 키스했다. 남자의 입이 피부를 빨아들이는 소리가 요란하게 나자 혜영이 상반신을 비틀었다.

"……이상해."

"참아, 곧 좋아질 거야."

아기가 엄마젖을 탐하듯이 그는 게걸스럽게 여자의 유방을 애무했다. 혜영의 신음이 끊어지지 않는 가운데 그의 숨소리도 거칠어졌다. 이윽고 그는 그녀의 토실한 엉덩이를 쥐고서 자신의 불끈 서 있는 아래에 맞추었다.

앉은 자세로 교합이 이루어졌다. 처음엔 가만히 있었다.

"한 번에 다 들어갔어. 굉장해. 아프진 않고?"

크게 헐떡이며 그가 물었다. 으응, 하고 혜영이 고갯짓만 했다. 그는 어느 정도 혜영의 속이 젖어들었다고 판단하자 움직임을 빠르게 했다.

얼마 지나지 않아서 그녀에게 먼저 절정이 찾아왔다. 급한 힘으로 몸을 바싹 죄는 혜영이 가늘게 떨었다. 그러자 그가 이를 악물었다.

"너는 어떻게…… 이래."

그가 손바닥에 쥐고 있는 혜영의 엉덩이를 더욱 빠르게 움직이면서 힘겹게 숨을 내뱉었다.

"내가 뭘요?"

"아니, 잘하고 있어."

"너무 가슴이 뛰어요. 나 숨차."

"고통은 아니지?"

"으응, 아닌 것 같아요. 아니, 좋아."

"그러면 됐어."

혜영이 그를 꼭 껴안았다. 그는 더 이상 아무 말도 할 수 없었다. 여자가 이루 말할 수 없이 사랑스러워서. 아찔한 격정의 순간에 하마터면 그는 혜영의 몸속에서 타이밍을 놓칠 뻔했다.

"제발 부탁인데 몸에 힘주지 마라."

그가 허물어지듯 혜영을 끌어안아 바닥으로 누우면서 탄성을 질렀다. 그는 잠시 숨을 고르고서 똑바로 누워 있는 혜영의 입술에 키스해왔다.

첫 키스!

혜영은 천장의 기하학 무늬가 눈앞에서 핑핑 돌다가 무너져 내리는 것을 보았다. 탁한 남자의 앓는 소리와 함께 한 키스는 강렬하고도 달콤했다.

뜨거운 숨결, 커피 맛이 나는 혀와 혀가 얽히는 순간의 녹아내림, 짜릿한 흥분은 배가되었다. 그녀의 입술에서 겨우 제 입술을 떼면서 그가 다시 아랫도리에 힘을 주었다. 혜영은 눈을 질끈 감으며 핀잔을 주었다.

"닭 먹여준다고 하지 않았어요?"

"제길, 누굴 반 죽여 놓고서 한다는 소리 봐라."

그가 마지막 피치를 가하며 그녀를 원망하는 말을 했다. 도자기처럼 하얀 피부, 컬이 심한 탓에 이리저리 구불거리는 길고 검은 머릿결, 젖은 입술 사이로 살짝 보이는 붉은 혀, 홍조가 서린 뺨…… 그는 불현듯 탄식했다.

아아, 신혜영.

너는 누굴 잡아먹으려고 이리도 예쁜 건가?

새벽의 기습 같던 정사를 마치고 나서 그가 끓인 삼계탕을 사이 좋게 나누어 먹었다. 그러다 보니 날이 환하게 밝아 있었다. 둘은 티 테이블이 있는 벽난로 앞으로 이동해서 디저트를 먹었다.

삼계탕 한 그릇을 바닥까지 싹싹 비운 그녀를 위해 그는 팬케이크를 구워냈다. 혜영은 절대 감동받지 않을 거라고 단언했지만 생크림을 발라서 모두 먹어치웠다. 그런 다음에는 그를 바람둥이라고 놀려주었다.

그가 설거지를 하고 있는 사이에 혜영은 침실에 붙어 있는 옷방에서 갈아입을 옷을 찾았다. 아직은 늦은 봄의 쌀쌀한 날씨를 탓하며 그가 반대했지만 혜영은 대충 청바지와 티셔츠를 입고서 정원으로 뛰쳐나갈 준비를 마쳤다.

"다음에 와야 꽃도 만발해 있지, 지금은 아닌데."

"우리한테 다음이 어디 있다고."

혜영은 개구쟁이 소년같이 신발장에 있는 운동화를 찾아 신으면서도 랩을 흥얼거리는 등 마냥 신이 나 있었다. 그는 실소하고 말았다.

"진짜 말 안 듣네."

실은 아쉬웠다. 배부르게 먹여놨겠다, 한 번 더 섹스하고 싶었는데, 하고서.

식기 세척기에서 그릇을 꺼내고 있는데 그녀가 주방 맞은편의 창문으로 모습을 나타냈다. 그는 저도 모르게 또 웃음을 터뜨렸다.

주황색의 몸에 착 달라붙는 셔츠에다 청바지를 입고서 긴 머리는 대충 모아 정수리에 묶어놓은 그녀는 마치 소녀와도 같았다.

"헤이, 보세요! 나 머리에 꽃 꽂았어요."

그녀는 어디서 구했는지 꽃 한 송이를 귀에 꽂고서 손가락으로 V를 그리고 있었다. 아침 햇살에 부딪쳐 해사하게 웃는 얼굴이 믿어지지 않게 아름다웠다. 보얗게 드러난 목덜미에 우수수 흐트러진 머리카락과 꽃잎이 한데 엉겨 있었다. 그의 시선이 거기에 오래 머물렀다.

"나 잡아봐라~!"

벽에 붙은 그림처럼 더 보고 싶었지만 그녀는 숨바꼭질을 하는 아이처럼 뒤로 돌아 멀어지기 시작했다.

앓느니 죽지!

꿍, 하고 그가 혼잣말로 투덜거렸다.

샤워를 마치고 뒤늦게 나간 석원은 널따란 잔디밭에서 개 한 마리와 함께 달리기 경주를 하고 있는 그녀를 발견했다.

보통 녀석들보다 훨씬 덩치가 커다란 개와 함께 그녀는 날쌔게 뛰고 있었다.

"이사님!"

그녀가 저 멀리서 손을 흔들더니 그가 있는 쪽으로 마구 달려오기 시작했다. 잘 먹여놨더니 그녀는 아침부터 기운이 쌩쌩 돌았다. 그는 다시 한 번 아랫도리가 팽창하는 것을 신경 쓰며 곤란해했다.

"이 녀석 이름이 뭐예요? 너무 잘생긴 거 있죠? 얘, 알라스칸 말라뮤트종 맞죠?"

그녀가 가까워졌을 때에 한꺼번에 질문을 하는 바람에 그는 정신이 하나도 없었다.

"하나씩만 물어봐."

"얘 이름, 이름, 이름!"

"알라스카."

"녀석, 이름도 멋지네? 맞죠, 알라스칸 말라뮤트?"

보통 사람들은 알라스카를 대부분 시베리안 허스키로 잘못 알고 있었다.

"맞아. 대단하네. 다들 허스키나 그레이트 피레니즈로 알던데."

"에이, 허스키는 아니다. 벌써 크기가 이렇게 다른데요? 꼬리 봐봐. 말려 올라가 있는 거 보여요?"

"그렇게 아는 것도 많으니 먹고 싶은 것도 많겠군."

"내가 쫌 해요!"

그녀가 으쓱대는 모양이 귀여워 그는 더욱 유쾌해졌다. 밤새 제대로 잠을 못 잤을 텐데도 그녀는 마치 싱싱한 수액을 공급받은 나무와도 같았다.

"누가 기르는 거예요? 세상에, 얼마나 늠름한지 몰라. 사람을 보자마자 반갑게 다가오는 거 있죠? 경계심도 하나 없는 것 같아. 이 녀석, 뉘 집 아들이 이렇게 잘생겼대?"

알라스카의 목덜미에 제 얼굴을 파묻으며 그녀가 연신 개의 등을 만져주고 있었다. 개도 싫지 않은지 꼬리를 흔들어댔다.

"녀석이 아닐 건데?"

그는 그녀가 자기 자신에게 집중하지 않는 것 같은 상황에 묘한 질투심이 발동했다.

"나는 알라스카라고 부르지만 관리자는 그 개를 갑순이라고 부르더란 말이지."

"리얼리?"

그녀가 흥미가 반감된 얼굴로 그를 보았다. 쿡쿡 웃음이 터져 나오려고 해서 그는 입술을 깨물어 포커페이스를 유지했다.

"안 돼요! 이름 바꿔요. 아인이, 얘는 이제부터 유아인이야."

"떨어져! 이거 내가 직접 확인시켜줘야 되겠군."

그가 태연한 표정을 짓고서 체크무늬 셔츠의 소매를 걷어붙이며 알라스카를 향해 다가갔다. 그녀는 당황한 기색이 역력한 얼굴로 변했다.

"아니, 안 돼요. 이사님, 제발! 이건 성추행이라고요."

"말이 되는 소리를 해. 나는 이 녀석이 갑순이가 맞는지, 아님 유아인이 맞는지 네게 확인시켜주려는 것일 뿐, 다른 의도는 없어."

"안 돼! 명석원 이사님, 동작 그만!"

혜영이 두 팔을 활짝 펼쳐서는 알라스카의 앞을 막아섰다. 그러면서 두 눈을 크게 떠서 그에게 애걸하는 눈빛을 해 보였다. 이번에는 새어 나오는 웃음을 막을 길이 없었다. 석원이 씩 웃었다.

"그럼, 믿는 거지? 얘는 갑순이야."

"알았어요. 난 이 아이가 날 보자마자 달려들기에 당연히 수컷…… 인 줄 알았지 뭐예요? 동물이나 인간이나 하나같이 여자 예쁘면 좋아하잖아요."

"전에도 느낀 건데 본인 입으로 그런 말을 하면서도 하늘을 우러러 한 점 부끄러움, 뭐 그런 건 없나 봐?"

혜영이 배시시 웃어 보였다. 그녀의 미소는 한겨울의 꽁꽁 얼어

붉은 폭포에 쨍하고 비치는 한낮의 태양과도 같았다. 여자의 전혀 꾸미지 않은 천진함에 물들면서 그는 어느새 그녀와 같이 있는 시간이 좋았다. 가슴이 쿵쾅 뛰었다. 실로 오랜만에 느끼는 감정이었다.

그와는 다르게 혜영은 그 앞에서 여자로서의 긴장감이 없는 모양이었다. 보통 그와 밤을 보내고 나면 이렇게 개하고 뛰어다닐 겨를이 없을 텐데, 하고 그는 자신을 신경 쓰지 않는 그녀가 서운했다.

"골프 칠까? 모르면 내가 가르쳐주면 되고."

"달려라, 유아인! 달려……."

그녀가 다시 개와 함께 저 멀리로 달아나는 것을 보고 석원은 당황했다.

오늘이 일요일이라는 핑계는 멋진 것이었다. 두 사람은 모두 휴대전화의 전원을 꺼놓은 채로 그날 하루를 곤지암 별장에서 보낼 작정을 했다. 정원은 골프장으로 이용해도 손색이 없었기 때문에 두 사람은 골프를 하기도 하며 산책을 했다.

"책에서 봤는데요, 이런 질문이 있었어요. 사랑과 정열을 모두 가지는 것이 얼마나 위험한 일인지 아느냐, 하는 거요."

뜬금없이 혜영이 이런 말을 꺼냈다. 그에게 상기시키고 싶었다. 그들의 물거품 같은 하루를, 그리고 타인에게 들키면 안 되는 상황을 말이다. 한마디로 비정상적인 관계인 오늘의 일탈을 깨우쳐 주려는 의도였다.

과연, 그는 똑똑한 남자였다. 그녀의 의중을 알아차리고 가볍게 웃었다.

"대가가 클수록 모험은 짜릿한 법이지. 뭐, 어때? 신지영하고 나는 아직 결혼을 하지 않은 데다가 너는 아름다운 채로 내 곁에 서 있는데. 이게 우리의 기막힌 현실이라면 받아들여야지, 어쩌겠나? 지금은 그저 즐겨. 순간은 바람 같아서 후딱 우리를 스쳐 지나가 버린다고."

"가령, 이사님이 언니와 결혼을 하지 않는다면? 지금의 모험 가득한 본능의 행위는 지탄받지 않아도 돼요."

그녀는 은근히 제 생각을 토해내었다. 두근두근, 갑자기 가슴이 뛴다. 그의 대답이 왠지 기다려졌다. 그러나 그는 심드렁하게 키스를 해오며 속삭일 뿐이었다.

"사는 게 지루하고 심심해. 지금은 안 그렇거든? 초치지 말아줄래?"

점심때가 가까워서는 정 실장과 관리인이 바비큐 준비를 해놓고 간 덕분에 두 사람은 정원 한 귀퉁이에서 오붓하게 식사를 즐길 수 있었다. 오리고기, 소고기, 돼지고기 등의 여러 종류를 구워내기 바쁘게 혜영은 입으로 가져가서 그를 즐겁게 했다. 갑순이를 옆에 끼고 챙기는 모양도 여간 살가운 것이 아니었다. 그는 자신이 1순위가 아니라는 사실로 기분이 묘했기 때문에 일부러 개에게는 제대로 고기를 주지 않았다.

"쟤 이래 봬도 좋은 사료로만 먹고 크는 녀석이야. 이런 거 너무 주면 안 돼."

"거, 인심 좀 후하게 씁시다. 먹을 때는 개도 안 건드린다는 말도 있잖아요."

"진짜 잘 먹는다. 식욕과 성욕은 같은 거라고 안 배웠어? 보니까 의외로 심리학과 전공했습디다."

"복수 전공으로 철학을 했는데 그게 너무 어려워서 정작 본과 공부 많이 못 했어요."

입에 그득 고기를 넣고 씹는 그녀의 볼이 미어져 있었다. 아휴, 나한테는 잘 보이려고 하지도 않는구나. 그는 부지런히 집게를 놀려 버섯 등을 끄집어냈다.

"편식하지 말고 야채도 골고루 먹어줍시다."

"난 오로지 한 놈만 판다……. 이런 사람이에요."

"네 이야기를 해봐. 철학이니 심리학을 전공한 사람이 어떻게 해서 패션 잡지사에 근무할 생각을 다 했지?"

그는 그녀에 대한 것들이 사실 많이 궁금했다.

"학교 졸업하고서 바로 대학원 진학하려고 했는데 1년간 미국이나 다녀오자, 하고 마음을 바꿨어. 어학연수라는 말로 포장을 하고 실제로는 놀러 다녔지요. 대학 때에 동아리 활동으로 카메라를 제법 만졌거든요. 가는 곳마다 사진에 담아 꾸미고 그랬어요. 그리고 대부분의 내 또래 아이들이 그렇듯이 패션 스트리트나, 런웨이에 관심 많아서 그쪽으로도 구경 많이 다녔지요. 그걸 미국에 있는 한국 패션 잡지에 기고하면서 정신을 차려보니 어느덧 프리랜서로 어시스트를 하고 있더라고요. 나중에 한국 들어올 때에 거기 패션 회사의 에디터가 제게 포토폴리오를 만들어 회사에 제출하라고 시켰어요. 어찌 보면 완전 넘어간 거죠. 그렇게 여원 문화사에서 인턴십을 하게 되었고…… 이젠 어엿한 정규직, 뭐 이런 운이 좋은 경우예요."

"일은 할 만해?"

"마감 지옥만 아니면 그럭저럭인데. 아아, 그러고 보면 유치원 들어가기 전이 우리 인생의 황금기였어요. 매일이 일요일이었잖아. 그때는 그걸 왜 몰랐을까요?"

시무룩하게 무언가를 회상하던 그녀의 눈이 갑자기 생기를 머금은 것은 그다음이었다.

"이사님, 봐봐요. 이번 마감 때에 처음으로 잡지 표지 맡는 선배를 어시스트하는 바람에 꽃미남 모델들을 직접 데리고 일했거든요? 아아, 보람 느껴지더라고요. 이 맛에 하는 거지, 하고."

그는 퉁명스럽게 한마디 지청구를 툭 던졌다.

"그렇게 사심이 들어가서 일이 돼?"

"모로 가도 어쨌든 서울만 가면 된다, 몰라요? 게다가 근무 환경이 좋은 건 하늘이 내려준 복이라고요."

그녀의 복어처럼 톡 튀어나온 볼이 귀여워 꼬집고 싶은 맘을 억제하며 석원이 다른 질문을 했다.

"더 공부하고 싶은 마음은 없어?"

"원래부터 사는 목적이 내 밥벌이는 내가 하자, 이거거든요. 그래서 그런지 썩 그다지……."

"특별히 갖고 싶거나, 뭐 하고 싶은 거라도?"

"잘 먹고 잘사는 거? 그냥 나 하고 싶은 대로 사는. 다들 그렇지 않나요?"

"특별히 생각하는 남자는 없어? 좋아했다거나, 뭐 그런."

"아버지가 보통 사람이 아니기 때문인지 접근성이 용이하지 못한 탓에 아직도 모태 솔로, 연애 고자…… 이런 소리 많이 들었어요. 앗? 고기 타요. 아까워."

그녀에 대해 이것저것 알고 싶은 마음에 그는 고기 굽는 일에 집중을 할 수가 없었다. 그런 그의 마음을 아는지 모르는지 여자는 그저 갑순이의 물그릇에 생수를 따라내고 있었다. 많이 먹어, 라고 개에게 눈을 맞춰주면서 정다운 말을 건네는 그녀의 모습이 예사로 보이지 않았다.

"웃기는 이야기 해드릴게요. 어제 그 오빠요, 진짜 대단해요. 어디 살았는지, 이름은 뭔지, 나이는 몇 살인지, 가족은 있는지…… 기타 등등, 아무것도 드러난 게 없는 사람이에요. 우리 집 사람들은 오빠가 북에서 넘어온 비밀 간첩이라고 의심하고 있어요."

그러면서 또 깔깔 혼자 웃는 폼이 정말이지 그 경호원에게는 일말의 관심조차 없다는 것이 느껴졌다. 그는 슬며시 안도하면서도 재차 물었다.

"그 집은 경호원에게도 '오빠'라는 호칭을 쓰게 하나?"

"원래는 최 군이라고 부르라는 것 같은데, 아무리 고용인이라고 해도 어떻게 그렇게 불러요? 아, 맞다! 우리 언니는 그냥 반말하는 것 같았어요. '최 군아'라고요. 근데 이사님은 우리 언니가 진짜 미인이라는 생각 안 드십니까?"

갑작스럽게 신지영에 대한 화제로 넘어가자 석원은 응? 하고 반문을 했다.

"이거 비밀인데. 마주친 건 몇 번 되는 것 같은데 아직도 얼굴을 모르겠어. 그런데 다들 청운그룹의 딸은 한 명인 것으로 알고 있지 않나?"

"대외적으로는 그럴 거예요. 청운의 신형춘 대표의 자제는 1남 1녀…… 이런 식으로 기사 난 것도 봤고요."

그녀의 말투에 문득 물기가 느껴져 그가 저도 모르게 미간을 찌푸렸다.

"힘들었겠구나?"

"무슨 말씀. 이 몸은 그래도 돈 걱정 없이 컸잖아요. 먹고사는 일로 고통받는 사람이 얼마나 많은 세상이에요? 그 정도 가지고 힘들다고 엄살 부리면 벌 받지요."

혜영의 눈가가 붉어져 있는 것을 보았다. 말간 눈동자가 촉촉했다. 그는 가슴이 서늘해지며 이가 악물려졌다. 그녀에게는 들키지 않으려고 했지만 그는 밀려오는 감정에 순간적으로 먹먹해졌다.

나는 견뎌냈어. 너도 잘 견뎌낸 모양이구나.

그녀가 제법 대견했다.

자신 또한 어머니의 눈에 보이는 차별을 겪으며 자라났다. 아무도 모르는 비밀 하나. 그의 모친은 결혼 전에 연인에게서 낳은 아들인 형을 편애했다.

이유도 잘 알고 있었다. 결혼 전에 모친은 애인을 따로 두었다고 했다. 그의 부친인 명진만과는 집안과 사업의 이익을 위해 결혼한 케이스였다. 그렇게 석원이 태어났지만 어릴 때부터 그는 어머니의 사랑을 모르고 컸다고 해도 과언이 아니었다. 대놓고 육친의 정을 주지 않는 그녀에게 혼란을 느낀 것도 잠시, 그는 자신의 타고난 운명이 그리 나쁘지 않다고 생각하기로 했다.

지금도 그의 모친은 이혼을 앞두고서 큰아들만 챙기기 급급해 석원은 뒷전이었다. 그것에 대항하고자 아버지는 청운그룹의 딸과 자신을 결혼시킨다는 노림수를 둔 것이리라.

동질감.

그랬다. 마음 한구석에는 차디찬 얼음판에 등을 대고 누운 한기를 느끼고 있는 그였다. 신혜영, 청운그룹 대표의 딸로 태어났지만 사생아이기에 별다른 혜택 없이 취업 전선을 뛰며 살아가는 그녀. 대놓고 차별받는 것이 분명한데도 아무 거리낌 없이 밝게 웃는 이 여자가 속으로는 얼마나 냉골 바닥에서 추웠을까?

그의 심경을 아는지 모르는지 혜영은 장난삼아 꼬치에 꿴 마카로니를 들고 그에게 V자를 그리고 있었다.

"봐봐, 나 꼭 마카로니 광고하는 거 같지요? 유아인, 아니 갑순아. 너도 이 누나가 텔레비전 같은 데 나와서 마카로니 먹방 찍어서 광고하면 크게 성공할 것 같지 않냐?"

어떻게 저렇게 구김살 하나 없이 컸을 수가 있지? 다시 한 번 그는 혜영을 대견스러워했다.

"이사님, 이거 안 먹어요? 나 혼자 다 먹는다. 앙, 하고 한입에 쏘옥 집어넣으면……."

그녀가 본인의 주장대로 CF를 찍듯이 꼬치에 꿰어 있는 마카로니를 입에 넣었다.

"착하니까 한입 먹어주지."

그는 그녀의 얼굴을 감싸서 그 입에 키스했다. 말캉한 마카로니가 지나치게 달아서 그는 그것을 뱉어낸 뒤에 다시 그녀의 입술에 제 입술을 박듯이 가져갔다.

"읍!"

혜영이 놀란 얼굴로 그러나 느닷없는 그의 키스에 반응하기 시작했다.

요물, 착하네.

아무튼 잘 견뎠어, 대견해.

언니인 지영은 러시아로 발레 유학까지 다녀와 재벌가의 며느리가 될 준비를 하고 있는데, 동생인 너는 직장에서 정규직에 전환했다면서 운이 좋은 경우라는 표현을 쓰고 있고……. 그래, 파이팅 해라! 그는 대견함 반, 사랑스러운 마음 반으로 그녀의 입 안을 낱낱이 훑고 빨아들였다.

그의 키스가 너무 깊어지자 별안간 혜영이 그를 뿌리쳤다. 갑순이도 덩달아 자리에서 몸을 일으켰다.

"아이스크림으로 후식 먹어요. 내가 가져올게요."

"녀석, 수캐 아니랄까 봐, 여자 예쁜 건 알아가지고."

개가 혜영의 뒤꽁무니를 졸졸 따라가는 것을 보며 석원은 계속해서 질투에 사로잡혀 툴툴거리고 있었다.

내 팔자도 참! 별 좋은 데서 개한테 질투나 하고 말이야. 끝없이 여자를 안고 싶은데도 참고 있기나 하고 말이야.

식사가 끝난 후에 낮잠을 자자고 한 사람은 석원이었고, 소나무 숲에 들어가서 산림욕을 하자고 제안한 사람은 혜영이었다. 의견이 좀처럼 좁혀지지 않자 석원은 벌컥 화를 냈다.

"내 말대로 해. 나는 너랑 들어가서 한두 시간만 누워 있을 거야. 그 후엔 두 시간 정도 너 하고 싶은 대로 해. 그럼 되겠네?"

"어제도…… 아침에도, 우리…… 많이 했잖아요."

답답한 나머지 그가 한 손바닥으로 제 이마를 짚었다.

"원래 남녀가 만나면 필히 해야 할 것은 딱 하나! 기, 승, 전, 그 짓이라고…… 알아?"

"이렇게 공기가 좋은 데에 와서 너무 생산적이지 못해요. 쑥도 저렇게 돋아났고, 그리고 갑순이도……."

"그건 사귀는 사람들이나 하는 짓이지!"

지독한 일침이었다. 그 자신도 내뱉은 말을 후회하는 중이었다. 그러나 돌이키고 싶지 않았다. 그는 지금 그녀가 급했다. 체온을 깊이 나누고 싶어서 견딜 수가 없었다. 혜영이 두 눈을 깜박거리며 그를 빤히 쳐다보았다.

맞다, 우리는 사귀는 사람들이 아니지.

오후의 정사는 진탕하고 음란했다.

"그래, 그렇게."

남자의 나직한 음성, 그리고 하체에 느껴지는 자잘한 전율이 좋았다. 그가 고개를 숙여 여자의 맨가슴을 게걸스럽게 탐하고 있었다. 으음, 하고 혜영은 신음을 토해냈다. 그들은 알몸이었다. 석원의 어깨에 손바닥을 가져가며 남자의 튼튼한 살결, 그 속에 숨어 있는 근육이 너무 아름다워서 혜영은 감탄이 나왔다.

뜨겁고 딱딱한 그의 물건은 여자의 보드라운 살 속에 깊이 박혀 있었다. 그녀는 몸을 뒤채려다가 또다시 탄성을 질렀다. 가슴에서의 찌릿한 전율과 동시에 아래에서부터 터져 나오는 쾌감이 맞물려서 몇 초간 그녀가 몸을 경직시켰다.

"……괜찮아?"

꿈결처럼 다정한 어조로 그가 물었을 때에 저도 모르게 눈물이 핑, 돌았다.

이러면 된 거 아닌가? 남자도 좋고, 나도 좋은.

설핏, 잠이 들었다가 부스럭거리는 소리에 정신이 돌아왔다. 겨우 몸을 추슬러 남자로부터 떨어지려고 할 때였다.

"안 돼, 아직 아니야."

괴로운 듯이 숨을 가쁘게 내쉬며 석원이 그녀의 귓가에 속삭였다.

뭐지?

혜영은 이해할 수가 없었다. 분명 한차례 파정을 했었는데? 그녀의 몸이 빙글, 남자의 위로 올라갔다. 동시에 남자의 체향이 짙었다. 아직 몸이 연결되어 있는 터라 절로 신음이 흘러나왔다.

"아파?"

"……아니, 좋아요."

"제법 하는데, 신혜영?"

"이사님도요. 평생 이것만 연구하고 산 건 아닐 텐데요? 의심스러워지려고 해요."

"많이 참았지, 그간."

"여자들 있었을 거 아니에요?"

"대체 남자를 글로만 배운 거야, 뭐야? 우리도 가진 만큼의 품위 유지는 기본이다."

쉬어버린 그의 목소리가 더없이 섹시해서 혜영은 혼자 웃었다.

"신혜영, 아직 여유 있다, 이거지?"

그는 자신을 타고 엎드린 혜영의 등을 부둥켜안은 채로 팔에 힘을 주었다. 그녀는 아직 생소한 모양이지만 그의 몸은 지금 화산처럼 폭발 직전이었다. 그는 혜영의 엉덩이를 두 손바닥으로 잡아 마구 움직이기 시작했다. 그의 이를 악물고 있는 입에서 거친 숨결과 함께 신음이 튀어나왔다. 서로의 비부끼리 만난 곳에서 마찰이 너무 심했다. 견디기 어려울 정도로 여자의 속은 그의 살을 휘감고 놔 주지를 않았다. 마주 앉은 자세로 그녀의 양 볼을 감싸며 키스를 했다. 촉촉한 입술을 헤집고 혀를 찾아서 그의 혀가 그녀의 입안을 뱀처럼 휘감고 돌아다녔다. 그녀가 고개를 돌리려 하자 그가 더욱 힘을 주어 그녀를 꼼짝 못 하게 했다. 그러자 그녀가 순순히 그의 혀에 제 혀를 감아왔다. 두 사람은 그야말로 온몸이 녹아내리는 키스를 나눴다. 그는 그녀를 안고서 리듬을 탔다. 아랫배에 찔러 들어오는 그의 몸을 느끼며 혜영이 붉게 상기된 얼굴로 할딱거렸다. 그 모습이 또 너무 자극적인 탓에 마침내 폭발했을 때에는 천지가 뒤흔들리는 지진이 난 것만 같았다.

"어떻게 이런……. 이게 진짜 그거예요? 섹스하면 다들 이래?"

그의 등에 손톱자국을 내면서 혜영이 크게 신음했다.

"다 그렇다고 볼 수는 없어. 네가 운이 좋은 거지."

으르렁거리듯이 그가 중얼거렸다.

두 사람은 5시가 넘어서야 허겁지겁 다시 씻고 몸을 말리고 옷을 입고…… 그렇게 별장을 빠져나올 준비를 마쳤다. 혜영이 하도 갑순이와의 이별을 가슴 아파했기 때문에 여전히 석원의 눈총은 따가웠다. 그러면서도 그는 혜영에게 넌지시 제안을 했다.

"너 줄까? 데려다 키울 수 있어?"

"아니, 안 될 것 같아요."

김 여사나 지영은 개 짖는 소리에 예민한 사람들인지라 이미 성북동 마당에서 기르던 개들도 시골에 보내진 뒤였다.

혜영의 거절 후 그들은 한 시간 반 만에 서울에 도착했다. 차 안에는 침울한 공기가 낮게 가라앉아 있었다. 그녀는 젖어 있는 머리를 어깨에 흐트러뜨리고서 고개를 살짝 기울고는 졸고 있었다. 그녀의 옆얼굴을 한참 들여다보는 내내 그는 그녀의 속마음이 궁금했다.

"원래 잠이 많은 타입인가? 아님, 내가 그만큼 매력적이지 않다는 거겠지? 무슨 여자가 어떻게 내 옆에서 긴장도 안 해?"

그는 그녀의 몸을 찬찬히 살피면서 어느 한 군데도 설레지 않은 부분이 없다는 것을 알아차렸다. 아기같이 뽀얀 피부인 탓에 흰 팔목에 걸려서 달랑거리는 금팔찌와 귀 뒤로 넘긴 머리카락, 길게 뻗은 목 아래의 살짝 들여다보이는 쇄골 부분에 이어 하다못해 손톱에 그어진 빗금까지, 그녀를 이루고 있는 모든 부분에서 그의 시선이 떨어질 줄 몰랐다. 이대로 정말로 끝인가?

그녀를 차에서 내려줄 때에 그는 아쉬운 마음을 이기지 못하고서 저녁을 먹고 들어가자고 했다.

"식구들과 저녁 약속이 있어서 안 돼요."

거짓말.

뻔히 거짓말인 것을 알아차렸다. 석원의 자존심이 불시에 아파왔다. 너는 내가 별로였나 보구나, 하고서.

나는 어떡하지? 이 아이가 저 대문 안으로 들어가 사라져버려도 나는 괜찮은 건가?

석원은 그녀를 내려놓은 성북동의 저택 앞에서 자꾸만 지체하고 있었다.

"……나는 좋았어."

"저도요."

"나는 네가······."

"얼른 가세요."

그녀는 서둘러 그에게 고개를 숙였다. 그의 차가 우회전을 하기 전에 차창이 열리면서 석원의 얼굴이 드러났다.

"후회 안 해."

"미투."

혜영은 하나도 진지하지 않게 손 하나를 들어 까딱해 보였다. 별장에서의 천진난만한 얼굴이 가면인 건가, 이런 무표정하고 기계적인 얼굴이 가면인 건가? 갑자기 석원은 다시 그녀를 차에 태워 별장으로 차를 몰고 싶은 충동이 일었다. 그러나 입술로는 냉정을 가장해 말했다.

"난 정말 후회 안 할 자신 있다니까."

"네에, 나도 미투라고요."

그녀의 장난스러운 대꾸에 그가 짐짓 화를 냈다.

"좀 진지해봐라. 난 지금 너와 다시 한 번 만나고 싶다는 이야기를 하고 있는 거야. 내가 널 생각해주는 거라고, 알아? 넌 지금 감사해해야 하는 거고."

"에구, 어불성설!"

그녀의 단언에 뭐라? 하듯 그가 눈썹 하나를 치켜세웠다.

"몰라요? 우린 비정상적으로 즐긴 거예요. 절대 소문나면 안 돼요. 그리고 잊고 있나 본데, 이사님은 우리 언니하고 결혼할 사람이잖아요."

"거절······ 하는 건가?"

"네에, 그래요."

혜영은 고개를 수그린 채로 낮게 대답했다.

"난 내 맘대로 해. 또 그렇게 살 수 있는 사람이고. 구미가 당기지 않아? 그러니까 이게 마지막 기회야."

혜영은 가슴이 철렁 내려앉았다. 마지막 기회라고? 이 남자가 지금 무슨 말을 하고 있는 건가?

"이미 너무 지나쳤어요. 이사님과의 하루는 후회도 안 할 만치 근사했지만 지속적인 것은 안 돼요."

혜영은 침을 꿀꺽 삼키고 그를 마주 바라보았다. 마음속으로는 그에게 감사했다.

고마워요. 좋은 추억 하나 없는 나한테 고마운 일이 생겼어요. 나는 이제부터 당신을 기억하고 살 거예요. 절대 잊지 않을 것 같아. 그녀는 남자의 얼굴을 판화 찍듯이 정시하며 가슴이 미어졌다. 그의 세심하게 아기 보듬듯 자신을 다루던 손길을 잊지 않을 것이다. 처음인 자신을 무척 배려한 탓에 그녀는 상상했던 것 이상으로 나쁘지 않았었다. 그래, 다시 한 번 인정한다. 그와 처음이어서 너무 다행스럽다고, 그녀는 안도감에 가슴이 아팠다.

서늘한 분위기가 나는 남자의 얼굴, 반듯한 이마와 오만해 보이는 콧날, 그리고 날카로운 눈빛, 그의 모든 것을 마음에 새겼다. 나는 저 얼굴을 추억하고 살 거야. 평생 잊지 않을 거야.

그게 그녀의 몸을 사랑해준 남자에 대한, 그리고 자기 자신에 대한 최소한의 도리라고 생각했다. 그가 한참을 가만히 있더니 어렵게 입을 열었다.

"쿨하군."

"제가 좀 그래요. 첨부터 본능에만 충실하자고 그랬잖아요."

"뭐, 필요한 것이 있다거나 갖고 싶은 것이라도…… 아님, 다니는 회사가 너무 힘들다거나 하면 말해. 나 그 정도는 들어줄 수 있는 사람이야."

"에이, 내 일이잖아요. 상관하시면 실례지."

그녀는 손을 흔들어 바이바이했다.

얼른 가요, 가! 이제 끝난 거야!

그의 차가 좀처럼 움직일 기세가 없자 그녀는 제 손목에 있는 시계를 톡톡 두들겼다.

"이사님?"

"알고 있어."

그 짧은 순간이었을 거다. 혜영은 곧바로 눈치를 챘다. 이 남자는 자신을 잊기로 결정했다는 것을. 여자와의 한날 유희는 잊을 정도로 그는 냉혹하고 초연한 현실의 남자라는 것 또한 깨달아졌다.

그녀의 아버지와 마찬가지로 남자는 장사치로 길러진 게 맞았다. 저울질을 했을 때에 어느 편에 무게가 더 나가는 것인가를 놓고 결정을 본 모양이었다. 이 남자, 역시 쿨하다!

……다행이다.

그러나 마음 한편으로는 그에게 미안했다. 그는 본인이 원하는 대로 신지영과는 결혼하지 못할 것이기 때문이다. 이제 신 회장은 혜영과의 주말 밀회를 들먹이며 파혼을 청할 것이다. 그녀는 그가 만들어준 삼계탕을 먹을 때에도 임무에 충실했었다. 둘의 몸이 거의 반나체인 것을 이용하여 두 사람의 사진을 찍었던 것, 그녀는 일부러 그의 무릎에 앉아서 포즈를 취했다. 그것은 귀중한 증거자료가 되어줄 것이다. 파혼의 증거 자료 말이다. 그러면 모든 것은 게임 셋!

"아무튼 원하는 것 있으면 뭐든 말해. 내가 다른 건 몰라도……."

벌써 그들의 끝을 결정한 듯한 남자의 말에 혜영이 방긋 웃어 보였다.

"우리 이사님 잘나셨어요. 알아들었으니 얼른 가요. 6시까지는 들어가봐야 한다면서."

"요새 여자들 다이어트한다고 난리들인데, 넌 그런 거 하지 마라. 몸 튼튼한 게 전부니까."

"네에, 그건 염려 마시고 안녕히 가세요."

그의 차가 사라지고 나자 혜영은 재빨리 큰길가로 나왔다. 그녀는 택시를 잡아타고서 이문동으로 향했다. 택시를 내려서 상숙이 사는 아파트 상가의 마트에 들린 그녀는 이것저것 장을 보았다. 제철 과일인 딸기를 사고, 참치 통조림을 사고, 미역과 소고기를 샀다. 벌써부터 팔이 무거워졌지만 그녀는 아주 싱싱해 보인다는 이유로 전복도 두어 개 샀다. 온몸이 노곤한 탓에 마트 입구에 있는 약국에서 피로회복제 한 병을 사서 마시다가 뜨악해했다.

성인제약 프로카스?

하필이면 명석원 이사의 회사 제품이었다. 더 이상 엮일 일이 없을 텐데, 뭘. 혜영은 그를 연상시키는 물건만 보고도 움찔, 했던 심경을 쓸어내렸다.

상숙은 정확하게 7시 반에 저녁밥을 먹는 사람이었다. 아니나 다를까, 혜영은 비밀번호를 누르고 들어가자마자 상숙이 머리를 산발한 채로 밥을 먹고 있는 장면을 보았다.

그녀는 굳이 대리석 식탁이 있는데도 불구하고 꼭 거실에서 밥을 먹었다. 벽에 붙은 텔레비전에서 나는 왁자한 일요일 저녁의 오락 프로그램 소리가 혜영을 반겼다.

"소리가 너무 커, 엄마."

그녀는 우선 터질 것 같은 비닐 봉투를 내려놓고서 리모컨을 찾아 드는 일부터 했다. 텔레비전의 음소거 부분을 누르자 상숙이 아직도 화면에서 눈을 떼지 않으면서 신경질을 부렸다.

"크게 해! 안 들리잖아!"

"네네, 틀어드리지요."

왁 하고 모 개그맨이 비명처럼 웃음을 터트리는 소리에 혜영은 인상을 구겼다.

"그거 먹지 마, 엄마. 내가 다시 차려줄게."

혜영은 식당으로 가서 쟁반을 가져다가 거실의 테이블 위에 놓인 밥상을 치웠다. 차가운 물이 부어진 밥, 그리고 땅콩이 섞인 멸치볶음, 시어빠진 냄새가 나는 무생채 나물이 반찬의 전부였다.

"엄마는 왜 이렇게만 먹고 그래."

콧잔등이 찌르르 시큰해지면서 눈물이 고였지만 혜영은 그것들을 거두고는 식당으로 갔다. 밤새 첫 정사를 치른 몸이 힘들었는지 손길이 허투루 나왔다.

혜영은 우선 전복을 손질하고는 찹쌀을 씻어 죽을 안쳤다. 죽을 쑤면서도 냉장고를 정리했다. 그녀가 주말마다 찾아오는 집이었다.

잡지사의 마감이 겹치거나 성북동 행사가 있을 때는 빼먹기도 했지만 그녀는 되도록 상숙을 찾아왔다. 음식물 쓰레기를 정리하면서 남은 반찬들을 죄다 버렸다. 상숙의 머리를 묶어주고 대충 부엌을 치우고 나니까 죽이 다 되었다.

"배고팠지? 이거 전복죽이야, 엄마."

뜨거운 죽을 한 대접 가져다가 상숙의 손에 수저를 쥐여주었다. 상숙은 무심코 수저질을 하다가 뜨겁다며 한바탕 부산을 떨었다.

"봐봐, 이렇게 입김으로 불어서 입에 넣는 거잖아."

한창 추웠던 겨울을 보내고 봄을 지내면서 상숙의 몸은 부쩍 살이 올랐다. 이젠 예전의 고운 이목구비가 뭉개진 탓에 누구도 그녀를 보고 혜영의 모친이라고 하지 않았다. 그녀는 먹는 것과 자는 것, 텔레비전을 보는 낙으로만 살아 있었고 아무하고도 대화할 수 있는 형편이 아니었다.

"놔, 이리 내."

죽을 뜬 수저를 입으로 후후 불어 식혀주고 있는데 상숙이 화를 내며 그것을 가로챘다.

혜영은 이번에는 안방으로 가서 침대를 정리하는 일을 했다.

일주일에 네 번씩 일하는 사람을 보내고 있었다. 정기적으로 한 달에 두어 번 병원에 가서 약을 타는 일도 일하는 사람의 몫이었다. 이불장을 정리하고 메모지를 찾아서 일하는 사람에게 부탁할 것을 쓰고 있는데 상숙이 새된 비명을 질렀다.

"왜, 왜? 엄마, 왜 그래?"

혜영은 급히 달려갔다. 죽 그릇을 품에 안고서 상숙이 소파 위에 올라가 발을 동동 구르고 있었다.

"바퀴, 바퀴벌레……."

한쪽 손으로 소파 밑을 가리키며 상숙이 허둥댔다.

"걱정 마, 엄마. 내가 잡아줄게."

그녀는 시큰둥하게, 그러나 날랜 동작으로 소파 밑을 살폈다. 벌써 어둠의 구석으로 도망을 쳤는지 바퀴벌레는 한 마리도 보이지 않았다.

"보통 여자들은 바퀴벌레를 보면 악, 소리를 지르지만 나 신혜영은 달라. 너희들 오늘 싹 다 내 손에 죽었어. 나와, 안 나와?"

혜영은 부리나케 구석구석을 살피며 바퀴벌레가 사람이기라도 하듯이 협박을 했다.

아버지도 나오고, 명석원도 나오고, 다 나오라고 해!

내가 다 이길 수 있어.

그녀는 문득, 제 자신이 타인에 의해 휘둘리는 것에 분노와 환멸이 일어 견딜 수가 없었다.

4. 내 친구의 집은 어디인가?

"······원아."

혜영과 헤어져서 돌아온 집에 형인 이원이 와 있었다.

"나한테 무슨 볼일이라도?"

석원은 제가 사는 데까지 찾아온 형 이원을 따로 반가워하지도, 그렇다고 귀찮아하지도 않는 표정으로 바라보았다.

"잊었어? 오늘 본가에 안 왔더라고. 다들 너 볼 줄 기대하고 있었는데."

"일이 있었어. 그래도 늦게라도 참석하고 오는 길이야."

"기특하군. 어른들이 아주 환장하시지?"

벌써 술 한잔한 모양으로 이원은 전면이 통유리로 된 창을 앞에 두고서 와인글라스를 들고 있었다.

"연어 신선한 거 있는데, 줄까? 아님, 올리브?"

"석원이 너야말로 한잔할래?"

석원은 '노 땡큐.'라고 대답한 뒤에 슈트 상의를 벗고서 주방으로 향했다.

"역시, 네 자리는 쉬운 게 아니군. 아버지가 금연에 이어 금주까지 하게 했냐? 모처럼 형하고 술도 못 해?"

"아니, 그런 건 아니고. 그저 맑은 정신으로 생각해볼 게 있어서."

"여자 생각은 아니겠지?"

"글쎄."

석원의 차가운 눈매가 마치 얼음 같다고 이원은 늘 생각해왔다.

기분 나쁜 녀석. 동생 때문에 이원은 열등감에 치여 살았다. 일제 강점기에 약장사로 시작해서 지금은 한국에서도 첫 손가락에 꼽히는 제약 회사를 세운 선대 회장을 가장 많이 닮은 사람이 석원이라고 했다.

석원은 어릴 때부터 머리도 비상했지만 감정적이지 않은 탓에 크게 휘둘리는 법이 없다는 것이 장점이었다. 형제가 똑같이 주어진 상황에서 트레이닝에 매진했지만 항상 한 살 어린 동생이 결과가 좋았다.

자신이 장남이라는 중압감을 달고 사는 반면에 석원은 늘 자유로워 보였다.

일요일인 오늘도 집안에서 소집이 있었지만 석원은 나타나지 않았다. 종일 휴대폰도 꺼져 있었고 가장 측근이면서 수행비서인 정하준 실장의 대답도 노코멘트였다. 궁금증을 못 이겨 이렇게 동생 혼자 사는 집으로 쳐들어온 참이었다.

"난 베이글로 샌드위치 만들어 먹을 거야."

"저녁도 거르고 어딜 싸돌아다니다 온 거냐? 그런데 좋았나 보다? 네 얼굴 보니까 마치 용궁에서 자라가 도망쳐 나온 것 같이……."

석원을 뒤따라서 주방으로 들어가며 이원이 주춤 말을 멈췄다.

"비유가 적절하지 않네. 차라리 쇼생크 탈출의 마지막 장면을 언급할 일이지. 근데, 난 탈출은 아니야. 오히려 지금 막 감옥에 들어온 셈이거든. 그것도 내 발로 스스로."

"그런데 뭐야? 감옥에 들어온 사람치고 아주 좋아진 얼굴을 하고 있단 말이지."

어릴 때에도 동생은 항상 혼자였다. 어머니는 뭐든 뛰어난 석원에게는 관심조차 없었지만 자신에게는 항상 세세한 주의를 기울이는 편이었기 때문이다. 하지만 아무도 모르게 이원은 모든 것에 자신만만한 석원의 모습에 기가 죽었었다.

이상하단 말이야, 하고 그는 늘 의아했었다. 어머니의 차별을 눈에 보이게 겪으면서도 석원은 결코 어둡지 않았기 때문이다.

이원은 나약한 자신에게 쏟아지는 중압감과 기대를 견디지 못해 술이며 마약이며 남몰래 하는 짓들이 많았다. 그러나 석원은 자신에게 해가 되는 것은 절대로 하지 않았다. 혹여 발을 담갔다가도 끊어낼 줄 아는 결단이 있었다.

이기적이면서 이기적이지 않게 보이는 기술을 가지고 있는 녀석, 욕심 있으면서 욕심 없는 것 같은 얼굴을 하고 있는 녀석, 성공하는 삶이 무엇인지 잘 알고 있다고 장담하는 녀석…… 석원은 그러했다.

명진만 회장은 공공연히 이런 말을 했었다.

'열심히 한다고 되는 게 아니야. 타고나는 거지. 저 물건은 그래.'

그렇다면 결혼도 즐기는 것일까?

집안에서 등 떠민다고 해서 덥석 그러겠다고 대답한 동생의 심기가 이해되지 않았다. 상대가 청운그룹의 외동딸이기에 받아들였다는 사실은 아마도 석원의 야망을 고대로 드러내는 대목이리라.

"자식, 드디어 팔아치워지는 거냐? 청운그룹 외동딸을 위하여 건배!"

손목시계를 끌러 놓고서 수돗물에 손을 씻는 석원의 뒤통수에 대고 그가 호들갑을 부렸다. 그러자 석원이 뒤를 돌아서 2, 3초 정도 형을 쏘아보는 눈길이 예의 그 얼음장같이 차가운 빛이었다.

"외동딸이 아니었어."

뭐? 하고 이원이 눈썹 하나를 일그러뜨리며 되물었다.

"신지영에게 여동생이 있더라고. 여태 같이 있다가 들여보내고 오는 길이야."

이원이 커피 메이커의 버튼을 누르다가 흠칫, 동작을 멈추었다.

"설마? 신지영의 동생과?"

"걔 데리고 곤지암 다녀오는 길이야. 청운 영감의 사생아인 모양인데 그 집안과는 아무 상관 없는 사람으로 사는 것 같았어."

"뭐야, 대체? 너 어떻게 설명할 거냐? 결혼한다고 떠드는 신지영은 어쩌고 그……."

"딱 한 번뿐이야. 내일은 없는, 그런 거."

"일탈? 네가? 아니, 어쩌다가 그 지경까지 간 거지?"

그는 커피 머신에서 김이 모락모락 나는 잔을 빼내 이원에게 건네며 심상한 어조로 설명을 했다.

"2주 전 일요일이었나? 처음 만났어. 그러다 식사 한 끼 했고, 그리고 끝인 줄 알았는데, 어제 순원이 녀석 공연장 갔다가 만났어. 발칙하게도 우연은 아니라고 하면서 일부러 나를 기다렸다고 하는데, 별수 있나? 넘어가줬지."

이원은 상기된 얼굴이었다.

"예쁘냐?"

"응."

"어느 정도?"

"그 아이를 보는 순간에 난생처음으로 내 본능에 충실하고 싶어질 만큼."

더 할 말이 없어졌다는 듯이 이원은 어깨를 으쓱했다. 석원은 베이글에 치즈와 파프리카 등을 끼우고서 그것을 접시에 담아놓았다.

"나하고 모처럼 술도 안 마시겠다고 한 이유가 그럼, 그 맑고 또렷한 머리로 고작 여자 생각하려고 한 거였냐?"

석원이 오렌지 껍질을 벗겨내면서 시니컬한 얼굴로 답했다.

"더한 거 말해줄까? 복잡해지지 않으려고 무진장 애쓰고 있는 중이야."

"복잡할 것도 많다. 우리답지 않아. 넌 청운그룹을 사돈으로 두고 발판을 잘 디뎌서 우뚝 살아남아야 해. 형으로서의 조언이다. 아, 물론 경쟁자로서는 실수하는 거겠지만."

갑자기 석원이 싸늘한 시선을 했다.

"일격을 가할 때는 말이야, 하필이면 약한 데를 때리면 안 돼. 내가 살려면 무조건 그 상대방의 강한 부분을 쳐야 되는 거거든.

그래야 상대방이 한 방 맞고 나가떨어지지. 그런데……."

석원이 말끝을 흐리다 뭔가를 생각한 얼굴로 다시 말을 이었다.

"무슨 경쟁자? 형은 내가 일격을 가할 필요도 없는 인물인데."

저 자식이! 컸다, 이건가?

이원은 그 순간, 상처받고 말았다.

혼자 남은 석원은 편히 밤잠 자기는 글렀다고 낙심하고 있었다. 알 수 없었다. 흥분이 되어 좀처럼 잠을 잘 수 없는 정신은 사납게도 그저 신혜영, 그녀와의 일탈로만 집중이 되고 있었다.

머릿속은 뜨거운데 무엇 때문에 그런 건지 감이 잡히지 않았다.

신혜영, 가만히 등을 돌리며 그에게 이별을 고하던 모습이 끊이지 않고 망막을 헤집어 놓고 있었다.

그녀가 뒤돌아서는 가운데 그는 이미 마음 단단히 먹지 않았는가?

저 아이는 그저 스쳐 지나가는 바람이라고.

나 하고는 이제 아무 상관도 없이 살아가는 사람이라고, 하면서 그는 그녀를 보내지 않았는가 말이다.

알 수 없는 마음에 그는 갑자기 먹먹해졌다.

이대로 그녀를 모르고 살아간다고 해도 말이다, 그녀가 세상에서 편했으면 싶었다. 아이가 해맑고 욕심 없어 보이던데, 내가 뭐라도 해줄 수 있지 않을까?

결국 많이 망설이다가 문자를 넣었다.

혜영이 상숙의 아파트를 나온 시간은 자정이 다 되어가고 있었다. 곤지암에서 남자와 하루를 보내고 나서 모친에게 잠시 다녀오느라 주말을 다 쓴 격이었다.

모두가 잠든 밤에 제 방에 올라온 혜영은 샤워를 마치고 눴을 때에 식겁했다. 음부에 피가 비쳐 보였다.

침대에 눕기 전에 혜영은 급한 맘에 휴대전화로 <첫 관계 후에 계속 피가 비쳐요> 식의 검색 엔진을 돌렸다. 그때였다. 문자가 한 통 화면에 뜬 것은.

[아픈 데는 없는지? 궁금해, 답변 줘.]

이럴 수가?

명석원, 그 남자가 미친 게 틀림없었다. 잠시 당황했지만 그녀는 아예 싹을 잘라낼 마음으로 번호를 지웠다. 시계를 확인하니 거의 자정이 가까운 시간이었다.

그 밤에 혜영은 밤새 끙끙 앓았다. 몸도 마음도 아팠다.

이튿날, 아침이었다.

"언니, 아직 자나? 나 들어간다."

혜영은 가볍게 노크를 하고서 지영의 방문을 열었다. 월요일 아침이지만 파주에 있는 의류 창고에 들렀다가 출근을 해야 해서 오늘은 그래도 시간적 여유가 넉넉하기도 했고, 아침 식탁에서 지영이 보이지 않기에 걱정된 마음에 언니 방으로 들른 참이었다. 혜영은 평소 언니에게 격이 없이 굴었다. 어렸을 때는 무조건 혜영을 냉대하기만 하던 지영도 모스크바로 유학을 다녀온 뒤로는 자매의 정을 나누는 편이었다.

"혜영아!"

문을 열자마자 와락 지영이 안겨왔다. 그녀는 밤새 잠을 자지 않았다는 것을 증명하듯이 평상시의 차이나칼라로 된 블라우스에 스커트 차림이었다. 긴 머리는 엉클어졌고 두 눈이 붉게 부어 있는 것이 심상치가 않았다.

"최 군, 최 군이 없어졌어. 아니, 토요일에 너 따라간 뒤로 아예 안 들어왔어. 너는 뭔가 알고 있는 거지?"

"진정해, 일단 진정해. 물 좀 줄까, 응?"

혜영이 그녀를 침대 위에 눕히려는 순간이었다. 눈앞에서 불이 번쩍하며 아찔했다.

이런, 아프다!

정신을 차리고 보니 지영의 손이 연거푸 얼굴 쪽으로 공격을 해 오고 있었다. 그 손에는 검은 휴대폰이 들려 있었다. 얼른 그 손목을 잡아챘지만 왼쪽 귀에서 뜨거운 것이 느껴지는 것이 피부가 터져 피가 배어 나오는 것임을 깨달았다.

"신혜영, 네가 무슨 짓을 하고 다니는 줄 내가 모를 줄 알고? 찾아내! 그 사람 데려다놔! 난 그 사람에 대해 아는 것이 하나도 없는데, 어디 가서 만나는지 알지도 못하는데……."

"손에서 힘 빼. 이러면 다쳐."

혜영은 그녀의 손목을 잡은 손에 힘을 주었지만 이미 지영은 평정을 잃고 있었다. 겉으로는 나약하기로 소문난 지영은 집안 내력인 듯이 욱하는 기질이 있었다.

"넌 항상 나를 부러워했지? 내가 앉은 꽃방석을 탐내고, 내가 누리는 것들을 가지고 싶어 했어. 너는 내가 최 군에게 마음이 있는 걸 눈치채고는 그 사람을 꼬드긴 거야. 우리 엄마가 남편을 빼앗겼

듯이 너는 내게서 최 군을 빼앗으려는 거야."

무슨 드라마 찍을 일 있냐? 것도 막장으로?

지금 지영은 아무 말이나 막 떠들고 있었다.

"언니야말로 나한테 미안한 거 없니? 난 언니 네가 발레를 하면 태권도를 택했고, 언니하고 비교되는 거 싫어서 그런 게 있는지도 몰랐던 학과에 진학했어. 정작, 언니는 내가 뭘 포기하고 살았는지 알지도 못하면서 어디서 원망이니? 아, 아파!"

찰싹!

지영이 상반신을 비틀며 손목을 잡히지 않은 다른 손으로 따귀를 올렸다. 뺨을 피해 간신히 머리에 맞은 혜영은 더 이상 참지 못하고서 그녀를 바닥에 내팽개쳤다. 사실 지영은 힘으로는 혜영을 당하지 못했다. 그사이 혜영은 사이드 테이블 위에 놓인 꽃병을 찾아 들었다. 먼저 줄기가 긴 꽃을 잡아 빼고는 꽃병의 물을 쪼르르 따라냈다.

"정신 차려! 나도 지금 죽을 맛이거든요? 이게 다 부자들끼리만 잘살겠다는 너희들 때문이잖아."

바닥에 엎드린 채로 지영은 어깻죽지와 머리에 찬물 세례를 받고 있었다.

그렇게 한바탕한 후 혜영은 방을 나오면서 화장대를 지나치다 얼굴을 비춰보았다. 귀에서 몽글몽글 솟은 핏방울이 목선을 타고 흘러 떨어지고 있었다.

아침부터 피 봤다. 그렇잖아도 컨디션이 말이 아니었는데, 하고 그녀는 혼자 서러웠다. 출근하기 전에 의류 창고가 아닌, 병원부터 가야 할 판국이었다.

문득, 그 남자 생각이 났다.

명석원.

[아픈 데는 없고?]

그가 어젯밤에 보냈던 문자의 내용에 그녀는 마음속으로 답장을 썼다.

나 안녕하지 못해요.

석원은 지금 어처구니가 없었다. 원래부터 안 좋은 것에는 미련이 없는 식의 성격이라고 자부하지 않았나? 그런데 이게 무슨 일이지? 지금 하나도 쿨하지가 않잖아? 무슨 미련이 남았다고 나는 지금 이렇게 초조한 건가? 신혜영, 그 아이는 나에게 이로운 점은 단 하나도 없는 그저 '담배' 같은 경우가 아닌가?

내가 왜 이리 안달이지? 애써 원인을 생각했다. 분명 그냥 헤어진 것이 문제였다. 그는 그녀가 마음에 걸렸다.

'근사한 데서 밥이라도 먹여 들여보냈어야 했는데. 보니까 그 또래 여자들에 비해 식욕도 왕성하던데.'

그런데 신혜영, 그녀는 진짜 초연한 여자다. 그의 어젯밤의 문자를 시작으로 그녀는 어떤 말에도 일체 대꾸가 없었다.

끝났다, 이거지. 본능에 충실했으니 이제 됐다는 거겠지.

그녀는 심지어 전화조차 받지 않았다. 게다가 정 실장을 시켜 알아본 바로는 회사에 결근을 했다고 한다.

무슨 일이 있는 것은 아니겠지?

그는 가벼운 목례로 반기는 비서 윤성희 대리를 한 번 본 척도 하지 않은 채 뚜벅뚜벅 제 사무실로 걸어 들어갔다. 기다려 보지 뭐, 하고 그는 애써 침착한 인상을 유지했다.

혜영은 병원에서 귓바퀴에 난 상처에 처치를 끝내고서 약을 타고 있다가 김 여사로부터 전화를 받았다. 지영이 자해를 하고 병원에 입원했다는 소식이었다.

그녀는 전화를 끊다가 깜짝 놀라 비명을 질렀다. 명석원의 번호가 뜨고 있었다.

그녀는 순간적으로 아연해졌다. 자신에게 삶이란 늘 이 모양이었다. 도무지 타이밍이 맞지 않는다.

통명스러운 가운데 은근히 드러나던 다정한 모습, 뭐든 맛있게 먹어준다면서 감격한 얼굴로 고기를 굽고 팬케이크를 만들어주던 그의 성실한 손, 개와 함께 뛰어노는 그녀에게 질투를 느끼면서도 아닌 척 치기를 부리던 모습, 헤어질 때에 뭐든 해주고 싶어 하던 연민이랄까, 관심 등등. 처음으로 그녀는 이 남자에게 끌렸었는데, 도덕적으로 허용되는 범위가 아니지 않은가?

그녀는 남에게 민폐를 끼치지 않고 사는 것이 목적이었기에 이런 남자와 얽히면 안 된다는 것 정도는 제대로 숙지하고 있었다.

신혜영, 정신 똑바로 차려라.

현명해야 해. 현명하지 못하면 현명하도록 노력이라도 해야 해.

그녀는 지영이 입원해 있는 병원으로 가기 위해 운전석에 앉으며 귀에 붕대가 감긴 제 모습을 살폈다.

"부끄러운 줄 알아야 해. 나라를 위한다는 대의로 목숨을 바치는 청춘들도 있는 마당에 신형춘 오너의 딸, 자택에서 자살 시도!

원인은 자신과 함께하던 경호원의 가출, 뭐 이런 제목으로 세상에 쫙 알려지고 싶어?"

평소 지영이 먹고 싶어 하는 길거리 음식들을 잔뜩 사들고 와서 혜영은 잔소리부터 했다.

"나한테서 피를 보게 한 복수야. 언니에게 밀가루는 금지 식품이지? 이참에 잔뜩 먹고 여태 죽어라 다이어트한 보람도 없이 5킬로그램은 쪄서 이 병원을 나가게 될 거야."

청결한 민트색이 섞인 화이트 색조의 벽지가 차가운 느낌의 병실이었다. 푸른 환자복을 입고서 똑바로 누워 있는 지영은 흡사 피를 다 빨린 뱀파이어의 신부 같았다. 그녀의 왼쪽 손에 친친 감겨 있는 붕대를 살피며 혜영이 혀를 끌끌 찼다.

"언니나 내가 아버지가 같다는 건 확실해. 이럴 때 보면 우리 둘이 참 닮았어. 근데, 어째 언니는 나보다 극단적이야? 난 내 몸을 아프게 안 해. 상대방을 콱 밟아버리지. 최 군, 그 오빠 찾아내서 거세를 해버리자고."

흑, 지영이 콧물을 들이켜더니 그녀를 보았다.

"최 군한테 전해. 내가 죽으려고 했다고 말이야."

혜영은 개인 간호사로 고용된 여자를 흘깃 바라보았다.

"저어, 선생님. 언니가 평소에 떡볶이를 좋아하거든요? 근데, 우리 언니는 평소에 몸매 관리를 위해 밀가루 음식은 금기예요. 오늘은 좀 먹일게요. 괜찮죠?"

"종일 굶었는데 괜찮을까 몰라."

30대 중반의 인상 좋아 보이는 여인은 혜영의 손에서 비닐 봉투를 받아 병실 옆에 딸린 다른 방으로 향했다. 그녀가 보기 좋게 접시에 음식물을 담아 올 동안에 혜영은 급히 고개를 낮추고 속삭이듯 말했다.

"자살한다고 한 번만 더 이 꼴이면 나도 가만 안 있어. 최 군 오빠한테 언니가 얼마나 못된 사람인지 다 고자질해서 확, 없던 정도 떨어지게 만들 거야."

혜영은 계속해서 결근이라고 했다. 그녀는 석원이 보내는 안부 문자를 쓰레기통으로 치워버리는 모양이었다. 일체 그에게 함구하고 있었다.

하긴, 어차피 본능에만 충실하기로 하고 깔끔하게 원나잇 한 관계였으니, 하고 그는 할 말이 없긴 했다.

그러나 그녀가 회사를 결근한 일이 혹시 자신 때문은 아닌지 여러모로 궁금하고 안달이 난 가운데 그는 한 가지 결심을 했다.

'그래, 불가능이 어디 있어? 사람을 산으로 옮기지 못한다면 산을 사람한테로 데리고 오면 돼.'

석원은 어쩌면 얼토당토않은 말을 중얼거렸다.

그러고는 그는 바로 실행에 옮겼다. 먼저 성인제약의 홍보실에 연락해서 여성 용품과 피임약으로 광고 들어가는 잡지사를 알아보게 했다. 과연, 여원 문화사의 주부 잡지와 함께 패션지에도 광고가 나가고 있었다. 그는 홍보실장과 함께 전략 기획이라는 명목하에 공격적 마케팅을 부탁했다. 말만 부탁이지 순 억지였다. 왜냐하면 단 하루 만에 보고서가 통과되었기 때문이었다. 다행히 그가 맡은 에이원의 제품 중에서 여성 용품과 피임 제품이 주력 상품이었다.

"바로 진행해주십시오. 한시적으로 끝나지 않도록 잘 부탁합니다. 10대와 2, 30대 후반까지를 타깃으로 삼은 만큼, 여원의 패션지로 이벤트 확실히 가는 겁니다."

그의 주문대로 홍보실은 일을 착착 진행시켰다. 여기서 그치지 않고 그는 정 실장을 시켜서 여원 문화사의 편집부에 따로 부탁을 넣었다. 왕여희라는 편집팀장은 뭔가 눈치를 챘는지 정 실장의 말은 뭐든 들어줄 태세였다. 결국 그의 뜻대로 신혜영 에디터가 홍보부에 취재차 나올 거라는 답변을 듣고야 말았다.

신혜영, 너 뭐가 그리 비싸? 내가 이렇게 수고를 해야 만나지는 거야?

편집부 사무실이었다. 혜영은 사흘을 연차 낸 다음 날에야 겨우 출근을 할 수 있었다.

아직 몸도 마음도 개운치 않은 때에 하필이면 점심시간을 앞두고 왕여희 선배는 기획 회의를 한다고 팀원들을 모았다.

"자자, 계절을 앞서가는 게 우리 잡짓밥 먹는 사람들의 장점이자 단점이지. 우리는 한창 봄인 4월을 살고 있지만 얼른 6월 기획 들어가야지? 꼭지 회의합시다. 다들, 집합! 근데 신 막내, 왜 안 보여?"

"저, 여기요! 포토 선배님들한테 다녀왔어요. 특집 크롭 셔츠 촬영 보정이요, 결국 세피아 처리했어요, 선배."

혜영이 급하게 다른 부서의 책상들 코너를 돌아 편집팀의 제 자리에 앉으며 허둥댔다. 보통 꼭지 회의라고 해서 기획 회의를 하는 날은 긴장감과 함께 스트레스가 장난 아니게 마련이다. 더욱이 혜영은 사흘을 휴가 내고서 겨우 오늘 출근한 경우였기 때문에 다른 때보다 더 주눅이 들었다. 하지만 앞이 깜깜한 정도는 아니었다. 차곡차곡 그동안 다음 달을 위한 꼭지를 준비해두었기 때문이다. 평소 기획했던 기사들도 이런저런 핑계로 누락된 것이 상당하기 때문에 그중 몇 개만 들이대도 중간은 갈 것 같았다.

"막내, 이제야 얼굴 보여주네? 마감하다 병났다고 들었어. 근데 귀를 다쳐서 왔잖아?"

혜영의 옆자리에 앉은 도윤정 선배가 소곤거리면서 안부를 챙겨주었다.

"귀 때문에 연차 쓴 건 아니에요. 이게 겉으로만 이렇지, 그리 심한 부상이 아니거든요. 염려 감사합니다."

"얼굴이 수척하다. 여태 체력으로는 가장 잘 버틴다고 소문났었는데, 역시 마감에는 장사 없지?"

이때, 왕 선배의 집중하라는 말이 꽂혔기 때문에 혜영과 윤정은 동시에 입을 다물어야 했다.

"막내가 마실 것들 챙겨 와야지, 누가 챙겨? 정신 안 붙잡고 있을래?"

문득 왕 선배의 지적에 혜영이 자리에서 벌떡 일어났다. 잊고 있었다. 기획 회의를 한다거나 마감 회의를 할 때에는 '물귀신'이라는 소문이 자자한 편집팀에게 음료나 커피는 절실한 것이었다.

"예, 명받습니다."

혜영의 경직된 외침에 다들 와자하게 웃음을 터트렸다. 혜영도 그들과 섞여 웃어주고는 서둘러 탕비실로 들어갔다.

사무실 입구의 외진 자리에 파티션으로 마련한 탕비실의 싱크대 앞에 서서 혜영은 잠시 호흡을 골랐다.

너무나 많은 일이 일어났다.

그녀는 생전 처음으로 남자와 정사를 했고, 최 군은 자취를 감추었다. 뿐만 아니라 연쇄적인 반응이듯 지영이 손목에 자해를 해서 병원에 입원 중이다. 혜영은 싱크대에 두 손을 짚고서 복잡한 심경을 추슬러야 했다.

더 중요한 것은 그녀의 생각 대부분이 그날의 곤지암에서의 일탈로 향해 있다는 것이다.

아, 적응 안 된다.

명석원, 명석원.

정신을 차리고 보니 다이어리의 한 장에 온통 석원의 이름이 도배가 되어 있었다. 한창 회의가 진행되는 중인 것도 잊고서 혜영은 저 혼자만 딴 세상에 있는 것 같았다.

"……막내, 듣고 있는 거야?"

보다 못한 왕 선배가 지적을 해왔다. 혜영은 깜짝 놀랐다.

"예? 죄송해요, 선배님."

"못 들었어? 방금, 내가 말한 것 적고 있지도 않았지?"

혜영이 제 노트북을 황망히 들여다보고 있는데 곁의 윤정이 손가락으로 메모 하나를 가리켰다.

<여성 용품 기획 기사>

"생리대 기획 기사 말씀하시는 거죠?"

혜영은 윤정에게 고맙다는 윙크를 보내고는 고개를 똑바로 해서 왕 선배를 정시했다.

"그래, 그거. 특별히 성인제약에서 애독자 선물을 준비했대. 아주 물량 제대로 쐈더라고. 물론 홍보 목적이겠지만. 그래서 말인데, 입만 싹 닦을 수는 없는 노릇이잖아? 6월 기사면 여름도 다가오고 하니까 우리 여성들이 청결에 얼마나 신경 쓸 문제야? 그러니까 이참에 각 회사별로 출시된 신제품 여성 용품들 싹 모아서 기획 취재해보자고."

가만있자. 혜영은 눈을 깜박거리기만 했다. 성인제약, 성인제약……. 그 순간은 당장 머리에 이입되는 것이 없어서 혜영은 뭐가 뭔지 알 수 없는 얼굴이었다.

"쇠뿔도 단김에 뺀다고 막내가 성인제약 다녀와야겠어. 거기 홍보부에서 미팅 약속 잡아놨으니까, 늦지 않게 가서 애독자 선물 증정용……."

"선배님, 잠깐만요!"

이제야 뇌에 불이 켜진 듯이 혜영은 바로 토를 달았다.

"선배님, 제가 입사한 뒤로 기획 기사는 처음이고요. 무엇보다도 오늘은 이미 다른 취재 약속이 잡혀 있는데요."

"신! 다녀오라면 다녀와. 성인제약이라면 피임 제품 광고도 우리 지면에 얼마나 착실하게 꽝꽝 때려주더냐? 다들 경제가 죽었다는 하향 길에서 너도 나도 광고 뺄 때에 성인제약만큼은 의리로 그러는 건지 알 수 없지만, 어쨌든 우리 것도 그렇고 주부 잡지 쪽도 그렇고 충실히 광고 박고 있는 데야. 국장님이 특별히 고마워하는 데라고. 게다가 이번에 애독자 선물은 너무나도 대박 아니냐?"

"그래도 저는 오늘 동대문 홍 사장님 인터뷰 따야 하는데요?"

그녀는 제 다이어리를 좌르르 펼쳐 보이며 항의했다.

"도윤정! 자기가 거기 다녀오면 되겠네. 그리고 기획 기사가 처음이라는 우리 막내가 두려울 것을 대비해 사수가 있는 거잖아? 막내의 사수가 누구?"

왕 선배가 식어버린 커피를 한 모금 마실 동안에 그 사수는 손을 들지 않고 있었다. 하얗게 질린 얼굴의 혜영을 빼고 다른 기자들은 다들 쿡쿡 웃고 있느라 바빴다.

"왜, 막내의 사수가 자수하지 않고 있지?"

"선배님이세요."

혜영이 멋쩍은 표정을 하고 왕 선배를 보았다. 그제야 그녀는 크게 입을 벌린 채로 알았다는 듯이 헛웃음을 지었다.

"나였어. 그래, 그럼 내가 총대를 멜 테니까 이번 3대 기획 중 하나로 크게 내보자고."

어떻게 기획 회의를 마쳤는지 알 수 없었다. 혜영은 책상 위에 놓인 컵 등을 커다란 쟁반에 주섬주섬 담으면서 얼이 빠져 있었다. 물론 성인제약의 홍보실에 간다고 해서 그 남자를 만난다는 보장은 없었다. 그러나 이건 아니지 싶었다. 그리고 이게 무슨 운명의 장난인지 그녀는 명석원 이사와 상관이 있는 것만 보고 들어도 가슴이 뛰고 있었다. 평소에는 인식하지 않고 지나쳤던 텔레비전 광고나 입간판, 그리고 버스 정류장에 붙은 광고로 만나는 성인제약의 제품은 그녀의 마음을 흔들기에 충분했다. 그런데 삼성동에 있는 본사의 홍보실에 직접 가야 하다니!

한편, 석원은 1시간 전부터 홍보팀이 웅성거리고 있는 복도에서 대기하고 있는 중이었다. 잡지사에서 기자들이 방문해 홍보 부스에서 인터뷰가 진행된다면서 그곳은 한창 떠들썩했다.

신혜영, 드디어 걸려들었다. 얼마 만에 보는 건가?

그녀의 다소 야위어 있는 얼굴이 창백했다.

날씬한 몸의 선이 여실히 드러나는 자잘한 꽃무늬가 새겨진 원피스를 입고 그 위에 붉은색의 카디건을 걸친 그녀의 목에는 아이디카드가 걸려 있었다. 곁에서 사람들이 잡지 에디터가 저렇게 예쁘냐며 조용히 수군거렸다.

5. 사랑의 꿈

혜영은 이기욱 포토 기자와 함께 성인제약 홍보부 사무실에서 취재를 위해 사람들을 만나고 있었다.

"안녕하십니까? 방문 감사합니다. 저는 성인제약 홍보부의 정환규 과장, 그리고 여기는 우리 김상록 부장입니다."

"잘 부탁합니다."

포토 선배와 혜영은 각자의 명함을 내밀었다. 정 과장이라는 사람이 짤막하게 회사에 대한 브리핑을 하는 동안에 이 선배는 찰칵 소리를 내면서 이벤트 상품으로 준비된 여성 용품의 광고판을 찍느라 분주했다. 혜영은 노트북을 꺼내놓고서 정환규 과장의 간단한 제품 브리핑을 들었다.

그리고 장장 1시간 반의 홍보부 미팅이자 취재가 끝이 났다.

"막내, 아주 베테랑 같았다니까. 그만하면 수월했어."

이 선배는 그녀의 취재를 칭찬해주었다.

"들어가는 길에 말이야, 저기 왕십리 골목에 보면 유명한 곱창집이 있는데 내가……."

"다음에요, 오늘은 선약이 있어서요. 언니가 병원에 있어요."

"저런, 무슨 일로."

이 선배의 식사를 같이하자는 요청에 그녀가 완곡한 거절을 했다. 그 사이에 엘리베이터의 문이 스르르 열렸다. 두 사람은 안으로 들어갔다. 그때였다. 그들을 태운 엘리베이터가 다시 입을 닫기 직전에 갑자기 누군가가 안으로 비집고 들어왔다.

"실례하겠습니다."

혜영은 처음엔 놀라고 두 번째는 황당하고 세 번째는 분노가 일었다.

"할 이야기가 있어. 시간 좀 내주지."

석원이 불쑥 말을 꺼냈다. 훤칠한 그가 엘리베이터 안에 들어오자 위압감과 함께 서늘함이 느껴져서 숨이 턱 막혀왔다. 그러나 그녀는 딱딱하게 거절을 했다.

"저는 시간이 없습니다만."

"여기서 할까?"

혜영은 입술을 깨물었다. 심장이 내려앉는 느낌이었다. 24층에 위치한 엘리베이터는 지하까지 내려가려면 아직도 먼 것같이 느리게만 느껴졌다.

아아, 제발!

혜영은 자신이 어떻게 해야 할지 가닥이 잡히지 않는 가운데 문득 석원을 올려다보았다. 그는 으르렁거리듯 낮게 다그쳐왔다.

"여기서 말해?"

"막내, 아는 분이셔?"

심상치 않은 기색을 느꼈는지 이 선배가 끼어들었다. 혜영은 속이 타는 가운데 다시 한 번 석원과 눈을 맞추었다. 이러지 말아요. 이건 내가 바라던 시나리오가 아니란 말이야. 그러나 석원은 이글이글한 눈빛으로 그녀를 제압하고 있었다.

"여기서 말하라고 하면 나는 그렇게 해."

"저기, 저기요."

갑자기 땡, 하고 엘리베이터 음이 울렸다. 그녀의 차는 지하주차장에 있었는데 문이 열린 곳은 1층이었다.

"이리 와, 정말 마지막으로 할 말이 있어서 그래."

"이상한 사람이야. 나는 그쪽에게 할 말 없다는데도요!"

신경질적인 그녀의 말에 그가 화가 난 어조로, 그렇지만 최대한 낮게 속삭이듯 한마디 했다.

"마지막이라고."

그는 그녀의 어깨에 걸린 노트북 가방을 낚아채듯 제 어깨에 둘렀다. 그러더니 앞장서서 성큼성큼 엘리베이터 안을 걸어 나갔다.

"나보고 어쩌라고 저러는 거야, 정말!"

그녀가 하얗게 질린 얼굴로 안절부절못하자 이 선배가 그녀의 등을 떠밀었다.

"어떡하긴, 가서 가방 찾아와. 이거, 내가 좋아하는 사람은 죄다 임자가 있는 징크스가 여기서 또 안 깨지네. 내가 막내 차를 끌어다 회사에 가져다 놓지, 뭐."

이 선배에 의해 엘리베이터 문밖으로 튕겨 나가게 된 그녀는 당황한 얼굴로 짜증을 부렸다.

"프로는 질질 흘리지 않고 깔끔하다던데, 무슨 남자가 저래?"

그때, 그녀의 가방을 한쪽 어깨에 멘 그가 우뚝 멈춰 서더니 뒤돌아섰다. 그는 자신을 따라오라며 고갯짓을 하고 있었다.

"좋은 데서 밥 좀 먹으려고 그런다. 어서 따라와."

"가방 이리 줘요, 안 가."

혜영이 그에게로 팔을 뻗었다. 그러자 오히려 그가 그녀의 손목을 낚아채듯이 하고는 제 몸 가까이로 잡아끌었다.

"놓으세요."

혜영이 그에게서 벗어나려고 바동거렸을 때였다. 갑자기 그의 다그침이 터져 나왔다.

"가만있어 봐! 뭐야? 이거 왜 이래? 사흘 결근한 이유가 그럼, 다쳐서 그런 거야?"

"아!"

그녀는 그제야 석원의 시선이 제 귀에 바싹 붙어 있는 것을 깨닫고는 불시에 얼굴을 붉혔다.

그는 혜영의 귀에 씌워진 투명한 캡을 자세히 살피기 위해 머리카락을 헤집었다.

"너 진짜 사람 환장하게 만들래? 내가 안 보는 데서 이렇게 다치는 건 또 뭐냐고? 누가 이래놨어?"

"신혜영이 이런 모양이 됐을 때에 상대방은 과연 어떻게 됐을까요? 완전 죽을 뻔해서 전치 몇 주 나온 채로 지금 입원해 있답니다. 몰랐어요? 원래 재벌가의 사생아들이 좀 그래요. 욱하는 기질을 이기지 못해서 한 번씩 피를 보곤 하지요."

일부러 혜영은 농담 섞어 응수해주었지만 그는 황당하면서 심각한 얼굴로 중얼거렸다.

"젠장, 얼마나 다친 거야?"

"수프는 각각 브로콜리하고 땅콩 단호박, 아, 그리고 관자하고 카르파치오도 선택할게요. 피클은 비트로 주시고요, 피자는 블랙 올리브 토핑 올려주시고요, 스테이크는 하나는 레어, 다른 하나는 미디움으로, 그리고 머쉬룸 소스로 부탁합니다."

척척 주문을 해대는 그를 보면서 혜영은 속으로 기가 찼다. 땅콩이 들어간 단호박 수프, 관자 구이며 카르파치오, 비트 피클, 스테이크를 레어로 선택하는 것, 블랙 올리브 피자, 게다가 머쉬룸 소스까지 모두가 그녀 취향이었기 때문이다.

결국 이렇게 되었다. 그렇게도 싫다고 튕기는 그녀를 그는 한마디 말로 설득시켰다.

'정말 마지막으로 분위기 좋은 데서 식사 한 번만 해.'

로시니의 음악이 흐르는 고급 이탈리안 레스토랑 안의 테라스였다. 앤티크한 테이블에는 유명 플로리스트의 작품인 게 분명한 꽃바구니가 놓여 있었는데 그 앞에 늘어선 향초에는 불이 타고 있었다.

봄날의 초저녁 훈풍이 부는 날이었기에 테라스 안은 적당히 기분 좋고 온화했다. 그녀는 참담한 얼굴인 반면에 석원은 우쭐해 있었다. 그건 식탁 한가운데에 놓인 꽃바구니 탓이었다.

처음엔 그저 평범한 장식용으로 알았는데 그것은 석원의 말을 빌면 아주, 아주, 아주 특별했다. 석원이 혜영을 위해 플로리스트에게 의뢰한 것이기 때문이다. 혜영의 모습을 연상하며 만든 작품이라고 했다.

그녀는 분홍빛과 보랏빛이 탐스럽고 소담스러운 장미를 바라보며 한편으로는 어이가 없고, 또 한편으로는 절망스러웠다. 마지막이다, 밥 한 번만 먹고 헤어지자는 이 남자의 소원을 들어주기 위해 레스토랑까지 끌려온 것은 썩 유쾌한 일이 아니었다. 아니, 믿겨지지 않을 만큼 괴로웠다.

결국 그녀의 차는 이 선배가 도로 회사에 가져다 놓기로 했지만 내일이면 당장 이상한 소문이라도 퍼질 것이 우려스러운 상황이었다.

"와인은 뭘로 하시겠습니까? 오늘은 특별히 저희 소믈리에가 추천하는 것으로……."

웨이트리스의 친절한 설명이 끝나기도 전에 석원이 나섰다.

"와인 마시지 마. 레몬에이드 시켜."

그러자 혜영이 뿌루퉁한 입술 모양을 해 보였다.

"마실래요. 상관 마요."

"너, 귀 때문에 항생제 먹을 거 아니야? 알코올이 들어가면 안좋을 것 같아."

그러면서 석원은 레몬에이드와 함께 자신의 몫으로 소다수를 주문했다. 웨이트리스가 트레이를 밀어 전채 요리를 가져올 때까지도 두 사람은 입을 다물고 있었다.

"너 너무 쌀쌀맞아. 옳다고 생각해?"

기어이 조용한 식탁의 평화랄까 휴전은 그렇게 깨졌다. 막 메인 메뉴가 올라왔을 무렵에 석원이 그녀의 스테이크를 썰어주려다 시비가 붙어버린 탓이다. 혜영은 그의 친절을 거부하면서 본인 스스로 나이프질을 했는데 석원이 참지 못하고서 툭 쏘아붙였던 것이다.

"참, 한심합니다. 이사님은 이사님 생각밖에 할 줄 몰라요? 그럼 내가 어떡해야 하는데요? 이상한 편법 쓰듯이 사람을 옴짝달싹 못하게 하고서 식당까지 데리고 와놓고서는 활짝 웃어주기를 기대하는 거예요, 지금?"

표독스럽게 대꾸하면서 혜영은 큼직하게 썬 스테이크 한 점을 입에 넣었다. 식사에 집중할 테니 말 걸지 말라는 경고가 다분한 행위였다.

"너 이제 보니 대단히 삐뚤어졌어, 알아?"

"고슴도치에게 가시가 있는 것은 안에 지킬 것이 있기 때문이겠지요. 그리고 이제부터 이사님은 고분고분하면서 잘 웃는 여자와 식사하시면 되겠네요? 제약 회사 아드님과의 식사를 영광으로 아는 여자면 금상첨화일 거예요."

그의 분노를 유발하는 멘트임을 알고서 일부러 대차게 쏘았으나 그는 조용하기만 했다. 알 게 뭐야? 다행인 것은 그 와중에도 육질의 맛은 깊고 풍부했다.

"알았어, 진정해. 그래, 내가 미안하다."

갑자기 석원은 누그러진 어조로 사과를 해오더니 그녀에게 먹기를 종용했다.

"많이 먹어. 걱정 많았는데 일단은 맛있게 먹어줘서 좋네."

그의 의외의 태도에 조금 놀란 혜영은 이내 샐쭉한 얼굴로 통박을 주었다.

"대체, 이 집은 누가 예약한 거예요? 정하준 실장님이라면 진짜 센스 빵점이라고 전해줘요. 이건 누가 봐도 꽃에, 저녁 정찬에……

완전 연인 무드잖아요. 그리고 나 이탈리아 음식 별로란 말이야. 나 같은 여자가 이런 식당을 좋아할 거라는 환상은 버려요."

"이래 봬도 내가 통계학으로 학위 따내느라고 머리에 쥐 난 사람인데 아무것도 안 따져보고 그냥 여기로 왔겠어?"

"이사님은 진짜 다 안 좋은데 그중 가장 안 좋은 거 한 가지가 뭔 줄 아세요? 남자가 잘난 척이 끝이 없으셔요. 식당 선택에 무슨 통계까지 나온대?"

'헛짚었나?'라고 그가 혼잣말을 하며 고개를 갸우뚱하더니 설명을 덧붙였다.

"여우? 왕 여우라고 하는 네 사수가 그러더라. 너는 먹는 것 앞에서는 무조건 무장해제 된다면서. 정통 이탈리안 음식을 꽤 즐긴다고 말이야. 이 집, 미슐랭 가이드와 블루리본 서베이에 나왔다면서 그 왕 여우 씨가 특별히 여길 추천해줬어."

순간, 웃음을 참지 못하고서 혜영은 입에서 물을 뿜었다. 석원이 반사적으로 몸을 일으켜서는 냅킨을 가져다가 그녀의 입에 대주었다.

"아니, 됐어요."

"귀, 봐봐. 상처에 물 묻은 거 아니야?"

혜영은 웃음을 참느라 양 볼이 붉어졌지만 그는 그녀의 붕대 캡이 감겨진 귀를 살피면서 겁먹은 얼굴이었다. 이윽고 그는 자신의 접시에 놓인 스테이크 조각을 그녀의 접시로 옮겨주었다.

"나 너한테 이미 백기 들었어. 말싸움하려고 붙잡은 거 아니니까 우리는 시간을 아껴야 해."

더 이상의 대화는 두 사람을 벼랑으로 몰아갈 뿐이라고 그는 깨달은 것 같았다.

"곤지암에 다녀와서 너랑 그렇게 헤어지고서 밤새 잠 한숨 못 잤어. 술 한 모금 안 넘겼는데도 정신은 또렷하면서도 몽롱하고 몸은 붕 뜬 것같이 기분은 묘한데…… 뭘 해도 집중이 안 되고 일이 손에 안 잡히는 거야. 그러면서 더욱 생생해지는 것 한 가지, 내가 왜 너하고 제대로 된 레스토랑에서 식사 한 번을 안 하고 헤어졌나, 라는 후회였어. 이런 데가 모든 여자들의 로망이라고 하잖아."

"괜찮아요. 나는 이거 로망 아니에요."

"안 믿어져. 스물다섯이나 먹은 여자가 이탈리안 레스토랑을 싫어할 리가 없지."

혜영은 그의 말도 안 되는 억측에 화가 나려고 했다.

"통계에 그렇게 나왔나 보죠? 이사님, 여자를 은근 속물로 몰지 말아요. 우리 여자들은요, 이런 분위기 좋고 인테리어 멋진 곳만 선호하는 게 아니랍니다. 사랑하는 사람, 바로 그게 빠지면 아무 의미 없는 거라고요."

으흠, 하고 석원이 잠자코 있었다. 때를 놓치지 않고서 혜영이 확인 사살을 했다.

"순리를 거스르면 다치는 건 당사자들이에요. 나중을 위해서라도 사람은 앞가림 잘하고 살아야 해요."

"알아, 순리. 그거 잘 지키고 착하게…… 이제부터라도……."

그가 불현듯 말을 더듬거리며 손수건을 꺼내 이마의 땀을 닦았다. 그러더니 그가 혜영아, 하고 나직하고 다정한 어조로 그녀의 이름을 불렀다.

레몬에이드가 든 병 속에 빨대를 집어넣고 휘휘 젓기만 하던 혜영이 네에? 하고 눈도 안 들고 건성으로 대답을 했다. 그가 다시 한 번 더 혜영아, 라고 그녀를 불렀다. 네에, 그녀는 일부러 심드렁하게 대답을 했다.

"……근데, 나 너한테만 순리 거스르면 안 될까?"

그러면 안 된다. 혜영은 재빨리 자기 자신에게 타이르는 어조를 했다. 이 남자는 너와의 잠자리가 근사했다고 여기며 자신의 침대를 외롭지 않게 해줄 여자를 곁에 두고 싶은 것뿐이야. 속으면 안 돼. 이 남자는 손해 보는 짓은 절대로 안 한다는 사람이야. 게다가 남의 눈에 눈물 나게 하면 본인은 피눈물 흘리는 거, 그런 거 너는 다 알잖아.

"이사님은 분명히 같이 밥만 먹어달라고 했어요. 그 부탁 들어드리는 자리예요."

사실을 털어놓을까? 나란 여자는 당신을 곤란에 빠뜨리기 위해 일부러 접근했다고. 나는 벌벌 떨며 키워진 당신과는 근본부터 다른 사람이라서 사랑도 인정도 없는, 나 하나만 아는 아주 나쁜 여자라고. 그렇게 다 털어놓고 싶었다.

"한 대 맞아주고 끝날 수 있다면 그렇게라도 해주고 싶어요. 나 실은 이사님한테 해야 할 말이 있어요……."

그녀가 모든 사실을 털어놓으려는 충동을 이기지 못하고서 막 입을 떼었을 때였다. 그가 먼저 그녀의 말을 잘랐다.

"그럼, 돈이라도 받아주든가."

돈?

혜영이 한쪽 눈썹을 치켜세우며 의아한 표정을 지었다. 왜 이렇게 나한테 뭐라도 주려고 안달이지, 이 사람?

"돈이요?"

"그래, 돈."

"저기, 혹시 해서 하는 말인데요. 이사님, 나 임신 걱정 안 해도 되거든요?"

그러자 그의 입술에서 바람이 새어 나가는 것 같은 소리가 났다. 웃는 것도 같고 신음을 토해낸 것도 같은.

"그런 거 아니야. 내가 가지고 있는 것 중에서 가장 좋은 것을 주고 싶어서 그래. 너에게 그거 꽤 도움 될 것 같아. 내 진심이야. 그렇게라도 하게 해줘."

혜영은 묵직하게 넘어간 고깃덩어리가 식도 부근에서 꽉 막힌 것 같았다.

"술집 화대 같아서 기분 나빠."

음료를 한 번에 다섯 모금도 넘게 마시고 나서 그녀가 투덜거렸을 때였다. 석원이 진지하게 말했다.

"밥벌이라고 했나? 암튼 그런 거 하느라고 공부 더 하고 싶지도 않다고 했었어. 내가 보기엔 네가 잡지사 다니고 있는 거, 그것은 분명히 네 집에서 편애한 탓인 것 같은데."

"이사님한테 굳이 잘 보이고 싶지 않아서 대충 대답한 건데, 그걸 그렇게 멋대로 해석하고 그래요?"

"앞으로 영영 못 보고 살 거라면 내 마음이라도 편하고 싶어서 그래. 받아줬으면 해."

"내가 싫다고 거부했으니까 이 문제는 끝, 됐지요? 배불러요, 일어날게요."

혜영은 주섬주섬 냅킨으로 입을 닦아내고는 가방을 챙겨 들었다.

"앉아!"

그가 명령조로 말했다.

"미안해요. 평정심을 잃었어요. 디저트까지는 못 하겠어요."

"이렇게 가면 나 또 네 얼굴 보겠다고 뭔 짓을 할지 몰라."

혜영은 도로 자리에 앉았다. 아이고, 그래. 오늘만 봐도 그래. 암만해도 끝은 깔끔해야겠지.

"그냥 헤어져지지가 않아서 그래. 너도 내 감정을 좀 인정해주라. 돈이 싫으면 차라도 바꿔줄까? 아님, 뭐 필요한 거 없어?"

혜영이 가만히 침묵을 지키고 있자 그가 다시 말했다.

"내가 너 어떻게 해주면 좋으냐고, 응?"

자꾸 보채는 이 남자에게 딱 한마디면 족할 것이다.

"이대로 좋게 헤어져요, 우리. 그러면 정말 좋겠어요."

"판에 박힌 소리 집어치우고!"

이런 식으로는 영영 끝나지 않을 미로와 같아서 혜영은 재빨리 머리를 굴렸다.

"그럼, 언제가 될지 모르겠는데……. 언제든 내가 한 가지 부탁을 할 날이 올 거예요. 그때는 무조건 내게 달려와주는 거예요. 단, 내가 필요할 때요. 이사님은 그때 내게 도움을 주면 돼요. 돈이 됐든, 뭐가 됐든."

해냈다.

석원이 가만히 고개를 끄덕이며 수긍하는 것을 끝으로 혜영은 자리에서 일어설 수 있었다. 굳이 이슥한 테라스를 선택한 이유는 혹시라도 석원을 아는 사람을 마주칠 것을 염려해서일 것이다. 따로따로 나가야 했다.

"먼저 갈게요."

"정 실장이 있어. 불러줄 테니까 기다려."

"아니, 택시 타고 가면 돼요."

"고집쟁이, 잘 먹고 잘살아라."

그가 두 팔꿈치를 식탁 위에 대고 핀잔인지 인사인지 모를 말을 던졌다. 상처 입은 짐승의 모습 같았다. 그와는 반대로 혜영은 밝게 인사했다.

"이사님도 건강하세요. 아참, 덕분에 저희 잡지가 특별한 때도 아닌데 이벤트 크게 하게 생겼어요. 애독자 선물 쪽보다는 잡지책에 끼워서 주는 보너스 선물로 갈 것 같아요. 하도 물량이 많아서요. 고마워요. 아마 입사한 후 처음으로 간행되자마자 품절될 것 같아요."

활짝 웃는 그녀를 보고 석원은 기가 막히고 한심하다는 얼굴이었다. 그녀도 제 자신이 한심했다. 첫 정사를 한 남자와 마지막으로 헤어지면서 하는 인사말이 잡지 품절 운운이라니!

석원을 내버려두고서 식당을 나온 그녀의 눈에 맞은편 건물에 붙은 현수막이 눈에 들어왔다.

<위안부 할머니들을 위한 자선 바자회>

행사장은 넓었다. 거의 연인들로 보이는 사람들로 꽉 차 있었는데 자신들이 소지하고 있는 애장품이나 물건을 내놓고 경매를 붙이는 형식이었다. 그 수익금이 위안부 할머니들에게 간다는 말에 혜영은 잠자코 있을 수가 없어 가방 속을 뒤적거렸다. 화장품 파우치와 미니어처 향수병 하나, 칫솔 세트, 물에 타먹는 비타민제 등이 그녀의 가방 안에 들어 있는 내용물의 전부였다. 그중 가장 값

나가는 것이 파우더였는데 그것도 거의 다 써서 내놓기엔 역부족인 물건이었다. 문득, 무대 중앙에 있는 피아노가 눈에 들어왔다.

"재능 기부도 받아주실 거죠?"

그녀의 의견은 즉각 수렴되었다. 그녀는 손님들을 위해서 생음악을 들려주기로 했다. 만약에 그녀의 연주가 형편없지 않을 시에는 돌고 도는 바구니에 지폐를 넣어주는 형식이었다.

'우리 집 이사장님이나 지영 언니는 내가 피아노 근처에만 가도 기겁을 해댔지. 그러나 나는 언니보다 훨씬 피아노에 재능이 있었거든?'

혜영은 문득, 어린 시절의 자신에게 안녕을 고하고 싶어졌다. 이젠 상처투성이에 모가 나 있는 신혜영은 없다. 방금 헤어진 남자도 지우고 싶었다.

그녀는 사람들의 귀에 꽤 익숙한 곡을 골라야 했다. 베토벤의 비창, 그중 3악장을 연주하기 시작했다. 다행히도 유연하게 키를 두드리는 그녀의 모습에 좌중은 압도당했다. 쉬이 연주가 끝나자 다들 아쉬움에 앙코르를 요청했고 혜영은 흔쾌히 응했다.

다음 곡도 누구나 쉽게 접했을 법한 모차르트의 피아노 소나타 545번 1악장으로 정했다.

밝고 경쾌한 그 곡은 규영 오빠나 지영이 애먹던 곡이었다. 그들은 이 곡 때문에 피아노가 두려워졌다고 고백했었다. 그것을 비웃어주면서 혜영은 그들 대신에 연주를 했고 그 후에는 오빠나 언니에게만 가 있던 스포트라이트가 자신에게도 비춰질 것을 고대했었다. 그러나 어린 그녀는 주제도 모르고 나댄다는 이유로 비난을 받았다. 많이 가슴 아팠지만 이제껏 추억하지 않았다. 그것도 이젠 안녕이다. 기분 좋은 앙코르가 또 이어졌다.

"대신에 기부 많이 해주셔야 해요."

혜영은 웃음기 머금은 얼굴로 한마디 해서 사람들을 즐겁게 만들었다. 그녀는 일부러 이전과는 다른 분위기를 선택하고는 건반 위에 손가락을 댔다. 그러고는 방금 헤어진 남자에게 쌀쌀맞게 이별을 고했다.

나는 아무도 사랑하지 않는다, 라고.

한편, 석원은 휴대폰으로 동영상을 찍으며 그녀의 피아노 연주를 몰래 감상하고 있었다.

리스트의 곡 '사랑의 꿈'.

그녀의 희고 길쭉한 손가락들이 건반 위에서 춤을 추었다. 유연하고 매끄러운 솜씨였다. 레스토랑을 나간 그녀를 뒤따라 나갔다가 뜻밖에 횡재를 한 셈이었다.

앞의 두 곡이 발랄한 템포의 연주곡이었다면 이제는 사랑스럽고 처연한 가락으로 사람들을 가라앉게 만들고 있었다. 점차 빨라지고 급해지는 선율 속에서도 그녀는 박자 하나 놓치는 법이 없었다. 그는 두뇌는 물론이고 정서 발달에 좋다는 스승들의 이론에 따라 일찍이 피아노나 현악기를 접했으며 이젠 웬만큼 다룰 줄 아는 사람이었다. 그랬기에 혜영의 연주에 진정으로 녹아날 수 있었다.

전문적인 기교를 떠나서 그녀에게서 힘이 느껴졌다. 아름다운 힘, 그리고 살짝 엿보이는 슬픔 같은 것이 비쳤다. 마치 새벽 강가에 떠 있는 물안개처럼 말이다. 너는 나를 떠나가는 주제에 어쩜 그렇게 잔인할 수가 있지? 내 마음에 깊이 박히게 생겼잖아?

그는 지배인을 불렀다.

"저 아가씨가 연주하는 데에 제 기부도 부탁드립니다."

'내가 미친 건가? 쟤 왜 저렇게 예뻐?'

석원은 피아노곡을 감상하며 가슴이 아팠다.

사랑의 꿈이라, 제목도 참.

그 주의 토요일이 되는 아침이었다. 밤새 야근을 하고 잠시 눈을 붙인 석원의 사무실로 부친이 들이닥쳐서는 노기가 찬 음성으로 역정부터 냈다.

"오늘이면 양가 상견례가 있는 날인데! 네놈이 다 망쳤어."

"무슨 일이십니까?"

아침 식사로 사과와 샌드위치 등을 내온 윤 대리가 곁에 있었기에 망정이지 하마터면 명 회장은 주먹을 휘두를 것 같았다. 석원은 눈짓으로 윤 대리를 나가게 했다. 명진만 회장은 잔뜩 흥분해 있었다.

"너 뭐 하자는 수작이야? 남자로 태어나서 실수 하나 없을 거라고 큰소리는 못 치지만, 그래도 그 집안이 어떤 집안인데 네가 이런 식인 거냐? 내가 너 일부러 청운그룹의 고명딸을 엮어주려고 얼마나 애쓴 줄 아냐? 그만한 혼처가 어디 있어? 항상 제 어미 치마폭에 감싸인 이원이보다 네 입지가 약해서 내가 많이 불안했었다. 그래서 이 아비가 고르고 골라서 청운의 신지영을 대 주니까 이놈이……."

당신은 젊은 여자한테 넘어가서 어머니와 이혼을 준비하고 있지 않느냐고 한 소리 하려는 찰나, 책상 위로 사진 한 장이 내리꽂혔다.

"내가 그 집 영감 얼굴을 어떻게 보란 거야? 그래도 점잖게 통보해오더라. 아직 바깥에까지 소문 안 났으니까 너랑 그 집 장녀랑 시작한 것도 없다고 하면서. 내 참, 기가 차서! 너 말고 이원이하고 시켰으면 좋겠다고 하더라⋯⋯."

성난 어조로 계속 화를 터트리는 명 회장의 말을 귓등으로 흘리며 그의 눈은 사진 속의 두 사람에게로 가 있었다.

거기에는 환한 웃음의 여자가 살굿빛 속옷만을 입은 상반신으로 석원에게 안겨 손가락으로 V자를 그려 보이고 있었다. 까칠하면서 거뭇한 수염이 난 얼굴의 자신도 카메라 앵글을 뚫어지게 직시하고 있었는데 위에 아무것도 걸치지 않은 모습이었다.

이걸 언제 찍었더라?

틀림없는 혜영과 자신의 모습이 들어 있는 사진을 보며 그는 생각에 빠졌다. 아, 하고 그는 금방 탄성을 질렀다. 곤지암의 별장에서 새벽녘, 그가 만들어준 삼계탕을 혜영이 맛있게 먹다 말고 그에게 안겨왔었다. 그러고서 제 휴대폰을 들이댔던 기억이 났다.

"아주 네 엄마만 신바람 났어. 원래는 이원이 짝으로 청운의 딸아이를 탐냈던 여자거든. 야, 이 녀석아! 너는 이런 일을 저질렀으면 진즉에 나한테⋯⋯."

지끈, 머리가 아팠다.

제 부친의 더 뭐라고 하는 소리가 귀에서 그냥 왕왕, 울려댈 뿐이었다.

"⋯⋯그러게 인연은 따로 있다는 말도 있지 않습니까? 호사다마라고 차라리 잘되었어요. 근간 얼굴 뵙고 정식으로 시작하는 게 좋겠습니다. 일단 우리 홍보부에 보도 자료 만들라 했습니다."

하하하, 너털웃음을 터트리며 신 회장은 대화를 이어갔다. 그는 그야말로 신이 나 있었다. 결국 바라던 대로 되었다. 공명의 계략은 통해서 이제 그의 딸 신지영은 성인제약의 장남과 결혼할 일만 남았다.

통화를 마무리하기가 바쁘게 삐, 하고 키폰이 울렸다.

-회장님, 따님 방문하셨습니다.

"지영이? 걔 지금 병원에 있잖아?"

-둘째 따님입니다.

뭐라? 하고 신 회장은 방금까지의 웃음기를 싹 거두고 입맛을 다셨다.

"목이 탄다. 시원한 걸로 가져와요."

키폰에 대고 음료 주문을 한 뒤에 그는 회전의자를 창가 쪽으로 돌렸다. 5월을 앞두고 있는 마지막 봄비가 통유리창 밖으로 추근추근 떨어지는 날이었다. 사무실 한쪽에 항시 틀어놓고 있는 경제 관련 전문 채널에서는 일기예보가 방송되고 있었다. 비가 그치면 이상 고온의 영향으로 초여름의 날씨가 시작된다는 기상 관측 예보를 듣다가 그는 버튼을 눌러 꺼버렸다. 혜영이 들어오고 있었다. A라인의 원피스를 입은 모습으로 머리를 한데 묶어 올린 모양이 그저 소녀 같았다.

그녀는 한 손에 들고 있는 비닐봉투를 접견용 테이블 위에 내려놓고 앉았다. 그러고는 '저 왔어요.'라고 한마디 하고는 바로 봉투 안에서 나온 김밥과 메추리알 등을 테이블 위로 늘어놓기 시작했다.

"밥 안 먹었어? 이 시간까지 점심도 거르고서 뭐 하고 쏘다니는 거냐?"

"외근 나왔다가 회사 들어가는 길이에요."

혜영은 메추리알을 먼저 입에 넣고 우물우물 씹으며 대강 대답을 해주었다.

"넌 가만 보면 참 욕심 있어. 자생력 있다고나 할까? 어렸을 때도 보면 절대 끼니 놓치는 법이 없이 그 눈칫밥을 다 먹고 앉아 있었지."

"특별히 보석 사치도 없고, 옷 사치도 없고…… 거기에 남자 욕심도 없는 저한테 무슨 욕심이 있다고 그러셔요?"

줄줄이 메추리알을 입에 넣으며 혜영은 시큰둥하게 대꾸했다. 그러고는 혼잣말로 덧붙였다.

"누구는 내가 밥 맛있게 먹는다고 좋아 죽으려고 하던데."

"뭐라고 했어, 방금?"

혜영은 퉁명스럽게 조금 목소리를 크게 해서 신 회장에게 대답해주었다.

"본인이 사기꾼이면 딴 사람도 전부 사기꾼으로 보인대요."

저것이, 말이면 다인 줄 알아? 하고 역정을 내려던 그때에 노크 소리가 들리더니 음료가 든 쟁반을 받쳐 든 비서가 들어왔다. 평소에도 안면이 있는 혜영이 눈웃음을 웃으면서 '좀 드릴까요?' 하고 인사를 건넸다. 비서 또한 상냥하게 마주 웃어 보인 다음에 테이블 위로 냉녹차와 수정과를 내려놓았다. 신 회장이 그쪽으로 향하는데 비서가 쟁반에 놓인 명함을 건네며 목소리를 낮춰 보고를 해왔다.

"성인제약 명석원 이사님이 찾아오셨습니다. 오전에 전화하셨던 분입니다."

쿨럭쿨럭.

입이 미어지도록 김밥을 넣던 혜영이 가슴을 치며 기침을 해댔다. 신 회장은 비서를 향해서 딸하고 이야기하는 중이니까 5분만 기다려 달라 일렀다. 그러자 혜영이 급히 손을 내저었다.

"아니, 아버지. 나 여기 없어요. 나 여기 안 온 거예요. 언니, 저 없어요."

"그래, 얘는 바로 뒷문으로 해서 내보낼 테니 명 이사 들어오라고 해요. 원래 찾아온다고 약속한 시간이야."

"알겠습니다, 회장님."

비서가 방을 나가자 혜영은 주섬주섬 먹을 것들을 도로 비닐 봉투에 담아 한꺼번에 쓰레기통으로 치웠다.

"문, 문이 어디 있지? 아참, 아버지! 저 진짜 할 말이 있었거든요? 그거 나중에 따로 이야기해야 해요."

"네가 무슨 할 말이 있어서?"

"아버지!"

허둥대던 혜영이 갑자기 멈춰 서서는 신 회장을 똑바로 응시하였다. 딸의 기가 막히고 분통이 터지는 얼굴 표정에 신 회장도 화가 치밀었다.

"넌 어디서 그런 낯짝인 거냐?"

"아버지, 저 분명히 해둘 게 있어요. 이번 일 제가 해낸 거예요."

"이번 일이라니?"

"시치미 떼지 마세요. 아버지의 작전대로 그 명석원 이사가 우리 언니와 결혼하지 못하게 됐잖아요."

"그렇지, 그건."

"그러면 저한테 떨어지는 것이 있어야 하잖아요? 다른 거 없어요. 제가 원하는 것은 이 집에서 나가게만 해달라는 거예요."

신 회장이 '또 그 말이냐?' 하고 혀를 쯧쯧 차고는 느닷없이 호통을 쳤다.

"내가 너, 이때껏 참고 산 건 알지?"

"아버지가 열흘을 참으면 저는 20일을 참았어요. 이제 내보내주세요. 아버지 얼굴에 먹칠 안 하게 죽은 듯이 잘 살게요. 생각 같아서는 멀리 외국에라도 나가 공부하고 싶지만……"

"독립을 원하는 게냐?"

"아주 아버지라는 존재를 모르고 살고 싶어요."

짝!

갑자기 신 회장의 손바닥이 혜영의 뺨을 갈겼다. 혜영의 고개가 휙 돌아갈 정도의 위력이었다. 묶었던 머리가 헝클어진 채로 혜영이 신 회장을 매섭게 노려보았다.

"자식 취급 바라지도 않아! 근데 어디다 손을 대요? 약속했잖아요. 아버지하고 또 아버지 집하고 아무 상관 없는 곳으로 보내주세요. 왜 화장실 들어갈 때 다르고, 나갈 때가 달라요?"

"내가 무슨 국회의원이냐? 약속 지키라는 소리나 듣게? 네 팔자, 그만하면 나쁘지 않아. 조용히 내 집에서 먹고 지내."

"아버지가 언제 저를 자식 취급한 적 있어요?"

"네가 내 그늘 밑에 있기를 거부하면서 무슨 자식 취급을 바라? 나는 평생을 장사로만 잔뼈가 굵은 인간이다. 넌 상대가 안 돼……"

"장사치면 상도덕은 확실해야죠?"

"아니, 이것이?"

그때였다.

"무슨 일입니까?"

신 회장의 울컥한 손짓이 멈추었다. 석원의 목소리가 들려왔던 탓이다. 어어? 하면서 신 회장도 혜영도 둘 다 싹 안색이 변했다.

"신혜영, 너는 어서 나가."

상황을 한눈에 간파한 석원은 그녀에게 빠른 눈빛을 보내더니 신 회장을 향해서는 빙그레 웃어주었다.

"이 모양은 뭡니까? 다 큰 딸을 이런 식으로 체벌하십니까? 부디, 참아주십시오. 그렇잖아도 설명이 필요한 것 같아서 제가 직접 오지 않았습니까?"

혜영은 황망한 동작으로 흐트러진 머리를 쓸어내리고서 가방을 챙겼다.

"잠깐만, 얘기 좀 합시다."

밖으로 나가려는 그녀의 팔을 붙들면서 석원이 말을 걸어왔다. 그녀는 입술을 꼭 깨물었다. 자신과는 달리 침착하게 우위를 점령하고 있는 모습에 화가 나는 것도 같았다.

"일 없네요."

혜영은 양 볼이 화끈하게 달아오른 탓에 두 손바닥으로 제 얼굴을 감쌌다. 석원이 급히 그녀의 귀에 대고 말했다.

"진짜 욱하는 기질인 모양이네. 넌 제발 그거 어떻게 좀 해야 되겠다. 그 귀 다친 것도 이런 모양이었겠구나?"

"참견도 정도껏 하세요. 아니거든요?"

고양이가 파르르 떨듯이 이를 악물고서 혜영이 한마디 내뱉었다. 잠깐이지만 그의 얼굴에 언뜻 미소가 감돌았다. 그는 혜영의 울긋불긋해진 뺨으로 손을 가져가려다가 멈추고서 머리카락을 귀 뒤로 걸어주며 나직한 말로 속삭였다.

"몸 다치지 않게 살아, 알았어?"

"그 말 들을 일 없거든요? 갈 거예요. 안녕히 계세요."

혜영은 누구에게랄 것도 없이 짧게 목례를 하고는 뒤돌아섰다.

"오, 그러니까 자네 말은……."

신 회장은 석원을 마주 대하며 속으로 혀를 차고 있었다. 듣던 대로였다. 명진만 회장이 장남보다 차남을 밀고 있다는 이야기는 익히 들어 알고 있었다. 확실히 그 형인 명이원보다 잘나 보였다.

나이를 종잡을 수 없을 만치 위압감과 오만함이 엿보이는, 참 잘생긴 상이었다. 반듯반듯한 인상에다 허투루 쓸데없는 동선 없이 정중한 몸짓도 한몫을 해서 젊은이는 꽤 멋져 보였다. 후리후리하게 키가 큰 탓에 골격이 매끈하게 빠진 몸을 하고 있었고 짙은 눈썹이 두드러진 하얀 얼굴은 차가우면서 남성적이었다. 이 대목은 명 회장과 판박이인 것 같았다. 꽉 다물어진 입매가 과묵한 것을 지나쳐 냉정하게도 보였지만 사내가 가벼우면 못쓰는 거니까 딱히 나쁠 것도 없었다.

명진만 회장이 석원과 지영의 결혼 의사를 내비쳤을 때에 이미 그에 대한 세세한 프로필을 익혔었다. 확실히 이 세계에서는 쓸 만한 사내였다. 학교나 대외 활동의 경력을 봐도 두뇌 회전이 빠른 것 같아 마음에 들었다. 미국에서 박사 학위를 마치고 들어와 경영 전선에서 인턴을 수행했을 때의 성적도 우수했다. 그러나 딱 한 가지, 명 회장의 이혼으로 인해서 모든 주식이나 지분이 제 형보다 약하다는 게 흠이었다. 그랬기에 그는 망설임 없이 형에게로 기울었다.

그런데 이 녀석, 이거 뭐야?

자신의 결혼이 형에게로 건너간 것을 따지러 온 줄 알았는데 그게 아니었다. 그는 혜영에 대한 것만 말하고 있잖은가? 그래서 좋은 말로 타일렀다.

"여자는 양날의 검이야. 좋은 것도 있지만 해로운 것도 있는. 특히 우리 같은 사람들에겐 더욱 그러하다네. 자네 같은 훌륭한 젊은이가…… 이 나라의 경제 활동에 혁혁할 수도 있는 물건이라고 들었네."

"재주는 없지만 노력은 하고 있습니다."

그가 겸손한 말로 대답을 하자 신 회장이 껄껄 웃었다.

"혜영이 걔 때문에 우리 큰아이와 결혼하려던 계획이 무산되지 않았는가 말이다. 고것이 자네에게 꼬리만 치지 않았다면 일이 이렇게 되지 않았을 텐데, 원망은 없나?"

"제 잘못입니다. 제가 먼저 접근했습니다. 우연히 백화점에서 마주쳤는데 그때 전화번호를 알아냈습니다. 계속 연락이 닿지 않아서 회사까지 직접 가서야 얼굴을 봤습니다. 신지영 씨의 동생이라는 사실을 알고도 마음에 들어서 제 방식대로 제가……."

어라? 이 친구, 이거 지금 혜영이 걱정해주고 있는 거야?

신 회장은 말이 나오지를 않아서 하릴없이 수정과를 마셨다. 이미 얼음이 녹아 있는 그것은 특유의 계피맛이 희석되어 그저 밍밍했다.

그가 사람 좋아 보이는 미소를 짓고는 입을 열었다.

"그렇잖아도 피해의식이 큰 아이입니다. 파혼 책임을 따님에게 물으실 것 같아서 제가 직접 상황 설명해드리자고 온 참입니다."

신 회장이 잠시 침묵하는 사이에 그가 다른 말을 꺼냈다.

"실은 다른 부탁이 하나 더 있어서 왔습니다. 아이가 원하는 대로 해주고 싶습니다. 물론 회장님은 비밀로 해주십시오."

"그 아이에게 뭔가를 해주고 싶은 거라면 번지수 잘못 찾았네. 걔가 뭐가 필요한 아이가 아니야. 지금도 나한테 왜 혼났겠어? 아주 이 나라를 뜨겠다고 저리 난리라네."

그건 몰랐나 보지?

신 회장은 석원의 기가 싹 질리는 얼굴을 보며 속으로 혀를 찼다.

"저것은 역마살이 낀 아이야. 대학 입학하자마자 운전면허부터 따내더니 제 어미 태우고 도망가다 잡혔던 전적도 있어. 아무리 다른 배에서 나온 자식이어도 내 밑에서 자라는 것이 온실이라 믿고 키웠는데, 저것은 그런 식으로 늘 배신을 하더라고."

"부탁을 바꾸고 싶습니다."

석원은 낮게 가라앉은 얼굴로 그를 직시하였다.

"무조건 막아주십시오. 외국에 나가는 것만은 안 되게 해달라는 소리입니다. 아, 그리고 다 큰 딸아이에게 손찌검도 안 됩니다."

자신의 눈에는 그저 선머슴아 같고 앙칼지기만 한 혜영이 다시 보이면서 신 회장은 사내의 흔들리는 눈빛을 보았다.

6. 치명적인 그 무엇? 잊힐 수도 없는!

　석원이 런닝머신 위에서 구슬땀을 흘린 지도 벌써 두 시간이 지나고 있었다. 생각은 많았지만 머릿속은 맑았다. 쉼 없이 달린 탓에 육체는 참을 수 없을 정도로 힘겨웠지만 그 한계를 몰아가는 것을 그는 즐겼다. 그는 늘 이런 식으로 복잡한 것들을 정리하는 습성이 있었다. 물론 지금은 오로지 신혜영 생각이었다.

　혜영의 부친인 신형춘 회장을 직접 만난 일은 그에게 세 가지 수확을 안겨주었지만, 썩 좋을 것도 없었다. 아니, 오히려 못 견디게 씁쓸해졌다.

　하나, 비밀리에 그녀의 뒷바라지를 자신이 하게 해달라는 부탁에 신 회장은 알았다는 답을 해주었다.

　둘, 그녀가 외국에 가지 못하게 해달라 부탁했고 신 회장은 거기에 동의했다.

셋, 아버지로서 딸에게 손찌검을 하지 않겠다는 약속을 받아냈다.

실은 두 번째나 세 번째의 부탁은 생각지도 않은 부분이었다. 다시 생각해도 그는 열이 올랐다. 신 회장의 솥뚜껑 같은 커다란 손바닥이 보기만 해도 아까운 혜영의 얼굴을 사정없이 갈긴다는 상상만으로 어금니가 꽉 깨물어졌다.

우악스러운 신 회장이 한쪽 팔을 높이 치켜들었던 그 장면이 마치 슬로우비디오로 잡혔다. 순간적으로 혜영이 어깨를 웅크리면서 두 눈을 질끈 감던 모습도 마찬가지였다. 그가 때맞춰 집무실에 들어가지 않았다면 그 여세에 한바탕 몸싸움이 일어났을 터, 생각할수록 기가 찰 노릇이었다.

'……자식 취급 바라지도 않아! 어디다 손을 대요?'

몰랐다.

딱 하루 잔 여자였지만 그녀는 제 나이에 맞게 귀여웠고 밝았다. 물론 알게 모르게 가라앉은 분위기가 있었지만 그건 '있는 집 첩의 자식'이 으레 그렇듯이 피해 의식이라고 여겼을 뿐, 그렇게까지 맺힌 것이 많아 보이진 않았었다.

묶어 올린 머리의 반이 풀어 헤쳐진 채 한쪽 뺨은 빨갛게 익어서 그녀가 두 주먹을 꽉 쥐고 있던 모습이 사무쳐왔다. 가슴이 철렁해지는 순간이었다. 사생아로서 차별된 삶을 살아온 것은 알겠는데 그 괴로움이 그가 상상하는 것 이상이면 어떡하나, 하고 불현듯 그는 초조해졌다.

상대방이 생각나고 궁금한 마음은 날이 갈수록 새로워졌다.

청운그룹의 신지영과 파혼 아닌 파혼을 겪었을 때도 무감각한 가운데 그가 걱정한 것은 오로지 혜영이었다.

나는 너를 왜 이제야 알았을까?

훨씬 이전에 너를 알았다면 우리는 달라지지 않았을까? 아니, 이렇게 속수무책으로 끌리지만은 않았을지도 모른다. 그녀를 맘껏 탐하면서 시간을 가지고 천천히 알아갔더라면 그는 지금처럼 이런 갈증은 없었을 것도 같았다.

"신혜영, 너! 좋은 말 할 때에 문 안 열어?"

쾅쾅, 규영이 문을 부술 듯이 두드리면서 행패를 부리고 있었다. 약쟁이!

혜영은 방문에 등을 댄 채로 욕을 했다. 규영은 알코올 중독에다가 심각한 마약 환자였다. 아예 몇 개월 전부터 장기 요양을 목적으로 병원에 입원시켜놓고 있었는데 오늘같이 불시에 집으로 오는 것은 막을 수가 없는 모양이었다.

김 여사는 언제나 그렇듯이 지영이 있는 병실에서 밤을 보낼 것이고, 신 회장은 마침 내일 제주도 공장에서의 회동이 있어서 일정에 맞추어 밤 비행기를 타고 떠난 덕에 이 집에는 아무도 없었다.

혜영은 벽시계로 눈을 돌렸다. 어느덧 11시가 넘어 있었다.

확, 경찰에 신고해? 그러나 분명 골치만 아플 것이 뻔했다. 성북동 지구대에서 출동할 것이기 때문이다. 청운그룹의 대표가 사는 집으로 이미 알려질 대로 알려진 상태였다. 경비를 서는 경호원들에게 알릴까 생각도 해보았지만, 지금 술과 약물에 반반씩 취해 있는 규영으로서는 답이 없었다. 힘센 경호원들이 그를 꽁꽁 묶어놓는다면 아침에 이를 발견한 김 여사가 경악하며 뒤집어질 일이 또 두려웠다.

나는 왜 내 엄마와 떨어져서 이런 집에서 두려움에 발발 떨고 있는가?

혜영은 문득 서러워졌다. 나는 대체 무슨 죄가 그리 많아서 한시도 마음 편할 날이 없는 걸까? 왜 나는 모두에게 미움을 받고 있는가? 나는 또 왜 이렇게 아무한테도 기댈 곳이 없는가?

딱 한 사람, 그녀에게 호감을 표현한 사람이 있긴 있었다.

석원, 명석원.

그 이름을 생각하는 것만으로도 온몸의 피가 거꾸로 솟는 것 같은 아픔이 전신을 타고 흘렀다. 나쁜 놈, 그렇게 뭐든 해줄 것 같은 얼굴로 나한테 다정하게 굴면 내가 막…… 그 품에 안길 줄 알았나?

내가 신지영이었으면 좋았겠지? 내가 청운그룹의 사생아만 아니었으면…….

나는 가진 것이 쥐뿔도 없는 사생아라서 당신에게 결혼의 이익을 주지 못해요.

사랑은 그 사람의 행복을 결코 다치게 하지 않는 법, 그녀는 석원을 떠올리기만 하면 이런 마음이 되었다.

쾅쾅, 몸이 들썩일 정도로 문이 소리를 냈다.

안 되겠다 싶은 혜영은 입고 있는 베스트 주머니에 들어 있는 휴대폰을 찾았다. 이럴 때에 최 군이라도 있었으면 간단했을 일이라는 생각이 떠올랐던 탓이다. 물론 그의 번호는 살아 있지 않을 수도 있었지만, 그녀는 그에게 자신이 위험하다는 메시지라도 보낼 작정이었다.

[규영 오빠가 집에 와 있어. 아무도 없고 나 혼자야. 나를 찾으며 내 방문을 부술 듯이 두드리고 있어.]

문자를 보내놓고 혜영은 마음을 다잡고 테라스 쪽을 보았다. 그래, 이거야! 혜영은 지갑을 챙겨 들고서 테라스의 난간을 붙잡았다. 낙법 정도는 자신 있었다. 심호흡을 하면서 2층 아래를 내려다보았다. 깜깜한 탓에 그리 위험해 보이지 않았다.

흑, 하고 그녀는 콧물을 훔쳐냈다. 휘청거리는 발걸음으로 힘겹게 한 발 한 발 걷고 있었다. 때때로 택시를 세우기 위해 지나다니는 차들을 향해 손을 번쩍 들었다. 발목이 시큰거리면서 심하게 아팠다. 잊고 있었는데 귀에 두어 바늘 꿰맨 상처는 소독한지가 오래된 터라 욱신거리고 있었다. 겨우 택시가 잡혔다.

"포시즌 호텔로 가주세요."

그녀는 잠깐 망설이다가 호텔 이름을 댔다. 멍하게 텔레비전을 끼고서 모든 것을 잊고 사는 엄마에게로 갈 수는 없었다. 또한 사랑하는 남자를 가슴에 품은 채로 생판 모르는 남자와 결혼을 해야 하는 언니에게로도 갈 수 없었다. 거기에는 김 여사가 같이 있었기에 절대로 안 될 말이었다.

결국 호텔로 가야 했다. 예전에도 이런 일이 있었다. 혼자 심한 위경련을 앓은 적이 있던 그 봄에, 응급실에 갔다가 병원 치료를 받고 며칠 요양을 해야 한다는 진단이 나왔다. 집에 가서 아파 누워 있을 수가 없어서 그녀는 호텔로 갔다. 거기서 프런트에 부탁해 하루 세 번씩 죽을 배달받으며 며칠을 혼자 앓고 누워 지냈었다.

뚜르르르.

그녀는 화들짝 놀라 휴대폰을 찾았다. 세상에! 최 군이 아닌가?

"오빠?"

몰랐는데 그녀의 입에서는 딸꾹질 섞인 울음이 나오고 있었다. 다행히 운전사는 모른 척해주고 있었지만 그녀는 한 팔로 입을 가리고 휴대폰을 고쳐 잡았다.

-규영이 같이 있어?

역시, 그녀의 SOS는 통했다.

"택시 탔어. 근데 내가 방에서 뛰어내리다 발목이 삐끗한 거 같아."

잠시 동안 그는 침묵하고 있었다. 그녀는 그 와중에도 지영에 대해서 털어놓을 결심을 했다.

"오빠? 듣고 있어? 오빠, 말도 없이 그냥 사라져버리면 어떡해? 오빠, 이제 국정원에서 연락 와도 몰라. 진짜 북한 정보 요원이라고 소문났단 말이야. 그리고 오빠, 지영 언니가 많이 아파. 오빠가 사라진 다음 날에 자살 시도를 해서 지금 병원에 있어."

겨우 최 군의 입이 떨어졌다.

-너 어디니? 갈 데는 있고?

"포시즌 호텔로 가는 중이야. 오빠는 어딘데?"

-나, 지금 진도 쪽에 있어서 너한테 못 가. 너 어떡할래?

진도? 아아, 멀리도 있네. 그래도 지영에게는 최 군의 행방을 알릴 수 있게 되어서 그녀는 안도했다.

"난 이제 괜찮아. 호텔 방 하나 잡아서 거기 있으면 돼."

-잘했다. 신규영은 진짜 미친개니까 절대로 상대하면 안 돼.

"오빠? 끊지 마! 끊으면 안 돼."

그녀의 애절한 말소리가 들리지 않는지 가차 없이 최 군은 전화를 끊어버렸다. 뭐야? 좋다 말았잖아. 지영 언니가 얼마나 애타게 저를 찾고 있는데? 난 찾아준다고 약속을 했단 말이야. 그래도 최 군이 어디에 있는지 알아낸 탓에 혜영은 다소 기분이 나아졌다.

혜영은 눈물을 쓱 훔치면서 흐트러진 머리를 모아 묶다가 아뿔싸, 하고 놀랐다. 버릇처럼 손목에 걸고 다니던 고무줄이 없었다. 흠칫, 택시 기사를 보면서 혜영은 자신이 처녀 귀신으로 보이는 것은 아닌가 염려스러웠다.

12시가 다 되어서야 석원은 샤워를 하고 나왔다. 런닝머신에서 실컷 땀을 쏟았지만 여전히 뭔가가 부족했다. 젖은 머리를 털며 와인 냉장고를 열어 차가운 술병을 꺼내 들었을 때다. 그의 휴대폰이 울었다. 모르는 번호였지만 그는 왠지 모르게 가슴이 뛰는 느낌에 저도 모르게 수신 버튼을 클릭했다.

"명석원입니다."

-신형춘 회장님 댁의 최 군이라고 합니다.

"아, 그…… 남파 공작원?"

혜영이 그를 가리켜 이름도 모르고 가족사항도 모르고, 아무튼 모르는 것투성이라고 소개했던 기억이 있어 그는 그렇게 말을 했다.

-잘 들으십시오. 두 번 같은 말 안 하겠습니다. 포시즌 호텔, 거기 신혜영 아가씨가 가 있습니다. 도움이 필요할 겁니다.

그리고 전화는 끊어져버렸다. 이거, 뭔가? 석원은 수십 초 동안을 눈 한 번 깜박거리지도 않으면서 휴대폰을 쏘아보고 있었다. 신혜영? 신혜영!

　다행스럽게도 주말이 아닌 탓에 혜영은 전망이 좋은 꼭대기 층에 입실할 수 있었다.

　시간이 지날수록 발목이 아파와 절뚝거리게 되었다. 열도 오르는 이마와 목이 뜨겁다. 그녀는 우선 욕실에 들어가 온수를 틀어놓고 거울 앞에 섰다.

　장방형의 화려한 거울을 받치고 있는 대리석 세면대에 두 손을 짚고서 그녀는 자신의 얼굴을 비춰보았다. 핏기 없이 창백한 얼굴이 엉망진창으로 아파 보였다. 손가락으로 이마를 쓸어 올리는데 팔목은 말할 것도 없이 손바닥까지도 할퀸 자국이 낭자했다. 2층에서 뛰어내릴 때에 바닥에 쓸린 상처들이었다. 왼쪽 귀에서 붕대를 떼어내면서 보니 꿰맨 자국이 아물지도 않고 있었다.

　이 꼴로 잘도 돌아다니고 있었구나, 하고 혜영은 비로소 자신의 처지가 실감이 났다. 울먹임이 나왔지만 억지로 침을 삼켜 눈물을 먹었다. 으슬으슬 한기가 돌았다. 얼른 월풀 욕조 안으로 들어가고 싶었다. 온몸이 타는 듯이 뜨겁고 머리가 지끈거렸다.

　이럴 때엔 누군가 곁에 있어줬으면 하고 그녀는 조금 우울해졌다. 아니야, 난 혼자라도 괜찮아. 나는 괜찮아질 거야.

　그러나 혼잣말이 무색하게도 그녀는 샤워기 밑에서 엉엉, 울음을 울었다.

　마치 무중력 상태와도 같은 습하고 조용한 방이었다. 석원은 혜영이 누워 있는 호텔 방에 들어서자마자 가슴이 철렁했다.

왜 이 꼴로 혼자 누워 있어?

어디가 아파서? 아님, 다쳤니?

알몸에 시트 하나만 두르고서 엉클어진 머리를 하고 모로 누운 그녀는 쌔근쌔근 숨소리를 내고 있었다. 코밑에 손가락을 대니 몹시 뜨거운 김이 아프도록 느껴졌다.

우선, 그는 프런트에 부탁해 유아용 해열제를 구했다. 그는 붉은 색의 해열제를 먼저 제 입에 털어 넣었다. 머금은 그것을 혜영의 입에 도로 흘려 넣고 삼키게 했다.

한 모금, 두 모금.

성인 몸무게에 맞게 그는 해열제를 머금고 그녀의 입에 키스를 했고 그녀는 잔기침을 하면서도 그것을 잘도 받아 삼켰다. 같이 가져온 이온 음료를 머금고 그것도 넘겨주었다.

그런 다음에 그는 찬 물수건을 만들어왔다. 그것으로 온몸에 마사지를 할 동안에도 그녀는 그저 혼수상태였다. 하긴, 그녀가 잠에서 깨어난다면 그의 목은 무사하지 않을 수도 있었다. 그러니 계속 잠들어 있는 게 나았다.

"빌어먹을...... 이 여자가 날 아주 죽이려드네. 누가 자꾸 너를 아프게 하는 거야? 가뜩이나 목에 걸린 가시 같아서 죽겠구먼."

분이 뽀얗게 묻어날 것만 같이 하얗고 보송한 여자의 피부에 그가 손가락을 가져갔다.

"너같이 예쁜 녀석이 어쩌다 이 지경인 거냐?"

그의 발끝이 저릿저릿할 정도로 예쁜 여자다. 번지 점프를 하기 위해 가장 높은 곳에 서 있을 때처럼 그녀는 가슴이 찌릿하도록 예쁜 여자였다.

그런데 왜 이렇게 만신창이로 바스러질 것 같은 몸을 하고서 혼자 앓고 있는 건가?

"됐다."

동이 터 오는 새벽녘, 얼추 그녀의 몸에서 열기가 사라졌다. 그는 제 옷을 모두 벗고 혜영의 곁에 누웠다. 자신의 온기를 나누어 주고 싶었다. 덜덜 떨고 있던 그녀가 두 팔로 그의 목을 감아왔다. 제 가슴에 얼굴을 묻어주고 계속해서 머릿결을 따라 어깨까지 쓰다듬어주었다.

아랫도리는 그의 의지를 배반하고 용트림을 하고 있었지만 그는 이가 악물려지도록 인내하며 그녀의 몸을 주물러주었다.

나중에 생각해도 자신이 한 행동을 이해할 수 없었다. 아마도 그 생각을 했던 것 같다. 할머니, 지금은 고인이 되었지만 그가 아직 소년이었을 무렵에 몸이 아프거나 하면 꼭 그렇게 자신의 몸을 끌어안아 체온을 나눠주고 위무해주던 손길이 있었다. 생모에게는 한 번도 받아본 적이 없지만 조모는 그를 눈에 넣어도 아프지 않을 손자라고 귀여워해주었다. 그 추억을 혜영에게 나눠주고 싶었는지도 몰랐다. 어린아이같이 혜영은 그의 품 안에서 이따금씩 흐느끼는 소리를 내면서도 깊이 단잠을 잤다.

'신혜영, 아프냐?'

꿈에서 그녀는 그 남자를 보았다. 석원은 믿을 수 없게도 그녀의 머리를 제 가슴에 끌어다 품어주고 있었다. 그의 가슴은 미끈한 맨살이었고 그녀도 마찬가지로 나신이었다. 기분이 좋아서 그의 맨가슴에 코를 묻고 자꾸 문질러댔다. 가슴에 난 털에 쓸려 뺨이 간지러웠지만 감미로운 감각에 겨워 멈출 수가 없었다.

분노의 가슴, 멍이 든 가슴, 그리고 상숙 때문에 아파하는 가슴에 안도감이 자라났다. 명석원, 그가 있었다.

'세상에 태어나 처음으로 나를 보고 예쁘다고 말해준 사람, 자기가 갖고 있는 것 중에서 가장 좋은 것을 주고 싶다고 했던 사람, 그냥 헤어지기 싫어서 오빠 동생 하자고 졸랐던 사람, 돈이라도 받아 챙기라고 달래던 사람······.'

서러운 그녀의 머리를 쓰다듬어주는 그의 손길이 섬세하면서 다정했다. 그 손길이 귓바퀴로 가더니 상처 난 부분을 조심조심 만져주었다.

"아파!"

신음하며 눈살을 찌푸렸더니 이런, 하고 그가 낮게 비명을 지르는 소리를 들었다.

왜 아프고 그래?

속삭이는 소리를 들었던 것도 같은데. 다른 사람이 나를 걱정해주는 것 같은데.

계속 만져줘요. 아아, 기분 좋아.

혜영은 이내 더 깊은 잠에 빠져 들어갔다. 더 이상 몸은 뜨겁지 않았고 머리도 아프지 않았다. 좋은 꿈이었다.

"······회사, 왕 선배! 기획 기사!"

혜영은 헉, 하고 일어나 앉았다. 누가 직장인 아니랄까 봐 그녀는 정신이 퍼뜩 들기도 전에 회사와 사수, 그리고 기획 기사라는 단어가 머리에 떠올라 있었다. 그 단편적인 것들은 현실 세계의 가장 큰 화두이기도 했다. 그녀는 눈을 부릅뜨고서 시계를 찾느라 두리번거리다 깜짝 놀라서 얼어붙었다.

어라? 내 방 패브릭 벽지가 아닙니다만?

여긴 어디? 난 누구?

혜영은 찍어 누르는 것 같은 두통에 한쪽 눈을 감으며 방 안을 휘둘러보다가 몇 초 후에 아아, 하고 자신이 지금 호텔 방 안에 있다는 것을 상기했다.

그리고 꿈!

엄마야!

혜영은 어이가 없는 꿈 내용에 쥐구멍이라도 찾고 싶었다. 이것은 혹시 여자의 몽정? 나의 욕망의 대상은 설마 명…… 석…… 원?

침대에서 후들거리는 다리를 내리는데 한쪽 발목에서 화끈거리는 작열감이 느껴졌다. 죽일 놈의 내 인생, 아니 죽일 놈의 신규영!

어서 출근을 서두르자 했다가 그녀는 또다시 저 혼자 기함을 했다.

옷이 없다!

그러나 믿을 수 없게도 거실의 테이블 위에서 옷을 발견해냈다. 구두도 세트로 놓여 있었다.

"고 비서 언니네."

지영의 개인 비서가 다녀간 모양이었다.

혜영은 급히 샤워를 하고 나와 속옷부터 해서 새 옷을 챙겨 입었다. 아직 7시 반, 조금의 여유가 남아 있었다. 머리를 빗고 있으려니 룸서비스로 죽이 올라왔다.

혜영은 신기해하면서도 죽을 먹었다. 편도선이 좀 부은 것도 같고 머리가 무거운 것이 분명 간밤에 실컷 앓은 모양이지만 어쨌든 몸은 한결 좋아져 있었다. 발목은 엑스레이를 찍으면 될 것이고, 귓바퀴의 염증에는 항생제를 먹으면 나을 것이다. 아무리 자신이 불행하다고 해도 삶이란 이런 것이다. 아주 최악의 상황이라고 해도 견뎌주면 된다.

그녀는 최 군에게 전화를 걸었지만 다시금 전원이 꺼져 있다는 기계음만 들었을 뿐이다. 그래도 기운을 되찾은 그녀는 지영에게 최 군과 연락이 닿았다고 알려줄 수 있게 되어 기뻤다.

조명이 침침한 실내는 마치 흐느적거리는 것 같은 여자 가수의 재즈곡으로 음침한 분위기를 조성하고 있었다. 평소 이원이 즐기는 그들만의 유흥 자리에 초대된 석원은 내키지 않는 걸음을 옮겼다.

규칙적이지 않게 배열된 테이블을 훑다가 곧이어 이원을 발견했다.

"일행이 있었어?"

석원은 형의 맞은편에 앉으려다 멈춰 선 채로 망설였다.

누구?

남자가 히죽 웃는데 바싹 마른 얼굴에 검버섯 같은 것이 잔뜩 돋아 있었고 눈빛도 공허해 보였다. 언뜻 봐도 상위 VVIP 클럽에 어울릴 모습도 아니라서 의아했다. 그러나 그 의구심은 곧장 풀렸다.

"인사해. 신규영이라고 청운그룹의 장남이시다. 고등학교 때부터 동기이기도 해."

석원이 수틀에 앉으려고도 하지 않자 이원이 갑자기 정곡을 찔러왔다.

"너 신혜영을 생각하면 좋은 감정인 거 맞지? 근데, 그거 알아?"

석원은 그저 묵묵히 형과 함께 규영을 번갈아 바라볼 뿐이었다. 그러자 규영이 입을 열었다.

"너는 형보다 못한 지분으로 이사 자리 하나 가지고 있지? 네형은 작년에 부사장 승진했고. 바로 그거야. 그게 문제가 됐어. 네가 아닌, 그러니까 명이원 부사장이 우리 지영이의 상대가 되어야 했는데⋯⋯."

무슨?

불쾌한 기분에 석원이 뒤돌아서려는 찰나, 규영이 한 옥타브 높여 소리를 질렀다.

"신혜영, 걔, 너한테 작정하고 덤벼들었어. 너하고 지영이하고의 결혼 이야기를 쑥 집어넣으려고 대놓고 너한테 들이댔다고. 믿어져? 우리 집에서는 옳다구나 하고 너 대신에 이원이한테⋯⋯."

"⋯⋯죽여버릴 거야!"

더 이상은 못 참고서 석원이 테이블을 타고 올라가 구둣발로 규영의 턱을 내질러버렸다. 그가 뒤로 나가떨어지는 대로 뛰어 내려가 멱살을 틀어쥐었다.

"한 번만 더 그 입으로 신혜영 운운하면 내가 너 죽여버리겠어."

입술이 짓뭉개진 남자는 피를 흘리고 있었는데 영화의 한 장면처럼 그로테스크하게 웃는 얼굴이었다.

"명석원, 네가 깡패야? 왜, 사람을 패고 그래?"

이원이 달려들어 그를 붙잡았지만 석원은 남자의 눈을 까뒤집어 보고는 툭 한마디 했다.

"약을 했어. 그것도 거의 중독 수준이군."

그는 미국에서 오랜 생활을 했던 전적이 있어 지금 이 남자가 취해 있는 약이 어떤 종류인지 파악할 수 있었다.

"너 내 친구한테 이게 무슨 무례야?"

곁에서 이원이 계속해서 고함을 쳤다.

"친구? 우리가 다 같이 죽자, 하고 빠지던 질풍노도의 십 대도 아니고 지금은 형이나 나나 자기관리 철저해야 할 나이 아닌가? 형도 약 해? 하긴, 뭔들 못 해?"

커헉, 하고 피와 함께 숨을 토해낸 규영이 입을 열었다.

"혜영이 그 계집애가 너하고 하룻밤 침대 파트너만 되어주면 우리 집 영감이 무슨 소원을 들어주겠다고 했는지 알아? 걔 미친 엄마와 함께 이 집안에서 영영 내보내주기로 했어. 어제 아버지가 길길이 화를 내더라고. 계집애가 그 약속 안 지킨다고 회사까지 찾아와 행패가 대단했다면서. 우스운 일이지."

"입 다물어! 참고로 지금 난 너를 당장 죽이고 싶어 해."

"너, 그 아이한테 희롱당한 거라고. 발칙하고 재수 없지 않냐? 어쩐지 어디서 튀어나왔는지 처음 보는 여자가 너한테 꼬리치고 작정하고 덤벼들어서는……."

"눈치 좀 있어라, 명이원!"

석원이 규영을 바닥에 내동댕이치듯이 내쳐버리고서 시계를 끌러 주머니에 넣었다. 그는 상대방에게 펀치를 날릴 때에 손목을 비트는 스타일이었는데, 그것은 금속의 시계를 차고 있을 때는 상당히 위험했다.

"명이원 부사장님, 이 약쟁이 끌어다가 나를 도발하려는 짓은 그 머리에서 나온 건가? 근데 어쩌지? 네가 신혜영 같은 아이를 뭐라고 할 자격이 된다고 생각해? 치졸한 일이지만 내 입으로 말해줘? 너는 내 아버지의 자식이던가? 순수한 명진만의 혈통? 맞아?"

"이, 개자식이!"

비명을 지르며 달려드는 이원을 향해 기다렸다는 듯이 석원이 힘껏 주먹을 질러버렸다. 그리고 이가 악물려지는 것을 간신히 참으며 엄포를 놓았다.

"명이원, 잘 들어. 넌 평생 신혜영에게 감사해야 해. 걔 때문에라도 네가 청운그룹의 진짜 상속녀와 결혼할 수 있는 거, 아니겠어?"

얼굴을 가리고 바닥으로 주저앉은 이원을 향해 그가 나직하게 덧붙였다.

"그것도 너 같은 개족보가 말이야!"

개족보.

혜영의 입에서 처음 들은 말이기도 했다. 아니, 전에 몇 번 들은 적이 있지만 혜영의 입에서 그 단어가 나왔을 때에 퍽 인상적이어서 새겼었다. 이런 데서 써먹게 되다니, 참.

더럽고 슬펐다.

어둑어둑한 클럽을 나오면서 그는 잠시 비틀거렸다. 술에 취한 남자와 여자가 한데 부둥켜안고서 뒹구는 것에 발이 걸린 탓이었다.

한 놈만 걸려, 다 죽여버리고 불 싸질러버릴 테니까! 개인 변호사도 있고, 돈도 있다. 전부 이런 때를 대비해 있는 거 아닌가?

그는 벽을 향해 있는 힘껏 주먹질을 했다.

욱신, 고통도 잠시였고 가슴만이 뜨거웠다.

그렇지, 하고 그의 뇌리를 스치고서 혜영의 선이 고운 얼굴이 나타났다. 너의 짜고 치는 고스톱에 내가 놀아난 거라고?

그는 피 묻은 손으로 휴대폰을 꺼냈다.

최 군.

그래, 이 남자가 쓸모가 있겠어. 적어도 이 인간은 내게 사실을 말해주겠지.

다음 날, 오후 2시.

혜영은 이 시간이면 회사에 있을 것이다. 정 실장에 의하면 호텔에서 정확히 8시 30분에 택시를 불러 출근을 했다고 한다. 밤새 열에 시달렸던 몸이 나아졌으니 출근도 제때에 한 거겠지, 하고 석원은 안도했다. 그는 그녀를 만나야 했다.

이미 점심시간을 이용하여 다른 일을 마쳐놓고서 이후의 1시간을 비워놓았다. 2시쯤, 그녀의 회사가 있는 용산 쪽으로 향했다. 그녀가 전화를 받을 리가 만무했다.

그동안 이상하리만치 그에게 시큰둥했던 그녀가 가증스럽게 느껴졌다.

너, 나한테 작정하고 달려들었어? 그런 거야? 내가 너한테 뭐라도 해주고 싶어서 북 치고 장구 치는 동안에 내 꼴이 우습다고 비웃었겠지? 마주칠 때마다 어디 아파 보이는 너 때문에 내 피가 마르는 동안에도 너는 다리 뻗고 잠만 잘 잤겠지?

나를 이용했어? 맘대로 유혹해놓고, 수렁에 빠뜨린 뒤에 나를 내치고서…… 저 혼자만 빠져나갈 생각이었나?

[지금 여원 문화사 빌딩으로 가고 있어. 잠깐 보자.]

원래 그의 전화는 거부하는 그녀였지만 문자는 볼 수 있으리라. 과연, 얼마 안 있어 답장이 왔다.

[회사 맞은편 전쟁기념관 옆에 병원 하나 있거든요? 2층 정형외과요. 거기 있으니까 그리로 오세요.]

기다려!

나는 너한테 확인받아야겠어. 이미 최 군한테서 모든 자초지종을 듣고 난 뒤다.

소아 병동 건물이었다. 5층짜리 빌딩의 건물주가 소아과 의사인 사위에게 병원을 내주면서 2층에만 세를 놓았다는 소문대로 정형외과가 느닷없이 끼어 있는 상가였다. 아까부터 이기욱 선배는 그 사실을 계속해서 확인시켜주며 혜영을 괴롭혔다.

"막내, 봐봐. 여자는 말이야, 딴 거 없어. 이렇게 살아야 돼. 부모 잘 만나고 남편 잘 만나고. 그게 여자의 복이야. 이 빌딩 주인 딸이 전생에 나라를 구한 거 아니겠어? 아버지는 빌딩을 갖고 있지, 남편은 의사 면허 있지, 제대로 금상첨화다."

"가뜩이나 내 주변엔 다들 속물만 있는데, 거기에 선배님까지 추가하지 않으셔도 돼요."

"농담 아니라니까. 저기, 일산 알지?"

일산은 왜요? 라고 묻고서 혜영은 빨대를 뽑은 다음에 프라푸치노를 마셨다.

"일산하고 파주 중간쯤이야. 앞으로 전망 참 좋은 덴데, 거기에 우리 어머니가 짓고 있는 건물이 있다는 말을 하려는 거지. 더 정확히는 그 상가가 내 이름으로 되어 있다나, 뭐라나?"

입술에 묻은 거품을 손등으로 쓱 훔쳐내며 혜영이 이 선배를 똑바로 바라보았다. 그러고는 꼭 앵무새가 중얼거리듯이 그녀는 말했다.

"선배님, 포시즌 백화점 아시죠? 일본하고 마카오에도 있는 거요. 거기하고 호텔, 유기농 화장품, 청라식품, 상(上)할인마트, 그리고 또 뭐더라? 제주도 관광 단지에 뭐 짓는 거 있잖아요? 하여튼 그런 게 다 우리 아버지 거예요."

"땅은 없어?"

"부동산도 아주 많아요. 아무튼 나라 속이며 챙긴 뒷돈은 더 많을걸요? 그제도 제주도에 있는 화장품 공장 시찰한다고 가셨는데 중국 사람한테 판 땅을 도로 사들인다는 것 같던데요?"

"그럼, 이건 어때? 부모보다는 당사자를 봐야지. 나는 대한민국 육군 현역 출신의 지극히 정상적인 서른 살의 젊은이야."

"제 남자 친구는 적어도 회사에서 쫓겨날 일은 없는 이사 직함 달고 있고요. 회사 승계 구도 때문에 2순위일 수도 있지만 뭐, '왕자의 난' 같은 싸움 한 번 못 하겠어요? 저도 남자로 태어났다면 칼 한 번 빼 들고 두부 써는 시늉이라도 하겠지요."

"브라보, 소설이 제대로 판타스틱하다."

"뭐라도 쓸 거면 확실히 끝판을 내야지요."

어깨를 으쓱하며 혜영이 프라푸치노를 마저 마셨다. 헛웃음을 웃더니 이 선배가 졌다, 졌어, 하고 손을 흔들었다.

"선배님, 기 살려드려요?"

"응, 해줘 봐봐."

"그렇게 모든 것을 다 가지고서 세상을 아래로 내려다보고 사는 인생들이요, 다 하나같이 안 행복해."

"나한테 좋은 소리가 아닌데? 돈 많이 벌어서 부자가 되어 봤자 별로라는 뜻이잖아?"

"각자 자기 하기 나름이니까. 그리고 우리 같은 서민은 지금부터 돈 모아도 그들만의 세상에는 절대 입성 못 해요. 괜한 걱정 마세요."

"그래? 다행이다."

또 아하하, 그가 자꾸만 크게 웃어서 주변에 대기하고 있는 환자들이 기웃거리며 그들을 보았다. 정형외과 아니랄까 봐 저마다 다리나 팔에 깁스를 하고 있었다.

"신혜영 님, 주사실로 오세요."

안쪽의 닫혀 있던 문이 열리며 접수구에서 혜영의 이름이 불렸다.

"빨리 맞고 올게요."

오전 촬영 나갔다가 돌아오면서 발목을 절뚝거리는 혜영이 병원에 들른다고 했더니 이 선배가 꼭 자신이 같이 있어주겠다면서 따라온 참이었다. 엎어지면 코 닿는 곳에 회사가 있으니 먼저 들어가라고 해도 그는 이 지경이었다. 혜영은 커피까지 테이크아웃 해다주면서 병원 대기실을 지키는 그가 마냥 거북했지만 이 선배는 눈치가 전연 없는 사람이었다.

"뼈는 이상 없고 근육이 좀 놀랐대요. 이건 근육 이완제가 들어

168

간 주사예요."

친절한 간호사는 혜영에게 설명을 하며 주사기를 준비하고 있었다. 혜영은 간이침대에 엎드려서 스커트를 올려 엉덩이를 드러냈다. 깁스 같은 것은 안 해도 되니 얼마나 다행이냐, 하고 안도하는 순간이었다.

"신혜영, 너 여기 있어?"

석원의 목소리가 밖에서 들려왔다. 동시에 문이 왈칵 열리면서 그가 모습을 나타냈다.

"어머, 환자분 주사 맞는 중이에요. 얼른 나가세요."

혜영과 비슷한 또래의 여자 간호사는 그를 물리치면서도 얼굴 가득 반가운 홍조를 띠고 있었다. 혜영은 옷을 추스를 새도 없이 가만히 그의 시선을 받을 뿐이었다. 그녀는 이미 최 군에게 문자 한 통을 받아서 상황을 알고 있었다. 아니, 각오하고 있었다는 말이 맞았다.

[명 이사가 전화했었어. 네가 왜 그랬는지 다 알았어.]

두 사람은 사람들의 눈을 피해 비상구 계단에 서 있었다.

"저 아직 일하는 중인 거 안 보이세요?"

"……말해!"

그는 다짜고짜 화가 난 음성이었다.

"뭘요?"

"넌, 나를 작정하고……."

그가 노기를 담은 눈동자로 혜영을 직시하며 말을 잇지 못했다. 혜영은 더 말해보라는 얼굴로 담담히 그의 시선을 받아내는 중이었다.

"그러니까 넌 나한테……."

석원은 불현듯 그날, 자신들이 처음 만난 날을 떠올렸다. 혜영의 얌전하게 차려입은 원피스 정장, 말간 얼굴에 지금껏 한 번도 본 적 없는 완벽한 메이크업을 받은 혜영의 모든 것을 그는 지금도 똑똑히 기억할 수 있었다.

그뿐인가? 여자에게서 맡아지던 은은한 프로랄 향수의 향과 희고 기다란 손가락, 그 손톱에 바른 인디언 핑크빛의 매니큐어와 깨물어주고 싶을 정도로 앙증맞은 하얀 귓바퀴, 그리고 거기에 박혀 있던 반짝거리는 다이아몬드의 피어싱까지도 그는 사진을 들여다보듯 세세히 되새겼다.

맞아, 너와 처음 마주친 날, 네가 다가와서 말을 걸었던 때에, 너는 뭔가에 쫓기듯 겁먹은 아이 같았는데.

지금 회상해보니까 그녀는 뭔가 필사적이었다. 꿰어 맞추는 대로 그는 기가 막혔다.

"그러니까 너는……."

자꾸만 눈빛이 흔들리고 말이 허투루 나왔다. 석원은 내가 왜 이러지? 하고 숨을 크게 내쉰 다음에 또다시 입을 열었다.

"너는……."

그가 자꾸 더듬거리니까 혜영이 빠른 어조로 말을 꺼냈다.

"맞아요. 내가 그랬어요. 최상품과 최상품들끼리의 결합을 위해 그래야 했어요. 애석하게도 우리 집에서는 다들 이사님을 하자 있는 상품으로 보더라고요. 그날 최 군 오빠가 이사님과 격투 씬을 찍고서 바람같이 사라져 버리는 통에…… 그래서 내 휴대폰으로 찍은 사진, 그거 아버지한테 가져다 바쳤어요. 그랬더니 상황 정리가 되더라고요."

석원의 굳은 입매와 꽉 쥐고 있는 주먹이 부르르 떨리고 있었다.

"차라리 한 대 쳐요."

혜영은 그의 주먹에 손을 가져가려다가 멈칫, 했다. 손등에 붕대가 친친 동여매여 있었다. 가만 보니 힘을 주는 탓에 검붉은 피가 새어 나오는 것이 아닌가?

"세상에, 다쳤나 봐."

"놔!"

그는 그녀의 손을 거칠게 뿌리치고는 다른 질문을 했다.

"너, 그것도 가짜야?"

"또 뭘요?"

그녀의 체념이 섞인 가라앉은 눈동자를 보며 그가 회상에 잠겼다.

'그런데요, 이사님이 좋아요. 처음 봤을 때부터 그랬어요.'

대놓고 고백하던 그녀.

현실로 돌아와 다시 한 번 더 그녀를 다그쳤다.

"너는 내가 마음에 든 것처럼 말했었어! 그거 가짜야?"

그녀가 순식간에 해쓱해진 얼굴을 하고는 그를 피해 뒷걸음질을 쳤다. 그것이 꼭 석원 그 자신을 부정하는 것만 같아서 심장이 덜커덩거렸다.

너, 아니야?

진짜 아니야?

그녀에게로 한 발자국, 한 발자국 움직이는데 그것이 다분히 위협적으로 비친 모양이었다. 이젠 거의 새파랗게 질린 죽은 사람 얼굴이 되어서 혜영이 자꾸만 뒤로 물러났다. 절뚝절뚝. 이제야 알아차렸는데 다리 하나를 절뚝이는 걸음이었다.

젠장, 또 어딜 다친 거야?

"대답해, 신혜영. 나하고 잠을 잔 것도 그럼, 적장한테 뛰어든 논개의 심정이었던 거였겠네?"

혜영의 입술이 달싹이기만 할 뿐으로 말이 되어 나오지를 않고 있었다.

"대답해, 어서!"

버럭, 소리를 지르자 혜영이 얼른 그를 자제시키기 시작했다.

"침착해요, 모두 다 이야기해드릴게요. 우리 여기서 이러지 말아요. 내가 이제 이사님 피하지 않을게요. 뭐든 다 이야기하고 그 벌 다 받을게요. 명예가 실추되었다거나 자존심에 상처 입은 그런 것들 전부 어떤 식으로든 보상해드릴게요. 나중에 이야기해요. 회사 다시 들어가봐야 하니까 우리 나중에……."

혜영은 그의 주머니를 뒤적여 휴대폰을 꺼냈다.

"자아, 내 번호 저장되어 있는 거 맞죠? 전화 다 받을게요, 다 반응할 테니 조금만 시간을 주세요. 지금은 안 돼. 당신, 너무 낯설고 무서워!"

"신혜영!"

그가 윽박지르는 순간이었다. 혜영이 그에게로 안겼다. 아니, 그에게로 뛰어드는 것을 그가 덥석 받아 안은 셈이었다. 혜영의 두 팔이 그의 목에 매달려 먼저 석원의 입술을 찾았다. 그의 입술을 찾아 쪽쪽 서툴게 키스를 했다. 그의 입술이 완강하게 닫힌 채여서 그녀는 연신 입술을 빨아댔다. 그는 절대로 입술을 열려고 하지 않았다. 그녀는 단념한 듯이 그의 뺨과 턱에 제 뺨을 비비더니 바닥으로 내려섰다. 그녀가 떨리는 음성으로 중얼거렸다.

"의도도 불순했고 결과도 나빴어요. 인정해요. 정말 잘못했어요. 나보고 욱하지도 말고, 아프지 말라는…… 그런 말을 해주었죠. 조금 마음이 따스해지고 있었어요. 그랬는데 왜 이렇게 무섭게 다그치는 거예요?"

너는 대체 무슨 말이 하고 싶은 거냐? 네가 지금 하는 말이 모두 나를 벼랑으로 몰고 간다는 사실을 왜 몰라?

이 여자는 한 번도 나를 좋아한 적이 없다는 말이다! 석원은 이글이글 타는 눈으로 그녀를 잡아먹을 듯이 노려보며 짧게 말했다.

"주소 찍어 보낼 테니까 그리로 와. 오늘 밤이야."

"그래요, 사과 제대로 하게 해주세요. 진정으로 속죄할게요."

"착각하지 마시지, 신혜영."

빈정거리면서 그가 툭 내뱉었다.

"사과하기에는 이미 늦었어. 그것만 대답해. 처음부터 작정하고서 날 물 먹이려 덤벼든 거 맞아?"

그녀가 고개를 끄덕거렸다. 그의 입매에 힘이 들어가면서 주먹을 힘껏 쥐었다.

"그러니까 너는 나에게 호감 같은 것은 한 번도 느껴본 적이 없다는 거지? 그저 신 회장님이 시키는 대로 했다?"

"네에, 그것도 맞아요."

이로써 소기의 목적은 이룬 셈이다. 처음부터 그것만 확인하고 싶었으니까.

네가 나를 작정하고 가지고 논 것, 그리고 나한테는 아무 감정이 없이 시작했다는 것!

석원은 두 가지 모두에 크게 상처 입어버렸다.

"사과하고 싶댔어? 우리 사이에 그런 건 없어. 이용당하고 이용한 관계만 형성되는 거지. 어이없게 당한 만큼, 나도 이젠 너를 이용해야 하지 않겠어?"

"무슨 말을 하고 있는 거예요?"

"못 알아듣는 척하지 마, 신혜영!"

화를 벌컥 내놓고 그가 이를 갈아붙이듯 말했다.

"이젠 네가 나한테 매달려!"

예?

혜영이 두 손으로 제 귀를 가리는 머리카락을 넘기며 놀란 토끼 눈을 했다. 그 순간에, 그는 속으로 절망하고 있었다. 예뻐도 너무 예뻐! 바보에다가 등신인 나 명석원은 시각적인 것에 혹한 나머지 이 예쁘고 어린 너한테 넘어가버린 거였어! 딴 것 없고 그거였는데. 뭐가 그리 소중하고 좋았는지. 그는 이 와중에도 그녀에게 반하고 있는 자신이 이가 갈리도록 싫었다.

"매달리라니요?"

"말 그대로야. 사과는 필요 없어. 이젠 네가 매달릴 차례야."

그저 고요히 그를 바라보는 혜영의 표정이 망연자실했다. 또, 또 다! 저 표정으로 누구 숨넘어가게 했었지.

너의 죄를 알렸다, 신혜영!

"내가 너한테 매달린 거 모르지 않지? 한데 괜찮아. 나도 똑같이 너에게 받을 작정이거든. 그래야 퉁치는 거지, 안 그래?"

혜영은 이내 야무진 표정이 되어 묻고 있었다.

"퉁친다는 뜻은 좀 그렇고. 그냥 사과하게 해주세요. 그게 나아요."

아니라며 그는 고개를 가로저었다. 누구 좋으라고, 라고 중얼거리면서.

"너한테 사과받아서 내가 무슨 영화를 보겠다고? 네가 나한테 매달려. 난 그거면 돼."

"매달리라니, 무슨."

혜영은 혼잣말을 하면서 시선을 옆으로 내렸다. 그 모양마저도 사랑스러워서 석원은 이를 악물어버렸다. 가슴이 무너져 내렸다.

너를 가져야겠다.

네 입장을 다 알아버렸지만 나는 너를 이대로 놓치면 안 될 것 같다! 가뜩이나 내 눈에 띄지 않는 곳에 너를 내버려 두면 안 될 것 같아서 겁이 나 있는데!

너를 내 곁에 두면 언젠가 내 갈증은 풀릴 것이다.

무엇보다 너는 내게 빠진 뒤에 나에게 매달리게 되겠지.

나한테 빠져들게 해주지! 너는 나를 진정으로 원하게 될 거야.

7. 한여름의 비, 그것은 소나기

　샤워를 마치고 젖은 머리를 탈탈 털고 있는데 센서등이 켜지면서 혜영이 현관에 나타났다.

　풀어서 등 뒤로 넘긴 머리에 무릎 아래로 내려오는 시폰 원피스 차림이었는데 그녀가 나타난 것만으로도 집 전체가 환해진 느낌이었다.

　빌어먹을, 내가 너한테 몹시 화가 나 있거든? 그런데도 나는 네가 내 앞에 나타났다는 사실만으로 심장이 뛴다. 너는 이런 내 맘을 짐작이나 하는지.

　혜영은 남자가 혼자 사는 집에 왔다면 응당 나타나야 할 긴장감이나 호기심은 간데없고 그저 심드렁한 표정에 피곤한 기색일 뿐이었다.

　녀석, 뚱하기는.

그는 그녀의 얼굴을 한 번 바라봐주고는 곧바로 커피 메이커가 있는 카운터로 향했다. 캡슐을 고르고 버튼을 눌렀다. 윙, 하고 기계음이 들리는 가운데 일부러 무심한 목소리로 반겼다.

"커피, 아님 와인?"

"나 아직 저녁 안 먹었거든요?"

퉁명스럽게 툭 날아온 대답에 석원은 피식 실소했다.

혜영은 제집에 온 것처럼 익숙한 듯이 거실 한복판으로 와서는 소파에 앉았다. 어깨에 걸고 있던 가방을 내려놓고서야 집 안을 휘 둘러보기 시작했다.

석원이 혼자 사는 집은 한남동의 고층 주상 복합의 맨 위층에 있었다. 덕분에 한강과 도시의 전경이 한눈에 들어왔다. 마스터 룸 외에 게스트 룸이 둘이나 있는 오피스텔형이었다. 거실에는 양쪽으로 창이 나 있었고 롤 블라인드 스크린으로 설치된 베란다 너머에는 말끔하게 단장한 미니 정원이 보였다. 대리석으로 된 바닥에는 길게 S자로 설치된 수족관이 깔려 있어서 눈을 심심찮게 해주는 구실을 하고 있었다.

"어서 와, 내 집은 처음이지?"

"여기까지 불러주시고……. 이사님, 아무튼 영광입니다."

그의 능글맞은 인사말에 혜영도 지지 않고서 받아쳤다.

"좀 예쁘게 말해봐. 잊었어? 넌 나한테 사기 친 여자야. 절만 백 번 해도 시원찮을 판이라고."

"그럼, '기싱 꿍 꼬또.' 해줘요?"

처음 들어보는 말에 석원이 뒤를 돌아 그녀를 살폈다. 그녀는 침울하게 가라앉은 얼굴이 거짓이었던 듯이 방긋, 미소를 지어 보였다. 그는 그것이 가짜라는 것을 금방 알아차렸다. 새벽이 되기 전의 어두운 세상마저도 환하게 비춰줄 것만 같이 밝게 웃을 줄 아는 그녀, 석원은 그녀의 그런 미소를 이미 봐버린 사람이 아니던가?

"그거 가짜야."

속이 깊은 잔으로 검은 액체가 쪼르르 떨어지는 것을 보면서 그가 냉랭하게 쏘아붙였다.

"뭐가요?"

"지금 네 태도, 웃는 모습. 다 가짜라고."

어이가 없다는 듯이 혜영이 웃음을 터트렸다.

"사람들 원래 자기의 진짜는 숨겨놓고 남에게 보이는 건 따로따로잖아요. 다 그렇게 사는데, 왜 나만 가지고 뭐라고 하세요?"

"이제부터 나한테는 진짜만 보여야 해."

이사님, 하고 혜영이 퉁명스럽게 입을 열었다.

"내가 아무리 이사님한테 죽을죄를 지었다고 칩시다. 아, 정정해요. 죽을죄 지은 거 맞아요. 그런데요, 그걸 빌미로 내 감정까지 조절하시려 들면 그건 너무 나쁜 짓이에요."

"나한테 매달리려고 온 거 아니야? 자세가 왜 그 모양이지?"

커피 잔을 들고 그가 천천히 걸음을 옮겼다. 벗은 몸에 베스 타월을 허리에 둘렀을 뿐이다. 그에게서 샤워 후의 무스크 향이 떠돌았다. 몸의 움직임에 따라 푸들거리는 근육을 눈여겨보는 듯이 그녀의 눈이 가늘어졌다. 그가 으쓱하며 물었다.

"실컷 봐도 돼."

"비켜요, 배고파요."

그녀는 퉁명스럽게 쏘아붙이고는 제 가방을 뒤적여서 딸기가 든 투명 팩을 꺼내 들었다.

"언제 그런 건 또 사 들고 왔어?"

"산 거 아니에요. 오늘 촬영 때 쓴 소품인데 버려질 것 같아서 가져왔지요."

그녀는 주방으로 갔다. 반짝거리는 오븐이나 카운터를 둘러보며 감탄을 쏟아냈다.

"와아, 내가 우리 오빠만 보다가 이사님처럼 깔끔한 남자를 보니까 안 믿겨지려고 해요. 아, 계란이 있다! 계란으로 오므라이스 만들면 되겠다."

"내가 만들어줄게."

그는 직접 프라이팬과 도마를 준비하고 야채칸을 열어 양파와 당근 등을 꺼냈다. 혜영은 카운터 위로 훌쩍 올라가 앉아서 투명한 볼에 계란을 깨 넣고 거품기로 젓기 시작했다.

"이제야 묻네. 열이 펄펄 끓어서 혼자 호텔에 누워 있었는데, 괜찮아진 건가?"

오, 마이 갓!

열심히 놀리던 거품기를 멈추면서 혜영이 그에게로 얼굴을 돌렸다.

"나 그러고 있었던 거 어찌 아셨을까?"

"너 혼자 호텔에 가 있다고 제보해주면서 누군가가 가슴 아파서 죽으려고 하더군. 아무튼 재주도 좋아, 신혜영."

"재주요?"

"그 누군가가 남자였거든."

혜영은 짐작되는 사람으로 최 군을 떠올리며 고개를 끄덕거렸다.

"최 군 오빠가 이사님을 알아요? 그러니까 이사님은 진짜 포시즌에 왔던 거고요?"

"내가 우리 회사 어린이 해열제를 그런 식으로 사용하게 될 줄은 정말 몰랐다."

석원은 그녀의 손에 들린 볼을 가져다가 계란 물을 팬에 두르기 시작했다.

"가만, 그럼 내가 꿈속에서 홀딱 벗고……."

혜영은 후다닥, 거실로 뛰어가 소파에 숨듯이 가 앉았다. 얼굴이 빨갛게 홍시가 된 그녀는 금방이라도 꺼질 듯 부끄러움에 몸 둘 바를 모르고 있었다. 그 모습이 귀엽다고 생각하며 석원은 웃음을 꾹 눌러 참았다.

"매일 이렇게 저녁 식사가 늦나? 아홉 시잖아, 지금?"

그는 자신이 만들어낸 오므라이스를 맛있게 먹고 있는 그녀에게 한마디 했다.

"오늘 야근해서 그래요. 촬영 어시스트만 한다고 끝나는 게 아니라 원고도 쓰고 필름도 확인해야 하거든요. 그리고 왕 선배님이 요즘 데스크를 맡고 있는데 굉장히 잘 걸러내요. 운 나쁘면 재촬영도 감행해야 해서 보통 꼼꼼해서는 안 되거든요."

"자세 한번 좋네. 사회 초년병이 다 그렇겠지만, 안 힘들어?"

"보통 패션 잡지는 미국에 있는 본사가 우리나라에 지사를 두고 있잖아요. 특이하게 우리 잡지는 중국이랑 미국에 지사를 가지고 있어요. 자랑스러워서 회사에 뼈를 묻고 싶을 지경이야. 우리 회사

사장님이 내가 이런 말을 하고 다니는 것을 아는지, 원."

혜영의 뻐기는 모습을 보며 그가 슬며시 웃음을 터트렸다.

"이렇게 바람직한데 왜 다들 너를 못 잡아먹어서 안달인 거냐?"

"그러게 말입니다."

석원은 그녀의 잔에 물을 따라주며 입을 열었다.

"어떡할 거야? 네 아버지는 너한테 폭력적이던데."

"나 보기보다 힘세요."

불현듯 석원이 잠긴 목소리로 제안을 했다.

"나한테 뭐든지 해달라고 매달려봐."

희고 길쭉한 모양의 접시에 담긴 오므라이스의 마지막 한 수저를 긁어모으던 혜영이 으음? 하고 그를 보았을 때다. 그가 딱 부러지게 말했다.

"그거 내가 해줄 수도 있어. 뭐든 말해."

이거, 큰일이다.

혜영은 수저질을 멈추고는 투명한 컵에 담긴 물을 한 번에 들이켰다. 톡 쏘는 탄산수였다. 물을 마시고 났는데 그가 후식으로 담아낸 딸기와 키위를 그녀 쪽으로 밀어내며 다시 한 번 말했다.

"너는 나한테 뭐든 해달라고 하면 돼."

마치 밥 먹고 났으니 이제 과일을 먹어라, 라고 말하듯 아무렇지도 않은 어투, 그리고 상대방이 듣고 나서 기분 안 좋을 것을 우려하는 조심스런 기색이었다. 얼어붙은 얼굴을 펴고 혜영은 피식, 웃었다.

"결혼도요?"

"고려해볼게."

"이사님, 원래 이런 콘셉트 아니잖아요?"

"소중한 것이 생기면 달라지지 말란 법 없거든. 너에게 잘해주고 싶어졌어."

"설마, 내가 소중해진 거예요?"

혜영이 단도직입적으로 물었다.

"……나 안 보는 데서 네가 다치고 깨지고 괴로울 것 같아서 싫어. 아무튼 네 환경은 너무나도 악조건이지, 안 그래? 게다가 너는 내 도움 같은 것은 싫다고 하지, 차라리 결혼이라도 해서 너 제대로 살게 해주려고 한다. 모르지, 변덕일 수도 있겠는데. 지금 당장은 그래."

"그냥 자고 싶다고 말해요. 질릴 때까지 섹스하고 싶다고 말하면 돼. 어려울 것 없어. 이미 겪어봤잖아요, 나 쉬운 여자인 거."

"그러니까 넌 내 제안이 반갑지 않다는 거군? 내가 어떻게 나오나 보고 싶지 않아? 만약에 신혜영을 안전하게 데리고 있는 방법이 그것밖에 없다면 난 할 수 있어, 결혼!"

문득, 그의 손에 감겨진 붕대에 눈이 갔다. 만약에 진심으로 사랑하는 사람이 생기면 그 사람에게 치부가 되고 싶지 않다는 생각을 한 적이 있었다. 여자들만 우글거리는 대학에 다니면서 친구나 선후배 할 것 없이 모두 이성이나 결혼 문제로 애면글면 하는 모습들을 보아왔다.

그네들이 성토하는 '연애는 구름 위를 걷는 꿈이지만 결혼은 현실.'이라는 소리에 백번 공감했다. 그러면서 실패의 1순위로 서로의 상처를 내세우는 소리를 들었다. 뾰족뾰족 솟아난 가시 같은 상처는 상대방까지 아프게 할 뿐만 아니라 파멸을 시킨다고 들었다.

아쉽게도 혜영 자신이 석원에게 절대로 맞지 않는 '개족보'라는 가시를 가지고 있지 않은가?

무엇보다 이 세상에서 가장 근사한 남자인 명석원에게 자신 같은 맞지 않는 옷을 입게 하고 싶지 않다.

"이사님에게는 결혼은 비즈니스 아니에요? 내가 아무리 서민 코스프레 하고 산다지만, 실제 몸담고 있는 데는 신형춘 청운 대표와 김선진 신라대 이사장의 집이에요. 덕분에 당신들이 어떤 조건으로 결혼하고 교환을 하는지 전연 모르지 않아요."

미처 예상하지 못했기에 혜영은 충분히 곤혹스러웠다. 어떡하나, 어떡하지? 나는 당신이 좋아. 다치게 하고 싶지 않아. 당신은 나 소중하다고 했는데, 그거 일시적일 수도 있는 거지만 나도 당신 소중하게 여기고 있어.

"나, 남의 집에 불을 지르고 대를 끊어놓은 전생이 있나 봐요."

뜬금없이 시작을 했는데도 석원은 의아해하지도 않고서 그저 잠자코 있었다. 침을 한 번 꿀꺽 삼킨 뒤에 그녀가 이어서 말했다.

"태어나고 보니까 생물학적 아버지는 저가 타고나기를 중국 황제인 줄 아는 사람이었어요. 키워주신 어머니는 내가 사람으로 안 보이나 봐요. 이복 오빠는 약을 하는데 나한테 쌓인 거 많고요. 자아, 이런 사람들과 살았던 나는 상대방을 지치게 할 거예요. 이 주제로 논문 패스했기 때문에 내가 가장 잘 알아요. 한마디로 난 이사님한테 피해만 줄 거라는 소리지요."

"너무한데? 이래 봬도 명석원이 너한테 무려 고백하는 자리야."

그가 흐트러진 머리카락을 쓸어 넘기며 단호하게 한마디 했다. 하지만 혜영은 바로 날을 세웠다.

"난 지금 내 모든 것을 솔직히 다 내보이는 거예요. 그것도 아주 진지하게."

"나중에 뒷방 늙은이 되면 자서전이나 만들어줘. 지금은 그냥 내 말대로 하자고."

"더한 것도 말해드릴까요? 나 분노 조절 장애도 있어요. 욱하고 서 막 함부로 행동하는 그런 거요. 우리 삼남매가 공통적으로 갖고 있는 기질이긴 하지만 내가 가장 심해요."

"내가 강하니까 적당히 누르고 살면 돼."

"진짜 이것까지는 말 안 하려고 했는데…… 이사님은 내 스타일이 아니에요."

갑자기 그가 체념했다는 표정을 지었다.

"그래, 좋다. 한 번은 봐주려고 했는데. 넌 내가 절대 아니라, 이 거지?"

결혼을 강요하지 않겠다는 건가? 혜영은 착잡한 심경이었지만 연이어서 다른 공격을 했다.

"프랜시스 베이컨이 뭐라고 했는지 알아요? 결혼은 사람을 하루에 7년씩 늙게 한대요."

첫, 하고 석원이 핀잔을 했다.

"그 양반이 현자(賢者)냐? 아님, 신이야?"

"우리 같은 사람보다는 아무래도 그쪽으로만 연구한 사람이니까 맞는 소리 했겠지요? 그리고 이사님만 내 뒷조사한 줄 아세요? 나도 다 머리가 있다고요. 들리는 말에 의하면 이사님은 부모님들이 이혼하시면서 코너에 몰렸다던데요? 근데 나 같은 것하고 결혼이 되겠어요? 난 신분 상승이지만 이사님은 남는 것 없는 장사라고요. 그리고 무엇보다도 나는 부잣집 남자한테 시집가는 게 소원이 아니에요."

"멋대로 예단하지 마. 난 자기 합리화만 하는 사람 싫어. 모든 것을 좋게 볼 줄 모르는 사람도 영 아니라고 생각해."

"그래요, 나 똥이야. 그냥 똥 밟았다 생각하세요."

가만히 숨을 죽이고 그녀를 뚫어지게 보고 있는 그의 얼굴은 석상같이 그저 고요했다. 그러나 그 밑으로 부글부글 용암이 끓고 있다는 것을 알았다. 미안해요. 내가 지금은 당신의 자존심에 상처 좀 입힐게요. 그러나 나중에 당신은 나한테 감사해할 거예요.

"나 이사님 같은 남자, 진짜 별로예요. 그리고 우리 언니는 곧 있으면 명이원 부사장님하고 결혼할 거고요."

"내가 너한테 꺼내 들 패가 그거였어. 욕심에 눈먼 신 회장을 물 먹이는 거 생각보다 쉽거든. 너도 아는 그런 거, 그게 전부가 아니야. 난 지금 누구 때문에 소중한 것의 순서가 바뀌었고 싸울 준비도 하고 있지. 전투력 상승 중이라고나 할까?"

그녀는 그의 아리송한 말을 이해하고 싶지도, 또 이해할 수도 없었다. 그저 신경질을 부렸다.

"사람이 좀 겸손해봐요. 누가 봐도 으리으리하고 번쩍번쩍한 별로 태어난 데다 몸도 건강하고 머리에 든 것도 많으면 말이야, 세상을 이롭게 하는 데다 쓸 일이지. 가족들끼리 경영권 놓고 박 터지게 싸우는 것에 허비하면 뭐가 좋아요?"

"내가 너한테 잘해주는 일이 세상을 이롭게 하는 걸 수도 있는데?"

"에이, 천하를 호령할 팔자는 여자 하나한테 목매지 않아요. 내가 진짜 결정타 한 방 날려드려요? 이사님, 정신 바짝 차리게 해드 릴 수 있는데."

그의 눈을 똑바로 직시하면서 혜영이 숨을 골랐다.

"나 나쁜 년이에요. 난 당신에게 사기 친 꽃뱀이라고요. 만약 우 리 아버지가 이사님이 아닌 다른 남자를 유혹해내라, 그랬으면 그 남자한테도 자자고 달려들었을 거라고요. 이사님은 이런 꽃뱀하 고 결혼하면 안 돼요."

상처 입었겠지?

그러나 그는 그녀의 말에도 꿈쩍하지 않고서 아까부터 생각이 많아 보였다.

타고난 장사치로 키워진 남자.

지금은 약간 흔들리고 있는 것뿐, 이 남자는 나중에 진심으로 절실해지는 여자를 만나게 될 것이다. 진짜 그들만의 혈통을 가진 여자, 그의 사업에 유익이 되어줄 여자가 말이다.

정적이 흐른 후에 그가 단숨에 말하기 시작했다.

"결혼은 다시 얘기 안 꺼낼게. 대신 외국 어디든 내빼면 안 돼. 당분간은 여기서 살아. 신형춘 회장한테 너 못 보내. 너 어젯밤에 혼자 호텔에서 죽은 사람처럼 누워 있는 것을 봤을 때에 나 미쳐 죽는 줄 알았어. 해서 결심했어. 전혀 몰랐다면 모를까, 이렇게 훤 히 아는데 너를 그 집에서 살게 할 수는 없어."

"저기요, 이사님!"

"너와 나 우리 둘, 결혼은 아니라고 해도 내가 원하는 단 하나가 같이 지내는 거야."

그가 연이어 말을 쏟았다.

"정말 그것뿐이야. 나하고 여기서 지내. 현재 나는 곁에 두고 있는 여자 없고, 각별히 결혼 말 나오는 곳도 없어. 공식적으로 네 언니한테 청혼했다가 그 이복 여동생하고 놀아난 개 같은 놈으로 낙인찍힌 덕분에 당분간은 아무도 없을 것 같아."

저기요, 라고 혜영이 말을 질질 끌고 있는 사이에 그는 계속 치고 들어왔다.

"지금 변명하려고 하지? 신형춘 대표님, 네 아버지가 그렇게 괄괄한 양반은 아니라고, 네 집은 살 만하다고, 값싼 동정 하지 말라고 그 말하려는 거지? 집어치워. 난 네가 궁금해. 너하고 이것저것 해보고 싶은 것도 있고, 너에게 해주고 싶은 것도 많아. 나 그렇게까지 꽉 막힌 남자 아니니까 너에게 까다롭게 굴지 않을 거야. 잠자리 성향도 이미 겪어봤겠지? 이상한 변태 짓도 안 해. 미국서 오래 있으면서 약물 유혹 다 이겨낸 사람이 나야."

"이기적인 사람!"

"너는 계획적으로 접근해서 사람 혼을 쏙 빼놓은 여우면서! 더 나쁜 건…… 그래놓고서 저 혼자 발 빼려고 하지."

"그럼, 약속 하나 해요."

응, 약속해.

그가 흔쾌히 응낙했다.

"이사님하고 결혼할 여자가 나타나면 가차 없이 헤어져야 해요."

그녀의 말이 끝나기도 전에 석원이 묘하게 빈정거리는 눈빛으로 그녀를 바라봤다.

"너는 나를 사랑하게 될 거야. 제발 다른 여자와 결혼하지 말아달라고 너는 나한테 빌게 되겠지."

기가 막혀서! 혜영은 잔뜩 경멸을 담아 그의 단언을 무시해주었다.

"난 나 자신을 너무 사랑하는 사람이라 누구처럼 그렇게 되지는 않아요. 잊었어요? 우리 엄마의 인생을 망친 것의 팔 할이 빌어먹을 남자라고요!"

"내가 왜 이러는지 정말 모르겠어? 신혜영, 정말이지 네 걱정하지 않고 살려고 이런다. 너 데리고 맘 좀 편해보자."

"그래도 아닌 건 아니에요."

끝까지 굽히지 않는 혜영의 반박에 혼잣말로 석원이 골치 아프게 됐군, 하고 중얼거리는 소리가 들렸다. 혜영은 더욱 못을 박았다.

"이사님 맘대로 해도 되는데요, 혹시라도 사랑해달라고 강요하는 건 절대 안 돼요. 약속해요, 예?"

"……약속하지."

야무지게 살아야 한다.

나를 지키려면 말이지, 라고 혜영은 마음을 다잡으면서도 눈물이 핑 돌았다. 나를 지키고 저 남자도 지키고.

혜영이 예상했던 것보다 물결처럼 유유하게 시간이 흘러갔다. 처음의 긴장감을 가장해 뾰족이 세운 손톱도 차츰 둥글어져갔다.

그와 살면서 신기한 일은 두 가지였다.

먼저 한 가지, 그는 그녀와 섹스하는 것을 하루도 거른 적이 없다는 것, 또 한 가지는 아무리 늦은 시간에 잠을 자도 그는 어김없이 아침밥을 챙겨 먹는다는 것이었다.

석원의 입장에서도 혜영의 습관은 특이했으리라. 새벽 6시에 눈을 뜨자마자 조깅을 하는 그녀의 버릇은 거처를 옮겨도 변함이 없었다.

자신의 운동 시간이 턱없이 부족한 것을 염려하던 그녀는 궁여지책으로 새벽마다 조깅을 했다. 비바람이 몰아치는 일기 외에는 그녀를 방해할 일이 없었기에 그것은 거의 5년째 이어지고 있는 습관이었다.

그녀는 조깅을 마치고 나면 어김없이 7시에 들어와 허겁지겁 샤워를 했다. 그때는 이미 석원이 아침 식사를 하기 위해 식당에 앉아 있었다.

그 모습을 대할 때면 문득, 혜영은 가슴이 서늘해졌다. 간밤의 질편한 정사를 벌인 남자라고 믿을 수 없는 사람이 거기 앉아 있었기 때문이다.

드레스 셔츠에 검은빛이 도는 붉은색 계열의 넥타이를 매고 이마를 훤히 드러낸 얼굴은 완고하면서 냉철한 지성인으로 보였다. 그는 아침밥을 거르는 것은 천재지변이 있을 때만 가능하다고 믿는 남자였다. 30대 초반의 혼자 사는 남자와 된장 뚝배기에서 김이 오르는 식탁을 한 번도 같이 연상해본 적이 없는 그녀는 처음에 얼마나 놀랐는지 모른다.

'난 아침 식사는 언제나 이렇게 해. 황제의 아침상, 들어는 봤겠지?'

이 집에서의 첫날이 떠오른다. 미국 생활할 때부터 고수해온 습관이라면서 그는 그녀에게 아침밥 먹기를 강요했다. 혜영은 여자의 출근길이 얼마나 복잡한지를 구구하게 설명하기도 귀찮아서 그저 식탁 위에 차려진 사과 조각 한 개를 슬쩍 손으로 집어 먹으며 드레스 룸으로 향했었다. 이윽고 그녀는 보디 로션을 바른 몸에 대충 원피스를 걸치고서 그에게로 갔었다. 입에는 손목시계가, 양쪽 손에는 귀걸이 같은 액세서리가 들려 있었다.

'어떻게든 한 술이라도 뜨지.'

그제야 대리석의 식탁으로 눈길이 갔다.

세상에나!

돌솥에 지은 오곡밥, 기름 발라 구운 김, 미나리와 시금치와 콩나물 같은 나물 종류만 여럿, 메추리알이 섞인 소고기 장조림, 연어구이에 된장찌개에 계란말이와 갈치구이…… 메뉴도 메뉴지만 저마다의 모양이나 빛깔이 한정식집의 정찬은 저리 가야 할 판이었다.

'……생일상은 아니겠고, 설마 이런 한정식으로 매일 먹기야 하겠어요?'

그녀가 그에게 등을 보였다. 그러자 그는 잽싸게 그녀의 입에 포도 알을 넣어주면서 시키지도 않았는데 등 뒤의 지퍼를 죽 올려주었다.

'우리 같은 사람은 점심은 구내식당, 저녁은 외식일 때가 많으니까. 어떻게든 아침은 이런 식으로 먹으려고 노력하는 편이지.'

'그렇다면 만약에 이사님 와이프 될 사람은 아침마다 이렇게 차려내야 하는 번거로움을 감수해야 하는 거네요? 그런데도 양갓집들은 이사님한테 곱게 기른 규수를 보내겠대요?'

'그럴걸? 이래 봬도 결혼 시장에서 핫한 사람이거든, 내가.'

그는 그녀의 아직 물기가 마르지 않은 머리카락에 붙어 있는 클립들을 하나씩 떼어내주었다. 클립을 벗겨낸 그녀의 기다란 머리는 이내 구불구불 웨이브가 졌다.

그사이에 혜영은 그의 밥상에 손을 뻗어 평소 자기가 가장 좋아하는 메추리알을 몇 개 집어 먹고는 손목시계를 착용하고서 귀걸이를 거는 등의 여러 가지 일을 척척 해냈다. 그 모습을 보면서 석원은 감탄을 했다.

'내가 여자 형제가 없어서 그런가, 이 모습은 뭔가 되게 신기하군.'

'난 아침부터 임금님 밥상 받는 이사님이 더 신기하네요.'

'관리가 철저하다고 칭찬은 못 해줄지언정, 비꼬는 것으로 들리네.'

그사이에 혜영은 식탁 위의 바나나를 가방 속에 쏙 집어넣었다.

'차분히 먹고 가라니까. 우리 집 아주머니들은 다들 조리 자격증 있는 분들이셔서 웬만한 한정식집보다 훌륭하다고 소문이 자자해.'

'이따 저녁에 와서 남은 거 먹으면 돼요.'

혜영은 식탁 위에 놓인 머그잔을 들면서 그에게 바이바이를 했다. 그러나 복도로 꺾어지는 부분에서 컵에 든 것을 몇 모금 넘기지 못하고 우욱, 하는 비명을 토했다.

'뭐가 이렇게 써? 이번엔 또 뭐죠?'

그녀가 코너에서 고개를 쏙 빼고 항의를 해왔다.

'도라지와 케일을 즙낸 거야.'

그는 일부러 시치미를 뚝 떼면서 어깨를 으쓱했지만 웃음이 사그라질 줄 몰랐다. 혜영은 발을 동동 구르며 억울해했다.

'아, 정말! 아니, 성인제약 초대 회장님은 우리나라 양약 개발의 선두 주자라면서요? 근데 이사님은 주야장천 잡초 즙 짜낸 것만 드시네? 이거 세상에 알려지면 이사님네 회사 제품 판매 지수가 내려갈지도 몰라.'

투덜투덜하면서 혜영은 현관으로 사라지기 전에 손을 흔들어 일별을 고했다.

첫날부터 이런 식의 아침 풍경은 매번 똑같이 이어져오고 있었다. 혜영은 퇴근 후에 집에 돌아가는 발걸음이 점점 가벼워졌다.

그가 없이도 혼자 저녁을 지어 먹었고, 세탁물을 분류해놓는 일을 했고 게스트 룸에 있는 컴퓨터로 작업을 하거나 웹서핑을 하기도 하면서 경쟁 잡지의 기사를 모니터 했다.

그러면 거의 11시가 다 되어간다.

그는 여우 같은 마누라와 토끼 같은 자식이 기다리고 있는 집에 오는 사람처럼 손에는 아이스크림을 사 들고 퇴근을 했다. 혜영이 까무러칠 것처럼 좋아하는 것이 그의 손에 들린 간식거리라는 것을 그는 잘 간파하고 있었다.

그가 샤워를 하고서 와인을 한잔하는 동안에 혜영은 아이스크림을 먹었다. 석원은 혜영이 견과류가 든 아이스크림보다는 과일 맛의 아이스크림을 선호한다는 것도 용케 알고 있었다. 바닐라맛이었다가, 딸기였다가, 체리였다가, 어느 날은 이것저것 섞은 그것을 혜영은 질리지도 않고 즐겼다. 그러면 젖은 머리를 하고서 허리에만 타월을 두른 그가 그녀를 물끄러미 바라보고는 했다.

'누군가에게 위로받고 싶은 적 없었어?'

어느 날은 그가 뜬금없이 이렇게 물었었다.

'그런 건 내가 직접 해요.'

그가 짐짓 놀라서 눈빛으로만 그게 뭐냐고 물어왔었다. 혜영은 입에 넣었던 아이스크림 스푼을 떼면서 자세한 설명을 해주었다.

'대학 졸업 앞두고 있을 때였어요. 갑자기 아버지가 취직시켜준다고 하는 거예요. 알고 봤더니 아버지와 같은 레벨의 회장님 집안 손녀 과외를 하라네요? 그 집안에서는 신원이 확실한 입주 가정교사가 필요했대요. 아버지는 내가 마침 적당하다면서 그 집에 들어가서 일하라는 거였죠. 상처받았어요. 그래서 미국에 어학연수 핑계로 내보내달라고 했던 거예요. 그렇게 나는 잘도 피했어요. 그런 게 바로 내가 내 자신에게 위로를 건네는 나만의 방식이에요. 절대 아픈 채로 있지 않았어요. 누군가에게 위로를 받고 싶은 마음보다는 내 스스로 나 자신을 아픈 것으로부터 피하고 보는 심리. 이게 전문용어로는 방어기제라고 해요.'

'기특하네.'

그는 고개를 끄덕이면서 한참 또 말이 없다가 또다시 물었었다.

'나한테 다정한 말 같은 거 듣고 싶지 않아?'

'이사님은 이미 자격 상실한 거 모르시죠?'

내가 가진 것은 독기밖에 없다고 다짐하며 혜영이 오히려 반문했었다.

'생각 안 나요? 내가 쭉 고수했던 것 한 가지. 곤지암을 다녀와서 이사님이 내게 동생과 같은 존재로라도 곁에 있어달라고 했을 때에 난 이사님한테 나와 결혼할 수 있느냐는 것만 확인했었어요. 오누이 관계? 말도 안 된다 여겼죠. 또한 비정상적인 것은 싫다, 내게는 그것만 화두였던 거죠. 이사님은 나와 결혼할 수 있냐는 내 질문에 바로 대답하지 않으셨어요. 보세요, 우리 사이는 이미 그때에 물 건너갔다고 봐요. 나한테 다정한 말을 해준답시고 그런 걸로 위로할 사이는 아닌 거지요.'

'그래, 그거 궁금했어. 내가 너와 결혼할 수 있겠다고 처음부터 그렇게 대답했으면 넌 어떻게 하려고 했는데?'

'바보!'

혜영은 장난치듯 웃으며 두 번 망설이지도 않고 그를 놀렸다.

'난 그 말, 안 믿었을 거예요.'

아니, 믿었다고 해도 달라질 것은 없었다. 그녀는 이것저것 재보기도 전에 이미 자신은 자격 상실이라면서 그의 청혼을 비웃어줄 것이었다.

그녀를 보고 그가 또 이런 말을 한 적도 있었다.

'사람으로 태어났으면 따뜻한 말도 듣고 그렇게 살아야 하는 건데.'

그때 혜영은 '나한테 이사님은 참 많이 따뜻하네요, 당신만 나한테 따뜻하면 돼.'라고 대답하려다가 가만히 눌러 참았었다.

그렇게 바야흐로 두 사람이 같이 생활한 지 2주가 지나고 있었다.

딩동!

문자가 왔음을 알리는 신호음이 울렸을 때에 그녀는 지하 촬영장에서 스크립트를 넘기며 포토 선배와 함께 한창 콘티를 짜는 중이었다.

"진경이가 뒤로 가야 돼. 한별이는 키가 좀 작은 편이니까 앞에 있는 의자에 앉히는 게 어때?"

"근데 별이가 입고 있는 옷이 더 튀는 것 같아요. 코디 쌤도 저 브랜드에 악센트 준다고 했는데요?"

혜영은 막 휴대폰의 액정을 터치하며 대답을 했다.

[또 그냥 갔지? 내가 너 분명히 밥 먹고 출근하라고 했을 텐데?]

석원이 보낸 문자 내용만 확인하고는 휴대폰을 도로 재킷 주머니 속에 집어넣었다.

딩동!

얼마 있다가 문자 알림음이 또다시 울렸다. 이번에는 스타일리스트와 함께 머리를 맞대고서 준비한 의상과 소품에 대해 의논하고 있었다.

"알프스 소녀 하이디도 아니고, 에스닉이 너무 촌스럽네요. 앞치마부터 어떻게 해야 하는 거 아닌가요? 아, 문자 좀 보고요."

[그렇게 말 안 들을 거야? 나 같으면 조깅하는 시간 줄여서라도 아침 먹고 가는 데 투자하겠다. 그대 사는 목적이 밥 잘 먹고 잘사는 거 아니었어?]

피식 웃고 나서 혜영은 다시 그것을 무시하고서 일에 집중을 했다. 그녀는 주로 외근 촬영 진행이 잦았기 때문에 남들 하듯이 이모티콘 섞어서 대화를 할 수 있는 처지가 아니었다.

"막내, 우리 점심 어떡해?"

"도시락 시키려고요. 선배, 그보다 반사판을 좀 이쪽으로 기울여서…… 예, 그렇게요. 진경이는 제대로 정면 봐주고, 그렇게. 옳지!"

또다시 한창 일하고 있는데 딩동, 문자 알림음이 울렸다. 세 번째의 것은 조금 신랄한 것이었다.

[넌 내 말을 반만 듣고 살아도 진짜 인간이 될 거다.]

아, 정말 우리 이사님네 회사는 오늘도 별일 없이 잘 돌아가고 있나 보다. 혜영은 한숨을 푹 쉬면서 휴대폰 속에 저장되어 있는 도시락 업체 번호를 검색하기 시작했다. 다이어트가 생명인 모델 아이들을 위해서 씨앗 샐러드 전문 도시락을 찾아냈을 때에 그녀는 만면에 웃음꽃을 피우고는 '나이스.'를 외쳤다.

'이제 답장을 보내볼까?'

한차례 폭풍처럼 분주한 시간이 지난 뒤에 혜영은 답문을 한꺼번에 보내는 방법을 택했다.

[첫 번째 문자에 대한 답장! 이사님이 차려주는 밥은 너무 뜨거워서 먹는 데 오래 걸려요. 오늘날은 시간이 돈인 세상입니다. 경제적이지 못해요. 식사 문제는 보류합시다. 그리고 절대 아침 굶고 살지 않으니 걱정 붙들어 매십시오. 오늘만 해도 회사 오자마자 시리얼을 우유에 왕창 말아 먹었지요.]

그녀는 이윽고 두 번째 메시지에 대한 답을 보냈다.

[혜영이가 그나마 조깅이라도 하고 사니까 이사님의 정력(?)에 보탬이 되어드리는 걸로 알아요.]

계속해서 그녀는 세 번째 메시지에 대한 답을 보냈다.

[신혜영은 충분히 인간이기 때문에 아무 문제 없어요. 이런 일로 사사로이 문자 하지 마세요. 이사님은 평생 퇴직 압박 같은 거 없겠지만 신혜영 에디터는 언제 밀려날지 간당간당한 사회 초년 생이랍니다.]

딩동!

그로부터 1시간 쯤 뒤에 석원 으로부터 이런 문자가 왔다.

[기, 승, 전, 밥!]

"언제는 기, 승, 전 섹스라고 하지 않았나? 자기가 내 엄마도 아니고, 참."

혜영은 웃으면서 뭐라고 답장을 보낼지 곰곰히 생각하다가 더 이상의 말씨름으로 번지는 것을 막기 위해 딱 한마디를 써 보냈다.

[본궁에게는 언제라도 먹을 양식이 충분이 있사옵니다.]

사실은 이런 말을 써 보내고 싶었다.

[나 위해주지 말아요. 엄연한 규칙 위반입니다.]

말 그대로였다.

그녀는 석원과는 그저 욕망을 채우는 생활을 원했다. 정확히 선을 긋고 그 안으로 절대 침범하지 못하도록 그녀는 경계 태세를 강화했지만 그는 그렇지 않을 때가 많았다. 지금도 그는 그녀가 아침마다 밥을 제대로 먹지 않고 출근하는 상황을 걱정해주고 있는 거였다.

딩동, 하고 문자 알림음이 울려서 그녀는 그의 생각으로부터 빠져나와야 했다.

[내일부터는 간단히 식사 준비할게. 꼭 먹도록 해.]

[감사! 밥 문제는 언제나 이사님이 옳아요.]

그녀는 누가 이렇게 나를 챙겨주겠나 싶어서 만감이 교차하는 얼굴로 방긋 웃었다.

"아, 진짜 혼자 보기 아깝네. 막내, 연애하는 거 맞지?"

이 선배가 그녀의 얼굴을 뚫어지게 보며 고개를 갸웃했다.

"괜찮아?"

여자의 비밀스러운 곳을 쉴 새 없이 탐하다가 어느새 쉬어버린 음성으로 그가 물었다. 으음, 하고 혜영이 이를 악물고 세차게 고개를 저었다. 발갛게 익은 감처럼 얼굴이며 목이며 타올라 있었다. 몇 번이나 달아오른 그녀는 아주 그를 녹일 듯이 뜨거웠다. 그것은 더욱 수컷의 욕구를 부채질하는 것이었다.

밤이면 밤마다 그녀를 안고 탐하는데도 쉬이 갈증은 사라지지 않으니 희한할 뿐이었다. 그는 이번엔 그녀의 가슴으로 얼굴을 묻었다. 탐스럽게 맺힌 열매가 그의 입 속으로 사라졌다. 유방의 실한 살을 두 손바닥으로 주물거리며 꼭지를 괴롭히고 얼러댔다. 부드러운 살결의 유방이 그의 손에서 제멋대로 형태를 잃어갔다. 뾰족한 유두도 그의 혀에 의해 실컷 희롱을 당했다. 분탕한 소리를 내며 그의 입술이 여자의 유두를 빨아들였다. 혜영의 앓는 소리는 그의 귀에 꽤나 자극적으로 들려왔다.

"……들어간다."

제 다리로 그녀의 허벅지를 벌리면서 그가 양해를 구해왔다. 몰라, 하고 혜영이 뜻하지 않게 앙탈을 부렸다. 둥그런 눈에 가득 차 있는 그것은 열기였다. 또한 남자의 몸이 선사하는 열락의 기대감이 고스란히 담겨 있었다.

와락, 참을 수 없어진 그는 그녀의 입술에 키스를 했다. 그녀와의 키스는 매번 그를 황홀하게 만들었다. 그는 항상 관계 중에 기습적으로 하는 키스에 목말랐는데 그때만은 그녀가 오롯이 자신의 것이라는 확신이 들었기 때문이다. 그녀와의 키스는 언제나 좋았다.

퇴근해서 만나며 하는 키스, 그녀의 뒤에서 기습적으로 덤벼들

듯이 빼앗는 키스, 깊이 잠이 든 그녀의 입술에 몰래 하는 키스 등등.

때를 가리지 않고 입을 맞추는 행위는 이 지상에서의 가장 행복한 행위로 여겨졌다. 모든 시름이나 복잡한 것들이 사르르 녹아 없어지며 마침내 사랑하는 사람들만 남는 행위였다.

그는 혜영을 볼 때마다 적나라하게 느껴지는 욕망 때문에 버거울 때가 있었다. 이렇게나 큰 갈망이 존재한다는 것이 믿겨지지 않을 정도였다.

그래서 그는 그녀와 같이 살게 된 마당에 후회 없이 본능에 충실할 작정을 했다. 이 여자를 충분히 가지면 알게 될 것이다. 이 여자를 맘껏 가지면 나는 끝내 알게 될 것이다. 모든 것엔 끝이 있다고 하는데, 이 욕구도 결국엔 끝이 오겠지. 네가 싫증이 나는 날이 오기나 할까? 그는 자기 자신도 알 수 없는 미로 속을 헤매는 기분이었다. 신혜영, 네가 문제야. 나는 지금 온통 혼란에 빠져 있다고!

나하고의 결혼은 싫다는 여자, 하지만 지은 죄는 있어서 같이 동거는 해주겠다는 여자.

질릴 때까지 안고, 또 안아서 아주 진을 빼버려야지! 나한테 넘어오지 않고는 못 배기겠지.

"이제 와서 창피해. 나 너무 야했죠?"

행위가 끝난 후에 혜영은 혼자 조용히 중얼거리고 있었다. 석원은 대답없이 그녀에게 깊이 키스했다. 혀를 빨아들이며 애무하는 키스는 너무나 좋고 근사했다. 모든 스트레스를 일시에 날려버리는 행위에 그는 여자에게 절로 감사가 나왔다. 키스가 계속되었다가는 또 한 번 하고 싶을 것 같아서 그는 입술을 떼어냈다. 대신에 그는 혜영의 젖은 머리를 쓸어 올리고는 그 이마에 입술을 비볐다.

"무리했지?"

좀 미안한 맘이 들어서 한 질문이었다. 그녀가 얄밉게 한마디도 지지 않고 바로 응수를 해왔다.

"원래 이럴 생각으로 같이 있는 거잖아요, 우리. 섹스 실컷 하고 나서 이사님이 나한테 질리면 되는 거지요?"

말이면 다야? 핀잔이 나오는 것을 참으면서 그가 그녀의 이마에 쪽 입을 맞추며 물었다.

"뭐 좀 마실래?"

"응, 갈증 나."

"그래, 그러자."

그는 조용히 침실을 빠져나갔다.

금방 들어온 그는 민트 향이 나는 뜨거운 잔을 혜영의 두 손에 쥐여주었다.

"나 다음 주부터 출장 잡혔어."

그는 그녀의 찻잔에 대고 후, 하고 입바람을 불어 차를 식혀주는 것이었다.

"어디로요? 아니, 얼마나요? 멀리 가요?"

한꺼번에 여러 가지를 묻는 그녀에게 그가 가만히 웃어주었다.

"나 없더라도 신혜영이 밥 잘 먹고 다녀야 할 텐데."

"아, 맞다! 이사님이 우리 회사에 왕창 생리대 선물하는 바람에 우리 기획 기사 내보내는 거 알지요? 수입제품부터 해서 국내의 모든 생리대는 전부 취재하는 건데, 나 그거 기사 쓰느라 요새 죽어요. 차라리·포토 선배하고 코디들하고 촬영 나가는 게 더 쉬운 거 있죠? 난 국문과나 신문방송학을 전공한 사람이 아니라 그런 가, 기사 쓰는 데 고충 많은 사람이라고요."

"마셔. 피곤이 좀 풀릴 거야."

잔을 입술에 대주며 그가 타이르듯이 말했다.

"자아, 한 모금 더."

계속해서 그는 입 바람을 불어준 뒤에 알맞게 식혀진 차를 다시 권했다. 무심하고도 낮은 어조였다. 그러나 저항할 수 없게 다정한 음성이다.

"난 허브차 별로인데. 이럴 땐 그저 포도주 같은 게 최고지요. 이사님이 몰라서 그렇지, 나요, 술도 세요. 내가 작정하고 마시면 아무도 나 못 이겨."

그녀의 시큰둥한 표정에 그가 웃으며 답했다.

"그럴 줄 알고 거기에 알코올 한 방울 탔다."

"올레, 싱글 몰트 위스키?"

"빙고! 신혜영, 술꾼 맞네. 피곤한 데는 즉효지."

"고마워요. 근데 우리 약속할 것이 있어요. 서로의 생일이나 특별한 기념일 같은 거 챙기지 않기, 어때요? 언제 헤어질지 모르지만 사는 동안에 우리 그렇게 해요."

"이유가 뭘까?"

"원래부터 오글거리는 거 질색해요."

물론 거짓말이다. 그녀는 그저 이 남자의 다정함에 길들여질 것이 걱정되었다. 스톱시킬 수 없을 것 같아서 미리 연막을 치는 거였다.

"항복, 당해낼 재간이 없군."

"내 영혼이 너무 못됐죠?"

"영혼이라는 말을 들으니까 금방 생각났다. 영혼이 가난한 사람은 조건에 끌려서 자기 짝을 찾는데. 그러면 좀 있다가 싫증이 나거나 지루해진다더군."

혜영은 그를 바라보면서 가만 귀를 기울였다.

"실은 우리 타고난 결혼이 그런 거잖아. 동뜬 집안들끼리의 결합, 그 이상도 그 이하도 아닌. 난 내 영혼이 가난하지 않다는 증거로⋯⋯."

혜영이 냉큼 그의 말을 받아서 농담을 했다.

"이사님은 그럼, 평생 싱싱한 애인 거느리고 무소의 뿔처럼 혼자서 가리라⋯⋯ 그런 건가요?"

그는 어이를 상실한 사람의 눈빛을 하고 있었다. 혜영은 이 상황을 수습하기 위해 찻잔을 기울여 선뜻 두어 모금을 더 삼켰다.

민트 향에 싱글 몰트 위스키라!

"명석원 이사님의 연애를 위해 건배!"

그가 소리 없이 웃는 모양을 했다. 그의 미소에 심장이 쿵 내려앉는 것을 느꼈다. 아, 이 남자 좋아. 너무 멋져.

그때, 그의 낮게 깔린 음성이 들려왔다.

"한국 사람 말은 끝까지 들어야지, 아가씨. 난 내 영혼이 가난하지 않다는 증거로 너를 원하고 있다는 말을 하려던 건데."

"이리 와봐요, 이사님."

혜영은 그의 허리에 둘러진 타월의 매듭을 풀었다. 그와 같이 살게 되면서 알게 된 또 다른 사실! 이 남자는 집 안에 들어와 샤워를 하게 되면 절대로 옷을 입으려 하지 않는 남자다. 하다못해 가운도 걸치지 않았다. 그저 배스 타월을 허리에 두르는 정도에 그쳤다. 지금도 그는 음료를 만들어 오면서 타월만 달랑 두르고 있었다.

뭐, 이럴 때는 간편해서 좋군.

혜영은 그의 허리에서 타월을 풀었다. 그리고 이내 놀랐다. 남자의 물건이 붉게 충혈된 채로 발끈해 있었기 때문이다. 한 번 심호흡을 크게 했다. 혜영은 이내 눈을 똑바로 뜨고 그를 올려다본 채로 남자의 성기를 입에 머금었다.

"넌 무슨 애가 왜 그렇게 용감해?"

그가 당황한 얼굴로 그녀를 내려다보며 이를 악물었다.

"일부러 배웠지요."

"어디서, 이런 걸?"

혜영이 눈으로 웃었다.

"본궁에게는 아직 열두 명의 스승이 남아 있습니다."

그녀는 더욱 과감하게 그의 물건을 입 안에 집어넣고 처음으로 혀를 이용해서 애무하기 시작했다.

"……으읏."

듣기 좋은 남자의 신음 소리가 귀를 자극했다. 혜영은 용감하게 혀와 입술로 그의 소중한 그곳을 쭉쭉 빨았다.

이 남자를 원한다. 간절하게 원하고 있다. 막 잠을 자려고 침대에 몸을 누이거나 한밤중에 눈이 떠져서 어릿어릿한 머리로 어디가 어딘지 구분이 안 갔을 때나, 소금 뿌린 생선이 놓인 도마를 앞에 두고서 오븐에 넣어 구워야 하나, 프라이팬에 넣어 튀겨야 하나 고민할 때나, 엄마는 지금 무얼 하고 있을까? 난 앞으로 어떻게 하지? 하고 그저 먹먹할 때에도…… 아무튼 셀 수 없이 많은 순간에 그녀는 이 남자를 원하고 있었다.

그러나 가장 나쁜 순간은 그의 생각을 하면서 이 세상에서 자신이 더 이상 혼자가 아닐 거라는 느낌을 가질 때였다. 그렇게 모든 생각의 끝에는 명석원이 있었다.

이런 것이 사랑인 건가?

내가 사랑받고 있는 건가?

가슴이 미어지는 걸 느끼며 그녀는 능숙하지는 못해도 최선을 다해 남자의 몸 전체를 만지듯 귀두부터 뿌리까지 훑었고 목구멍 깊숙한 데까지 빨아 당겼다.

"우욱, 그만해! 할 것 같아."

석원은 급하게 그녀의 입에서 제 물건을 빼냈다. 그는 다소 거칠고 급한 동작으로 혜영을 엎드리게 해놓고서 뒤에서 바로 삽입을 해왔다. 침대 시트에 얼굴을 대고서 혜영은 끙끙, 앓는 소리를 냈다. 그녀의 입에서 달아오를 대로 달아오른 그였지만 왕복 운동은 오래 걸렸다. 혜영은 속으로 한탄을 했다.

'오, 신이여! 내 꾀에 내가 걸렸습니다.'

그가 그녀의 입에서 한차례 절정을 맛보면 그녀는 자유롭게 놓여날 줄로 알고 생전 처음 해보는 입으로의 서비스를 감행한 것이었는데! 혜영은 스멀스멀 느껴지는 쾌락에 온몸이 잠겨가는 중이었다. 기어이 그는 혜영의 입에서 터져 나오는 신음을 끝으로 파정을 했다.

그는 그녀가 곤히 잠든 것을 확인한 후에 서재로 쓰는 방으로 갔다. 혜영의 노트북 가방이 거기 있었다. 그는 노트북의 전원을 켰다. 감사하게도 비밀번호 같은 것을 걸어두지 않은 채였다.

혜영이 쓰고 있는 기획 기사가 바탕에 깔려 있었다. 짐작한 대로 여러 회사의 여성 용품을 비교해놓은 기삿거리였다. 아직 문장은 만들지 않고 있었다. 그저 번호를 매겨놓은 것을 펼친 후에 그는 미간을 주무르며 짧게 메모되어 있는 제품들을 살폈다. 그런 다음엔 술술 원고를 만들기 시작했다.

어차피 그는 제약 회사의 모든 부분에서 인턴십을 마친 덕분에 이런 작업은 누워서 떡 먹기였다. 특히 자사의 여성 용품을 타 회사의 제품과 비교 분석해서 서류 검사를 통과한 점수는 항상 높았다. 그는 구독자들에게 정보 제공을 하며 무엇보다도 쉽게 읽혀야 할 기사라는 점을 감안하면서 작성을 끝냈다.

물론 편집부의 데스크의 합격점을 받아야 하겠지만, 이 정도면 제법 자신할 수 있었다.

혜영의 기사 작성 스트레스를 해결해준 것 같아서 그는 기분이 좋아졌다. 전원을 끄려다가 무심코 화면 한쪽에 있는 '스승'이라는 이름의 폴더를 클릭한 그는 벌어진 입을 다물 줄 몰랐다.

그 폴더 안에는 몇 가지의 야한 동영상이 들어 있었다. 죄다 여자가 남자에게 애무해주는 것들이었다.

8. 너는 나한테 반하지 않았다?

"혜영이 고 계집애는 평생 배냇짓 하는 병신이야. 똑똑한 것처럼 개폼은 혼자 다 잡더라니! 걔가 평소에도 사회에 불만 많은 물건인 건 몰랐지?"

"말씀이 지나치십니다. 저는 따님처럼 탐나는 사람은 처음 봅니다."

신 회장의 노기 띤 음성에도 전혀 굴하지 않고서 석원은 그의 빈 잔에 술을 따라주었다.

"옛말 틀린 거 한 개도 없어. 제 팔자는 남 못 준댔다. 기어이 동거를 해?"

호텔 한식당에서 마주 보고 앉은 신 회장과 석원은 처음부터 서로를 향해 뿜어내는 기가 만만치 않았다. 처연한 가야금 산조의 가락이 흐르는 실내는 정갈하고 고아했다. 음식 맛도 일품이었다. 다만 별실에서 마주한 두 사람은 꼭 첨예한 대립각을 세우는 원수의 모습이었다.

수묵화가 그려진 병풍을 뒤로하고 앉은 신 회장은 식사 중에도 끊임없이 역정을 냈고, 석원은 유들유들하게 받아치는 여유를 부리는 중이었다.

"자네는 지금 큰 실수 하고 있는 거야. 명 부사장과 우리 큰딸은 결혼하게 돼. 보니까 성인 사모님은 이혼 전에 어떻게든 둘의 결혼을 밀어붙이려는 것이 확고해 보이던데?"

"끝까지 가봐야 하는 거 아닙니까? 참고로 명이원 부사장은 아직 경영 계승자로 지목된 적이 없습니다."

"한 기업의 총수는 말이야, 아무나 부사장 승진을 시키지는 않지. 이건 누가 봐도 자네 형이 성인제약의 주인이라는 명백한 선전 포고일세."

몸을 옆으로 돌려서 술이 든 잔을 비운 뒤에 석원이 신 회장을 똑바로 직시하며 입을 열었다.

"저는 회장님 같이 한 나라의 경제 발전에 공헌이 큰 선배님들을 보면 항상 숙연해집니다. 벌써 4년 전이 되는군요. 제가 아직 박사 과정에 있을 때의 미국에서였죠. 경제인 연합회의 포럼에서 명사로 나선 회장님은 저희 같은 피라미들을 모아놓고 강연을 하셨습니다. 그때의 핵심은 이러했습니다. 비즈니스에 성공하려면 투자에 목숨 걸어라…… 기억하십니까?"

"그랬지. 명강연으로 소문도 자자했는데! 그 자리에 자네가 있었구면."

역시 자신에 대한 찬양이 화두가 되자 신 회장은 표정이 다소 누그러졌다.

"그래서 말입니다. 회장님의 가르침대로 저는 투자를 하려고 합니다. 그것도 공격적 투자를 아주 잘⋯⋯."

"지금 무슨 말을 하고 있는 건가?"

"투자할 만한 것에는 총공세를 퍼붓는 것이 제 원칙입니다."

"무슨 말이 하고 싶은 거냐고? 나는 혜영이 그 계집애를 말하자는 거잖아?"

"바로 그 따님 이야기입니다."

신 회장이 두 눈을 크게 뜨고 집어삼킬 듯이 석원을 노려보았다. 성북동 대호(大虎)라는 별명을 달고 있는 신 회장의 부리부리하게 치켜뜬 눈이 까투리를 잡아먹으려 노리는 맹수의 그것과 같았다. 반면, 석원은 그저 냉철한 표정으로 상대방의 시선을 받아내고 있었다.

"말 빙빙 돌리지 말고 확실히 말해! 고작 여자 하나 얻는 거면서 무슨 투자⋯⋯."

울화가 치민 탓에 더 말을 잇지 못하고서 신 회장은 술잔을 들어 단숨에 입 안에 털어 넣었다. 석원이 그의 빈 잔에 도자기 병을 기울여 맑은 술을 따랐다.

"고작 여자가 아닌 것이 문제이지요. 저에 대해서도 그렇습니다. 죽으면서까지 호랑이도 가죽을 남기는 마당에 제 부친이 설마 아무것도 안 남기고 일선에서 떠나시겠습니까?"

음, 하고 신 회장은 잔을 입에 털어 넣어 술을 삼켰다.

"집안일이라 자세한 언급은 피하겠습니다만, 제 형에게는 치명타가 있습니다. 그리고 지금부터라도 회장님은 작은 따님을 통해 성인제약의 계열사 지분을 확보하게 해드리겠습니다. 아시다시피 저희 쪽은 계열사가 알차지 않습니까?"

어느새 신 회장의 표정이 달라져 있었다.

석원은 그 미묘한 변화를 놓치지 않고서 곧바로 딱딱하기 그지없는 투로 말문을 열었다.

"신규영, 이후로는 병원에서 한 발자국도 나오지 못하게 해주십시오."

"왜 그렇게까지 해야 하는지 물어본다면…… 이유를 대답해줄 텐가?"

"어렵지 않습니다. 대답해드리지요. 조사하니까 다 나오더군요. 아무리 마약에 담겨져도 그렇지, 지금 시대가 어느 때인데 이복 여동생에 대해 폭력은 기본인 데다 미수에 그쳐서 그렇지, 성폭력……."

놀라서 펄쩍 뛸 듯이 신 회장이 두 팔을 허공에서 휘휘 저어가며 석원의 말을 잘랐다.

"명 이사, 이보게! 진정하게, 진정해. 아, 알았어! 알아들었으니까 됐네. 아무튼 그 계집애가 진짜 요물이라니까, 제 어미는 천하의 순둥이였는데 누굴 닮았는지, 참! 아주 어물전 망신은 꼴뚜기가 다 시키고 있어."

낭패와 실망이 자자한 어조의 신 회장이 또 애먼 혜영을 욕했다. 석원이 부러 탁자에 손바닥을 탁 내리쳤다.

"누가 꼴뚜기라는 겁니까? 더는 두고 볼 수가 없으니 신규영은 작은따님 근처 반경 2킬로미터 이내에 접근 금지입니다."

"알겠네. 다행히 나는 머리 회전이 빠르지. 자아, 그럼, 우리 아들 녀석만 병원에 잘 가둬놓으면 되는 거지? 혜영이 계집애 근처에는 얼씬도 못 하게 하는 거랑, 또 뭐가 남았지? 이제 얼추 이야기가 끝난 건가?"

"하나 더 있습니다. 당분간이 될지, 얼마나 될지 모르겠지만, 따님을 찾지 말아주십시오. 그래주시면 됩니다."

신 회장은 잠시 어안이 벙벙한 채로 석원을 뚫어지게 보았다.

"어찌 됐건 자네는 약속을 지키기만 하면 돼. 난 장사치야. 돈이 되는 것만 쫓아."

"장담합니다. 김치 보시기와 금 대접의 차이를 아시게 될 것입니다. 계열사 지분에 대한 서류도 충분히 준비해서 보내드리도록 하겠습니다."

"자네 계열사 지분이 아무리 거해도 말이지, 나는 원래 목표가 성인제약의 총수 될 사위가……."

그러자 석원이 잘 훈련된 미소를 지으며 신 회장을 바라보았다. 벌써 여유 만만한 승자와 같은 태도였다. 그것은 상대방을 제압하는 방법으로 써먹기 위해 어렵게 배운 처세술 중 하나였다.

"제대로 된 사위가 탐나신다는 뜻으로 알아듣겠습니다. 부디 작은 따님을 간섭하지 마시기 바랍니다."

그 시각, 혜영은 또다시 돌아온 마감에 야근 중이었다. 평소에 마감을 지옥이라 일컫는 그녀는 이번엔 가장 어려운 기획 기사 원고를 무사통과한 바람에 한결 수월할 수 있었다.

<잇 걸들의 그날은 소중하다! 여성 용품, 어디까지 써봤니? A부터 Z까지! 드루와~ 드루와~!>

통통 튀는 제목은 그녀가 정했지만 기사 초안은 간밤에 우렁각

시가 완성한 원고였다. 그것은 그녀의 사수이자 데스크인 왕 선배에게 두말 않고 오케이 사인을 받아냈다.

A4로 스무 장이나 채워진 원고는 수입 제품과 국내 제품의 비교 분석은 물론이고 오가닉 제품, 순면 제품, 하다못해 그녀조차 생소한 천연 음이온 제품에 삽입 제품까지…… 그야말로 천차만별의 제품이 소개되었으며 소상하게도 장단점을 짚어간 덕에 가이드북으로 따로 내고 싶을 정도의 전문적인 원고였다.

"우리 막내, 많이 컸네? 기본기가 약하다고 매일 징징대더니, 뒤에서 남몰래 과외 했나 봐?"

왕 선배의 칭찬은 자자했지만 혜영은 속으로 양심에 찔렸다.

우렁각시의 일은 그뿐만이 아니었다. 평소 아침상이 휘어지도록 기본이 7첩 반상인 식탁이 웬일로 썰렁하다 싶더니 그는 그녀를 위해 파니니를 만들어 내놓았다.

'임금님 밥상은 어쩌고요? 혹시, 나 때문에 바꾼 거예요?'

혜영의 놀란 물음에 그는 무심한 어조로 대충 대꾸를 했다.

'꼭 그런 것만은 아니고.'

그의 성의를 생각해서 혜영은 모처럼 그와 마주 앉아서 아침을 먹었다. 그리고 사이좋게 출근을 하기 위해 나란히 탄 엘리베이터 안에서 그녀는 그에게 받은 즙을 마셨다. 공교롭게도 그것은 몸서리칠 정도로 쓴맛이 나는 쑥으로 즙을 낸 것이었다.

'블루베리나 포도즙 같은 달콤한 것도 많고 많은 세상인데, 쑥이 대체 뭐예요? 이게 진정 사람이 먹는 건가요?'

'여자 몸에 특히 좋은 거래.'

그가 주먹을 말아서 입가에 가져가며 슬그머니 웃음을 참는 모습을 보고 혜영은 잠시 멈칫했다.

'가만 보면 이 남자는 내가 하는 행동마다 우스운가 봐. 아무래도 절제해야지.'라고 생각하며 그녀는 새치름하게 돌아섰다. 그러자 그녀의 정수리에 제 턱을 가져다 대면서 석원이 낮게 중얼거렸다.

'내 옆에서 오래 살아주면 얼마나 좋을까? 세상 사는 것이 생각보다 괜찮다는 것도 알게 될 거고. 내가 진짜 잘해줄 텐데.'

'달달한 것을 먹으며 오래 사는 게 좋지, 아무리 쓴 것이 몸에 좋다고 해도…… 읍!'

그가 그녀에게 기습적인 입맞춤을 해왔다. 처음의 입술끼리 닿은 채로의 부비부비에서 점점 혀를 탐하는 키스가 되었다. 끈적끈적한 입맞춤은 제법 길게 끌어서 엘리베이터가 지하주차장에 도착할 때까지 이어졌다. 엘리베이터 도착음이 들리는 순간에 거칠어진 숨결로 석원이 물었다.

'어때, 달콤해졌지?'

몸은 짙은 색의 슈트 정장을 입고 출근하기 직전의 모습인데 반해서 눈빛은 침대에서의 그것을 가지고 그가 그녀를 보았다.

'……무서워.'

자신의 혀에서 쓴 감각을 모두 훔쳐간 남자의 눈빛이 너무 날것이어서 혜영은 저도 모르게 뒷걸음질을 쳤다.

'그저 달콤하지만은 않은 것이…….'

'더 해줄까? 그럼, 달콤할 거야.'

'아니요, 아니! 하나도 안 써요, 안 써. 너무 달고 좋아요.'

와락, 남자의 손바닥이 뒤통수를 감싸왔기 때문에 혜영은 깜짝 놀랐다. 항상 같이 있을 때는 둘 다 미치기 일보 직전이 되기 때문에 조금이라도 자신이 이성을 챙겨야 한다고 일찌감치 마음먹은 그녀가 아니던가?

'거짓말 아니에요. 사탕보다 더 달고 또 뭐더라? 아, 맞다. 천국에 있는 것처럼 행복해요.'

혜영은 아침을 손수 만들어준 그를 생각해서 기분 좋은 말을 하려고 애를 썼다. 어쨌거나 그녀를 이처럼 생각해주는 사람은 이 남자가 처음이니까, 하고서.

그렇게 느닷없는 아침 출근길의 키스를 생각하다가 기사 써준 것도 고맙고 해서 혜영은 그에게 인사를 할 요량으로 문자를 보냈다.

물에 탄 발포 비타민을 한 번에 쭉 마시고 났는데 휴대폰 액정에 반짝 문자가 떴다. 현재 시각은 오후 7시 40분. 저녁 도시락을 시켜 먹은 뒤여서 지금 식곤증으로 죽을 맛이다.

[야근? 저녁 먹고 일하는 건가?]

[도시락 먹었어요. ㅠ.ㅠ 다음엔 딴 업체를 뚫을지도 몰라요. 이사님 닮아서 자연 친화적 메뉴임. 멘붕 왔음. 수면제 넣었나 봉가. 먹고 나니까 졸려용.]

부러 그가 자신을 보고 세대 차이 좀 느껴보라고 마구 외계어를 섞어 보냈다.

[너 오늘 아침에 입고 나간 거 있잖아.]

갑자기 그에게서 다른 화제가 날아왔다.

오늘 입은 옷?

무슨 뜻인지 몰라서 문자의 행간을 살피는데 좀처럼 답이 없었다. 결국 그녀가 못 참고서 재촉을 했다.

[오늘 입고 나온 옷? 그거요? 왜요?]

딩동! 드디어 문자가 왔다.

[네 옷, 너 오늘 입은 거 이상한 것 같아.]

혜영은 저도 모르게 당황해서는 제 옷차림을 훑어보았다. 지금 입고 있는 옷은 스프라이트 티셔츠에 연청색의 테니스 스커트였다. 그녀는 분노의 문자를 재빠르게 전송했다.

[왜요? 오늘의 콘셉트인데요? 마린 룩 패션이라고 들어는 보셨는지.]

[아니, 계속 머릿속에 생각나서. 회사에 입고 다니기엔 좀 그렇지 않은가 해서 말해봤다.]

그의 마지막 문자는 그랬다.

"선배님, 저 지금 입고 있는 옷 이상해요?"

혜영은 마침 마주 보이는 책상의 도윤정 선배에게 말을 걸었다. 도 선배 또한 졸음을 못 이겨서 잠시 엎드렸다가 일어난 참이었다.

"응? 왜? 왕 여우께서 이젠 입고 있는 옷도 태클 걸어? 하긴, 우리 직업이 그렇지, 뭐. 모자라도 안 돼, 차고 넘쳐도 안 돼. 좌우 사방으로는 모델에다가 유명 브랜드의 마스터들도……."

"예쁩니다."

갑자기 그들의 대화 속으로 쏙 끼어드는 남자의 목소리가 있었다. 도 선배의 졸음이 가득한 얼굴이 싹 변하면서 두 손으로 얼굴을 가리는 모양을 보고 혜영은 무심결에 뒤로 몸을 돌렸다.

임무열 팀장이었다.

이른바 낙하산으로 알려진 재무관리팀장이 거기 서 있었다. 그는 방금 저녁식사를 마치고 탕비실에 들른 모양으로 손에는 커피 향이 나는 텀블러가 들려 있었다.

검정 뿔테 안경에 깡마른 몸집의 그 남자는 서른세 살, 올해 1월에 미국에서 회계학 전공을 마치고 바로 팀장 대우를 받고 입사한 탓에 회사 사주 아들이라는 소문으로 더 유명한 사람이었다.

"기자님, 오늘 많이 예쁩니다."

혜영의 머릿속으로 제일 처음에 들어온 생각은 일곱 개나 되는 편집부 책상에 그나마 도 선배와 자신밖에 없으니 다행스럽다는 거였다. 그녀가 혹시 또 누가 볼세라 눈치를 살피는데 임 팀장이 한 걸음 더 다가왔다.

"코……."

그가 자신의 손을 제 코에 가져가며 혜영을 뚫어지게 보았다. 혜영이 무심결에 손가락으로 제 인중을 만지는데 마침, 문을 열고 들어오던 두 서너 명의 선배 기자들이 다 같이 경악을 하며 혜영을 가리켰다.

"아? 막내, 코피 난다!"

코피?

혜영은 후다닥, 화장실로 향하기 위해 몸을 날렸다.

혜영이 세수를 하고 화장실을 나오는데 그 앞에 임 팀장이 우두커니 서 있었다. 혜영은 당황한 기색을 감추고서 짧게 목례를 한 후에 걸음을 옮겼다. 그가 진로를 막아서며 물어왔다.

"괜찮으십니까?"

아, 이런 건 곤란하다. 그러나 혜영은 아직도 물기가 덜 마른 얼굴에 되도록 기계적인 웃음을 지어 보이며 실례가 되지 않도록 인사를 했다.

"네에, 걱정 끼쳐드려서 죄송합니다."

임 팀장이 끝까지 따라오더니 그녀의 팔을 잡아채서는 화장실 맞은편에 있는 휴게실로 이끌었다.

"여기가 미국이면 좋겠다고 생각했습니다. 그 나라에서는 동료가 코피가 나거나 곤란에 처하면 남자건 여자건 가리지 않고 손수 도울 수가 있으니까요."

그는 별안간 뜻도 모를 말을 하더니 자동판매기에 동전을 넣어 망고주스를 두 개 끄집어냈다. 그중 하나를 그녀에게 건네며 그가 웃어 보였다.

"항상 보면 이것을 고르시더라고요. 좋아하시나 봐요."

혜영은 사양할 생각으로 가만히 있었다. 그가 묵묵히 망고주스를 다시 권했다.

"이런 거 받아주는 것 정도는 무리 없잖아요. 작년 겨울에 정 직원 되셨지요? 저도 1월에 입사한 셈이니까 우리는 가만 보면 동기입니다. 3월에 설악산으로 워크숍 갔을 때였나요? 마지막 날에 장기자랑 퍼포먼스 시간이었지요. 신 기자님이 다른 동기들하고 사자춤을 보여줬잖아요. 그때 갑자기 사자탈 속에서 튀어나온 모습 보고 다들 환호했던 것 기억나세요? 저도 그중 한 명이었습니다만."

"저기, 들어가봐야 해서요. 지금 한창 바쁠 때라……."

더 이상 거북해지기 싫어서 그녀가 핑계를 댔지만 그가 이번에는 손수건을 꺼내 혜영에게 내밀었다. 머리, 하고 그가 짧게 말하자 혜영은 다소 신경질적인 동작으로 머리카락에서 물방울을 튕겨냈다.

"코피까지 터졌는데 좀 쉬셔도 돼요. 아까 보니까 큰 건수 하나는 해치워서 한시름 놓고 계시던 것 아니었어요?"

저녁 먹기 전에 왕 선배에게 기획 기사 넘긴 것을 보고 하는 소리 같았다. 혜영은 점점 시큰둥해진 가운데 고심하기 바빴다. 아마도 자신의 일거수일투족을 엿보았다는 뜻일 게다.

"제가요, 워낙에 말을 돌릴 줄 몰라서요. 직접적으로 여쭤볼게요. 우리 회사 대표님의 성함이 임승표시잖아요? 임무열 팀장님은 성도 임씨인 데다가 미국에서 오시자마자 팀장 대행 하시더니 바로 재무팀 맡으셨고요. 진짜 낙하산이세요? 그러니까 오너의 일가친척, 뭐 그런 거?"

"오, 세다!"

그녀의 돌직구에 터져 나오는 비명을 감추지 않으면서도 무열은 어쩐지 즐거운 얼굴이었다.

"꼭 지금 대답해야 합니까? 저에게 기회를 주시면 천천히 알게 해드릴 의향이 있습니다만."

점점, 이 남자가?

그녀는 망고주스를 입으로 가져가서 꿀꺽꿀꺽 삼켰다. 당신에게 그럴 기회는 없다고 보여주는 야심찬 행동이었다.

"실은 오래 고민했습니다. 신 기자님을 처음 보았을 때부터 초조한 감정인지 뭔지 정체를 알 수 없는 것으로 계속 괴로웠습니다."

혜영은 주스 캔을 다 비운 뒤에 손등으로 입술을 훔쳐냈다.

"제 사수 아시죠? 왕여희 선배님요. 그 선배님께 은밀히 캐셔도 돼요. 사실은 저요, 남자 친구랑 동거하고 있어요."

그가 표정 하나 변하지 않은 채로 그녀를 뚫어지게 보고 있었다. 그녀는 그의 어깨를 툭툭 두들겨주고는 사무실 쪽으로 걸음을 옮기며 중얼거렸다. 인생, 다 그런 거야. 언제나 문제는 타이밍이지요.

새벽 2시. 늦은 퇴근이었다.

석원은 오늘 여러모로 분주했다. 저녁 식사 자리에는 신 회장을 대면해야 했고 바로 회사로 달려와서는 혜영에게 양도할 재산을 계산했다. 분식 회계 자료니, 지분이니, 주식이니. 업무가 끝난 시간에도 그는 자신의 개인 변호사와 회계사들을 거느리고서 혜영을 이롭게 해줄 재산에 대해 머리 쓰느라 정신이 없었다.

또한 다음 주로 예정된 해외 출장 준비도 해야 했기에 겨우 2시가 다 되어서야 놓여났지만 일을 채 마치지 못하고서 내일을 기약했다.

평상시의 그였다면, 이렇게 늦어질 것 같은 날이면 아예 회사에서 퇴근을 하지도 않았을 것이다. 그러나 그에게는 혜영이 기다리고 있다는 사실만으로 퇴근할 이유가 충분했다.

비밀번호를 누르고 들어간 거실은 불이 켜져 있었다.

'설마, 나를 기다리느라 여태 잠을 자지 않고서…….'

흥분했던 것도 잠시, 그는 혼자서 작게 실소했다. 혜영이 소파에 모로 누워서 잠들어 있었다. 살구색의 슬립만을 걸친 채로 그녀는 한 팔로 제 머리를 괴고서 그의 인기척에도 불구하고 쿨쿨 자고 있었다.

그래, 너는 그렇게 아무 근심도 없이 잠만 잤으면 좋겠다.

평화로운 그녀의 잠든 모습은 전쟁도 멈추게 할 만큼 사랑스러운 것이었다. 그는 저도 모르게 한참을 뚫어져라 그녀의 자는 모습을 보고 서 있었다.

내가 오늘 네 아버지라는 작자를 만났다.

너는 알까?

나는 너를 취하기 위해서라면 무슨 짓이든 할 수가 있다. 여태껏 살던 삶의 방향을 바꾸면서까지 너를 사랑하는 남자의 뜻을 너는 아는지 모르는지. 내가 가진 계열사의 지분을 네게 넘기면서 신 회장을 손 안에 쥐고, 그다음에는…….

쌔근쌔근.

규칙적인 숨을 내쉬면서 잠을 자는 그녀를 한동안 주목하며 서 있던 그가 가방을 내려놓고서 시계부터 끌렀다.

"아가씨, 침대로 가서 편하게 자야지."

그녀를 안아 들려는 찰나, 그는 우뚝 멈춰 섰다. 노트북의 화면에는 알몸인 남녀가 한창 치열하게 정사를 벌이고 있었다.

"우리 혜영이의 스승…… 님을 뵙습니다!"

그는 그녀의 팔을 제 목에 두르고서 훌쩍 그 몸을 안아 들며 객쩍은 얼굴로 중얼거렸다. 참나, 내가 스승 해주면 될 것을!

모처럼 둘 다 쉬는 휴일이 왔다.

"집에 안 갔어요? 본가 말이에요."

한낮이 다 되도록 늦잠을 자고서 거실로 나온 그녀는 기지개를 켜다 동작을 멈췄다. 흰색의 면 티셔츠와 스트링 바지의 편한 복장을 한 석원이 거실 소파에 앉아서 커피 잔을 들고 그녀를 쳐다보고 있었기 때문이다. 벽면 텔레비전에서는 스포츠 중계가 한창이었다. 그는 한동안 혜영을 뚫어지게 바라보기만 했다.

"본가 들어가시는 날 아니었어요?"

"안 가려고."

그저 그런가 보다, 하고 주방 쪽으로 향하는 혜영의 뒤통수에 그의 혼잣말 같은 소리가 들려왔다.

"너랑 있으려고."

그가 커피 잔을 들어 올리며 마실래? 하고 눈으로 물었다.

"신혜영, 그나저나 배고프겠다. 뭐 만들어줄까? 그보다 하고 싶은 거 없어? 내가 다 해줄 수 있는데."

"나는 독립해서 나오면 일요일 같은 날에는 잠만 푹 자주고 싶은 로망이 있었어요."

"이리 와봐."

그가 두 팔을 벌리며 그녀에게 안기라고 신호를 했다. 혜영이 말 잘 듣는 착한 아이처럼 그의 무릎 위로 덥석 올라탔다. 그가 그녀의 정수리에 코를 묻고 숨을 깊이 들이마시며 속삭였다.

"나는 너 데리고…… 밖으로 나가서 데이트하고 싶은데."

둘은 처음으로 극장 구경을 나섰다. 예매를 하지 않은 탓에 두어 시간을 기다려야 했다. 두 사람은 아침 겸 점심을 먹으며 시간을 때우기로 했다. 혜영은 그를 이끌고서 극장 주변의 인도 요리가 유명한 식당으로 갔다.

"여기는 인도네시아의 대사관에 있던 분이 셰프인데요. 커플이

와서 먹으면 각자의 첫사랑이 이루어진대요."

"이런, 너무하군. 내 첫사랑은 신혜영이 하면 되겠네."

"내 첫사랑은 따로 있는데."

까르르, 맑게 터트리는 여자의 웃음에 난처한 얼굴인 남자, 두 사람은 누가 봐도 보기 좋은 커플이었다. 둘은 사이좋게 카레와 탄두리 치킨을 먹고서 거리를 걷기로 했다.

한 손에는 각자 마음에 드는 커피를 사들고 또 다른 손으로는 서로를 붙잡았다. 선글라스를 쓰고서 혜영은 길고 늘씬한 몸에 진한 청으로 된 점퍼스커트와 흰색 티셔츠를 매치한 차림이었다. 그녀의 젊고 싱싱한 아름다움은 유독 남자들의 이목을 모으고 있었다. 잠자코 그 시선들을 참아내던 석원이 기어이 한마디 했다.

"집에서 가져온 것들이라는 게 다 이런 옷이야?"

그녀는 석원이 자신의 값비싼 메이커 옷들을 타박하려는 것으로 오해하고 사오정 식의 대꾸를 했다.

"그래도 이 정도면 검소한 편이에요. 우리 이사장님하고 언니는 완전 컬렉션 수준인걸요."

"내 말은 그러니까…… 마치, 스무 살 애들처럼 스커트를 짧게 입어야 하는 거냐고? 남자들이 다 쳐다보잖아."

아아, 혜영은 그의 손을 잡은 채로 걸음을 멈추어 섰다. 5월의 눈부시게 화창한 날, 맛있는 음식을 먹은 후의 기분 좋게 적당한 포만감, 사랑하는 남자의 묘한 질투와 참견, 서른두 살이나 먹은 침착한 성인 남자가 그녀에게는 무엇이든 제멋대로일 것 같은 어린 모습으로 해대는 투정, 단둘이 나누는 묘한 감정들.

바야흐로 봄이었다. 믿을 수 없게도 혜영은 행복했다. 혜영은 그가 조용히 혼잣말하는 소리를 들었다.

"너하고 있으면서 하나도 지루하지가 않게 되었어."

그 밤이 왔다.

내일이면 출장을 떠난다는 것을 핑계 삼아 둘은 빼먹지도 않고 사랑을 나누었다. 혜영은 역시 스승을 따로 두고 있다는 호언장담처럼 그를 리드하려고 들었다. 처음엔 그녀가 하자는 대로 몸을 맡기던 그가 끝내 웃음을 터트리고 말았다.

"어색해, 뭔가 아니야."

"가만있어 봐요, 좀."

한참을 기를 쓰고 움직이던 그녀가 마침내 씨근거리며 그대로 그의 품에 엎드려버렸다.

쾅쾅 뛰는 심장의 고동치는 소리를 귀로 들으며 그녀는 한참이나 가만있었다. 땀으로 번들거리는 남자의 몸, 짙은 체향, 서로의 애액이 섞인 가운데 아직도 연결이 되어 있는 비밀스러운 몸, 절정으로 인해 자잘한 떨림을 간직하고 있는 은밀한 나신들이 얼마나 선명하게 아름다운지 혜영은 이제 영영 섹스 따위는 모르고 살 것 같지 않았다.

"과일 먹을까?"

그가 그녀의 야윈 등을 성마른 손길로 쓸어내리며 물었다. 잔뜩 흥분해 있던 터라 나오는 소리도 푹 가라앉아 있었다.

"아니, 좀 더 이렇게 하고 있을래요."

그녀 역시도 쉬어버린 목소리를 냈다. 석원은 다시 꿈틀하고 타오르는 아랫도리를 느끼며 혜영의 엉덩이를 애무했다.

"영화를 다 보고 나면 보통은 그 줄거리를 한마디로 요약해서 말할 수 있는 거잖아."

자꾸 탐내면 안 될 것 같아서 그는 다른 말을 건넸다. 갑작스럽게 바뀐 환경에 의해 혜영의 컨디션이 좋지 않은 것을 눈치챈 뒤였다. 힘이 장사라느니, 체력 하나는 짱짱하다고 큰소리치던 혜영은 오늘 영화관에서 얕게 코를 골며 잠을 자는 바람에 그는 영화 대신에 그녀를 맘껏 구경할 수 있었다.

물론 속으로는 작게 실소를 했지만 말이다.

이 여자는 내 앞에서 긴장도 안 해.

"네에, 맞아요. 전쟁 장르 같은 것을 봐도 화약 속에 피어난 두 사나이의 우정, 뭐 이런 식이잖아."

그의 속도 모르고 혜영은 그의 가슴팍에 코를 비비며 대답했다.

"그런데 넌 한마디로 설명하는 게 불가능해. 왜 그런 건지, 나는 도통 모르겠어. 너를 영화로 치면 무슨 영화를 봤는지 설명할 수가 없을 것 같아."

"영화는 영화고, 사람은 사람이지. 사람에 대해서는 보통은 다들 그렇지 않아요? 이사님은 본인을 어떻게 설명할 수 있는데요?"

"머리에 든 것도 많고 돈도 있어서 자기가 가지고 있는 것을 지킬 줄도 알고, 키워 나갈 줄도 아는 남자가 아닐런지."

아이고, 하고 혜영이 앓는 소리를 내며 웃었다.

"그 정도면 중증일걸요?"

"농담 아니야. 넌 뭐랄까, 이젠 까보기도 했고, 뒤집어도 봤으니 너에 대해 한마디로 내가 정의할 수 있어야 하는데, 아직도 잘 안 돼. 난 너를 모르겠어."

"통계 내고 분석해서 동향 파악하는 거 선수라고 하지 않았어요? 나 되게 파악하기 쉬운데? 정말 나 아무것도 아니에요. 되게 평범해요. 적당히 세상 때 묻었고, 삿된 욕심도 있고. 누구나처럼 이기적이기도 하고. 대충의 분위기 파악만으로 살아남으려는 스물다섯 살의 보통 여자, 이렇게 설명 가능한 사람인데? 내게서 진심이 느껴지지 않나 봐요?"

너는, 하고 석원이 어눌하게 중얼거렸다.

"그저 잘해주고 싶고, 잘해주고 싶고, 잘해주고 싶고…… 그렇게 계속 잘해주고 싶고, 그래."

"어떻게 그런 게 가능해요?"

"간단해, 너한테 확 쏠린 탓이지."

혜영은 그의 가슴팍에 뾰족한 턱을 대고서 그를 빤히 바라보았다. 그도 그녀의 모습을 찬찬히 눈에 담았다. 방금 전까지의 정사로 인해 까무러칠 것처럼 신음하던 얼굴이 들여다보였다. 둥그런 눈동자, 머리카락을 삐죽 헤치고 나온 귀에 아직도 아물지 않은 흔적으로 남은 상처, 홍조가 번진 뺨, 키스하느라 부르튼 입술.

그의 가슴을 철렁하게 할 만큼 그녀는 매혹적이었다.

그러나 그녀는 나빴다.

"이사님은 날 믿으면 안 돼요."

마치 이 상황이 거짓말인 것처럼 그녀가 툭 내뱉은 말에 그는 얼음에 금이 가듯 심장이 아팠다.

"여러 신들이여! 부디, 서자의 편을 들어주소서!"

깊이 잠이 든 채였다. 깊은 물속 같은 느낌이었는데 혜영은 어렴풋이 석원의 중얼거리는 소리를 듣고 잠에서 깨어났다.

"방금, 뭐라고 그랬어요?"

으음, 하고 신음을 하다가 혜영이 물었다. 깨닫고 보니 그는 여전히 자신의 위에서 젖가슴을 탐하고 있었다. 아주 게걸스러운 키스에 혜영은 잠이 도로 달아나려고 했다.

"깼어? 여러 신들이여! 부디, 서자의 편을 들어주소서…… 라고 했는데."

그는 헐떡이면서도 충실히 대답을 해주었다.

"아, 나 그거 알아! 리어 왕의 대사 맞죠? 셰익스피어!"

그 와중에도 그녀가 환호했다. 석원이 어쩌면 사악하게 보이는 미소를 짓고 칭찬을 해주었다.

"신혜영, 공부 잘했네."

"좀 눈을 붙여야 해요. 내일이면 캐나다로 날아갈 사람이 이러면 쓰나? 이사님은 자기 관리 철저한 사람이라면서요?"

"잘 들어. 신은 서자의 편이기도 해."

알쏭달쏭한 말이었다. 그는 계속해서 혜영의 가슴에 입맞춤하고 있었다.

<페르귄트의 조곡>

정확히 새벽 6시에 오디오에서 알람이 울렸다. 석원이 먼저 눈을 떴다.

옆에서 가만히 몸을 움직이는 기척이 났다. 혜영이 더듬더듬 사이드 테이블 위로 팔을 뻗어 알람을 정지시키고 있었다. 그 팔을 석원이 냉큼 낚아채서는 도로 시트 속으로 집어넣었다. 혜영이 나지막한 소리로 항의를 해왔다.

"놔줘요, 일어나야 해."

석원이 그녀의 손바닥을 제 가슴에 대고 문질러대며 투정을 부렸다.

"책임져라, 신혜영. 심장이 쿵쿵 뛰어. 사나워 죽겠어."

그의 저음에는 잠기운이 그득 묻어 있었다.

"사람이 심장 뛰는 게 예삿일이지. 그럼, 멈추면 좋겠어요?"

"이렇게 뛰는 건 정상이 아니니까 문제지. 책임져."

"세상 참, 어지간히 말세네요. 이젠 하다하다 남의 심장 뛰는 것도 책임져야 하는 거예요? 놔줘요. 나 조깅 하고 올게요."

혜영이 웃음을 터트리면서 그의 가슴팍을 살짝 밀어냈다. 그러자 석원이 기분이 상한 어조로 장황하게 화를 내기 시작했다.

"제정신이야, 너? 조깅 안 돼! 너 지금 몸 안 좋은 거 몰라? 어제 극장에서도 그래, 영화 보다가 지루한 장면에서는 잠깐 졸 수는 있어. 근데 무슨 여자가 처음부터 작정한 것같이 코를 골며 잠을 자? 그것도 나 같은 남자를 옆에 앉혀 두고서? 그건 네 몸이 정상이 아니라는 증거야."

"참나, 누구 때문에 정상이 아닌데요? 나 여기 한남동 들어와 살면서 매일 밤을 이사님하고 잤어요. 직장 생활하는 몸이 어디 견딜 수나 있겠어요? 그나마 나나 되니까 이렇게 버티는 거라고요. 그리고 이렇게 몸이 찌뿌듯할 때에는 차라리 뛰는 게 나아. 어서 주무셔요. 한숨 주무시고 일어나면 내가 와 있을 거야."

혜영의 팔이 그의 목에 감기는 동시에 그의 이마에 입술이 닿았다.

"이건 어떡할 셈인데?"

그가 이번엔 혜영의 손을 아래로 내려서 발기하고 있는 제 물건을 쥐어주었다. 지난밤에 거듭 여자의 속을 파고들던 위용 그대로 그것은 꼿꼿하고도 힘에 차 있었다. 혜영이 소스라치게 그것을 뿌리치자 석원은 잠이 확 깼다고 투정을 부렸다.

"책임져, 책임져, 책임지라고."

혜영이 모로 누운 채로 그의 맨가슴에 입술을 묻어 키스를 해주고 나서 속삭였다.

"염치 좀 있으세요. 불과 세 시간 전까지도 우린 실컷 했어요."

"애 봐라? 아직 어리다, 이거군. 어쨌든 난 지금 누구 때문에 새벽에 잠이 깨버렸고, 또 기운 팔팔해졌어. 이런 나를 내버리고서 책임을 회피할 작정이면…… 너, 십 리도 못 가서 발병 난다."

아우, 아우, 아우…… 혜영이 기막힌 소리를 연달아 내면서 그의 두 눈 사이에 입을 쪽 맞췄다. 그러고는 버릇대로 그녀의 등을 문질러댔다. 그는 남자의 크고 넓적한 손바닥이 여자의 맨살을 어루만지는 느낌에 기대어 부디 혜영이 침대를 박차고 나가지 않기를 바랐다.

"매일매일이 허했었어. 그걸 또 몰랐고. 네가 있어서 채우는 거라고, 나는."

"자아, 이제 잠깐이라도 눈 붙이셔야죠. 공항까지 11시에 간다고 했나요?"

"아니, 여기서 출발하는 시간이 11시. 덕분에 늑장 부려도 돼."

"나도 오늘은 제본소에 들렀다 가야 해서 늦게 나갈 거예요."

그녀의 말이 채 끝나기도 전에 석원이 그녀의 몸을 푹 감싸 안으면서 재촉을 했다.

"그러니까 하자고, 제발! 이건 하늘이 준 기회야."

꺄아, 하고 소리 지르면서 혜영이 서둘러 그를 뿌리치고는 침대 아래로 내려섰다. 그러고는 그의 이마를 가리는 머리카락을 쓸어 넘겨준 뒤에 다녀올게요, 라고 속삭였다. 갑자기 석원이 시트를 확 걷어내고는 침대 위로 정자세를 하고 앉았다. 그는 정색을 하고서 그녀를 불렀다.

"여기 봐, 신혜영. 날 똑바로 봐봐."

우선 눈에 띄는 넓고 각이 진 어깨와 적당한 근육이 붙은 몸이 한없이 잘빠진 탓에 그는 어느 각도에서나 빛이 나는 사람이었다. 그가 턱을 치켜들어 뽐내는 얼굴을 하며 혜영을 보았다.

"나는 잘난 남자가 갖춰야 할 것들은 모조리 갖고 있지. 물론, 부모 잘 만난 덕에 누리는 것들일지라도 나는 오만 부리지 않고서 그 호사들을 제대로 다룰 줄 아는 사람이야. 건강한 신체에 이만하 면 미덕도 있고 좋은 가치관도 가지고 있어. 어때, 이 정도면 탐나 지 않아? 이런 나를 너에게 줄게. 받아줘라, 신혜영."

그녀의 침묵에 초조한 모양인지 계속해서 석원이 다그쳐왔다.

"신혜영, 이봐. 진지하게 봐줘야 해. 나는 지금 너를 유혹하고 있 는 거야."

"기다려봐요."

주섬주섬 팬티를 입고 스포츠 브라를 걸치고서 머리를 질끈 묶 고 있는 그녀는 석원의 기대에 미치는 표정이 아니었다.

석원이 눈썹을 꿈틀거리며 지켜보고 있노라니 어느새 트레이닝 복을 다 갖춰 입은 그녀가 침실 문의 손잡이를 당기고 있었다.

"천상천하유아독존. 멋지다, 명석원!"

"어쩐지 영혼 없이 중얼거리는 소리로 들리는데."

"안 넘어가줄 거야. 유혹 안 당해."

"철벽, 신혜영!"

속으로 혼자 원망하고 있는데 방을 나갔던 그녀가 문을 다시 열었다. 빠끔 하얗고 작은 얼굴이 나타났다.

"다녀올게요! 눈 좀 붙이고 계세요."

"신혜영, 용기를 내는 거야. 세상에 못 쳐다볼 나무는 없어."

그의 결의에 찬 말에도 혜영은 꿈쩍하지 않았다.

"못 쳐다보는 게 아니라 안 쳐다보는 거거든요?"

제길, 하고 석원이 길게 신음을 냈다.

9. 냉전 중입니다만?

뚜르르르.

휴대폰이 울렸다. 그가 얕은 잠결에 팔을 뻗쳤다. 그 팔에 아무 것도 감겨오지 않았을 때에 혜영이 먼저 나간 사실을 깨달았다. 휴대폰을 집어 들기 전에 우선 시간을 확인했다. 혜영이 조깅하러 나간 지 불과 10분도 지나지 않고 있었다.

-사장님, 경비실 김진태 소장입니다.

"예, 말씀하십시오."

경비실에서 이 시간에 무슨? 그는 휴대폰을 고쳐 잡으며 정신을 차렸다.

-어제부터 자꾸 신원을 알 수 없는 남자가 사장님 댁을 찾기에 제가 일단 신고는 해둔 상태입니다. 근데 방금 전에 그 댁 사모님이 외출하시러 나오신 모양인데…….

"말씀하십시오."

그는 심장이 멎는 것 같은 고통에 무심코 제 가슴에 손바닥을 가져갔다.

-저는 주차장 쪽 담당인데요. 방금 현관에서 연락이 왔습니다. 120호 사모님이 나가는 순간에 그 뒤로 바싹 쫓는 남자가 한 명 있다고 해서요. 어제 제가 신고한 남자인가 싶어서 사장님 번호로 먼저 전화를 드리는 겁니다.

"전화 고맙습니다. 혹시, 그 남자의 신원을 알아냈습니까?"

-어제 신고할 때에 보니까 자기 자신을 무슨 대기업 회장 아들이라고 떠들던데요? 청운그룹이랬나? 하여튼 술 냄새도 확 나는 것이 정상은 아닌 것으로 보였습니다.

빌어먹을!

석원이 이를 질끈 물었다. 신규영, 네가 여길 어떻게 와? 분노가 치미는 동시에 혜영에 대한 걱정으로 미칠 것 같았다. 명석원, 침착해. 침착해야 해. 나는 이럴 때에 누구보다도 침착할 수가 있는 사람이야. 아무리 위급한 순간에도 나는 정신을 똑바로 차릴 수 있도록 훈련을 받아왔지. 써먹으면 돼. ……명석원.

석원은 일단 자기 자신을 다독이면서 침대에서 내려와 다른 휴대폰을 찾았다.

"너 어디 있어?"

그의 개인 경호를 전담하고 있는 탓에 정하준 실장은 항상 그의 주변에 있었다. 평소에는 정 실장에게 깍듯하다가도 급한 일이 생기면 말을 놓는 습관대로 그는 반말로 지시를 내렸다.

"내 말 잘 들어. 내가 바로 나갈 건데 시간이 없어. 혜영이 조깅

코스 알지? 하얏트 호텔 방면 남산 공원 가는 데, 맞아? 일단, 차로
따라가봐. 얼른! 내가 책임질 테니 넌 무조건 혜영이 다치지만 않
게 해."

손에 닿는 대로 옷을 집어 들며 그는 통화를 마쳤다. 그사이에
도 그는 몇 번이나 심호흡을 하며 숨을 골랐다.

괜찮아, 무사할 거야.

예전엔 어땠는지 몰라도 이젠 내가 있잖아.

"신규영, 내가 개박살 내주면 돼."

석원은 혼잣말로 탄식을 했다.

조깅은 핑계였다. 혜영은 서두르고 있었다.

어제 내내 석원과 함께 주말을 보내는 바람에 계획이 틀어질 까
봐 그것이 걱정이었다. 그녀의 계획은 이런 거였다. 아침 식사를
대충 때우는 법이 없는 석원을 위해 그녀는 출장 가기 전에 식사
를 직접 차려주고 싶어 했었다. 해서 어제 몰래 장을 볼 심사였는
데, 종일 그와 함께하는 통에 타이밍을 놓치고 말았다.

서프라이즈를 위해 그녀는 어렵게 그를 떼어놓아야 했다. 택시
를 잡기 위해 정류장으로 뛰었다.

지금 이 시간에 장을 볼 새도 없고 해서 차라리 호텔 조식을 배
달할 목적이었다. 메뉴도 벌써 전복 누룽지탕으로 낙점해놓고 있
었다.

이제 조금만 있으면 우리는 헤어져서 영원히 남남이 될 사람들
이다. 훗날 길에서 마주칠 수도 없게끔 나는 그와는 아무 상관 없
는 사람으로 살아갈 것이다.

그러기 전에 그에게 내 손으로 맛난 밥 한 끼를 해 먹였다는 추억이 보태졌으면 좋겠다.

이기적이라고 해도 좋았다. 그에게 넘치는 사랑을 받으면서 그녀는 제 나름의 방식으로 그에게 호응하는 셈이었다. 그에게는 그에게 어울리는 제 짝을 찾을 기회를 빼앗지 않는 것으로서 말이다.

그녀의 완고한 마음이 그를 얼마나 다치게 하는지 알고는 있었다. 하지만 아닌 것은 아닌 거다.

당신과는 절대 결혼 하지 않겠다. 그러나 마음으로는 누구보다도 사랑해주리라.

혜영은 택시를 찾아 두리번거렸다.

"신혜영, 너 신수 훤해졌다."

뒤통수에서 날아든 목소리가 규영인 것을 알아차린 순간에 혜영은 벌써 몸이 굳어졌다. 민첩하게 그녀는 주위부터 살폈다. 아직은 날이 완전히 새지 않은 새벽녘인 것이 너무 감사했다.

"오빠, 이리로!"

혜영은 급히 규영의 팔을 잡아채고는 대로 쪽으로 나가서 디뮤지엄 방향으로 향했다. 평소에 하는 조깅 코스였기 때문에 그쪽이 그나마 한산하다는 것을 잘 알고 있었다.

"이거 놓지 못해?"

술이 얼근히 취해 있는 탓에 그를 다루기가 쉽지 않을 것 같았다. 그렇지만 혜영은 정신을 바짝 차려야 했다.

"야, 너! 너하고 명이원 동생 놈! 둘 다 기분 나빠. 그 자식이 글쎄, 우리 영감보고 나를 꼭꼭 가두고……"

"쉿, 오빠! 여긴 사람들이 많은 동네야. 오빠가 이러고 다니면 안돼."

구부정하게 굽어진 몸으로 아무렇게나 자란 머리를 하고 있는 규영이 한심하면서 불쌍하다는 생각이 들었다. 혜영은 그만 목이 메었다.

"너 내가 가만 안 둘 거야! 명이원의 동생 놈도 죽여버릴 거야! 왜, 내가 거치적거려? 니들이 뭔데 나를 치워달라 말라, 해?"

"쉿!"

그녀는 성북동 집의 경호원 실장에게 전화를 걸 요량으로 휴대폰을 찾았다가 아뿔싸, 하고 놀란 얼굴을 했다. 침대에서 나오는데 석원이 자꾸만 보채는 것에 치여 휴대폰을 들고 나오는 것을 깜빡한 모양이다.

"너, 나를 말이야, 너무 개같이 봐! 내가 너 그 버릇……."

"닥치시지! 오빠가 어릴 때부터 나한테 어떻게 했는지 처음부터 읊어볼까?"

말이 끝나기가 무섭게 규영의 손이 혜영의 목을 틀어쥐었다. 가느다란 혜영의 목은 그의 우악스러운 손안에 단번에 쥐어졌다. 목이 졸린 가운데 혜영은 그의 몸이 너무 바짝 붙어 있어서 발길질을 하기도 여의치 않고, 두 손으로 주먹질을 해대도 먹히지가 않아서 애먹고 있었다.

"네가 한번 죽어봐야……."

귀에 담고 싶지도 않은 욕설을 중얼거리는 규영에게서 알코올 냄새가 훅 끼쳐왔다. 둘은 바닥으로 함께 쓰러졌다.

어떻게든 정신을 똑바로 차려야 한다! 혜영은 마침, 손에 잡히는 대로 돌멩이를 찾아 쥐었다. 그러고는 그것으로 있는 힘껏 가격을 했다. 앗! 규영이 펄쩍 뛰었다. 일시에 숨이 트이면서 몸이 풀려나는 데는 성공했다.

"오빠, 제발 정신을 차리고 살아. 언제까지 이럴 건데."

콜록콜록, 기침을 받아내며 혜영이 소리 질렀다. 마음 같아서는 듣든지 안 듣든지 여태 속상하고 막혔던 아픔을 시원하게 퍼붓고 싶었으나 사람들이 하나둘 모여들고 있었다.

"내가 용서한다고 생각하지 마. 지렁이도 밟으면 꿈틀한다고. 아참, 오빠가 바보같이 마약 거래 내역서를 아무렇게나 흘리고 다녔더라고? 오빠가 친구들한테 마약 심부름한 기록들 말이야. 그거 내가 다 챙겨뒀어. 만일에 또 나를 괴롭히면 나도 내가 무슨 짓을 할지 몰라요."

"내 눈, 내 눈……."

바닥에 등을 대고 누워 신음하고 있는 규영을 뒤로하고서 도망치듯이 혜영은 급히 택시를 잡아탔다.

정 실장이 모는 차 안에서 석원은 규영과 함께 뒷좌석에 앉아 있었다.

"……경찰이 와 있는 것을 제가 손을 써서 차에 태운 겁니다. 이미 아가씨는 택시를 타고 사라지고 안 계셨고요. 다행히 주변에 편의점이 있어서 목격자가 있었는데 다짜고짜 남자가 여자를 쓰러뜨리고 목을 조르더랍니다. 근데 어찌 된 것인지 아가씨가 금방 뿌리치고는 사람들의 이목을 끌 것 같으니까 바로 택시를 타고 도망치듯 사라졌다는군요. 편의점 청년이 신고해준 덕분에 경찰이 온 거였고요."

"그년이 네놈의 간을 빼놓고 말 거야. 망할 년!"

"기가 막히는군. 여태 혜영이는 이런 작자를……."

석원의 혼잣말에 이어 차 안에는 정적이 흘렀다. 한참 만에 석원이 입을 열어 협박조로 타이르듯 말했다.

"제대로 갱생하기 전엔 이복동생 근처에는 얼씬도 못할 뿐만 아니라, 아예 세상 밖으로 못 나오게 될 거야."

얼마 지나지 않아서 차는 신 회장의 자택에 도착했다. 석원은 차에서 내리자마자 규영의 멱살을 틀어쥐고서 그를 벽에 밀어붙였다. 정 실장이 인터폰을 누르려고 하자 석원이 날카롭게 명령했다.

"아직이야, 기다려."

인터폰을 누르려던 정 실장의 손이 멈칫한 사이에 으르렁대는 짐승처럼 석원이 이를 악물고는 엄포를 놓았다.

"혜영이한테 해를 입히면 안 된다는 학습이 전혀 되어 있지 않은 모양인데? 누구도 가르쳐주지 않았나 봐? 할 수 없지. 내가 직접 가르쳐줘야겠지."

그때였다.

뚜르르르.

석원의 주머니에서 휴대폰이 울렸다.

혜영에게서 온 전화였다. 그녀가 염려할 것이 두려운 석원은 정 실장에게 재빨리 눈짓을 했다. 정 실장이 급히 다가와 휴대폰의 화면을 터치해서 석원의 귀에 대주었다. 석원은 정 실장을 보며 규영을 조용히 시키라고 무언으로 단단히 이르고는 입을 뗐다.

"왔어?"

-어디예요? 벌써 공항으로 출발한 건 아니죠?

"웬일로 나를 다 찾아주고, 이거 황송한데?"

-장난치지 말고요. 정말 어디 있어요?

"응, 나 잠깐 운동 나왔어."

석원은 무시무시한 눈빛으로 규영을 쏘아보면서 제 손가락을 입으로 가져가 쉿, 했다.

그러고는 규영의 손목을 단단히 고쳐 잡았다. 왼손으로는 그의 목을 눌러 벽에 밀어붙인 탓에 오른손 하나만 사용해야 했다. 정 실장은 석원의 귀에 휴대폰을 대준 채로 규영의 입을 틀어막고 있었다. 그동안에도 휴대폰 너머에서는 혜영의 낭랑한 목소리가 흘러나오고 있었다.

-언제 들어오는데요? 나보고는 달리기 하지 말라고 그렇게 뭐라고 하더니…….

재잘재잘.

혜영의 말이 계속될 동안에 그는 속으로 수를 세었다.

하나, 둘, 셋…… 지금이다!

두둑.

혜영의 목을 비틀고 위협을 가한 규영의 손목, 그 손목을 그대로 꺾어버렸다.

정 실장에 의해 입이 막힌 규영이 소리 없는 절규를 지르는 사이에 그는 휴대폰을 들고 돌아섰다.

"급한 일이 생겨서 그랬어. 넌 조깅 끝났니?"

석원은 손짓을 했다. 이제 그만 규영을 자택 안으로 들여보내라는 신호였다. 정 실장이 충실하게 규영을 부축하고서 현관의 인터폰을 눌렀다.

삐삐삐삐.

비밀번호를 누르고 들어간 집, 현관에서부터 음식 냄새가 심상치 않았다. 벌써 복도의 코너를 도는 순간에 혜영의 목소리가 그를 반겼다.

"얼른 와요, 배고프단 말이야."

혜영이 쪼르르 그에게 달려왔다. 그는 침잠한 분노의 기색을 죽이며 은근히 혜영의 모습부터 살폈다. 여느 때와 다름없이 혜영은 그저 밝았다. 몸에 착 달라붙는 하얀색의 면 원피스에 검은 레깅스를 입고서 평상시의 출근 전처럼 긴 머리에 클립을 꽂아놓고 있는 그녀에게서는 다른 조짐이란 찾아볼 수 없었다.

그렇군, 너는 나한테 아프다는 말 한마디, 무서웠다는 말 한마디를 해줄 수 없다는 거군.

나는 너에게 무엇이란 말인가?

"이사님은 내가 다리 내놓는 룩을 입는 것을 안 좋아하는 것 같아서 레깅스를 받쳐 입은 거예요. 어때요?"

그녀가 옷에 대해 말을 하고 있었지만 석원은 그저 기계적으로 입을 놀렸다.

"나하고 있을 때는 괜찮아. 나만 볼 거니까."

너 항상 이렇게 살았어? 그럼 그때 열이 펄펄 끓고서 호텔에 누워 있을 때에도, 발목의 인대가 늘어났다고 했던 때에도, 귀에도 찢긴 상처가 나 있었던 때도…… 너는 그렇게 혼자 앓고 나서는 감쪽같이 아닌 척했었나?

아버지가 시킨다고 배다른 언니의 형부가 될지도 모를 남자한 테 접근을 해서는…… 넌 그러면서 얼마나 아팠니? 너는 내가 감히 짐작도 할 수 없는 고통 속을 건너서 나한테 와 있는 거구나.

"뭐 해요? 샤워부터 하실래요? 아님, 손만 씻고 올래요?"

그가 머뭇머뭇 서 있으려니까 혜영이 우스운 어조로 농을 걸어 왔다.

"응…… 앉을게."

석원은 얼굴이 잔뜩 굳어진 채로 그녀 맞은편으로 가서 앉았다. 그러고 보니 모락모락 김이 나는 뚝배기에 눈이 갔다. 어제는 일요 일이라 아주머니들이 올 리가 없는데, 하고 생각하고 있자니 혜영 이 활짝 웃는 얼굴로 설명을 했다.

"외국 나가면 늘 먹는 것이 양식일 것 같아서요. 가뜩이나 한국 토종 입맛인 우리 이사님은…… ."

그녀의 말소리가 잘 들리지 않았다. 당연한 일이었다. 그녀의 하 얗고 기다란 목을 보면서 석원은 그녀가 어디 다친 데는 없는지 유의 깊게 살피기 바빴으니까. 순간, 울컥했다.

"이사님?"

갑자기 불안한 눈빛을 하고서 혜영이 그를 뚫어지게 보고 있었 다.

"응, 왜?"

그는 아직도 분노가 맹렬하게 타고 있는 탓에 좀처럼 흥분이 가 라앉지 않고 있었다.

"혹시 화났어요? 감동받은 얼굴 같지는 않은데, 내가 뭐 잘못한 거예요?"

"혜영아."

그가 억눌린 목소리로 그녀를 불렀다.

"에구, 아침의 그 열렬한 구애에 답을 해주지 않아서 삐지셨구나. 그러지 말아요. 일부러 달려가서 호텔 누룽지탕 가져온 거란 말이에요. 해삼이 아주 싱싱한 게 들어왔다고 해서 일부러 그걸로 골랐어요. 성의를 봐서라도 반가워해주실 수는 없는 거예요?"

"반가워, 고맙고."

석원이 불쑥 몸을 일으켰다. 그러고는 급히 다가가 혜영을 일으켜 세웠다. 알 수 없는 안도감과 착잡함에 그는 혜영을 품에 꼭 끌어안고 놀라 벌어진 입술에 키스를 했다.

그녀에게서 갓 샤워를 마친 후의 향이 맴돌아 그를 도발하다시피 했지만 그는 이를 악물고서 그저 키스를 퍼부었다.

빼앗듯이 혀를 감아올리며 입안 구석구석을 탐하는 키스는 길고 뜨거웠다. 읍읍, 하고 혜영은 난데없는 키스에 영문을 몰라 허둥거리며 그의 욕망에 편승하고 있었다.

"캐나다에서 며칠 있다 와요? 일정이 긴가요?"

"거기서 열흘, 그리고 뉴질랜드로 건너가서 사흘."

둘은 마주 보면서 전복과 해삼이 들어 있는 누룽지탕을 먹고 있었다.

"우리 회사의 초유 영양제에 들어가는 원재료가 뉴질랜드에 있는 거 몰랐지?"

"일하는 거 안 힘들어요?"

"누구나 그렇듯이, 그 정도. 사람은 자기가 하고 싶은 일을 할 때에 빛이 나는 법이니까 나쁠 것도 없고."

희한한 일이었다. 그가 아무리 꼼꼼히 살펴도 그녀는 무사해 보였으니 말이다.

"넌 보통, 힘이 들면 어떻게 해?"

결국엔 그가 간접적으로 물었다.

"몸은 힘들어도 보람 있는 거 좋아해요. 근데, 몸이 아픈 건 참을 수 있어도 영혼이 아픈 건 절대 못 참아."

"혹시 지금 영혼이 아프거나, 뭐 그런 건 아니지?"

"저번에 곤지암에서 이사님이 내게 꿈이 뭐냐고 물어본 적 있었죠? 그게 사실은요, 난 동화책 마지막 장같이 살고 싶어요. 그게 내 꿈이지요."

"그래서 그들은 오래오래 행복하게 살았습니다, 끝! 이런 거?"

오! 그거 말 된다, 라고 그가 응수하자 혜영이 깔깔 웃음을 터트렸다.

"아니요. 권선징악, 몰라요?"

"그럼, 착하게 살아야 되는 거네?"

혜영이 얼른 고개를 끄덕인다. 하나도 아프지 않은 모습, 여느 때보다 오히려 밝은 모습이다. 괜스레 목이 멘다. 아아, 다행이다. 네가 이렇게 무사해서. 그러면서 그는 서늘하게 가슴 한구석이 조여오는 것을 느꼈다. 너는 내가 지금 어떤 심정인지 알지도 못한다. 네가 잘못됐을까 봐 얼마나 전전긍긍했는지 너는 모른다.

혜영은 자신의 탕 그릇 안에서 커다란 전복 조각을 건져내더니 몸을 일으켜서는 그의 그릇에 넣어주었다. 훗, 하고 웃으며 그녀와 눈을 마주쳤다.

"무슨 일이 있으면 전화하고, 알지?"

"걱정 말아요. 우리 왕 여우 선배님이 얼마나 이사님의 팬이신지 무슨 일이 있을 수가 없을 것 같아요."

혜영아, 라고 그가 나지막한 소리로 그녀를 불렀다.

"내가 뭐든 너한테 준다고 하면 너는 어떻게 할 거야?"

너는 나를 받아주면 안 되겠니? 나는 너하고 결혼하고 싶다고!

그의 마음을 알아차린 것인지 혜영이 갑자기 정색을 하고 대답을 했다.

"다 주세요. 차라리 다 받을게요. 이 집도 주고, 차도 주고, 보석도 주고, 다요. 다 주세요. 그런데 이사님만 제 것이 아니면 돼요."

"막내, 잠깐 좀 보자."

한창 기사 작성을 하느라 분주한 그녀의 어깨너머로 왕 선배가 말을 붙여왔다. 혜영이 급히 다이어리와 펜을 챙기는 것을 보고 왕 선배가 손에 든 텀블러를 보여주었다.

"회의 아니야. 우아하게 티 타임!"

혜영은 텀블러와 티백을 들고 왕 선배를 따라 일어났다. 왕 선배는 사무실 밖으로 나가서 긴 복도를 지나면서부터 투덜투덜 말이 많았다.

"사람처럼 무서운 거 없다는 소리 들어봤지? 여자는 더 무서운 것 같아."

"무슨 여성 비하 발언이세요?"

혜영의 지적에 왕 선배가 아하하, 하고 화통하게 웃었다.

"그런 뜻이 아니라 솜털이 보송보송한 우리 막내가 남자를 그냥 쥐고 흔드는 것이 재밌어서 해본 소리야. 놀리는 거 아니다. 내가 이래 봬도 막내를 잘 알지. 이 세상 사람들 다 손가락질해도 나는 못 해. 왜냐? 너는……."

"선배님, 목소리가 너무 커요."

복도를 지나다니는 다른 사원들을 의식하며 그녀가 왕 선배에게 주의를 주었다. 무슨 말이 나올지 불 보듯 뻔했기 때문에 혜영의 뺨부터 귓불까지 금방 빨개져버렸다. 휴게실에 들어서니 삼삼오오 모여 앉아 있던 다른 부서 기자들이 그들을 반겨주느라 무척이나 시끄러웠다.

"역시 왕 여우다! 아니, 여우 선배는 딜리셔스 팀에 있을 때는 그렇게 죽 쑤시더니 그 팀에 가서야 드디어 대박 역사를 남기네."

"진짜 여우 팀, 완판 축하해. 이틀 만에 다 팔아치웠다면서? 덕분에 국장님 웃는 얼굴 좀 봤겠네."

기분 좋은 칭찬의 홍수 속에서 왕 선배는 마냥 우쭐거렸다.

"내가 출산 휴가로 자리 비운 김지현 선배 대신에 데스크 맡아서 그렇다고 소문내지만 말아주세요. 대신에 그쪽 헬스 팀들에게도 노하우 전수해줄 테니. 공짜로다가."

"그러면 다음 달엔 우리가 매진인 건가?"

왁자지껄, 한바탕 떠들썩한 다음에 혜영과 왕 선배는 나무 벤치가 있는 곳으로 가서 앉았다. 각자의 텀블러에 든 차를 한 모금씩 마신 후에 왕 선배가 입을 열었다.

"너는 착해. 그래서 욕을 할 수가 없어."

"실은 이번에 이사님한테 그런 말을 해줬어요. 원래 동화책의 엔딩처럼 살고 싶었다고. 동화 세상에서는 착한 사람은 잘되고 나쁜 사람은 벌 받는 거잖아요. 저는 착하고 예쁘게 살면 복 받는 것을 믿었어요. 근데 이사님을 보면서 요즘 자괴감이 심해요. 아아, 신혜영이 이러다 벌을 받겠구나, 지옥 가겠구나, 해요."

이미 혜영은 왕 선배에게만은 두 사람의 모든 것을 털어놓고 있었다.

그것은 처음 석원과 혜영이 곤지암에서 밤을 보낸 날 이후로 거슬러 올라간다. 그녀가 석원을 피했을 그 무렵에 답답한 나머지 석원이 직접 왕 선배에게 도움을 청했던 것이었다. 나중에 동거를 하게 되었을 때도 석원이 먼저 이야기를 해주었다고 한다. 물론 무조건 연애를 지지한다는 평소의 지론대로 왕 선배는 석원의 입장을 적극 이해해주었다. 뿐만 아니라 혜영의 가족사에 대한 것까지도 석원을 통해서 알게 된 뒤에는 오히려 그녀를 감싸주는 쪽이었다.

'네가 부서의 막내인 것을 그 사람이 얼마나 안타까워하는지 내가 다 부러워 죽는 줄 알았다. 걱정 마. 내가 너 마크해준다고 했어. 말하자면 딜이 오고 간 거지.'

왕 선배는 이렇게 이야기해서 혜영의 눈앞을 깜깜하게 만들었다.

'설마, 돈 받으신 거예요?'

'돈은……. 얘는 무슨! 나를 어떻게 보고. 인간의 힘으로는 역부족인 것을 부탁했지.'

'설마 제약 회사에 자리 하나 만들어달라고 한 거예요? 이직하실 작정이세요?'

'어머? 얘가 점점. 그런 게 아니라 너희 이사님하고 비슷하게 생

긴 젊은이 한 명 소개받기로 했다.'

그때의 이야기들을 떠올리며 혜영이 빙긋 웃었다.

"왜 그렇게 명 이사를 거부하려고 해? 아직도 제 감정 인정 못 하고 있는 거야?"

"우린 정상이 아니니까요."

혜영은 텀블러를 입술에 대며 한숨을 푹 내쉬었다.

"정상 아니면?"

"전요, 지쳤어요. 다들 사랑한다는 핑계들을 대면서 어차피 자기 욕심만 부리고 있는 세상이에요. 그 사람이 지금은 뜨거워서 선뜻 결혼하자고 매달리고 있지만요, 분명 후회할 거예요. 저 같은 재벌집 사생아 때문에 격 떨어지게 하고 싶지 않아요. 나도 그들만의 세상에는 관심 없고요."

"막내, 그거 알아? 이사님이 너 점심시간도 없이 취재하다가 겨우 편의점 김밥이나 먹고 다니고, 저녁에 야근이라도 할라치면 도시락 같은 거 시켜먹는 것을 다 알고는……."

"이사님이 그런 걸 어떻게 알았는데요?"

혜영이 고개를 갸웃거리자 왕 선배가 특유의 카랑카랑한 목소리로 자랑하듯 말했다.

"내가 그랬지. 막내, 너는 일도 척척 해내고 체력도 짱이지만 이상하게 끼니때만 놓치면 신경이 바짝 곤두선다고. 헛것도 보이는지 굶기라도 하는 날이면 나를 김혜수라고 부른다고 내가 다 불었다. 원래 내가 이순신 장군 옆에 있으면 안 될 군사 중의 한 명이잖냐? 내 죽음을 적에게 알리지 말라, 하고 장군님이 전사 하시자마자 왜군을 향해서 우리 장군님이 죽었다, 라고 소리칠 스타일이 나야. 너도 알잖아."

그건 맞아요, 라고 혜영이 시무룩해서 중얼거리는데 왕 선배가 손뼉을 치며 웃었다.

"너, 이건 모를 거다. 나는 사실 곱고 젊은 애가 밥 타령을 해대는 게 하도 우스워서 흉본 건데, 그 이사님이 뭐라고 한 줄 아냐? 다짜고짜 너랑 지내야겠대. 다른 건 몰라도 너 밥 먹여주기 위해서라도 데리고 살아야겠단다. 그러더니 진지하게 자기 집에서 일하는 진짜 한식 전문가 양반을 불러들여서 너에게 따스한 밥 먹이겠다고 구체적인 플랜까지 짜더라."

그랬구나. 그 남자가 그래서 그랬구나.

혜영이 가만히 제 손에 쥔 텀블러를 응시하고 있는데 왕 선배는 여전히 즐겁게 떠들기만 했다.

"내가 두 손 두 발 다 들었잖아? 우리 막내의 어디에 복이 들어서 그런 남자를 만난 건가, 하고서……."

나 지옥 가면 어쩌지?

내가 그 남자한테 막 못되게 굴어서……. 그와 그녀는 출장을 떠나던 날에 심하게 말다툼을 한 이후로 결국은 냉전 중이었다.

벌써 그가 떠난 지 나흘째였지만 그는 문자나 전화가 한 통 없었다. 그가 먼저 손 내밀면 마지못해 대답해줄 요량이었던 그녀는 이제 그마저도 포기했다.

내가 먼저 보내?

그렇게 갈등도 하는 요즈음이었다. 명석원, 아주 단단히 화가 난 모양이다.

"……듣고 있어? 하긴, 막내는 원래도 무미건조한 스타일이긴 해. 근데 이런 이야기 듣고도 어찌 그리 감동 하나 없는 얼굴일 수가 있어? 얼마나 영양가 있어? 명 이사 그 양반이 생긴 건 꼭 마초 같아서는, 하는 짓은 페미니스트라니까."

"싸웠어요."

툭 내뱉은 혜영의 말에 신나서 지껄이기를 쉬지 않던 왕 선배의 입이 싹 다물어졌다.

"그 남자가 저 때문에 삐졌어요."

"사랑싸움?"

"그보다 더 심각한 것 같은데요? 원래는 제가 출장 가는 남자의 기분 좀 맞춰주려고 했거든요? 저도 사업하는 아버지의 출장 뒷바라지 정도는 어깨너머로 보고 살았던 전적이 있잖아요. 그래서 살뜰히 대해줬더니 바로 그걸 놓치지 않고 허를 찔러오는 거예요. 뭐든 주고 싶다고요. 전에도 내가 엔조이로 끝내려고 했더니, 선배님 찔러서 자기네 회사로 가게 만들었잖아요? 그 덫은 성공해서 같이 밥까지 먹었고요. 그 자리에서도 돈이든 뭐든 한 재산 집어주려고 했던 사람이었으니까요. 그래, 돈이든 집이든 다 달라고 그랬지요. 이사님만 아니면 된다고."

"그랬더니 화냈어?"

흥미를 보이는 왕 선배에게 혜영이 남자의 목소리를 흉내 내며 딱 한마디를 했다.

"너 잘못되게 안 해!"

"무슨 말이야?"

왕 선배는 두 눈을 크게 떴다.

"너 잘못되게 안 해, 라고 이사님이 소리쳤어요. 너한테 아주 질렸다, 네 맘대로 다 해! 이러고 나가버렸어요. 그런 식으로 헤어진 뒤에 아무 소식이 없어요. 같이 살게 된 뒤에는 톡으로 가끔씩 문자 주고받고 그랬거든요? 근데, 이번엔 아무것도 없어. 먼저 문자라도 보내주면 내가 기분 좋게 답장해주려고 했는데, 아마 진짜 심각해진 것 같아요."

난 네 입장도 이해해, 라고 왕 선배가 그녀의 어깨를 다독거려 주었다.

"넌 어렸을 때부터도 그 좋은 집에서 숨 한 번 크게 못 쉬고 살았을 테고."

"그건 아닌데요?"

"어? 그려? 그럼, 이건 어때? 넌 그 좋은 집에서 사람들에 치여서 주눅이 들어……."

왕 선배의 레퍼토리가 듣기 싫은 혜영은 날름 말을 막았다.

"악착같이 살아남아서 거기 재산 쏙쏙 빼먹을 생각에 독하게 지냈어요. 에이, 웬걸요? 누가 속물들 아니랄까 봐 저 배다른 것이 왜 여기서 우리와 같이 있나, 하고 다들 잔뜩 경계하더라고요. 사는 게 만만치가 않다는 것을 일찌감치 절감했어요. 아무튼, 부자들이 더 독해요."

또다시 왕 선배는 한바탕 크게 웃었다.

"그래도 우리 막내 움츠러들지 말자. 넌 장점이 많아. 사랑받을 자격 충분해. 너는 우선 나이도 꽃띠인 데다가……."

그리고요? 하듯이 혜영이 두 손으로 제 얼굴에 꽃받침을 하며 왕 선배를 바라보았다.

"음, 너는 나이도 꽃띠인 데다가……."

"그리고 또 뭐요?"

왕 선배가 말을 잇지 못하자 혜영이 눈을 초롱초롱하게 빛내며 연달아 재촉을 했다.

"음, 그게 그러니까, 너는 나이도 꽃띠인 데다가…… 꽃띠인 데다가…… 결국 너는 꽃띠인 게 전부지. 파이팅이다! 에라, 아프니까 청춘이다!"

혜영이 웃음을 참지 못하자 왕 선배도 크게 웃음을 터트렸다. 그 모습을 임무열 팀장이 휴게실 문밖에서 지켜보고 있었다.

위층의 자료실을 다녀오다가 하필이면 사무실 문 앞에서 임무열 팀장을 마주쳤다. 그는 코끝에 걸쳐진 안경을 추어올리더니 급하게 혜영에게 말을 붙였다.

"미국 지사 알아보신다고요? 정말입니까?"

혜영은 고개만 한 번 까딱해 보이고는 문손잡이에 손을 가져갔다.

"윗선에서 은밀히 들었습니다. 왕 선배조차 모르던 일이랍니다. 신 기자님은 기회만 되면 미국에 나가려 한다고요. 벌써 프리랜서 신청하셨다던데, 이유가 뭡니까?"

혜영은 난처하다는 얼굴로 그를 한 번 올려다보고는 대답을 해주었다.

"저는 원래 미국 지사 프리랜서로 출발했었어요. 그리고 이 나라에 미련 없고요. 대답이 됐지요? 그럼, 이만."

"아니, 그럼. 남자 친구 분은요?"

아, 하고 혜영이 하마터면 비명을 지를 뻔했다. 그렇지, 내가 이 남자에게 돌직구를 날렸었지? 혜영은 그때 일이 생각나서 의미심장하게 고개를 끄덕여주었다.

"솔직히 그거 다 거짓말이죠? 알고 있습니다. 신 기자님은 제게 방어막을 치고 있는 겁니다."

혜영은 한 손에 들고 있던 잡지책으로 이마를 박박 긁었다. 이거 어쩌나? 곤혹스러웠지만 그녀는 2차 돌직구를 던질 준비를 마쳤다.

"팀장님, 저번에 제가 팀장님이 우리 회사의 낙하산인지 아닌지 질문했었죠? 왜 그런 줄 아세요? 제가요, 실은요. 팀장님 같은 분하고는 절대 어울릴 수 사람이라서 그랬어요. 팀장님이 남자 친구와의 동거를 믿지 못하겠다니까 이젠 진짜 제 신분을 밝힐 차례가 왔네요."

그녀는 임 팀장에게 따라오라고 일렀다. 문을 비켜선 복도에서 혜영이 조용히 말했다.

"지금 뉴스에나 인터넷에서 떠드는 사건, 사고 소식 중에…… 모 재벌그룹 아들 S군, 마약 위반법에 걸린 것도 모자라 약물중독으로 대낮에 행패, 폭력과 상해로 구속 수감, 이런 기사들 들어보셨죠?"

"찌라시로는 청운그룹이라는 말이 돌던데요. 그게 왜요?"

눈만 깜박이는 혜영과 의문 가득한 표정으로 뚱한 얼굴을 하고 있는 임 팀장, 두 사람 사이에 5초 정도의 정적이 흘렀다. 그다음에는 임 팀장의 탄성이 이어졌다.

"오, 그러니까?"

"맞아요. 우리 집안 일이에요."

혜영이 야무진 얼굴로 윙크를 날렸다. 그때, 계단을 내려오던 송 귀성 선배가 오오, 하고 환호를 하며 두 사람을 불렀다.

"이봐, 동기들 중에 가장 핫한 낙하산과 막내! 자네들이 이번 체육 대회 때 남녀 대표로 선수 선언문 하기로 했어. 알아듣습니 까? 참, 그리고 편집부 막내는 잘 들어요. 저번처럼 사자춤 같은 레퍼토리 말고 다른 부서 막내들하고 의기투합해서 이번엔 소녀 시대나 여자친구 같은 걸로 산뜻하게 공연 준비 해오라고, 오케 이?"

"선배님도 참, 여기가 무슨 군부대도 아니고. 어떡하죠? 저희 이 번엔 격파술 시범 보여주기로 했는데요."

혜영은 샐쭉하며 얼른 사무실 안으로 들어갔다. 그 뒷모습을 물 끄러미 쳐다보고 있는 임 팀장에게 송 선배가 다가가 툭 쳤다.

"좋은 때다. 백번 도끼질 해보시지."

"얼굴이 너무 뽀얗고 예뻐요. 한창 나이라 그런지 물이 오른 나 무처럼 파릇파릇합니다. 보고 있으면 진짜 눈부셔요."

안경을 벗으며 임 팀장이 중얼거렸다.

퇴근길, 빈집에 들어가고 싶지 않아서 혜영은 이문동으로 차를 몰고 있었다.

어찌 된 일인지 규영은 구속 수사를 받고 있었다. 아마 그날, 공 개된 장소에서 사고치는 바람에 신고가 된 모양이었다. 항상 사람 들 눈을 피해서 아무렇지도 않게 폭력을 행사하던 규영, 특히 그녀 를 바라보는 눈에 음험한 모양새를 띠고서 기회만 있으면 덤벼들 던 규영을 생각할라치면 이젠 넌더리가 났다. 비겁하게시리 아무도 없는 때를 노리며 위협을 가하는 그에게는 그나마 구속이 답일 것이다.

가엾은 오빠.

어쩌면 그는 신 회장의 과오에 대한 인과응보가 아닐까?

아이, 지겨워. 이런저런 복잡한 사고 회로들은 위험하다. 혜영은 일부러 그 모든 것들을 무시하려고 애썼다. 한창 겨울에 나는 귤이 봄이 되면 푸석푸석해지듯이 혜영은 그런 모든 생각들이 시들기를 원했다. 그 가운데에 석원, 그 남자 하나만이 또렷했다.

'사과? 우리 사이에 그런 건 없어! 이용당하고 이용한 관계만 형성되는 거지.'

'매달려, 네가 나한테 매달려!'

그가 했던 말들이 또렷이 되살아났다. 운전대를 잡은 손에 기어이 힘이 들어가며 가슴이 찌르듯이 아파왔다.

'혹시 나한테 사랑해달라고 강요하는 건 절대 안 돼요. 약속해요.'

그에게 선명하게 줄을 긋고 이 선을 넘어오면 안 된다고 위협했었다. 혜영은 자신이 그에게 꽂았던 날이 시퍼런 비수를 이제야 이해했다. 하지만 후회하지 않는다. 그녀가 옳았다.

둘이 노닥거리고, 잠을 자고, 밥을 먹고…… 일상을 나누는 순간들. 지금은 그의 뜻대로 돌아가는 판이다. 그 판에서 균형을 잃지 않아야 하는 사람, 정신을 똑바로 붙들고 있어야 할 사람은 누구보다 그녀 자신이었다.

자신을 지켜줄 사람은 이 세상에 없다.

명석원?

도리질을 치면서 혜영이 굳은 입매에 실소를 담았다. 아직 그는 내게 싫증나지 않았을 뿐이다. 금수저를 물고 태어난 사람들은 저희들만의 세상에서 어울리고 공존하라지, 뭐!

딩동!

김선진 여사였다. 자신을 좀 봤으면 좋겠다는 문자 내용에 혜영은 잠시 망설였다. 결국, 혜영은 이문동으로 향하는 차의 방향을 돌렸다. 그녀는 핸즈프리를 켰다.

"……집은 싫어요. 성북동 입구에 전통찻집이 하나 있어요. 예, 이사장님. 10분 정도 걸릴 것 같네요."

혜영은 김 여사의 딸로 입적되어 살았지만 평생을 '이사장님'이라는 호칭을 써왔다.

"윤설화 사모님, 알지?"

쌀쌀맞고 명료한 말투로 김 여사는 혜영에게 첫마디를 꺼냈다. 혜영은 그 말에 대꾸는 않고서 황토 한복을 입고 있는 점원에게 대추차를 시키며 물었다.

"여기 대추차 괜찮아요. 그걸로 하시겠어요?"

고개만 까딱하며 김 여사가 혜영을 기웃거리듯이 살폈다. 매사에 씩씩하고 전혀 기죽어 지내지 않던 아이, 미인인 첩을 고대로 빼닮았지만 부리부리하게 큰 눈이나 성격은 남편을 빼박아 있었다. 소극적이며 여리고 여린 딸 지영이 이 아이의 반만 닮았어도 좋았을 거라고 김 여사는 늘 속이 상했었다.

"윤설화, 그이는 성인제약 녹원홀딩스 대표야. 제약 회사 마나님이자 명석원 이사의 모친이지. 이혼하면서 소송도 뭣도 없이 남

편에게서 모든 것을 빼앗으려 한다나, 뭐라나? 그 속을 알 게 뭐
람?"

혼자서 연결이 안 되는 말을 중얼거리는 김 여사에게 혜영이 가
만히 입을 떼었다.

"지영 언니는 어때요?"

"너 참, 보기보다 깜찍한 물건이구나. 그 남자가 너 좋대? 네 입
으로 들어보자."

김 여사는 언성을 높이지도 않으면서 예리하게 물었다. 혜영은
투박한 자기 물잔을 들어 입술을 축였다. 그것을 내려놓고는 고개
를 들고 똑바로 김 여사를 주시했다.

"이사장님이 제게 그런 거 물으실 자격 있으세요?"

"왜 없어?"

"어머니도 뭣도 아니시잖아요? 제가 누굴 만나든, 누굴 사귀든
이사장님이 간섭할 이유 없으셔요."

"넌 내 밑에서 컸어. 한번 아니라고 잡아떼 보시지. 너, 우리 지
영이 결혼 초치려고 일부러 그러는 거야, 지금."

혜영은 불현듯 고분고분한 어조로 질문을 했다.

"이사장님, 이사장님은 여태 상대방이 마음으로 아껴주는 것을
받아보신 적 없으시지요?"

"무슨 말이냐?"

"그 사람이 저한테 그런 식이에요."

"어차피 결혼할 수도 없을 텐데? 명석원은 영리한 이리 떼 중에
서도 가장 빤질빤질한 이리로 소문난 물건이야. 아직 애송이지만
절대 손해 볼 짓은 안 한다더라. 윤설화 사모가 만나자고 해서 보

고 오는 길이다. 아들이라는 것이 제 어미의 불성실함을 탓하며 경영권을 주장하고 있다는구나. 기가 막혀서! 제 아비가 빈손으로 물러날 것이 두려운 나머지 제 어미에게 칼을 들이댔대. 그런 인간이 명석원이야. 그런데 그런 작자가 뭐가 아쉬워서 너 같은 것에게 혹해?"

"벌써 넘어와서 정신 못 차리고 있던데요?"

눈도 깜박거리지 않으면서 대꾸하는 혜영을 보며 김 여사가 울분을 터트렸다.

"내가 너 이렇게 우리 뒤통수 한번 거하게 칠 줄 알았어. 명석원 같이 순수하지도 않고, 호락호락하지도 않은 남자가 너 같은 것하고 결혼할 줄 알고? 봐라, 제 친혈육에게도 약점 건드려가며 자기 소유권 찾으려는 작자다."

그렇게 말하는 사이로 점원이 대추차를 가지고 왔다. 혜영은 조금 시간을 두었다가 김 여사를 보았다.

"하여튼 무조건 돈, 돈! 이사장님이나 아버지는 실컷 돈이나 버세요. 죽을 때까지 사랑을 주고받는 것이 뭔지도 모르고서, 그렇게 돈 벌다가 가시라고요. 전혀 부러워하지 않을 테니까요."

"동문서답하지 마! 너는 뭐 잘난 줄 알아?"

"제가 이사장님이나 아버지처럼 살지 않아서 다행이란 말을 하고 있는 거예요. 그리고 저한테 무슨 억하심정으로 이러시는 거죠? 충분히 아버지와 이사장님의 장단에 놀아드렸잖아요."

혜영의 말대꾸에 기분이 상한 김 여사가 독한 얼굴로 툭 쏘아붙였다.

"남자는 배신하거나 돌아서버리거나, 둘 중의 하나야. 넌 남자를 믿는 모양이지만, 당장 네 엄마라는 인간을 보렴. 명 이사는 똑똑한 사람이라서 너하고 잠시 즐기려는 거지, 결혼까지는 가지 않아. 그렇게 되면 누가 힘들어질까?"

흥, 하고 혜영이 코웃음을 치며 여유를 부렸다.

"돈은 맘만 먹으면 누구나 벌 수 있어요. 그런데요, 사랑에 전부를 거는 짓은 아무나 못 하지요. 장담하는데요, 명 이사는 죽을 때까지 저를 잊지 못할 거예요. 제가 그렇게 해요."

"너 일부러 말장난하는 거지? 얘가 지금 무슨 말을 하고 있는 거야?"

"저는 나중에라도 우스워지지 않을 거라는 소리예요. 현재의 삶에 이사장님은 만족하시나요? 지영 언니는 행복할까요? 두 분 다 저의 반도 못 따라올걸요? 사람을 아래로 깔아뭉개고 돈만 모으면서 그렇게 사세요, 평생."

혜영은 진한 향이 나는 대추차가 든 잔을 들어 입술로 가져갔다. 솔직히 투박한 도자기 잔의 손잡이를 쥐고 있는 손이 후들거렸지만 어금니를 꽉 깨물며 힘을 보탰다. 이럴 때는 고맙네, 명석원.

혜영은 속으로 석원에게 감사를 표했다.

처음으로 김 여사에게 큰소리를 칠 수 있게 되어서, 그런 기회를 가질 수 있어서 행복했다. 그녀는 일부러 자신이 석원에게 사랑을 받고 있다는 것을 폴폴 티내고 있었다. 거짓도 아닌데, 뭘.

혜영은 그동안 자신을 벌레 보듯 했던 김 여사에게 복수를 하는 기분이었다. 결말이 어찌 됐든 복수의 맛은 짜릿한 것이 분명하다.

"사실은 너한테 사정할 것이 있다."

뜻밖에도 김 여사가 바로 꼬리를 내렸다.

"지영이가 성인제약 부사장과 결혼을 해야 해. 원래 제대로 된 구상은 그게 맞는 거잖아. 너는 명 이사와 끝내라. 실은 명석원 이사가 너한테 미쳐 있는 것을 다 알고 있다. 우리 규영이를 명 이사가…… 지금 규영이 수감되어 있어. 검찰 조사 들어가면 그냥 끝이다."

진즉에 이렇게 나오셨어야죠? 혜영은 싸늘한 표정으로 대추차를 목으로 넘겼다.

"글쎄요, 이사님이 그렇게 했다면 다 이유가 있는 것 아니겠어요?"

"네가…… 네가 시켰니? 네가 베갯머리송사라도 하면서 우릴 다 잡아먹어달라고 그랬어? 너 때문에 지영이의 결혼이 없던 일이 되고, 우리 규영이는 감옥에 갇히는 게 네 복수의 결말이야?"

이건 또 뭐란 말인가?

혜영은 겉으로는 태연했지만 속으로는 뜨끔하고 있었다. 그렇다고 해서 김 여사에게 틈을 보여주기는 싫었다. 혜영은 잠자코 찻잔을 기울일 뿐이었다. 누가 봐도 냉정하고 못된 복수극의 주인공이라도 된 듯이 우아한 연기를 했다. 다행히도 김 여사는 혜영에게 속고 있었다.

쿵쿵.

그날 밤, 2시 21분. 아파트의 초인종을 놔두고서 문을 두드려대는 소리가 요란했다. 상숙과 잠을 자고 있던 그녀는 부스스 눈을 부비며 일어나 전등갓의 줄을 당겼다. 한번 잠들었다 하면 물에 떠내려가도 모르는 상숙은 역시나 깊은 잠에 빠져 있었다. 게다가 혜영이 10시가 넘어 귀가하면서 전기구이 통닭을 사왔기에 상숙은 폭식을 했었다.

"누구세요?"

혜영은 잠옷 대용으로 헐렁한 티셔츠에다 레깅스를 입고 있었는데 대충 카디건을 찾아 걸치며 문 앞으로 갔다. 신 회장이 은근한 목소리로 독촉을 하는 소리가 들려왔다.

"문 열어라, 나다."

잠시 망설이던 혜영은 두 손으로 머리카락을 쓸어 귀 뒤로 넘기고는 문을 열었다.

"지영 어미가 너한테 그렇게 사정했다던데, 넌 뭐 하자는 거냐?"

그는 들어오지도 않고 현관에 꼿꼿하게 선 채로 따지고 들었다. 어디 먼 데에 라운딩을 다녀온 모양인지 신 회장은 골프복을 입고 있었다.

"대체 저한테 왜 이러시는데요? 명석원, 그 사람한테 따지셔야죠."

부러 앙칼진 목소리로 혜영이 대꾸했다. 그러자 신 회장은 발을 한 번 쾅, 굴러주며 노기를 터트렸다.

"지금 이 와중에 그 인간이 한국에 없는 거 너 몰라서 이래? 규영이를 고소했더구나. 그것도 현행범으로 걸렸어. 그리고 너, 몰랐다고 시치미 뗄 생각 마라! 규영이 자식이 하필 명이원 부사장하고 마약 거래를 한 정황이 포착되어서 지금 수사망에 올랐어. 이건 표적수사가 분명하다고 아무리 말을 해도……."

"무슨 말씀이세요?"

혜영의 입에서 무심코 약한 신음이 터졌다. 신 회장에게서 나오는 말이 무슨 뜻인지 그녀는 도통 알 수 없어 답답했다. 그러나 그 와중에도 한 가지는 분명했다. 석원이 칼을 빼들고서 두부라도 썰고 있다는 느낌이었다.

"혜영아, 인마!"

느닷없이 신 회장이 신발 신은 그대로 거실로 들어섰다.

"다 안다. 네가 명 이사한테 이것저것 찔러서 네 맺힌 것을 풀려는 것 말이다. 일전에 인간이 찾아와 너에 대해 딜을 하고 갔다. 그런데 아무리 계산해봐도 명진만 그 영감이 이혼하면서 성인제약에서 떨어진 끈이 된다면 다 부질없는 거 아니겠나? 난 일찌감치 윤설화 대표에게 줄을 설 작정을 했다. 그런데 어디서 치고 들어와? 명 이사가 무슨 짓을 하고 있는지 알아?"

다들 나한테 왜 이러세요? 한번 크게 쏘아주고 싶었지만 혜영은 숨을 들이마시며 호흡을 골랐다. 그녀는 고개를 끄덕거리면서 수긍하는 태도로 대답을 했다.

"아무한테도 말 안 했는데요. 요전에 규영 오빠가 한남동까지 찾아와서 나를 죽이려고 했었어요. 진짜 살기등등해서는 목을 졸랐는데…… 귀가 울리고 숨이 막히는 것이 영락없이 길바닥에서 죽는 줄 알았어요. 아버지는 목 졸려보셨어요? 정말이지 그건……."

"이 녀석아! 당장 명 이사한테 전화해, 네가 직접 해! 네가 멈춰, 멈추게 해!"

눈물이 차오르는 눈동자를 몇 번이고 깜박거리면서 혜영은 제 아버지의 모습을 믿을 수 없어 했다. 내가 죽을 뻔했다고 말하고 있지 않은가? 이를 악물고서 목구멍으로 짠 눈물을 삼켰다.

"아버지!"

외마디 비명처럼 크게 소리를 질렀다.

"왜, ……왜?"

딸의 모습에 당황해서 눈만 껌벅거리고 있는 신 회장에게 그녀가 하얀 목에 핏대가 그어지도록 거푸 악을 써댔다.

"왜 낳아서? 왜, 왜, 왜? 나는 아버지의 자식으로 태어나서 왜 이래야 하는데? 지금까지 충분했어! 죽으면 지옥에 갈 사람은 아버지 당신이야!"

두 주먹을 꽉 움켜쥐고서 그녀는 한마디 한마디에 힘을 실었다. 말을 멈추면 엉엉, 울음이라도 새어 나갈 것 같아서 그녀는 퍼붓는 것을 절대 쉬지 않았다.

"내가 명석원 그 남자에게 뭐든 다 말했어. 신규영 감옥 보내달라고, 아주 보내버리라고. 아버지 딸 신지영이 절대로 성인제약 부사장하고 결혼 못 하게 해달라고, 내가 그랬어!"

얼마나 악을 썼는지 온 아파트에 메아리처럼 소리가 울릴 지경이었다. 그때, 신 회장의 뒤로 두어 명의 청운그룹 소속 경호원들이 나타났다. 아마도 그녀의 비명 소리에 놀라서 무슨 사고라도 났나 하고 끼어들려는 것일 게다.

"나 건들기만 해봐. 여기는 산속 암자 같은 성북동이 아니야. 이런 시내 아파트에서 진상 짓 해보시지. 여차하면 전부 다 내가 텔레비전에 나오게 해준다!"

혜영이 소리를 지르자 경호원들은 신 회장을 부축하다시피 하고 현관 밖으로 나갔다.

"제발, 날 그냥 내버려두면 안 돼요?"

혜영이 후다닥 현관 밖으로 쫓아 나가려고 하는데 옷을 잡아채는 손길이 있었다. 어느새 잠이 깼는지 상숙이 그녀의 옷을 잡아당기고 있었다.

"엄마? 지금 누가 왔다 갔는지 알아?"

혜영은 기겁을 하면서 혹시라도 상숙이 신 회장을 알아본 것이 아닌가 싶어서 가슴이 뛰었다. 그러나 상숙은 한 손에 1.5리터짜리 콜라 병을 들어 보이며 어눌하게 말했다.

"목말라. 이거 마실래."

"엄마는 당뇨가 심해서 안 돼. 그거 내가 숨겨놨는데 어디서 찾은 거야?"

"목말라, 목마르다고!"

혜영은 흑, 하고 콧물을 들이켜며 콜라 병의 뚜껑을 열었다. 기운이 빠져 제대로 돌아가지 않는 뚜껑을 원망하며 혜영이 혼잣말을 했다.

"으이그, 바보! 이런 것도 혼자 못 따서 꼭 옆에 남자가 있어야 하는 건가? 아니야, 난 안 그래. 절대 그렇게 안 살 거야."

아니다.

혜영은 이제 석원이 너무 소중해져버렸음을 인지하고 있었다.

이젠 네가 매달려!

그의 때를 쓰는 것 같던 억지가 귀에 쟁쟁했다.

이게 바로 그런 것이구나.

떠나는 것을 염두에 두고 시작한 관계란 이런 딜레마가 존재하는 것이로구나, 하고 혜영은 새로이 깨달아졌다. 정작 그에게 매달리고 싶어졌지만 그녀는 욕심을 낼 수 없음도 잘 알고 있었다.

아아, 우리에게 허락된 시간이 얼마 없구나.

이렇게 해서 그가 바라던 대로 된 건가, 하고 그녀는 그 밤에 석원을 그리워했다.

10. 신의 한 수?

'너, 잘못되게 안 해.'

석원은 혜영에게 한 말을 떠올리며 이마에 올려놓은 손바닥을 내렸다. 벌써 아침인가? 로만셰이드 커튼으로 차단이 된 햇빛이 금실처럼 가늘게 빗금을 그렸다.

한국을 떠나온 지 5일째였다.

일은 착착 진행되어 그는 캐나다 아이스하키 팀의 후원 문제를 해결 지었다. 한국인 교포 3세 소년의 세계적인 명문 아이스하키 팀의 입단, 그리고 스포츠 후원을 계약하기 위해 온 소기의 목적은 달성한 셈이었다.

그의 개인적인 친분을 십분 활용하여 에이전시와 함께 이뤄낸 결과였다. 이제 그의 회사 로고는 캐나다 아이스하키 팀의 유니폼에 새겨질 것이고, 내셔널 리그는 물론이고 운 좋으면 국제 아이스하키 결승전 같은 곳에서도 광고 효과가 나타날 것이다. 게다가 최초 한국인 선수의 명문 팀 입단은 연일 화제를 뿌리는 중이었다. 북미에 수출을 하는 입장에서 이보다 좋은 경우의 수는 없었다. 예상보다 빠른 성과에 그는 일정을 앞당길 수 있게 되었다. 바로 뉴질랜드로 출장지를 옮길 예정이었다.

어서 한국으로 돌아가고 싶다고 생각하면서 그는 어느 때보다 그 무엇이 간절했다. 혜영이 그리웠다. 아주 사무치고 있었다.

그러나 그는 단단히 중무장할 태세를 갖추어야 했다. 빌어먹을, 상처 입었다. 철통같은 수비의 달인, 신혜영한테.

그는 혜영이 그리운 만큼 야속했다.

너는 말하지. 사랑이 밥 먹여주지 않는다고.

석원은 화가 치밀어 오르면서 이 어린 여자에게 휘둘리지 않으리라, 크게 마음먹었다. 그래서 일부러 문자 한 통 보내지 않고 있었다. 혼자서 생각해보라고, 그리고 자신을 한번 애타게 그리워해보라고 살짝 치기가 났다. 네가 마음으로 진정 나를 원하고 있다는 것을 깨닫게 되기를.

그는 사이드 테이블 위에 놔둔 휴대폰을 집어 들었다. 생수를 마시면서 정 실장의 보고를 읽었다.

<한남동으로 퇴근하던 길에 성북동 사모님과 찻집에서 대화. 약 1시간. 그 후로 이문동 아파트로 퇴근. 새벽 2시쯤에 청운 대표 회장님이 방문. 10분도 안 되어 돌아감. 격하게 다투는 것 같았으나 몸싸움 같은 것은 없었음. 이상. 회사 출근도 정상, 모든 것이 정상으로 보임.>

지금쯤 넌 뭘 하고 있을까?

밥은 먹고 다니나? 내가 궁금하긴 한가?

보니까 슬슬 신 회장 내외가 몸 달았나 본데 너한테 난리해댄 것은 아닌지. 정 실장의 보고가 극히 무미건조한 것으로 봐서 다행히 별 사달은 일어나지 않아 보였다.

뉴질랜드로 가서 본사 공장과 목장 등을 시찰한 다음에 동행한 임원들을 따돌리고서 하루빨리 귀국해야 되겠다고 그는 머리를 굴렸다.

그런데 너는?

나 혼자만 이렇게 몸 달아 있으면 뭐 해? 넌 분명히 손안에 쥔 모래알처럼 스르르 빠져나갈 것인데. 더 깊이 박혀버리기 전에 빼낼 가시였다면, 하고 그는 미간을 찡그렸다.

냉전이다!

"굿 모닝!"

회사 엘리베이터 앞에 서 있는데 그녀의 어깨를 툭 치는 손길이 있었다. 같은 부서의 선배 기자들이다. 귀에 이어폰을 꽂고 있던 그녀는 그것을 얼른 빼내며 꾸벅 인사를 했다.

"좋은 아침입니다, 선배님."

"인생은 고해와 같다, 알지?"

"오늘만 살아라! 아니다, 아직 푸릇푸릇한 막내에게는 먹고 사랑하고 죽어라가 낫나?"

익살스럽게 명언들을 주워섬기며 아침 인사를 대신하는 그들의 손에는 제각각 촬영을 위한 옷가지들이 든 가방이 들려 있었다. 혜영은 눈치껏 그들에게서 가방을 받았다. 두어 개의 가방은 꽤 무거웠다. 어깨에 백팩을 매고 양손에는 의상 가방을 든 그녀는 그래도 웃음을 잃지 않으면서 엘리베이터에 올랐다.

삐익! 인원이 초과되었다는 음이 울려서 사람들이 웃었다. 그녀는 그들과 같이 웃으면서 엘리베이터 밖으로 나왔다.

혜영은 가방을 일단 바닥에 내려놓고서 엘리베이터의 버튼을 다시 눌렀다.

"신 기자님, 굿 모닝입니다."

"아, 낙하산…… 아니, 팀장님."

하필 때맞춰 나타난 임 팀장은 혜영의 몫인 의상 가방을 보고 잽싸게 달려들었다. 안 돼요, 라고 만류하며 혜영이 얼른 그에게서 가방을 빼앗으려고 할 때였다.

"이리 주십시오."

또 한 명의 남자가 바람같이 나타나 그들 사이에서 가방을 번쩍 들어 올렸다. 정하준 실장이었다. 그는 우선 혜영에게 깊은 목례를 해왔다.

"이사님의 보고가 있습니다. 들어보시겠습니까? 이사님께서는 한남동으로 퇴근하시길 바라십니다. 다른 데로 가시면 안 된답니다. 당부입니다."

"그러죠, 뭐."

회사에서도 휴대폰만 뚫어지게 보던 그녀는 그에게 오지 않는 연락을 기다리느니 그만 져주기로 했다.

그래, 우리에게는 시간이 없어.

어서 화해를 해야 해.

먼저 손 내밀면 되지 않을까? 설마 무시하지 않겠지.

그녀는 결국 문자를 보내기 시작했다.

[잘 도착했나요? 식사는 잘 하고 계신가요?]

[우리 잡지가 완판을 했어요. 아무래도 기획 선물 증정과 이벤트가 주요했어요. 약간은 이사님한테 고마워요.]

[한국은 이제 완연한 5월이네요. 벚꽃은 졌어도 장미가 만발하고 저희는 다음 주에 하루 날 잡아서 체육 대회를 해요. 계주 선수, 줄다리기, 기마전, 신혜영 선수는 모두 참가해요. 기대돼요. 응원해 주실 거죠?]

[식사는 잘 하고 계시죠? 뉴스에서 봤는데 성인제약이 몬트리올 캐나디언스 팀의 공식 후원 업체가 되었다면서요? 이사님이 하신 일이죠? 정말 대견해요. 궁디 팡팡! 저도 달라스 킴 선수의 사인 한 장 받고 싶어요.]

이외에도 많이.

그러나 하루가 지나고 또 하루가 지나도 그는 답장을 보내오지 않고 있었다. 진짜 토라졌네, 삐돌이!

혜영은 잠시 주변의 눈치를 보았다. 각자의 노트북을 들여다보며 기사 쓰기에 여념이 없는 두서너 명의 선배들, 머리를 맞대고서 의상 콘셉트를 논의하는 코디네이터들, 왕 선배와 함께 가장 나이 많은 선배들은 모두 팀장급 회의에 가고 없었다. 이 정도면 한갓지다고 판단한 혜영은 휴대폰을 꺼내 토도독, 석원에게 문자를 보냈다.

[사람이 왜 그래요? 왜 내 문자를 씹어대는 건데요? 왜 연락조차 하지 않죠?]

역시나 문자에 대한 답은 없었다. 5분이 흐르고 10분이 흐르고도 그녀의 휴대폰은 잠잠했다. 인내를 가지고 그녀는 지금 하고 있는 일을 마칠 동안에만 봐주기로 마음먹는다. 바캉스를 대비하는 여성들의 자세에 대한 초안을 만들고 피부 왁싱과 태닝 숍에 대한 리스트를 작성하고 나니까 1시간 반이나 지나 있었다.

어이가 없다. 그리고 괘씸하다. 그에게서 감감무소식은 좋은 건가, 나쁜 건가?

"여보세요, 실장님?"

완성된 기사 초안을 폴더에 저장해놓고서 비타민 정을 씹어 먹으며 혜영은 정 실장에게 전화를 걸었다.

-예, 말씀하십시오.

"수요일에 이사님이 입국하시는 시간에 맞춰 공항에 나가고 싶은데요. 이거 너무 나쁜 생각일까요? 누구와 의논을 하기도 뭣해서 실장님께 전화드렸어요."

조금 망설이는 투로 정 실장이 으음, 하고 신음하더니 대답을 해왔다.

-벌써 도착하셨습니다.

"예?"

-오늘 아침에 오셨다고요. 일정을 앞당겨서 들어오신 모양입니다.

잠시 호흡을 가다듬고 나서 냉철한 판단을 하기 위해 혜영이 가만히 있었다.

[지금 어디 계세요? 출장 마치고 귀국했다면서요? 이제 나한테 안 와요?]

이렇게 문자를 보냈지만 물론 석원에게서는 답이 없었다.

마침, 일요일이었다. 혜영은 그를 직접 만날 결심을 했다. 순순히 정 실장은 석원의 위치를 말해주었다. 그는 일찌감치 귀국한 것을 가족들에게도 비밀로 하고 지금은 논현동의 호텔에서 머물고 있다고 했다.

"……어디라고요? 아, 논현동이요? 내비게이션 찍게 호텔 이름 좀 가르쳐주세요. 가서 깽판 안 쳐요, 걱정 마요. 아주 결판내려고요. 이런 식의 미적지근한 모양새는 정말 내 스타일 아니에요. 어쩌면 정 실장님은 내일부터 더 이상 저를 감시하지 않아도 될 거예요. 저도 이제 자유를 얻을 거고요."

그래, 오늘 아예 확 끝내버리자! 애당초 나에게 사랑을 조르면 이 관계는 바로 끝난다고 못 박고 시작하지 않았는가 말이다.

석원은 호텔 사우나를 이용한 후에 몸에 지압을 받았다. 전에 있던 사람이 아닌 탓에 썩 잘하지는 못했지만 그는 그런대로 지압을 즐겼다. 과로에 지친 심신을 회복할 생각에 그는 쉬는 것도 적극적이었다. 귀국하자마자 갈 곳이 용이하지 않아서 평상시에 애용하는 호텔로 왔더니 그의 친구들이 진을 치고 있었다. 출장의 피로를 둘러대며 그는 룸에서 이틀 연속 시체처럼 잠만 잤다. 깨어 있으면 신혜영, 그녀 생각으로 괴로웠으므로 일부러 수면제를 복용하고 잠 속에 있었다.

이제야 잠에서 깬 그는 아침부터 스파를 하고 이제 막 수영을 할 참이었다. 그런데 수영장을 가기 전의 라커룸에서 정 실장의 전화를 받고 그는 할 말을 잃었다.

혜영이 왔다고 하였다. 한동안 말이 없던 그는 야외 카페테리아로 데리고 오라는 대답을 해주었다. 차라리 맞불을 내보리라, 하는 심경이었다.

나는 너 때문에 죽을 맛인데, 너는 감히 나를 조롱하려 들어? 나를 택하지 않는다는 건지. 아님, 환경을 이길 용기도 없다는 건지. 두 가지 모두 그를 사랑하지 않는다는 뜻이 성사된다.

석원은 이를 악물며 욕설을 집어삼켰다.

'빌어먹게도 너는 나한테 너무 소중해.'

조금 더 시간을 벌면서 함께한다 해도 나는 싫증이 날 것 같지 않은데, 너는 내가 없어도 아무렇지도 않은가 보더라.

나는 네가 너무 보고 싶어서 아무것도 손에 잡히지 않더라.

옥상의 야외 카페테리아.

거기엔 그의 또래들이 모여 파티가 한창이었다.

"어이, 명석원! 애인 오셨다!"

예상대로였다. 석원의 친구들은 삼삼오오 모여 한창 와인을 즐기고 있다가 난데없는 혜영의 등장에 흥분하여 떠들썩했다.

그들 모두는 석원에게로 시선을 모았다가 다시 혜영에게로 시선을 보내며 놀라는 표정이었다. 석원은 입술을 꾹 닫고서 그저 손에 들린 칵테일 잔을 빙글 돌리며 손장난만 치고 있었다.

그러나 그는 혜영이 입구에서부터 천천히 걸어오고 있는 장면을 마치 영화 보듯이 집중을 해서 보았다.

가만 보면 저 아이는 제 자신의 몸에 대해 잘 알고 있는 것 같다, 라고 그는 뜬금없는 생각을 했다. 그녀는 무엇을 입든지 자신의 자태에 어울리게 입는 사람이었다. 지금 그녀는 수수한 흰색의 라운 드 면 티에 기다란 다리가 강조된 스키니한 청바지를 입고 있었는데, 그는 이제껏 저런 바지를 입고서 이렇게 아름다운 여자는 본적이 없었다. 하필이면 오늘 모인 친구들의 파트너들은 하나같이 저지로 된 원피스나 미니스커트로 섹시함을 노골적으로 드러낸 차림들이었다.

일부러 연출한 것처럼 혜영은 늘씬하게 잘빠진 다리가 유독 돋보이는 바지와 그저 평범한 흰색의 면 티를 입은 차림으로 거기 모인 어떤 여자보다도 여성스러운 몸매를 자랑하고 있었다. 뿐만 아니라 하얗고 자그마한 얼굴, 균형 잡힌 이목구비는 본의 아니게 그녀를 여리고 청순한 미인으로 돋보이게 했다. 열 명쯤 되는 석원의 친구들 중에 섞인 네 명의 여자들은 혜영의 젊음과 미모를 탐내듯 보았고 남자들은 아예 석원을 향해 부러움의 열광을 표했다.

'미친놈들, 껍질만 보고 환장들을 한다.'

석원은 제 자신도 첫 만남에서 혜영의 겉모습만으로 흥미가 동했던 것은 까맣게 잊어버리고 친구들을 욕했다.

어느새 아무 일도 없다는 듯이 혜영은 석원의 앞에 당도해 있었다. 그러자 누군가의 입에서 소리가 나왔다.

"아, 맞다! 생각났어! 지난달에 송아트센터! 명순원 연주회, 맞지? 거기서 봤잖아. 그때 너 뭐라고 했어? 애인 아니라고 하지 않았냐?"

"그 아이야. 현재 진행형이고."

석원의 날이 선 대답에 갑자기 좌중이 조용해졌다. 석원은 혜영의 두 눈을 직시해주면서 똑똑히 다시 말해주었다.

"얘가 그 아이야. 맘에 들려고 죽어라 노력하고 있는데, 얘는 내가 절대 아니래."

급작스럽게 분위기가 싸늘해진 가운데 혜영 혼자서 침착했다. 석원은 속으로 이를 갈아붙였다. 꼭 저런다. 휘둘리지 않는다. 너는 어째 나를 욕심내지 않는 건가? 그는 낙심하고 있었다. 어느새 혜영은 그에게 말을 걸고 있었다.

"할 이야기가 있어서 왔어요. 어디 조용한 데로 가요."

석원은 수틀에 앉은 자세 그대로 혜영을 보고만 있었다. 절대로 흔들리지 않는 데다가 약해지지 않은 모습의 혜영에게 분노가 일어나서 차마 입을 뗄 수가 없었다.

"왜요? 여기서 말해도 돼요?"

그녀가 그의 곁으로 다가왔다. 그러자 그의 주변에 앉아 있던 친구 하나가 일어나 수틀을 내어주고는 자리를 피해주었다. 혜영은 거기에 걸터앉으면서 석원에게 눈인사를 했다.

"비행기 탈 때에 신발은 제대로 벗고 타라고 일렀는데 까먹은 건 아니죠? 교포 아이스하키 선수의 공식 후원 업체 계약 따냈다고 여기서도 대단했어요. 큰일 하셨어요. 대견해요. 그런데……."

그녀가 말끝을 흐리더니 단도직입적으로 물었다.

"화났어요? 한남동에 들어오지 않을 건가요? 그럼, 나 이제 그 집 먹고 떨어져요?"

방심하는 사이에 뒤통수를 맞았다. 다행히 그들 주변의 험상한 공기를 의식해서인지 친구들은 이제 카페테리아를 벗어나 수영장 풀 사이드로 나가 있었다. 그러나 그들에게로 흘끔흘끔 귀를 기울이는 모양이었다.

"너는 나한테 잔인하게……."

그가 어떤 모욕적인 언사로 그녀를 괴롭혀줄까 머릿속을 굴리는 순간이었다. 혜영이 먼저 퍼부었다.

"제가 그럼, 뭘 더 바라겠어요? 뭐든 주고 싶다고요? 어떻게 할 거냐고요? 이사님이 다시 묻는다고 해도 나는 똑같이 대답해줄 거예요. 돈도 해달라고 할 거고, 집도 명의 이전 해달라고 할 거고, 다해달라고 할 거예요. 이사님 가지고 있는 것 많잖아요. 대신에 이사님은 절대 안 가져! 결혼하자고 했나요? 안 해요."

석원은 튕기듯 일어나서 혜영의 팔을 잡아챘다. 그러고는 바짝 붙어서는 고함을 질렀다.

"너 나 사랑해, 안 사랑해?"

그의 격정에 찬 비명에 모든 사람들의 시선이 한데로 모아졌다. 어차피 회원제로 들어온 곳이라 모두 석원의 동창들이었지만 그들은 저마다 하던 일들을 멈추고 심상치 않은 기색의 두 사람에게로 집중을 하고 있었다. 가장 난처한 사람은 바로 혜영이었다. 방금까지의 당당하던 그녀는 어디로 가고 이젠 발갛게 상기된 얼굴로 두 눈을 둥글게 뜨고 있었다. 그녀는 마치 이 상황이 믿을 수 없다는 듯이, 그리고 제발 그러지 말라는 듯이 애처롭게 애원하는 눈으로 그를 보았다.

"나 사랑해, 안 사랑해? 하나만 골라!"

왜 이러세요? 술 취했어요? 혜영은 황망한 얼굴로 이렇게 묻고 있었다.

"대답해, 신혜영! 어서 대답하라고!"

이사님.

그녀가 입 모양으로 그를 자제시키고 있었다.

"사랑해, 안 사랑해?"

그러자 친구들이 우우, 하고 환호성을 질러주었다.

명석원, 파이팅!

밀어붙여!

간혹 이런 소리들도 튀어나왔다. 그러나 석원은 친구들이 그러거나 말거나 그녀의 잡아챈 팔을 더욱 힘을 주어 끌어당겼다. 혜영은 바싹 그의 코앞까지 끌려왔다.

"대답하라고, 신혜영! 사랑해, 안 사랑해?"

그녀의 팔을 잡은 억센 손길, 그리고 고함치느라 생긴 관자놀이와 목에 툭 불거진 핏대, 핏발이 선 두 눈동자……. 누가 봐도 석원의 모습은 엉망진창이었다.

"넌 내 말을 믿지 않아. 우린 괜찮을 거라고, 내가 하는 말에 넌 하나도 안심하지 않아! 너 그거 알아? 넌 참 남자를 절망스럽게 해."

안 돼!

더 이상 말하지 마요. 혜영은 눈물이 방울져 있는 두 눈동자에 이런 말을 담고 그를 보고 있었다. 알아들었지만 석원은 물러설 줄 몰랐다.

"그럼, 이건 어때? 내가 널 가지고 싶어 하는 것처럼, 너도 나를 가지고 싶어? 아닌 거지? 넌 아니지?"

그의 윽박지름이 도가 지나치다 여겼는지 이제 누군가가 나서서 말리기 시작했다.

"야, 명석원. 이 자식아, 사람 죽겠다."

"……끼어들지 마라."

혜영의 이마에 제 이마를 붙인 채로, 눈동자는 계속 혜영의 눈에 마주친 채로 석원이 으르렁거리듯 말했다.

"정하준 실장, 그 친구 어디 있어? 와서 석원이 데리고 가라고 해."

친구 중의 한 명이 정 실장을 찾는 사이에 다른 친구들까지도 기웃거리던 것을 그만두고 휴대폰을 찾았다.

"너 나한테 아무 감정 없지? 그저 내 감정이 수습될 때까지 만이라도 옆에 있어달라는 부탁에 수긍하고 있는 것뿐이잖아? 그러면서 가지고 노니까 좋아, 신혜영? 내가 너한테 점점 미치고 환장하니까…… 좋아? 나한테 매달려달라고 했는데 끝까지 매달리는 건 나야, 이게 말이 돼?"

후드득, 기어이 혜영의 두 눈에 고인 눈물이 소리를 내며 떨어졌다. 그는 가소롭다는 듯이 비틀린 미소로 그녀를 다그칠 뿐이었다.

"너는 내가 너를 버렸으면 좋겠지? 멈추기를 바라지? 대체, 내가 너한테 어떻게 해야 돼? 말해봐."

"왜 자꾸 졸라요. 사람 비참하게 하지 마요."

혜영이 애걸하고 있었다. 눈물이 주르르 그어진 뺨이 씰룩거리면서 창백해진 얼굴로 입술을 앙다물며 온 힘을 다해 울음을 참느라 그녀는 애쓰고 있었다.

가슴이 철렁한 한편으로 그는 화가 났다. 비참해? 내가 널 비참하게 해? 석원은 가슴이 더 가라앉고 말았다. 지금 누가 더 비참한데? 나는 너를 사랑한다고 큰소리치고 있으면서 믿음도 제대로 심어주지 못한 탓에 지금 얼마나 비참한지…… 넌 내 맘도 모르면서!

그의 격정은 아랑곳없이 혜영은 꼼지락 꼼지락 손가락을 움직여 그에게 붙들려 있는 손목에 걸고 있던 가느다란 은색 팔찌를 빼냈다. 미처 몰랐는데 그가 얼마나 세게 틀어쥐고 있었는지 팔찌에서 피가 배어 나왔다. 그 모습을 보니까 정신이 확 살아났다. 그가 와락, 달려들려는 순간에 그녀가 먼저 자리에서 몸을 일으켰다.

"어떻게 하느냐고요? 내가 내 엄마처럼 내연녀로 살면 좋겠어? 내가 당신한테 존중받고 있는 것도 따지고 보면 미래의 당신 미래의 와이프한테 참 못할 짓인 거잖아. 내가 남의 눈물을 밟고 살면 좋겠어요, 당신? 결혼도 그래. 내가 뭘 가지고 있어서 당신하고 결혼을 해요? 그러면 누가 망가지는 건데?"

쿵쿵, 하고 그의 심장이 빠르게 요동을 쳤다.

"넌 왜 이렇게 잔인해? 내가 너 그렇게 만들지 않아! 잊었어? 내가 너 잘못되게 안 한다고 했어, 안 했어?"

"그런게 바로 잘못된 거야. 이사님이 나한테 이러는 거, 모든 것들에 등 돌리고 비수를 박아내면서 상처뿐인 영광으로 내게 오는 거, 그런 거 나 마다해요."

혜영이 그를 뿌리쳤다. 어느새 정 실장이 와 있었다. 사람들은 두런두런 석원의 격정어린 고백과 함께 꿈쩍도 않고 튕기는 여자를 훔쳐보느라 정신이 없었다.

"……이리 와봐. 어디 아픈 데 없어?"

문득, 두려워진 석원이 혜영의 얼굴로 팔을 뻗었다가 빌어먹을…… 하고 욕설을 삼키며 도로 거두었다. 그녀는 그를 비웃고 있

는 거다. 그를 사랑하는 것을 두려워하고 있었다. 창백하게 질린
혜영의 얼굴이 겉으로는 차분했지만 그는 그녀의 마음을 읽고 말
았다. 이 아이는, 하고 석원은 생각했다. 이 아이는 속으로는 통곡
을 하면서 그것을 절대 표출하지 않는 법을 제대로 배운 것이 분
명했다. 가슴이 찢어질 것처럼 아팠다. 일찍이 겪어본 적이 없는
아픔은 진통제도 없는지 자꾸 더 아파왔다. 석원은 가만히 제 속을
가라앉히려 애쓰면서 나지막하게 명령조로 말했다.

"들어가 있어. 아직은 아니야. 그대로 있어줘. 내가 아직 너 안
보내. 거기, 한남동에 가 있어."

"제가 모시겠습니다, 걱정 마십시오."

정 실장은 혜영을 부축하다시피 하고는 살짝 목례를 했다.

그 이후로, 혜영은 꼬박꼬박 석원이 없는 한남동으로 퇴근을 했
다. 뿐만 아니라 그녀는 아침저녁으로 차려진 밥을 먹었다. 물론
임금님 수랏상 부럽지 않은 밥상이었다.

토요일, 뜻하지 않게 일찍 퇴근한 날에 그녀는 석원이 보냈다는
아주머니들이 두 사람이나 복작거리면서 주방에서 일하는 모습을
처음으로 목격하였다.

가장 신선한 최상의 재료를 택해 가장 알맞은 온도로 최적화 된
요리를 한다고 그들은 설명을 해주었다.

"젊은 아가씨니까 빈혈 같은 것에 특히 신경 써달라고 했어요.
또 보통 사람보다 키는 큰데 무게는 적게 나간다면서 고단백을 주
문하셨고요. 실제로 뵈니 정말로 야리야리한 게 버들잎 같은 아가
씨네요."

……졌다.

이 남자에게 당해낼 재간이 없다고 느꼈다.

단정한 슈트 차림으로 식탁에 앉아 그녀가 샤워를 마치고 나오기를 기다리던 그 남자, 간밤의 진한 정사를 나누던 그는 어디로 갔는지 모를 만큼 감쪽같이 말쑥한 얼굴로 앉아서 그녀를 바라보던 그 남자는…… 알고 봤더니 나에게 따스한 밥 한 그릇 먹이려고 만반의 준비를 하고 있었던 거였어.

마음이 아팠다.

절대 그와는 결혼하지 않을 작정이었기 때문에 그녀의 오지랖은 진짜 석원의 아내가 될 여자를 생각하며 그녀를 아프게 했다. 그 남자의 아내가 누릴 첫 번째 것들을 내가 몽땅 빼앗은 것 같아서 나는 미안해.

어떻게 떠나야 하나?

이 남자를 떠나서 나는 대체 어떻게 살아야 하나?

어쩌면 석원은 참 나쁜 남자였다. 그녀에게 갖은 애정을 쏟아붓고는 저 자신에게 매달리게 하는 남자, 나에게 정성을 다해서 나를 길들여버린 남자, 내가 떠날 것을 알면서도 붙잡아두려는 남자. 어떡하나, 이 남자.

호텔 카페테리아에서의 일이 있고 난 뒤, 벌써 며칠이 지났지만 그는 감감무소식이었다.

"나한테 이 집을 주고 떠난 거예요?"

한번은 정 실장에게 용기를 내어 물었다. 그는 불쑥 대답해주었다.

"가만 보면 사모님은 아무것도 모르십니다."

"자꾸 사모님이라고 부르지 마세요."

회사 체육 대회가 이틀 남은 목요일이었다. 혜영은 동기들과 함께 미리 상암 월드컵 경기장을 찾았다. 그녀의 동기들은 총 6명이었다. 그 중 임무열 팀장을 비롯해 남자는 단 두 명뿐이었기에 결국 그들은 선배들을 위한 깜짝 이벤트로 걸 그룹 댄스를 추기로 결정을 했다. 그 중 당당히 혜영이 중앙을 맡았다. 그렇게 그녀는 반나절 동안이나 춤 연습을 했다. 또한 행사 당일은 진행 요원을 할 계획이었기에 이런저런 회의를 하며 한창 바빴다.

"신혜영, 누가 찾아오셨어. 바람처럼 쌩, 하고 달려라!"

트럭에 실려 있는 운동 기구들을 일일이 체크하고 있는 혜영의 뒤에서 누군가가 그녀를 불렀다.

"예? 갑니다, 가요. 쌩⋯⋯."

혜영은 입으로 바람소리를 내며 몸을 돌렸다. 그녀를 부른 카메라 기자가 명함 한 장을 내밀었다.

<윤설화

성인제약 녹원홀딩스 대표.

한국 마사회 회장.

한국 여성 경제인 발전 협의회 고문 위원>

-이사님, 윤 대표님이 신혜영 님이 계신 곳을 물으셔서⋯⋯.

"설마, 가르쳐줬다는 거야?"

지방의 공장에 다녀오는 길에 막 서울로 진입할 즈음에 걸려온 전화, 석원은 그만 이성을 잃고 고함을 질렀다.

"말해, 가르쳐드렸습니까?"

-이미 여원 문화사에까지 가셨었습니다. 다행히 신혜영 님이 상암 운동장에 계셔서 직접 마주칠 일은 없었는데요? 방금, 또 김 기사님이 전화를 해왔습니다. 혜영 님 계신 곳을 알아내서 지금 대표님을 거기로 모시고 있답니다.

"그 회사는 왜 사람을 걸핏하면 밖으로만 굴리는 건데? 상암? 혜영이 거기 가 있다고?"

-걱정 마십시오. 저도 가까이에 있습니다.

"됐어, 내가 간다."

오케이, 하고 석원은 내비게이션을 다시 작동시키기 위해 속력을 늦추었다. 출장 다녀온 지도 일주일하고 며칠이 더 흘렀지만 그는 여전히 혜영을 모른 척하고 있는 중이었다. 그렇잖아도 상처 내고 아프게 했는데, 제길, 더욱 초치게 생겼다. 그는 낭패감에 잔뜩 굳어진 얼굴로 액셀을 밟았다.

"많이 바쁜가 봐요? 미안해요, 도통 짬을 낼 수 없어서 바로 이리로 와야 했어요."

윤설화 대표는 스탠드에서 걸어 내려오며 혜영을 반겼다. 혜영은 이미 윤설화 대표의 얼굴을 알고 있었다. 성인제약의 명진만 회장에 대해서는 그다지 알려진 것이 없는 반면에 여성 경제인 대표로 활발한 활동을 하는 윤 대표는 매스컴에서도 자주 접하는 인물이었다. 또한 예전에 김 여사가 속해 있던 봉사 단체의 같은 회원으로서 성북동의 만찬 자리에서 몇 번 스쳐 지나며 본 일이 있었다.

"신혜영 양? 반가워요. 석원이 어미 되는 사람입니다."

60대 초반임에도 그녀는 쉽사리 나이를 가늠할 수 없는 얼굴이었다. 여자치고 뼈대가 굵고 체구가 야물었는데 군살 하나 없는 몸매와 다소 딱딱한 인상에서 묘하게 아무나 범접할 수 없는 카리스마가 느껴졌다. 관리가 잘된 피부와 문신을 한 것 같은 눈썹에서는 엄한 기운이 드러났다.

"세상에, 이렇게 앳된 젊은이를 다 보네. 내가 딸을 안 키워봐서 그런가, 혜영 양같이 예쁜 사람은 또 처음이에요. 직장 생활하는 사람이 아가씨가 아니라 아주 그냥 아기네, 아기야……."

잘 눈에 띄지도 않는 자잘한 무늬 하나에도 꽤 공들인 티가 나는 수제 정장을 입은 그녀에게 혜영은 눈을 떼지 않고 있었다. 석원의 당당한 체구와 오만해 보이는 인상이 누구를 닮았는지 알 것 같았다.

혜영은 얼마 전에 성북동 전통찻집에서 김선진 여사와 독대했을 때에 윤 대표에 대해서 얼핏 들은 말들을 떠올렸다.

'……이혼하면서 소송도 뭣도 없이 남편에게서 모든 것을 빼앗으려 한다나, 뭐라나?'

성인제약 회장 부부의 이혼 이야기는 이미 세상의 귀추가 주목된 내용으로서 그녀도 대강 아는 사연이었다.

"처음 뵙겠습니다."

혜영은 쓰고 있던 야구 모자를 벗으며 목례를 한 뒤에 흐트러진 머리카락을 손가락으로 쓸었다. 그녀는 미처 깨닫지 못하고 있었는데 방금 전까지의 활짝 웃으며 상기되었던 볼은 일시에 생기를 잃고 있었다.

"급하게 오느라 빈손이에요. 보니까 회사 단합 대회 준비 중이 시군요? 우리 기사 시켜서 음료수 사오라고 했어요. 운동회 당일 날은 협찬을 할 생각이에요. 홍삼하고 우리 회사 제품인……."

"저기요, 대표님!"

혜영이 입술을 질끈, 깨물면서 그녀의 말을 가로막았다.

"중간에 말씀을 막아서 죄송한데요, 저희 헤어졌습니다."

살짝 미간에 주름을 그으며 윤 대표가 목소리를 낮추어 물었다.

"끝나? 뭐가? 아직 석원이 집에서 살고 있다던데?"

"어머니!"

다급하게 외치는 석원의 목소리에 마주 보고 서 있던 두 사람은 소리가 나는 쪽으로 고개를 돌렸다.

석원은 잔디가 깔린 운동장을 가로지르고 있었다. 미쳤다, 미쳤어! 혜영이 자신을 발견하고 얼른 몸을 돌려 피하는 것을 보았다. 윤 대표도 비서 한 명을 거느리고서 석원이 오는 방향으로 마주 걸어오고 있었다.

"어머니, 여태 남의 자식 보듯 하다 이제야 제 색시 일에 끼어드 십니까?"

"단단히 빠져 있구나. 넌 어째 알고 여기까지 와?"

"나중에 뵙겠습니다."

석원은 점차 보폭을 재게 해서 윤 대표를 휙 지나쳐 그대로 혜 영에게로 달려갔다. 혜영은 흘깃, 뒤를 돌아보더니 마치 100미터 달리기 주자처럼 뛰기 시작했다.

"기다려, 기다려봐!"

평소 조깅으로 체력을 단련하는 그녀를 구박하면 안 되겠구나, 라고 석원은 그 와중에도 혼자 웃었다. 혜영은 날쌘 캥거루처럼 더욱 멀어지고 있었다. 운동회 예행연습이라도 하러 온 모양인지 검정색 트레이닝 반바지에 몸에 착 달라붙는 티셔츠를 입은 그녀의 모습은 그의 가슴을 미어지게 할 만큼 아름다웠다. 다른 데서는 절대 다리 내놓지 않겠다더니, 그녀의 반바지 아래로 시원스럽게 쭉 뻗은 두 다리가 시선을 단번에 잡아채고 있었다. 긴 머릿결은 그를 희롱하듯 바람에 나부꼈다.

"거기 서, 혜영아. 너 그러다 다쳐!"

그러나 그의 외침에도 불구하고 혜영은 더 빨라졌다. 괜히 넘어지기라도 하면 큰일 날 것 같아서 그는 백기를 흔들어야 할 판이었다.

"알았어, 안 해. 너 안 따라가."

넥타이를 느슨하게 풀어내면서 그가 상체를 수그려 숨을 헉헉 뱉어냈다. 그러자 혜영이 몸을 돌려세웠다. 그녀가 그에게로 천천히 걸어왔다. 우아하고 얌전한 걸음인 것이 또 신기했다. 그녀에게서는 지친 기색이라고는 조금도 없었다. 빨갛게 상기된 얼굴과 숨을 몰아쉬는 것만이 완주를 한 증거였을 뿐, 그녀는 표정 하나 흐트러짐이 없었다.

"제길, 무슨 소리를 들은 거야?"

석원은 숨이 턱까지 닿은 채로 따지기부터 했다. 우리가 언제 마지막으로 보았던가? 그는 슬며시 곁눈으로 그러나 꼼꼼하게 혜영의 팔목부터 살폈다. 카페테리아에서의 일이 내내 마음에 걸리던 차였다.

"말해, 무슨 소리 들었느냐고?"

숨이 찬 탓에 조금 화가 난 어조였다. 그러나 이내 혜영을 안심시키기 바빴다.

"무슨 말이든 믿지 마. 절대 믿지 마! 그거 다 거짓말이야. 원래 장사치들은 자기네 합리화시키기 위해 거짓말 잘해. 넌 아무 생각 마. 그리고 네가 모르니까 그렇지, 이제 저 양반 내 어머니가 아니야. 이혼으로 완전 남남 될 거야."

"부탁이 있어요."

무작정 다그치는 말에는 아랑곳없이 혜영이 말했다. 귀가 번쩍 뜨였지만 그는 자신의 부탁 또한 들어달라며 미리 선수를 쳤다.

"제길, 부디 이렇게 빈다. 너부터 내 부탁 좀 들어라. 우리 대표님 말 믿지 말라고!"

"한 번 와줘요. 꼭 한 번은 나한테 와준다고 했잖아요. 벌써 잊었어요? 우리 그때 베네치아 레스토랑에서 마지막이다 생각하고 이사님이랑 헤어질 때에 내가 했던 말……."

무슨?

석원이 두 눈을 가늘게 뜨면서 그날, 혜영이 했던 말을 떠올렸다.

'언제가 될지 모르겠는데…… 언제든 내가 부탁할 날이 올 거예요. 그때는 무조건 내게 달려와주는 거예요. 단, 내가 필요할 때 만이에요. 이사님은 그때 내게 도움을 주면 돼요. 돈이 됐든, 뭐가 됐든.'

"그래, 그렇게."

"약속 잊지 않았어요? 그러면 내 부탁 들어주는 거예요?"

갑자기 상냥한 모습으로 돌아가서 확인을 하는 그녀의 모습에 그의 심장이 마구 헤집어졌다. 그는 그만 참지 못하고 그녀에게 다가갔다.

"나가 떨어져달라고 하기만 해봐! 그건 안 돼, 천하 없어도 안 돼!"

하지만 혜영은 약삭빠른 만큼 뒤로 몇 발자국 떨어졌다.

"토요일, 그날 밖에서 만나요."

혜영이 꼬물꼬물 입술을 오므리면서 어렵게 털어놓은 말에 석원은 한참을 기막혀했다.

"고작 그게 전부야?"

"왜요? 더 뭐가 있어야 폼이 나나?"

혜영이 눈으로 쌩긋, 미소를 짓고 있었다.

석원은 넥타이를 완전히 목에서 끌러낸 다음에 그녀를 지긋이 바라보고 섰다.

"가보세요. 난 바빠서 이만!"

그녀가 아무렇지도 않은 얼굴로 고개를 까딱해 보이더니 뒤돌아섰다가 다시 고개를 돌려 그를 바라보았다.

"이사님, 오늘 보니까 어머니 닮으셨어요."

"신혜영, 혜영아. 너 이리 와봐."

"그렇게 부르지 마세요. 토요일 날, 봐요."

혜영이 순식간에 웃음기가 싹 거둬진 얼굴로 그에게 일별을 고했다.

"뭐야, 너…… 대체, 무슨 얘기 듣고 이래?"

그러나 그는 혜영을 따라갈 수가 없었다. 둘 사이에 앙금처럼

바람결에 285

깊이 내려앉은 그것은 같이 있으면서 말로 풀 수가 없는 것이었다. 그녀가 쳐놓은 결계는 생각보다 단단하고 억셌다. 섣불리 뚫겠다고 나섰다가는 당장 그녀가 어떻게 다칠지 알 수 없는 일이었다.

두려울 게 없던 그에게 이 세상에서 가장 두려운 것이 생겼다. 그녀가 아픈 것이 그는 가장 싫고 두려운 일이었다.

현재로서는 그랬다.

"식사도 잘하시고요, 어김없이 새벽 6시면 달리기 나가시고요. 이사님 시키는 대로 아이스크림도 퇴근 시간에 맞춰 놓아두는데 꼬박꼬박 챙겨 들어가시고요. 요새는 야근이 없는 통에 밤 11시가 되면 불이 꺼집니다. 참으로 규칙적으로 사는 분입니다, 앞으로도 걱정 안 하셔도 되겠습니다."

운동장까지 뒤따라온 정 실장과 함께 주차장으로 걸음을 옮기면서 석원은 그녀에 대한 근황을 보고 받고 있었다.

"이 부장님이 손을 쓰셔서 외국 못 가십니다. 그 외에도 홀로 움직일 정황은 전혀 포착되지 않고 있으니까 아마도 이사님이 걱정하시는 일은 일어나지 않을 것 같습니다."

석원은 문득 걸음을 멈추었다. 쿵쿵, 리드미컬하게 울리는 음악소리가 크게 들려왔다. 정 실장과 석원의 눈이 절로 단상으로 향했다.

"우와, 이거 계탔다! 진짜 은혜로운 영상이지 말입니다."

정 실장이 탄성을 질렀다. 몇백 미터 떨어진 단상 위에서 혜영을 포함한 대여섯 명의 사람들이 춤을 추고 있었다. 그중 혜영이 단연 눈에 띄었다. 곁눈질로 보니 정 실장은 흥겨움에 젖어 박수까지 치며 호응하고 있었다.

"뭐야? 다 자란 어른들 아닙니까? 근데 무슨 유치원 재롱 잔치를 한답니까?"

정 실장은 만면에 미소가 가득한 얼굴이었다.

"일종의 이벤트지요. 저 퍼포먼스를 하면 아주 난리가 나겠는데요? 참, 제가 듣기로는 그날 입을 의상은 짧은 교복 치마랍니다. 여원 문화사는 남성 직원들이 압도적으로 많지 않습니까? 아주 탁월한 선택인 것 같습니다."

"신형춘 영감님, 진짜 자식 농사 못한 거 맞아. 혜영이 저 녀석이 언제 저런 춤을……."

"아무래도 나이가 나이이니만큼 클럽에도 자주 다니셨지 않겠습니까?"

그러자 석원이 으름장을 놓았다.

"왕여희 기자한테 전화하세요. 어떻게든 저거 못 하게 막아야 돼."

정 실장이 그제야 박수 치는 것을 그만두었다.

그날 저녁, 석원은 윤 대표를 따로 만났다.

"형이 법을 아는 줄 아십니까? 모릅니다. 형은 샌님으로 키워져서 아무것도 모릅니다. 무법천지에 눈 가리고 아웅하는 사람이 바로 형이란 말입니다. 단지, 어머니가 열두 폭 치마로 감싸는 바람에 지금껏 저 자리에 있는 겁니다."

혀를 쯧쯧 차면서 윤 대표가 매섭게 아들을 쏘아보았다.

"머저리 같은 녀석! 네가 뭘 알아? 그러지 말고 네 형, 제 자리에 돌려놔!"

"일말의 양심이라도 있으셔야지요?"

석원은 오만하게 보이는 이마를 드러내고 앉아 소파 위로 팔을 걸쳤다.

이때껏 그는 어머니에 대해 관대했다는 말이 맞았다. 자신에게는 그렇지 않으면서도 형에게 쏟는 애정이 지나친 것이나 남편인 아버지에게 아내로서 일생 충실하지 못했던 것이나 아무튼 그는 모친을 탓해본 일이 없었다. 그러나 그 어머니가 자신의 연애에 대해 간섭을 해온다면 이야기는 달라진다. 그냥 연애가 아니지 않은가? 혜영에 대해서는 정말 안 될 말이다.

이제 와서 아들에게 없던 관심이라도 생긴 걸까?

새삼스럽게 분초를 다투는 회사의 경쟁에서 불법을 행하면서까지 형인 이원의 손을 잡아주던 어머니의 이기심과 그것을 아무렇지도 않게 뒷짐을 지고 구경을 하던 부친이 떠오른다.

석원도 여태 관망만 했지만 이젠 다르다. 신형춘 회장은 석원이 성인제약을 물려받는다는 조건을 원했다. 자신이 부사장으로 승진하면 혜영과 결혼을 하는 데에 별다른 이의가 없을 거라는 소리다.

싸워야 한다면 싸워야 하리라. 또한 그는 어머니를 상대로 이길 자신이 있었다. 형이 장자라는 이유만으로 기업을 물려받지 못하도록 그는 공격을 할 셈이었다. 그러다 보니 어머니 윤 대표는 혜영을 걸고 넘어갈 심사인 것이 분명했다.

윤설화, 그녀는 명진만 회장과 어렸을 때부터 약혼으로 맺어진 관계였다. 명진만 회장은 성인제약 창업주의 외동아들이었고, 그와의 인연은 집안에서 밀어붙인 혼사로 이어졌다. 결혼하기 전에

설화는 일본으로 유학을 다녀왔는데 그때 내연의 관계에서 이원을 출산했다. 이 일을 눈감아준 이가 바로 명진만 회장이었다.

'우리 어렸을 때의 세상은 먹고사는 게 지옥이었잖소. 어렸을 때부터 돈 모으는 재주만 배워야 했지. 딴 건 몰라도 이 아이는 해마다 크리스마스 선물은 빼먹지 않고 키웁시다.'

그렇게 명 회장은 이원을 받아주었다. 두 사람은 집안의 기대를 한 몸에 안고 결혼을 했다. 1년 후 이원의 동생인 석원이 태어났다. 그때부터 설화는 명 회장을 멀리했다. 역시 이원의 아비가 문제였다.

세상의 이목을 피해 그녀는 계속해서 이원의 아비를 만났다. 명 회장이 그 모든 것을 알면서도 눈감아주는 것을 보면서 설화는 은근히 절망했다. 어차피 사랑이 아닌 결혼이었지만 이율배반을 느꼈다. 그러면서 명 회장의 애정이 오롯이 둘째 아들인 석원에게만 향하는 것을 알고 그녀는 가만히 코웃음을 쳤었다.

'기만당해주는 이유가 뭐예요? 당신이 아무리 그래도 성인그룹의 장남은 이원이에요.'

그러다 그녀의 나이 37세 때였다. 설화는 일본에서 부고를 받았다. 이원의 아비가 죽었다. 사인은 도박장에서의 심장마비였다지만 설화는 치를 떨며 명 회장의 탓을 했다.

'질렸어, 질렸어! 아주 학을 떼고 싶어. 이 업보를 어떻게 할 거야? 차라리 그때 나를 버리지. 처녀가 딴 남자 애를 뱄다고 차버리지 왜 결혼을 했어? 당신네 집안이 죽인 거야. 우리 이원이 아버지의 목숨을 당신네가 앗아간 거나 진배없어!'

명 회장은 아무 말 없이 그녀의 패악을 모두 받아주었다. 그날 밤에, 그렇게 설화가 몸부림치면서 명 회장을 원망하던 날 밤에 둘째 아들이 그들의 대화를 듣고 있었다. 두 부부는 얼어붙어버렸지만 아들은 효자였다. 일절 어떤 표현도 제스처도 없었다. 오히려 마음 약한 형에게 더욱 잘해주는 착한 동생이었다.

그러다 돌연 명 회장이 고백을 해왔다.

여자가 있다고.

기회다 싶은 설화는 조건을 내걸었다. 그렇잖아도 지지부진한 실적이나 행보가 임원들 눈에 차지 않는 아들 이원을 부사장 승진 시킬 것, 또한 이혼을 하는 마당에 모든 경제 활동이나 지분에서 손을 떼고 홀로 떠날 것, 두 가지였다.

'말해보세요. 나하고 왜 결혼을 한 거예요?'

어른들에 등 떠밀려 결혼해놓고 한 번도 애정을 드러내는 일이 없던 남자, 만약 이 세상에 지옥이 있다면 그것은 바로 그와의 삶이었다. 그 지옥을 살게 한 남자가 이혼을 하면서 이제야 사죄하는 것을 아마도 세상은 알 수 없으리라.

현실로 돌아와 아들 석원을 마주하며 윤 대표는 차갑게 웃었다. 자신의 외모를 빼닮아 나온 아들이지만 그녀는 이상하게 그에게 정이 가지 않았다. 이미 사랑하는 사람과의 사이에서 낳은 아들 이원이 있었고, 그 아들을 지키기에 급급하느라 그랬다고 줄곧 속으로는 변명으로 일관해왔다.

"네 아버지는 이미 글러먹었어. 그 양반의 장점이란 태어나면서부터 용 된 사람이라는 것밖엔 없었지. 바보스럽게도 한학자인 내 집안과 사돈을 맺는 바람에 개천에서 용 난 케이스인 나한테 집어삼켜질 거다."

"말해보세요. 아이에게 또 뭐라고 하셨어요?"

"네 형, 망치려 들지 마라. 그리고 네가 청운 영감님 댁의 그 망나니 같은 아들을 법으로 엮는 바람에……."

"신규영, 그 자식하고 형은 나란히 손잡고 국가의 심판을 받아야 마땅합니다. 그게 제대로 된 겁니다."

"어림없다. 그런다고 이 나라 정의가 살겠냐? 제대로 감옥 살 줄 알고?"

"콩밥 먹이는 건 어렵다고 쳐도 요즘같이 재벌 비리에 질려 있는 여론이 그들을 가만 놔둘까요? 게다가 형은 처음부터 배운 게 도둑질이라고 탈세 먼저 했더라고요. 우리 회사가, 아니 내 회사가 그런 꼴로 먹고 튀는 이미지가 되면 안 되는 거 아닙니까? 그거 내가 가만 안 놔둘 겁니다."

"석원이 너 이 자식, 갑자기 왜 이러는 거냐? 정말, 그 아이 때문인 거냐? 걔 때문에 없던 전투력이 생긴 거야? 형을 물리치고 한 자리 차지해야 되겠어?"

"혜영이가 아무 남자한테나 시집가면 안 되지 않습니까? 최고가 아니면 안 되는 겁니다. 게다가 신형춘 대표도 성인제약의 후계자는 되어야 둘째 따님을 준다는 것 같고 말입니다."

능글능글한 석원의 대꾸에 윤 대표가 흥분하여 자리에서 벌떡 몸을 일으켰다.

"말도 안 돼! 신혜영, 그 여우를 가만두지 말아야 해."

"다시 말씀드리겠습니다. 그 아이는 건들면 안 됩니다!"

"그런데 석원아, 어쩌냐? 그 되바라진 아이가 나하고 벌써 이야기 끝냈다. 내가 그 아이한테 어디든 보내준다고 했어. 좋다는구

나. 넌 차였어, 자식아. 꼴 한번 좋다!"

석원의 표정이 딱딱하게 굳어지면서 입술만 간신히 움직여 욕설을 집어삼켰다.

빌어먹을, 한 방 맞았다.

신혜영, 작작 좀 해주지. 그냥 나한테 속아 넘어가주지. 내 사탕발림이나 저 좋다고 얼러주는 말에 한 번만 눈감고 쓰러져주지.

석원은 만감이 교차하는 얼굴로 주먹을 쥐어 가슴 부분에 가져갔다. 뻐근한 통증을 감추듯이 그는 재빨리 일렀다.

"지금 실수하셨어요. 어머니가 그렇게 아끼는 형은 이제 임원 자리에서 사퇴해야 할 겁니다. 재기하는 데는 상당히 오래 걸릴 것 같으니 우리 윤설화 대표님이 앞으로 많이 바쁘시겠습니다."

"……회계 감사 자료가 누락되었다고 들었습니다. 일 처리되는 대로 올려 보내주십시오."

지시만 내리는 일방적인 통화를 마치고 났을 때에 책상 위에 놓인 휴대폰에 불이 밝혀졌다. 혜영과 단둘이 쓰는 휴대폰이었다.

[신혜영 찬스! 만나준다고 했잖아요? 오늘이야.]

혜영의 부탁.

그 부탁이 무엇이건 그는 달려갈 준비가 되었지만, 이내 망설이고 있었다. 내가 너를 이제 어떻게 봐?

'……그런데 석원아, 어쩌냐? 그 되바라진 아이가 나하고 벌써 이야기 끝냈다. 내가 그 아이한테 어디든 보내준다고 했어. 좋다는 구나. 넌 차였다!'

대단한 사랑을 한다고 떠들어대지만 실상은 제 욕심을 채우기에 급한 인간들, 그리고 그 인간 중에서도 가장 자격 없는 게 나라는 사람이 아닌가?

나는 네 인생의 무게는 짐작도 못하면서 그저 잘해주고만 싶었다. 그러면 네가 넘어올 거라고, 나를 믿어줄 거라고 나는 그렇게 자만했다. 녀석, 내가 얼마나 힘이 센지 너 혼자만 모르지.

'그런 게 바로 잘못된 거야. 이사님이 나한테 이러는 거, 모든 것들에 등 돌리고 비수를 박아대면서 상처뿐인 영광으로 내게 오는 거, 그런 거 나 마다해요.'

그는 다른 휴대폰으로 정 실장을 호출했다.

"혜영이 지금 어디 있어?"

토요일에 있을 예정이던 회사 단합 대회 겸 체육 대회는 취소 연기되었다. 우천(雨天)이 공식적인 이유였지만 본래의 이유는 사주 대표의 초상 때문이었다. 결국 체육 대회가 다음 주로 미뤄지는 통에 혜영은 뜻하지 않은 공휴일을 만난 것이다.

-외출하는 중입니다. 그런데 차를 가지고 나오지 않으셨습니다.

"네 차로 혜영이 데리고 치과에 다녀오지?"

-사모님이 고집쟁이인 거 잘 아시지요? 혼자 가신답니다.

가만 보면 여우도 보통 여우가 아니야. 내가 걱정하라고 아주 불을 지르는 거야.

비가 오는 길은 낭만적이다. 그 길을 걸으면 누군가가 그립기 마련이다.

혜영은 바람맞았다. 기어이 석원은 오지 않았다.

혹시 자신의 마음을 알아차린 것은 아닌지.

실은 오늘이 그의 생일임을 알고 미리 계획한 일이었다. 물론 서로 기념일이나 생일 같은 것은 챙겨주지 않기로 단단히 약조를 하고 시작한 관계였다. 그러나 그녀는 그에게 특별한 이벤트를 해주고 싶었다. 이제 돌아서면 남남이 될 그의 생일을 챙기고 싶은 이율배반은 너무 나쁘다. 그러나 그녀는 그러고 싶었다.

떠났을 때에.

나중에 혼자가 되었을 때에 석원의 32번째의 생일에 그녀가 곁에 있었다는 사실은 분명히 자그마한 위안이 되어줄 것이다

석원이 오지 않은 덕택에 시간이 남게 된 그녀는 미루던 스케일링을 하기로 했다. 스케일링을 하고 나오면서 상가 건물 1층에 있는 꽃집에서 꽃을 샀다.

정 실장이 살짝 귀띔을 해주길 신사동의 와인 레스토랑에서 그의 친구들이 준비한 생일 파티가 있을 거라고 했다. 물론 그녀는 그에게 대놓고 나타나지는 않을 작정이었다. 그래도 그녀만의 방식으로 그를 축하해주고 싶었다.

그녀는 꽃 상자를 들고서 신사동 가로수 길에서 옷을 사 입었다. 봄에 어울리는 인디언 핑크와 검은색이 어우러진 원피스에 스틸레토 힐을 신었다. 그리고 미용실에 가서 메이크업을 받고 머리를 새로 했다.

이제껏 웨이브가 약간 섞인 긴 머리를 고수했다면 이제는 생머리에 밝게 염색까지 했다. 그리고 어깨 길이로 살짝 기장을 줄였다.

미용사는 그녀의 이마가 예쁘다면서 옆 가르마를 타주고 보이지 않게 핀을 꽂아주었다. 그렇게 꾸미고 있는데 연예 기획사 사람

에게 명함을 받았다. 그녀는 신나서 석원에게 문자를 보내 그 사실을 알렸다.

[나보고 배우 할 생각 없느냐고 하면서 접근한 사람이 명함을 줬어요.]

뿐만 아니라 얼굴을 크게 찍어 그에게 사진을 전송했다.

그 후 그녀가 미용실을 나오니 이미 날은 저물고 있었고, 빗줄기는 세찼다. 초등학교 다닐 적에 학교 운동회라든가 소풍날만 되면 비가 온다면서 선생님이 이야기해준 전설이 생각났다.

나는 당신이 내게 오지 않는다고 해서 상심하지 않았다. 나는 이제 당신하고 헤어질 것이다. 그녀는 잔인하게도 그의 가슴에 못질을 하고 있었다.

"징글징글하게 다 가진 놈, 생일 축하한다!"

"사람은 안 반갑지만 생일은 축하해주마."

와인 레스토랑은 인텔리겐치아 멤버들과 그의 동기들로 인해 꽉 찼다. 원래 생일 축하 파티는 그리 중요하지 않은 모임이었다. 고만고만한 집안의 자식들끼리 친분을 가장한 청탁이 오가는 현장이었기에 그들은 그리 달가울 리가 없었다. 그러나 이례적으로 석원에 대해서는 다들 호감이었다. 원래 서글서글하고 통이 크기로 소문난 석원은 적이 없었다. 이번 생일은 그들의 자발적인 행사였다.

"요즘 네 집안 말이 아니잖냐? 우리가 아니면 누가 네 미역국을 챙겨 먹이겠냐고?"

납치되다시피 생일 모임에 오게 된 석원은 조금도 즐겁지가 않앉다. 40여명의 젊은이들이 왁자한 레스토랑 안에서 분위기가 한창 무르익는 순간이었다.

"손님 중의 한 분이 특별히 생일을 축하하기 위해 피아노 연주를 준비하셨답니다."

웨이트리스가 다가와 그에게 꽃 상자를 건넸다. 상자 속에는 붉은 장미 다발에 메모가 한 장 꽂혀 있었다.

<생일을 축하합니다. 만수무강, 승승장구하시길 빕니다. 언제나.>

"이야, 서프라이즈! 누구야?"

여자를 끼고서 흥에 겨워 좋아 죽는 친구 한 놈이 궁금해했지만 웨이트리스는 고개를 저었다.

"이름을 밝히시지는 않았습니다."

석원이 고개를 옆으로 돌려서 무대 쪽으로 향했다. 연주자를 보호한다는 명목인지 진홍색의 휘장이 쳐져 있어서 실루엣만으로 가늠이 될 뿐이었다.

베토벤의 '월광 소나타'.

감미로운 선율이 잔잔히 흐르기 시작했을 때에 석원이 자리에서 벌떡 일어났다.

"너, 너!"

그는 피아노곡이 흘러나오고 있는 무대로 움직이려다가 그만 멈칫했다. 두 주먹을 움켜쥐고서 입매를 단단히 굳혔다.

'……서로의 생일이나 특별한 기념일 같은 거 챙기지 않기, 어때요? 언제 헤어질지 모르지만 사는 동안에 우리 그렇게 해요.'

괘씸하게도 반칙이잖아? 아아, 이제야 이해가 되었다. 너는 나

296

와 지내는 동안에 무(無)에서 유(有)를 창조해내듯 무언가 행복한 추억을 만들어내고 싶지 않았던 것이다. 반면에 나는 너와 있을 동안에는 어떻게 해서든 행복한 추억만 가득 만들고 싶었지. 그렇군, 그가 쓰게 웃었다. 너와 나는 그런 점이 달랐던 거야.

독한 것!

너는 나의 생일을 축하해준 기억을 너 혼자서만 가지고 가겠다는 거냐? 그렇게 하고서 훌쩍 떠나겠다는 거지?

그는 일부러 술잔을 들어 건배를 제안했다. 길게 빠진 테이블에 각각 제 파트너를 끼고 앉은 친구들이 일제히 술렁였다.

"명석원이 성인제약의 사내로 태어난 것에 감사하며!"

"자식들아, 틀렸다! 바로 이거다. 성인제약의 가장 꼭대기에 앉아서 천하를 호령하라, 뭐 이런 건배? 어때?"

다 틀렸어, 라고 석원이 그들을 비웃으며 잔을 높이 들었다.

"……아직 끝나지 않았다! 건배!"

"뭐가 아직 안 끝났다는 건데?"

"마이 러브."

한마디 해주고는 원샷을 했다. 친구들이 하나같이 어리둥절하고 있는 사이에 석원은 휘적휘적 피아노가 있는 쪽으로 걸었다. 무지갯빛의 캐노피 같은 휘장을 걷으니 아니나 다를까? 혜영이 거기 앉아 있었다.

언제 머리는 잘랐을까? 허리 아래로 내려오던 긴 머리카락이 어깨쯤에서 차분하게 찰랑거리고 있었고 색도 약간 밝게 변해 있었다.

뭐? 내 어머니가 보내주는 대로 가겠다고? 너 때문에 내가 무슨 짓을 하는지 알지도 못하고서 너는 나를 떠나간다고?

그는 순간 울컥, 하고 치미는 무언가에 떠밀려 그녀의 어깨를 잡았다. 유연하게 흐르던 피아노곡이 쿵, 하고 무너지며 중지되었다.

"네가 지금 나한테 무슨 짓을 하고 있는 줄이나 알아?"

이런, 놀랐나 보다.

그녀는 토끼같이 커다랗게 떠진 눈에 공포심이 한가득이었다. 이게 아닌데, 그는 금방 후회했다. 그녀의 어깨에서 앙상한 뼈가 잡혀서 그는 가슴이 아릿했다. 왜 너한테는 이렇게 약해지는 걸까? 기가 막혔다. 이게 빌어먹을, 정말로 사랑인가? 숨을 한 번 크게 토해낸 뒤에 그가 중얼거렸다.

"걱정시키지나 말 것이지, 매일 사람 가슴 찢어지게 해놓고서 너는……."

"미안해요, 잘못했어요."

혜영은 당황한 얼굴로 어쩔 줄을 몰라 하면서 자리를 피하려고만 했다. 그는 더욱 기가 막혀서 비꼬았다.

"뭐가 그렇게 미안하다는 거지? 내 기억으로는 생일 같은 것은 서로 챙겨주지 말자고……."

"룰을 깰 작정을 했어요. 이사님한테 생일 선물 주려고 화장도 하고 옷도 사 입었……."

"이리 와봐!"

석원은 그녀의 팔을 잡아끌고서 무대의 층계를 내려와 뒷문으로 갔다. 그녀를 잡은 손의 힘은 완강했고 걷는 걸음은 빨랐다. 오늘 처음 스틸레토 힐을 신은 혜영의 걸음이 위태로웠다.

"너는 젠장, 키도 작지 않은 아이가 이런 위험한 것을 신고, 그러다 넘어지기라도 하면 너는……."

그가 성질을 내면서 그녀를 훌쩍 안아 들었다.

"왜 이래요? 내려주세요."

놀란 그녀가 바둥거리자 그것을 무시하면서 석원이 그 몸을 추슬러 안았다.

"생일 선물 주러 왔다고 하지 않았어?"

"그건 월광 소나타였어요. 피아노 곡 중에서 가장 귀하고 아름다운……."

"나는 그런 것이 그리 대단한 것인지 몰라. 네가 훨씬…… 대단해서 다른 건 아무 생각 없어."

그가 위층으로 올라가는 계단 밑의 벽 앞에서 멈춰 섰다. 그러고는 그녀를 벽에 강하게 밀치고는 바로 입맞춤을 했다. 숨결을 빼앗고서 타액을 나누고 난 다음에 그가 끙, 하고 신음을 터트렸다. 그리고 다시 한 번 더 거칠고 긴 입맞춤을 하다가 그는 문득 고개를 들었다.

"못됐어, 너! 벌써 마음 잡으셨나?"

혜영이 새파랗게 질린 얼굴로 의아한 표정을 지었다. 제길, 화가 난다! 참을 수가 없다! 더 이상 그녀와 같이 있다가는 자기 자신이 무슨 짓을 할지 모른다는 생각에 그는 얼른 몸을 떼어냈다.

"돌아가! 이젠 더 이상 너에게 넘어가지 않아!"

"이사…… 님?"

혜영의 뜨악한 표정을 뒤로하고 그는 넥타이를 쓱 끌러내고는 그대로 비켜섰다. 이내 한 번도 뒤돌아보지 않고서 뚜벅뚜벅 걸음

바람결에 299

을 옮겼다. 그가 사라지고 난 자리에 정 실장이 나타났다.

"사모님을 모시고 들어가라고 하십니다."

"그 사모님 소리 좀 집어치우라고 했잖아요. 대체, 누가 사모님 이야?"

그녀는 작은 소리로 투덜거렸다. 그래, 당신 말대로 가라면 가고, 그러지, 뭐.

그러나 이것도 오래가지 못할 것이다. 나는 당신을 버릴 테니까, 하고 혼자 속으로 생각하면서도 혜영은 그가 과연 납득을 해 줄지 의문스러웠다.

그러나 지금은 상대방의 감정을 생각해줄 때가 아니었다. 그녀는 이미 왕 선배도 모르게 미국 지사의 프리랜서 발령을 신청해두고 있었다.

1주일 후.

연기되었던 체육 대회가 있던 날, 혜영은 뉴 페이스 상을 수상했다. 그녀가 인기 걸 그룹의 완벽한 군무 팀에서 홍일점으로 활약한 점, 그리고 기마전에서도 남자 팀을 꺾고서 1위를 한 데다가, 피구를 비롯해서 각종 구기 종목에서도 선전을 했기 때문이었다.

오후 5시가 다 되어 폐회가 되고 난 후, 회식이 있었다. 혜영은 맘먹고 술을 마셨다. 그녀는 스토커 같은 정 실장이 몰래 따라붙어서 자신을 지켜보고 있다는 것을 잘 알고 있었다. 시시콜콜 그의 상전에게 모든 보고를 하는 것까지도 계산해서 작정하고 술을 마셔댔다.

그날따라 임무열 팀장의 모습이 바뀐 것도 마음에 들었다. 평소

검정 뿔테 안경을 쓰고 다니던 그가 렌즈를 끼고 숨겨놓았던 근육을 드러내놓는 트레이닝복 차림으로 스타디움을 펄펄 날아다녔다. 혜영과 함께 선수 대표로 이 경기, 저 경기 마스코트 역할을 톡톡히 해냈다. 그녀는 보라는 듯이 일부러 임 팀장 옆에서 술을 마셨다

"오늘은 먹고 죽자!"

"우리 여원을 위하여 오늘 밤은 영혼을 불사르리라! 자자, 술이다, 술!"

원래부터도 술 귀신이라고 불리는 기자들 사이에서 혜영은 선배들이 권하는 잔을 굳이 피하지 않았다. 10시가 넘어가자 먼저 툭툭 떨어져 나가는 사람들이 많아졌다. 이미 여원 문화사의 '영원한 주당'으로 소문난 왕 선배도 더 이상 견딜 수 없는지 앓는 소리를 내며 테이블에 머리를 박고 있었고, 다른 여 기자들의 휴대폰은 각자의 애인과의 통화로 불이 났다.

"혜영 씨, 너무 그러지 마십시다."

그녀의 옆자리를 고수하며 앉아 있는 임 팀장이 약간 어눌해진 말투로 뭔가를 호소하고 있었다. 평상시에 신 기자라고 부르던 호칭은 자연스럽게 혜영 씨로 바뀐 지 오래였다.

"나는요, 언젠가 밝혀드리겠지만 낙하산 맞습니다. 우리 대표님의 조카뻘이 됩니다. 난 혜영 씨가……."

쉿!

혜영이 손가락을 입술 쪽에 가져가 조용히 시킨 다음에 다시 잔에 술을 따랐다. 보고 있나, 명석원? 나는 당신이 없이도 이렇게 잘산다, 이거야! 나는 술도 잘 마시고…… 술도 잘 마시면서 잘 지내고 있어.

아니.

잘 못 지내고 있어. 사실 나는 당신이 너무 그리워서 이별을 앞에 두고 혼자 끙끙 앓고 있어.

진짜 지독한 남자야.

나 신혜영이 매달리고 싶어지게 해.

"야, 이것 봐라? 소주에 맥주에 진토닉까지! 누가 이렇게 우리 막내를 먹인 거야?"

이기욱 선배가 놀라서 그녀 쪽의 테이블로 다가오고 있었다. 곧바로 혜영은 테이블 위로 고꾸라졌다. 놀란 임 팀장이 그녀에게 몸을 기울이려는 찰나, 죽은 듯 잠든 것처럼 보이던 왕 선배가 벌떡 일어나 야단을 했다.

"워, 워! 우리 막내는 자네가 건들면 안 돼. 자네 영역이 아니야. 막내의 남자 친구를 불러야 해."

취해서 정신 못 차리고 있는 왕 선배는 아마도 석원을 생각하고 있는 것 같았다. 혜영은 일부러 임무열 팀장을 향해 고개를 들었다.

"낙하산, 나 좀 데려다주시겠어요? 머리가 너무 아파서 못 견디겠어요."

깜짝 놀라면서 기뻐하는 임 팀장의 얼굴과 경악하며 만류하는 왕 선배의 얼굴이 겹치면서 웃음이 터져 나오려고 했다.

이제 2차 작전 준비에 돌입을 하자.

혜영은 잠깐 화장실에 다녀오겠다면서 일어섰다. 그러고는 아무도 모르게 제 운동화를 화장실의 쓰레기통에 버렸다.

됐어!

혜영은 다시 제자리로 돌아와 커다란 컵에 여러 가지 술을 섞고는 그것을 제 목 주변에 끼얹었다. 차가운 알코올의 감각에 등 쪽으로 소름이 훅 끼쳤다.

그때, 일부러 눈을 붙이고 엎드려 있는 그녀의 귀에 석원의 목소리가 들려왔다.

"혜영이 데리러 왔습니다."

그가 왔다!

그녀 주변의 왁자하던 소음이 서서히 물러났다. 넌지시 눈을 뜨고 얼굴을 들었다.

석원, 그가 맞았다. 아직까지도 일하고 있었던 모양인지 그는 완벽하게 몸에 맞는 슈트 차림이었다. 그는 그녀를 발견하고는 팔 하나를 활짝 벌려 보였다. 그건 누가 봐도 그녀의 애인임을 과시하는 행동이었다.

'내가 왔어.'

그가 그녀를 향해 정확한 입 모양을 해 보였다. 사람들이 저마다 호기심의 눈길로 그에게 시선을 모았고, 또 일부는 그의 앞에서 홍해가 갈라지듯이 비켜섰다. 특히나 임 팀장의 표정이 가관이었다. 왕 선배는 자신의 전화를 받고 달려온 것이라 생각했는지 1등 공신의 얼굴로 두 손을 모아 열렬히 환영하고 있었다.

"의식을 잃도록 먹인 겁니까?"

그가 누구에게랄 것도 없이 책망의 어조로 물었을 때에 다들 어리둥절한 채로 당황해했다.

"그렇게 많이 마신 건 아닌데, 얘가 막내다 보니까 선배들이 한 잔, 두 잔 건넨다는 것이······."

왕 선배의 우물쭈물한 대답을 듣지도 않고 석원이 곧바로 그녀 곁으로 다가왔다.

"어디 봐봐. 괜찮아?"

혜영이 배시시 웃어 보이자 한쪽 무릎을 꿇고 앉은 그가 심각한 얼굴로 진짜 많이 마셨군, 하고 혼잣말을 했다. 혜영은 그에게서 나는 특유의 체향을 맡으면서 저도 모르게 침을 꿀꺽, 삼켰다. 진짜 오랜만이다.

"가자."

속삭임 같은 말소리가 들리자 왕 선배와 도 선배가 후다닥 다가왔다. 그녀들이 양쪽에서 혜영의 팔을 붙들고 일으켜 세웠다.

"어떡해요? 막내, 신발이 없네?"

예상대로 소란이 일어났다. 혜영은 엉클어진 머리를 쓸면서 신발장을 휘둘러보는 시늉을 하고는 착잡한 표정을 지었다.

"업겠습니다, 도와주십시오."

석원이 그녀 앞으로 앉으며 말했다. 그러자 1초의 망설일 틈도 없이 두 선배들이 그녀를 훌쩍 석원의 등으로 업혀주었다.

"나중에 신세 꼭 갚겠습니다. 이만, 먼저 갑니다."

다른 기자들의 열렬한 배웅을 받으며 그가 혜영을 등에 업고는 몸을 일으켰다. 순간, 혜영은 천장이 빙글 돈다고 생각했다.

"넌 내 말만 믿으면 돼. 난 너 안 버려."

그가 비상구를 이용해 계단을 내려가면서 혼자 중얼거리고 있었다.

"어디서 이런 못된 것이 튀어나와서는!"

그가 투덜거리는 말을 그녀가 그대로 따라 했다.

"어디서 이런 못된 것이 튀어나와서는!"

그가 피식 웃었다. 그의 목에 팔을 두르고 혜영이 작게 속삭였다.

"다시는 나한테 넘어오지 않겠다고 했잖아요?"

"술이 떡이 되어 늑대 소굴에 쓰러져 누워 있는데, 그럼 모른 척하리?"

"정하준 실장님이 있잖아요?"

"안 될 일이지. 회사 사람들이 정 실장을 네 애인으로 착각하게 만들면 쓰나? 적어도 나 정도는 돼야 너처럼 아름다운 여자의 애인이 될 수 있는 거다."

그녀는 슬그머니 그의 등에 머리를 묻었다. 편안했다. 이대로 잠이 들어서 천국에서 눈을 뜰 것 같은 편안함이었다.

그는 안전벨트를 채워주면서 의자의 등받이를 뒤로 눕혔다.

"눈 감고 있어."

그의 속삭이는 소리에 슬그머니 눈이 떠졌다. 깜깜한 밤에 귀에 감기는 그의 이슥한 목소리에 가슴이 뛰었다. 순간, 울컥하여 치미는 설움에 혜영이 입을 열었다.

"나는 당신 생일날에 가장 좋은 것으로 선물해주고 싶었는데."

"알고 있어."

"나, 그날 치과에 혼자서 갔어요. 그렇지만 내내 이사님을 기다렸어요. 난 진짜 나쁜 년이야."

"고고한 척하고 살아, 신혜영! 대신에 내가 매달려준다."

그가 갑작스럽게 몸을 수그려왔다. 술 냄새가 진동할 것이 뻔한 그녀의 입술에 그는 제 입술을 겹쳤다. 그는 쭉쭉 소리를 내며 그녀의 입술을 빨아들였다. 그는 그녀에게서부터 슬픔과 고통과 외로움과 아픔을 모조리 빨아들이기 시작했다.

"믿을 수가 없어. 신혜영, 네가 다 해 먹어, 젠장."

헐떡거리면서 낮게 중얼거리는 남자의 욕설을 들으며 혜영의 귓가로 눈물이 그어졌다.

그는 허겁지겁 안전벨트를 끌러버리고는 혜영의 양 손목을 잡아 위로 올렸다. 그러고는 트레이닝 복의 후크를 끌러낸 다음에 안에 받쳐 입고 있는 이너웨어를 더듬다가 그만 벌컥, 화를 터트렸다.

"뭘 이렇게 많이 입고 있어?"

혜영은 감고 있는 눈을 뜨지 않은 채로 속으로 조마조마했다. 자신에게서 안 좋은 냄새가 날 것 같았으니 말이다. 하루 종일 뛰어다니며 땀을 흘린 데다 일부러 술잔을 쏟아붓지 않았던가? 이 남자가 왜 이리 성급해졌을까? 게다가 이곳은 식당 건물의 주차장이지 않은가? 그러나 그녀의 사정이 어떻든지간에 석원의 손은 벌써 맨가슴을 더듬고 있었다.

쪽.

그가 두 손으로 양 가슴을 모아 쥐고서 그 가운데의 정점에 입을 맞췄다. 질끈 눈을 감은 채로 혜영은 소스라쳤지만 그는 숨을 급하게 몰아쉬며 키스하기에 급급했다.

조수석의 시트에 거의 눕혀지다시피 한 몸이 불편했지만, 그의 열망을 이해했으므로 그녀는 잠자코 있었다. 그는 그녀에게로 잔뜩 제 몸을 기울이고는 가슴에 키스를 하느라 여념이 없었다. 그의 입 안으로 빨려 들어가는 유두에서 아릿한 아픔이 전해졌다. 인상을 찡그리면서 입 안으로 신음을 삼켰지만 통증이 전부는 아니었다.

유두가 발기하도록 그는 그것을 쭉쭉 빨아들여 삼킬 기세였다. 기어이 잠든 척 눈을 감고 있던 그녀의 입에서 신음이 터지자 기다렸다는 듯이 그의 신음이 이어졌다.

"……괜찮아?"

신음 사이로 그가 물어왔다. 혜영이 으응, 하고 살짝만 대답해주었다.

"미안, 참지 못하겠어서 그래."

순식간에 그들의 몸이 뒷좌석으로 옮겨갔다. 비교적 뒷좌석은 넓었다. 그는 혜영을 시트에 넘어뜨리고 그 위에 엎드려서는 으스러져라 몸을 껴안았다.

뜨거워라. 혜영은 그의 뺨과 입술이 닿은 가슴 부근이 타는 것 같다고 느꼈다. 석원은 얼굴 전체로 그녀의 훤히 드러난 가슴에 애무를 했다. 이 사람, 왜 이리 뜨겁지? 퍼뜩, 겁이 났다.

"이사님, 열이 나는 것 같네. 어디 아픈 거 아녜요?"

"……너무 참았어."

"설마 이 짓…… 아니, 이거 참으면 열이 나요?"

"네가 이렇게 만들었어, 알아?"

그가 웃는 소리를 내면서 고개를 들어 그녀의 입술에 키스를 해왔다. 뜨거운 혀가 그녀의 혀를 휘감았다. 혜영이 미간을 좁히며 참을 수 없다는 듯이 신음을 했다. 그가 키스를 하면서도 손가락을 밑으로 내려 여자의 은밀한 부분을 건드렸다. 그는 너무 적극적이었다.

"여기는…… 이사님, 여기선 싫어요."

"잠깐, 혜영아…… 제발."

애원하는 그의 음성에 녹아날 것처럼 혜영은 몸이 뜨거워졌다. 그의 손가락은 잘도 더듬어가서는 여자의 수풀을 헤치고 촉촉한 속으로 깊이 찔러 들어갔다. 내벽의 주름을 하나하나 맛보듯이 충실하게 더듬고서 본격적인 애무가 시작되었다.

"예쁘다."

혜영의 좁은 속을 손가락으로 연신 문질러대는 그의 입에서 탄성이 나왔다. 석원이 키스를 병행하고 있어 가뜩이나 숨 쉬기가 곤란한 그녀가 억눌린 신음을 토해냈다. 그는 실컷 밑의 그곳을 희롱한 다음에 성에 차지 않다는 듯이 입맛을 다셨다. 좁은 차 안, 서로의 몸이 부대끼기에는 아무래도 불편했다. 그는 좌석에 똑바로 앉아서 혜영을 무릎 위에 올려놓았다. 그녀의 바지와 속옷을 한데 벗겨서는 그것을 발목에서 빼냈다. 그러면서 드러난 희고 토실한 혜영의 허벅지에 시야가 어지러웠다. 그가 못 참고서 고개를 숙여 키스했다. 보들보들, 보드라운 혜영의 몸에는 어느새 땀이 배어 있었지만, 그는 그것까지도 핥고 빨아들였다.

"아, 어떡해요? 나, 지저분한데."

혜영이 당황해하자 그가 씨근덕거리며 단호하게 아니, 라고 답했다. 그러면서 마주 앉은 자세로 다시금 혜영의 벗은 몸을 보았다. 뚫어질 듯한 그 시선에 혜영이 부끄러움을 탔다. 금세 보얗기만 한 어깨며 쇄골 부근, 그리고 유방이 붉은 기를 머금었고, 도드라진 유두는 꼿꼿하게 여물어서 남자의 침으로 번들거리고 있었다.

"보고 싶었다."

토실한 가슴을 마치 갓난아기처럼 탐했다. 그녀가 연신 하체를 비틀었다. 그것은 새로운 자극이 되어 석원을 동요하게 만들었다. 아기처럼 순순한 그녀가 욕정으로 흐트러지는 모습은 꽤 자극적이었던지라 그는 늘 그 상상만으로도 혼자 흥분했었다.

"미안, 혜영아. 이제 네 속으로 들어갈 거야."

그는 성마른 손길로 제 벨트와 바지의 버클을 풀어내고, 최소한으로만 자신을 노출시켰다. 그러고는 바로 여자의 몸속으로 파고들었다. 뜨겁게 조이며 반기는 그녀의 속살에 그가 미약한 신음을 터트렸다. 그와 동시에 혜영은 오랜만에 느껴지는 생생한 감각에 엄마야, 하고 비명을 질렀다.

"아파?"

그의 다급한 질문에 혜영은 이를 지긋하게 깨물고서 어떻게든 소리를 내지 않으려 기를 썼다. 석원은 잠시 동안 숨을 고르면서 여유를 찾았다. 혜영이 숨 돌리면서 아래에서 힘을 빼는 사이에도 미칠 것 같은 감각이 그를 할퀴고 점령했다. 석원은 탄식조로 말했다.

"조금만 기다려."

장담대로 그는 여린 여자의 엉덩이 살을 움켜잡아 자신의 몸 위에서 춤을 추게 하였다. 처음에는 조금 느리게, 그러다가 점점 리듬을 타고, 절정에서는 빨라졌다.

의외로 그녀는 말 잘 듣는 학생처럼 그를 따라와주었다. 그는 아직은 미숙한 혜영을 우려하여 늘 조심하는 경향이 있었는데, 지금은 아니었다. 맘껏 그녀의 몸을 리드했다. 절정에 올라 빠르게 솟구쳤다가 내려앉던 혜영의 입에서 비명이 터지는 순간에, 그는 재빨리 자신의 몸을 빼냈다. 갑자기 몸이 떨어진 두 사람이 내기라도 하듯이 숨을 거칠게 내쉬며 서로를 바라보았다. 석원이 양손으로 혜영의 양쪽 귀를 감싸 쥐며 입술에 키스했다. 그러나 잠시 쉬는 타임을 가지려던 그는 키스로 인해 더 몸이 타오르는 쾌락에 겨워 죽을 것 같았다.

혜영의 두 눈동자를 마주 보며 일부러 집요하게 파고드는 입맞춤을 했다. 남자의 정복욕으로 그는 지금 미칠 것 같이 좋았다.

"너는 제길, 남자 숨넘어가는 줄도 모르고."

신음을 죽이며 그가 중얼거렸다. 영문을 모르는 얼굴로 혜영은 그를 애타게 바라보았다.

"예뻐."

그는 칭찬을 하며 그녀의 붉은 입술과 귀에 제 입술을 묻었다. 그러나 아직은 제 물건을 다시 그녀 안으로 집어넣을 단계가 아니었다. 완벽하게 불꽃이 터지지 않은 그의 몸이 아우성을 치고 있었지만 그는 참아야 했다. 지금 당장 그녀의 안으로 들어갔다가는 그대로 사정을 하고 말 것 같았다.

아직은 아니니까, 하고 중얼거리며 석원은 해방을 원하는 자신의 몸에 힘을 주었다. 이가 악물려졌다.

"나한테…… 들어와요."

마침내, 그의 입맞춤이 길어지자 혜영이 스스럼없이 그의 것으로 손을 뻗었다. 그는 그녀가 귀여웠다.

"왜 빼내고 그래요? 비겁해, 미워!"

남의 속도 모르고서 혜영이 아양을 부렸다. 한창 뜨거운 와중에 그가 웃었다.

"혜영아, 혜영아."

그가 그녀를 거푸 불렀다. 왜요? 라고 혜영이 그를 바라보면서 손가락으로 제 머리를 쓸어 넘겼다. 그 모습에서 가슴이 뭉클해졌다. 녀석, 떨어져 있는 동안에 많이 수척해졌구나. 석원이 정다운 손길로 그녀의 귀밑머리를 쓰다듬다가 그 눈에 눈을 맞추고 속삭였다.

"다 너 좋으라고 이러는 거야. 나만 좋을 수는 없잖아."

"이사님이 무얼 해도 난 좋아요. 항상 그랬는걸, 뭐. 처음 이사님하고 잔 뒤로 나는 내내 좋았어요."

순수해 보이는 여자가 정염의 불꽃을 팡팡 터트리는 말을 아무렇게나 한다. 그는 너무 행복했다. 이때야, 하고 그녀를 엎드리게 했다. 그녀의 속으로 들어갔다. 엎드린 탓에 가파른 굴곡을 느끼게 하는 그녀의 깊은 곳은 너무도 뜨거웠다.

으으, 석원이 신음하며 점점 그녀 안으로 밀고 들어갔다. 혹시나, 아플 것 같아서 손가락을 밑으로 내려 클리토리스를 찾아냈다. 아직은 수줍게 숨은 거기를 일정하게 만지면서 그의 물건은 다시 처음으로 돌아간 듯이 천천히 피스톤질을 했다.

그녀가 앓는 소리를 내든 말든 그는 점점 고조되는 절정에서도 절대 리듬을 흐트러뜨리지 않았다. 둘이 관계를 한 이래로 항상 좋았다는 혜영에게 그는 더 많은 것들을 느끼게 해주고 싶었다. 더, 더, 더…… 클리토리스를 비비는 손길과 여자의 깊은 속을 들락날락하는 물건의 속도가 빨라졌다.

"우읍…… 읍."

혜영이 꾹꾹 참으면서도 비명 같은 신음을 내질렀다. 아랫도리에 조이는 감각만으로 그는 이제 혜영이 절정에서 허우적대는 그 순간을 감지하고 있었다.

나온다!

드디어 그는 방사를 했다. 혜영이 까무룩 잠이 들기 전에 그 귀에다 대고서 석원이 똑똑히 속삭였다.

"내가 아무나하고 이럴 것 같아?"

그러나 혜영은 이내 곯아떨어져서 그의 말에 아무런 대꾸가 없었다. 그는 그녀의 이마에 제 이마를 비비며 다시 중얼거렸다.

"나한테 그럴듯한 생일 축하를 해주고 싶었다면서? 이 바보야, 네가 나한테 오는 게 진짜 대단한 축하 선물이란 말이지. 왜, 그걸 몰라?"

그의 말이 들렸던 걸까? 혜영의 속눈썹이 파르르 떨리더니 주정 비슷한 말이 그 입에서 흘러나왔다.

"……설렁탕을 사 왔는데 왜 먹지를 못 하니? 왜 먹지를 못 해? 아아, 어쩐지 운수 대통이더라."

그가 훗, 하고 허탈하게 웃었다. 사정을 마친 탓에 노곤해진 온몸은 땀으로 젖어 있었다.

난생처음 있는 일이다. 아무리 급했어도 그렇지, 이건 도무지 납득이 안 된다. 식당 건물의 주차장, 그리고 선팅 짙은 차 안에서의 깊고 격렬한 정사는 그의 평생에 있을 수 없는 일처럼 짜릿하고 행복했다.

"신혜영, 너는 왜 이제야 내 앞에 나타난 거야?"

우리가 조금만 더 일찍 만났더라면, 하고 평소에도 이따금씩 하던 아쉬움을 털어내며 그는 그녀에게 옷을 입혀주기 시작했다.

석원이 모는 차는 소음도 없이 미끄러지듯 도로 위를 달렸다. 그와의 소나기 같은 정사를 마치고서 깜박 꿀잠이 들어버렸던 그녀는 눈을 반짝 떴지만 다시 잠든 척을 했다.

차 안은 평화로웠고 그녀는 기분이 좋았다.

그래도 제법 마셨다고 한쪽 관자놀이에서 두통이 느껴졌지만 혜영은 좁은 차 안에서 석원과 단둘이라는 사실로 인해 모든 것이 좋았다. 아니, 아주 하늘을 날 것 같았다. 갓 정사를 마친 탓에 온몸이 나른하면서 아랫도리에서는 자잘한 전율이 미진하게 남아서 그녀를 괴롭혔지만 동시에 안도가 되었다.

소가죽 시트에서 나는 향과 어우러진 석원의 남성적인 체취, 카스테레오에서 흘러나오는 〈셀리 가든〉의 시 같은 가사가 가슴에 콕 박히는 순간, 묵묵한 남자의 숨소리에 제 숨소리가 같이 어우러져 박자를 맞추고 있는…… 이 모든 일이 한꺼번에 그녀를 돌아버리게 했다. 사랑에 충실하고픈 예감이 들었다. 이성이 수그러들면서 본능에게 죽는 순간은 항상 죄책감도 함께였는데 지금은 웬일로 환하고 기뻤다. 그녀는 스스럼없이 이 모든 것을 만끽했다.

그녀는 여태 수많은 날들을 사랑 없이도 끄떡없었는데 어째서 지금은 곁에 있는데도 이 남자가 그리운 걸까?

많고 많은 날들 속에서도 그녀가 모른 척했던 수많은 것들은 항상 존재해왔다. 금방 포기하는 일이 특기가 되었는데도 나는 왜 이 남자를 떠날 수밖에 없어서 절망하는가?

사랑해요, 당신.

현실은 언제나 차고 냉혹하기만 해서, 평생에 한 번 올까 말까 한 사랑이 찾아왔는데 그것은 그녀를 두렵게 만들고 있었다. 이 남자하고는 절대로 이루어질 수 없다고 못을 박았다. 그런데도 이 남자가 나는 왜 이리도 좋아 못 견디겠는 걸까?

운명이라고 떠들기 좋아하는 사람들의 말에 맞장구칠 줄 알면서도 나는 정작 내 사랑에는 운명이 없다고 단언한다. 아직 잠에서 깬 것이 아니었나 보다. 그녀의 눈앞으로 윤설화, 석원의 어머니가 떠올랐다. 신 회장과 김 여사, 그리고 하다못해 지영의 모습까지 줄을 지어 나타났다. 그리고 마지막에 상숙의 모습이 보였을 때에 그녀는 어마어마한 그네들의 성(城)에서 벗어나는 꿈이라도 꾸고 싶었다.

갑작스럽게 혜영이 울먹울먹 말을 했다.

"나는 왜 적당히가 안 되나 몰라? 그냥 이사님하고 적당히…… 그게 왜 안 될까? 별로 나쁜 기억이 없이 헤어지고서 나중에 어쩌다 마주쳤을 때에 담담할 수 있는 그런 연애이길 원해요. 내가 지금 이러는 것은 너무 가혹한 일이야."

"네가 지금 뭐가 어때서?"

전방에서 시선을 거두지 않고서 석원이 물었다.

"나 사실은 이사님 많이 좋아해요. 안 보고는 못 살겠어요. 우리 그냥 다른 거 신경 안 쓰고 둘이만 있으면 안 돼요?"

오, 하고 석원이 혼자 중얼거렸다. 지저스 크라이스트!

"아, 너는…… 신혜영!"

갑작스런 그녀의 말에 석원이 당황한 듯이 고개를 옆으로 돌렸다. 제 감정에 견딜 수 없어진 그녀는 소곤소곤 이야기를 시작했다.

"지금 내가 이런 마음으로 살고 있는 거라고요. 어금니 꽉 깨물고……. 심호흡을 하루 몇 번씩 하면서…… 그렇게 갖은 애를 쓰고 있어요. 이사님 보고 싶은 마음을 자꾸 부정하면서 그렇게 살고 있는 거라고요. 이사님, 진짜 나쁜 사람이야. 나를 흔들어놓고, 아프게 하니까."

잠시 정적이 흘렀다. 석원이 할 말을 잃은 탓이었다. 혜영은 시인했다.

언제 그에게 속을 보일지 알 수 없었지만 그녀는 늘 그에게 미안했더랬다. 나를 아껴주고 사랑해주는 거 다 알고 있어요. 넘치게 받고 있어서 나 너무 감사해하고 있어요…… 그러나 나는 그것을 그리 달가워하지 않는다고 말해 그를 절망시켰지. 고약해서 벌 받을 거지만, 요 근래 그와 떨어져 있으면서 마음이 너무나 아팠었다. 이런 거 못 할 짓이라고 얼마나 자괴감 젖었었는데.

"왜 갑자기 멜랑꼴리해졌어, 아가씨? 술 취하면 그렇게 돼?"

혜영은 울컥, 눈물이 솟구치는 감정을 가만히 추스르면서 말했다.

"이사님을 만나기 전의 나와 이사님을 만난 후의 나는 달라요. 얘기해줄까요?"

"응, 얘기해."

뜻하지 않은 혜영의 취중 진담으로 인해 그는 흥분으로 들떠 있었다.

"이사님을 만나기 전에 나는 무엇이든 약점이 될 만한 일은 하면 안 된다, 하고서 혼자 비장했어요. 그리고 왜, 그런 거 있잖아요? 폐인이 된 엄마를 보면서 나는 절대 저렇게 되지 말아야지, 하고서 아주 똑똑하게 살고 싶었어. 덕분에 의욕이 마구 넘쳐났지요. 사람이 못 해낼 게 없다는 의욕, 이런 게 막 내 안에서 충만했다고 할까? 나는 그랬어요. 그런데 이렇게 운이 나쁠까? 나는 내가 할 수 있는 모든 노력은 다 하고 살았었는데……. 그랬는데 언제나 민폐덩어리인 거예요. 되는 일도 하나 없는."

"그렇다면 나를 만나고 나서의 신혜영은…… 응?"

그가 재촉을 해왔다.

"바보, 멍청이! 이사님을 만난 뒤로는 그냥 아무런 생각도 할 수가 없게 됐어요."

그게 정상이야, 라고 그가 짧게 답했다. 코끝이 찡해지면서 혜영은 가만히 있었다. 석원도 더 이상 조르지 않은 탓에 또다시 몇 초간 침묵이 이어졌다. 이번엔 헨델의 <사라방드>가 흐르기 시작했을 때에 혜영이 침을 한 번 삼키고 나서 다시 말문을 열었다.

"아무튼 이렇게나 운이 나쁠 수가 있을까? 내가 할 수 있는 노력은 다 하고 사는데도 왜 이 모양인 걸까? 이랬던 내가…….."

또다시 말을 멈춘 이유는 헨델의 관현악 곡이 너무 처참하게 들려왔던 탓이다. 혜영은 눈을 커다랗게 뜨고 고개를 돌려 그의 옆모습을 보았다.

"그런 내가 백마 탄 왕자님을 만났다고 해서 당신을 사랑해요, 하고 끝! 이렇게 살 수는 없는 거잖아. 난 당신을 얻기 위해서 노력한 게 하나도 없는데. 오히려 내 아버지랑 짜고 치는 고스톱을 하다가 이 모양으로 엮어졌는데…… 그런데 만약에 안 그랬으면 어쩔 뻔했나? 이율배반이라고요, 지금. 내 상황이 그래."

"신의 한 수야, 혜영아."

그가 약간은 도도한 음성으로 혜영에게 답을 말했다.

"신의 한 수?"

혜영이 조용하게 그의 말을 따라했다.

"너와 회장님이 나에게 그런 식으로 짜고 친 고스톱이 내게는 신의 한 수였다고."

신의 한 수, 라고 혜영이 입 안으로 말을 굴리고 있었다. 그러자 그가 팔 하나를 뻗어와 혜영의 정수리를 마구 헝클어뜨려놓았다.

"결혼…… 하는 거다?"

"이사님 맘대로 해요."

그녀가 답했다.

"나하고?"

그가 그녀를 아프지 않게 꼭 껴안아 품에 가두며 확인을 해왔다.

"네에."

11. 치열하게 사랑하라!

"비가 그치지를 않네?"

다음 날 아침은 비가 주룩주룩 내렸다. 모처럼 둘이 함께하는 일요일 아침에 비라니, 하고 한탄을 하면서 혜영은 침대에서 내리자마자 창가로 갔다.

석원의 눈이 그녀에게로 꽂혔다. 새하얀 커튼을 들추면서 창밖을 구경하는 혜영의 어깨가 예쁘다.

"혜영아!"

푹 잠긴 그의 목소리.

창밖으로 서울 시내의 전경을 내려다보면서 요거트를 떠먹고 있던 그녀가 뒤로 돌아 그를 보았다. 두 눈망울에 미소가 한가득이다. 연분홍색 홍조가 깃든 뺨에 순한 두 눈매는 청순하기만 해서 그는 간밤의 진한 정사들이 믿어지지 않았다. 어찌하여 너는 그리

청순하고 해맑은 눈빛으로 나를 죽이려 드는가?

"이리 와, 내 옆에서 떨어져 있지 마."

그가 팔을 뻗었다. 나는 아직도 네가 고픈데, 너는 어떻게 그리 말짱할 수가 있나?

"씻자, 혜영아."

그가 뻗은 팔에 안겨들면서 혜영이 가슴팍에 제 얼굴을 비볐다. 석원이 그녀의 벗은 몸을 감싸 안으며 잠시 동안 맨살의 감촉을 즐기고 있다가 그녀의 뺨에 입술을 대고 물었다.

"머리 안 아파?"

"끄떡없습니다."

"숙취 현상은? 괜찮아?"

"아버지는 소문난 주당이고 오빠는 알코올 중독에. 이건 비밀인데 지영 언니도 와인보다 위스키 잘해요. 이래 봬도 내 피의 반은 알코올이 아닐까요?"

"씻자. 너 씻어야 돼."

두 사람 다 알몸이었다. 그는 혜영을 번쩍 안아 들고 침실 옆에 붙은 욕실로 갔다. 혜영은 마치 원숭이 새끼가 어미에게 붙어 있는 것처럼 그에게 꼭 붙어서는 샤워기 밑에 섰다. 좌아, 하고 쏟아지는 온수를 맞으며 혜영이 머리에 샴푸질을 하고 있을 동안에 석원은 욕조에 물을 받았다.

"혜영아."

그가 불렀다. 거품이 가득한 머리를 소나기같이 쏟아지는 물로 헹구고 있던 그녀가 그에게로 몸을 돌렸다.

"나한테 와."

물이 가득 차고 있는 욕조 안에서 그가 양팔을 벌리고 있었다. 알몸인 채로 남자가 두 팔을 벌려 자신을 부르는 의미를 깨달은 혜영은 곧바로 샤워기를 잠갔다.

"지금요? 설마, 또 하자는 건 아닐 테죠?"

혜영이 약간 꾸물거리며 물었다. 그는 단호했다.

"응, 여기서 안아보자."

아, 하고 혜영이 젖은 머리를 뒤로 넘기며 물을 뚝뚝 흘리고서 머뭇거리고 있자니 그가 다시 한 번 오라는 손짓을 했다.

"어서 이리 와! 막 안고 싶어."

지구상에 많고 많은 사람들이 있다. 그중에 누가 나를 이렇듯 사랑해줄 수 있을까? 누가 나를 이렇듯 애타게 원할 수 있단 말인가? 눈물이 반짝 맺히는 순간에 그녀가 그에게로 천천히 향했다.

그가 아침식사가 든 쟁반을 가지고 침대로 왔다. 금방 내린 커피에 사과와 체리 등의 과일이 든 접시, 그리고 치즈를 얹은 토스트에 계란이었다. 욕실에서 사랑을 나누고 나서 임시방편으로 그가 만들어 온 그것을 혜영은 물개 박수를 치며 반겨주었다.

"옷은 좀 입고 있지."

언제나 그렇듯이 허리에 타월만 한 장 두르고 있는 석원을 보며 혜영이 살짝 책망을 했다.

"장담하는데 아가씨, 난 금방 또 벗을 거라서요."

석원이 웃음을 터트리는 것을 보고 혜영이 쐐기를 박았다.

"맞아요, 따지고 보면 우리가 이 짓 하려고 봄부터 소쩍새는 그렇게 울었나 봐요."

그녀가 우유를 그대로 쭉 들이켜 마시고는 인중에 흰 띠를 두르고 활짝 웃었다. 석원이 인중에 묻은 우유에 혀를 대어 핥았다.

그는 제 무릎에 그녀를 앉히고는 아직도 젖어서 늘어진 머리를 뒤로 빗어 넘겨주었다.

"참, 신혜영! 어제는 좀 합디다?"

커피를 마시며 그가 넌지시 핀잔을 주었다.

"어제요? 뭐요?"

"여원 문화사 재무팀장이라던가? 체육 대회에서도 아주 최고의 콤비로 활약이 대단하더군. 게다가 회식 자리에서도 말이야. 그렇게 노골적으로 들이대는데도 너는 아무렇지도 않았어?"

"아, 임무열 팀장님이요? 기특해 죽겠어. 회사 내에서 낙하산이라고 불리는데도 하나도 상처받지 않는 사람이에요."

"기특해? 그 남자가?"

그녀가 웃음을 뚝 그치고서 정색을 하며 그를 보았다.

"……일부러 이사님 보라고 그랬어요."

그가 그녀의 맨가슴 한쪽 움켜쥐면서 속삭였다.

"언제나 네가 내 눈앞에 있었으면 좋겠다고 생각하고 있어. 가만 보면 나는 너를 알게 된 뒤에 안심이 되고 마음이 놓이는 순간은 단 한 번도 없었던 것 같아. 난 네가 나하고 같은 마음일 거라고 생각하고 싶어. 그리고 잊지 마. 넌 어젯밤에 내게 그걸 보여줬어. 술김에 주정했다고 둘러대기만 해봐, 너!"

"주정?"

혜영은 얼떨떨한 낯빛을 하고 그를 돌아보았다. 석원이 이내 그녀의 입술에 쪽 소리를 내며 키스해주었다.

"나만을 보아주지 않아서 서운한 감정, 이거 네가 어떻게 좀 해줘야 해. 안 그러면 나 다칠지도 몰라. 아니, 벌써 다쳤어. 넌 내가 아프면 좋겠어?"

"이사님, 미안해. 내가 나밖에 모르는 사람이라서……."

그녀가 또 튕길 것 같으니까 그는 서둘러 대화 주제를 바꿨다.

"알았어, 쉬이! 말하지 않아도 돼. 이젠 너한테 뭐든 조르지 않을게. 나는 네가 딴 남자와 있는 것을 보는 것만으로도 피가 거꾸로 솟았고, 너는 나를 도발했어. 이게 우리의 현실인 거지. 자아, 그 좋은 머리를 한번 굴려보시지. 뭐 느껴지는 거 없어? 넌 나 없이는 못 살겠다고 어제 내게 말했어. 그리고 넌 결혼한다고 그랬어. 그게 본심이자 핵심이야."

"이사님, 그거 아세요? 우리 관계는 동전의 양면 같아."

"동전의 양면이건 뭐건, 그런 게 뭐가 중요해? 뭐든 다 해주고 싶은 마음, 지키고 싶은 마음, 그리고 보호해주고 싶은 마음. 무엇보다 너만 있으면 된다는 마음…… 이런 것들을 너는 별로라고 치부하겠지만, 나는 실상은 이런 것들로만 관계가 성립된다고 봐. 평생 결혼까지 갈 수 있는, 그런 거. 누군가와 인생을 같이하고 싶다면 이래야 해."

혜영이 가만 고개를 숙이고 있자니 그가 정수리에 코를 대며 깊이 숨을 들이마셨다.

"결론은 나는 너밖에 모르는 미친놈이 되어버렸다는 거야."

석원은 혜영의 목선에 흐트러져 있는 머리카락을 콧날로 헤치면서 예민한 부위에 입술을 댔다. 그녀는 새하얗게 빠진 뒷목이 전부 민감한 부위였기에 그는 어렵지 않게 그녀를 달뜨게 만들었다.

으음, 하고 혜영이 신음하자 그가 말했다.

"다시는 네 맘 내게 보여달라고 조르지 않을 거야. 안 해도 돼. 날 믿어달라고도 안 해. 날 봐달라고 안달 내고 조바심치는 거 그거, 전부 혼자서 내가 하면 돼. 대신에 너는……."

그가 이야기를 마치면서 깊은 한숨을 내쉬는 바람에 혜영의 뒷목을 타고 뜨거운 것이 전해져왔다. 혜영은 얼른 입을 열었다.

"이사님을 사랑해줄게요. 어디 안 가고, 곁에서 평생이요."

"계탔다!"

그가 혜영의 머리카락을 넘겨 귀 뒤로 넘겨주며 다정하게 다그쳤다.

그들은 하루 종일 사랑을 나누었다. 아무런 방해도 없었고 시간 제약도 없었다. 겨우 치즈 토스트와 커피 등으로 아침식사를 한 게 전부인 두 사람은 땅거미가 질 무렵에야 허기를 느끼고 정신을 차렸다. 밖에는 아직도 비가 그치지 않고 있었다.

"외식!"

"노, 노! 집밥으로 콜?"

외식을 주장한 사람은 석원이었고, 집밥을 주장한 사람은 혜영이었다.

"내가 이렇게 여자를 몰랐던 건가? 원래 분위기 좋은 곳으로 가서 밥을 먹고 싶어 해야 정상 아니야?"

그렇게 말해놓고 석원이 손을 뻗어 혜영의 얼굴을 부드럽게 쓰다듬었다. 혜영이 그의 손바닥에 제 뺨을 마주 비비며 소리를 높였다.

"이사님, 이건 어때요? 이사님이 처음으로 내가 하는 밥을 얻어

먹는 거예요. 괜찮죠?"

"자신 있어?"

"내가 좀 해요."

결국 혜영은 주방에 들어가 저녁 밥상을 차리게 되었다. 그녀는
석원의 생일이 며칠 전에 지나간 것을 의식해서 미역국을 끓였다.
제 딴에는 열심히 차린 밥상이었건만 샤워를 마친 석원이 식탁에
앉았을 때에 그것은 우스운 해프닝이 되고 말았다.

혜영이 부랴부랴 차려낸 저녁 식탁 위에는 스팸 구이와 미역국
그리고 원래 냉장고에 있던 기본 밑반찬이 전부였기 때문이다.

"미안해. 나 스팸 안 먹어. 거기다가 흰쌀밥도 안 먹는 버릇이
있고. 꼭 잡곡이어야 돼."

브이넥 셔츠에 스트링 면바지를 입고서 젖은 머리가 아무렇게
나 이마를 가린 그가 자꾸만 웃었다. 잠깐이지만 혜영은 꽤 멋진
앵글이라고 감탄을 하며 그를 보았다.

"저기요, 이사님, 보통은요, 갓 지은 쌀밥에 스팸은 환상 조합으
로 알고 있는데…… 이사님, 기분 나쁘게 듣지 마세요. 이사님은
부르주아예요."

"하루 종일 힘만 썼는데 그래도 이건 아니지."

석원은 뭐가 그리 신이 나는지 계속해서 웃고만 있었다.

"비웃는 거죠, 지금?"

서운해진 그녀를 향해서 잠깐만, 하고 그는 속삭이더니 직접 주
방의 냉장고를 뒤적거리기 시작했다.

"분명히 아주머니들이 쓸 만한 재료를 놔두었을 거야. 내가 후
딱 차려낼 테니 음악이라도 듣고 있어."

혜영은 하릴없이 오디오 리모컨을 작동시키고는 바닥에 세팅이 된 수조를 따라 걷기 시작했다.

"신혜영!"

오디오에서 흘러나오는 음악이 마침 베토벤의 피아노 협주곡이었던지라 그 선율에 따라 박자를 맞추어 걷고 있는데 석원이 부르는 소리가 들려왔다.

"옷방 문 앞에 보면 내 보스턴백 있어. 그 안에 선물 포장된 종이 가방, 그거 네 거야."

"선물이요?"

"캐나다에서 가져온 거."

혜영은 그의 말대로 종이 가방을 들고 식탁에 가 앉았다. 석원은 주방 카운터에 벌써 잘 익은 문어를 올려놓고 있었다.

"뭐예요, 그게?"

"문어가 여자한테 특히 좋다기에 아주머니들께 구해놓으랬지. 마침, 이게 있네."

문어를 보고 혜영이 끔찍하다는 표정을 했다가 바로 입술이 벌어졌다.

"이 세상에 징그러운 게 어디 있어요? 내가 다 먹어줄 거야."

"그거 열어봐."

석원이 그녀가 들고 나온 상자를 가리키며 턱짓을 하자 혜영은 조심스레 내용물을 꺼내놓았다. 이윽고 커다란 상자 안에서는 목각 수공예품이 나왔다.

"거기 원주민들이 직접 만든 거래. 행운을 불러들인다고 해서 네 생각이 났어."

"예뻐요."

투박하지만 예스러운 모양의 나무로 만든 그릇과 수저를 보며 혜영은 감탄을 했다. 사진도 한 장 나왔다. 한국 교포이면서 세계적인 아이스하키 선수인 달라스 킴과 석원이 나란히 찍힌 사진이었다.

"계약 성사하고 찍은 거야. 너한테 사인 받아주려고 난생처음 그런 짓도 해봤다."

"아, 맞다! 사인 받아달라고 했었어."

그녀가 보낸 문자 내용을 기억한 석원이 고마워서 혜영은 함박웃음을 짓고서 이내 눈시울이 붉어졌다.

"작은 상자 보이지? 그것도 열어봐."

그는 여전히 바쁘게 손을 움직이면서 중간중간 혜영을 돌아보고 있었다.

"설마, 핑크빛의 블링블링한 상자 말하는 거예요? 뭔가 느낌이 안 좋은데 열어봐도 되나 몰라?"

혜영은 약간 불안한 기색으로 분홍색의 우단으로 된 상자를 열었다. 역시나…… 혜영은 낭패감에 젖은 얼굴로 석원의 뒤통수를 보았다. 그는 그녀에게서 등진 채 부지런한 손놀림으로 요리를 하느라 여념이 없었다. 그녀의 눈에 키가 훌쩍 큰 남자의 등이 아프게 박혔다.

"그거 캐나다의 유명한 광산에서 캐낸 거래."

다이아몬드 알이 박힌 목걸이를 손안에 쥐고서 혜영은 아연실색해졌다. 굵은 다이아몬드 알은 로맨틱한 꽃문양의 잎사귀에 둘러싸여 있는 디자인이었는데 한눈에 봐도 보통 고급스러운 것이 아니었다. 그녀가 이것을 어떻게 해야 하나, 한참 망설이고 있는데 석원이 혼잣말처럼 말했다.

"의미 해석하지 말고 그냥 하고 다녔으면 좋겠어. 넌 절대 모를 거다. 너 때문에 명석원 일생에서 별일을 다 겪었으니까. 그 보상으로라도 받아줘야 해."

"무슨 일을 겪었는데요?"

"일 때문에 나간 외국에서 여자 때문에 힘들기는 또 처음이었으니까. 일에 집중만 해도 모자랄 판에 네 생각에 힘들었었어. 그 와중에 나름 고심해서 골랐으니까 안 받으면 너 나쁜 사람이야."

"나 때문에 힘들었던 거예요, 그럼?"

"죽을 맛이었지. 넌 진짜 나중에 남자로 태어나서 꼭 너 같은 여자 만나야 내 심정 알 거다."

웃자고 한 소리인 줄 알았지만 혜영은 차마 웃을 수가 없었다. 대신에 목걸이를 가슴께에 대보고 시큰둥한 표정을 지었다.

"이런 걸 회사에 하고 다닐 수는 없어요."

"부자 애인이 그 정도도 못해줄까? 이미 회식 날에 너 업고 나온 뒤로 신혜영 임자 있는 몸이라고 소문 쫙 퍼졌을 텐데, 뭘."

"원래 이렇게 무모해요? 다른 여자들한테도 이런 거 잘해주고…… 그랬어요?"

"너만큼 잘해주고 싶은 여자 만난 적 없어서 모르겠어."

혜영이 머뭇거리고 있었다.

"자아, 밥 먹자."

석원은 가재와 문어를 쪄냈고 그사이 두 개의 돌솥에 밤과 콩 등을 넣어 기름진 밥을 지었다. 그녀가 휘둥그렇게 눈을 뜨면서 동시에 혀를 찼다.

"진짜 우리 이사님은 어떤 여자가 데리고 갈……."

석원은 약간은 뽐내면서 버터를 바른 가재를 그녀 몫으로 먹기 편하게 잘라주는 일을 했다.

"신혜영, 전생에 나라를 구했나 봐."

그리고 식사 후 석원이 제안했다.

"와인도 한잔하자. 마침, 좋은 거 있어."

그가 와인 냉장고에 다녀올 동안에 혜영은 급히 자신의 휴대폰을 꺼냈다. 그리고 사진을 찍었다. 사랑하는 남자가 손수 차려낸 요리를, 그리고 캐나다에서 사다준 선물들을, 편안한 차림으로 서 있는 남자의 뒷모습을 카메라에 담아냈다. 무엇보다도 하루 종일을 원 없이 함께 보낸 남자와의 풍경이 너무 아름다워서 영원한 기록으로 남기고 싶었다.

"나는 너만…… 있으면 돼."

목각 수공예품을 보며 두 손을 모아 기도하는 혜영에게 석원이 한마디 했다. 그녀가 눈을 반짝 뜨고서 그를 보았다.

"너 진짜 고맙다, 내가."

혜영은 붉게 상기된 얼굴로 그에게 보내는 시선을 곱게 하지 않았다. 오글거린다, 진짜!

며칠 후, 젊은 인파가 북적이는 압구정 사거리의 패션 매장에서 혜영은 갓 촬영을 마쳤다. 네 명의 모델들과 코디네이터가 탄 차를 출발시키고 나서 혜영은 다른 스텝들에게도 먼저 가서 점심을 먹으라고 일렀다. 그러고는 진열장 앞에 서 있는 지영에게로 갔다.

그녀는 이미 일찍이 도착해서 혜영의 야외 촬영 진행을 모두 지켜보고 있었다.

"오래 기다렸지? 미안, 언니. 팔자 좋게 스튜디오 안에서 핫한 연예인 화보 찍을 수도 있는데 알다시피 나는 막내라 야외가 많아."

지영은 헌팅캡을 눌러쓰고서 두 손에 도넛의 상자를 들고 있었다. 그녀는 오늘 촬영하는 팀들에게 커피와 도넛을 쏘기도 했는데 혜영이 간식 시간에도 스크립트를 챙기면서 도무지 먹을 짬을 내지 못하자 하나 챙긴 것이었다.

"재밌었어. 좋은 구경했어. 신혜영, 너 일하는 거 처음 봐. 멋지더라."

"언니가 중학교 때였지? 그때 지젤 공연했던 거 기억나? 언니는 힐라리온 역할이었고. 나 사실, 그때부터 팬이었어."

"고맙네. 근데 그때 맡은 역이 힐라리온이 아니었을 텐데? 난 언제나 빌리 중의 하나였어."

후후, 웃으며 지영이 손을 뻗어 혜영의 머릿결을 만져주었다.

"머리했네? 잘했다. 너는 꼬맹이 때도 보면 아무리 남자아이같이 해놔도 참 예뻤어."

"우리 어디 가서 밥 먹어야지? 난 2시까지만 시간이 돼."

"바로 옆에 들어가자. 청결하고 좋아 보이더라."

둘은 패션 매장 옆의 식당으로 들어가 간단히 파스타를 시키고 앉았다. 야자수와 팝아트 몇 점이 눈길을 끄는 식당은 테이블과 테이블의 간격이 멀었으므로 다른 사람들 눈치를 보지 않고 대화를 나눌 수 있는 장점이 있었다.

"최 군, 그 인간의 이름을 알아냈어. 고향이 북쪽이 아닌 것도 알았고."

역시나 지영은 최 군을 언급했다.

"언니는 결혼할 수 있어?"

혜영은 얼음물을 한 모금 마신 뒤에 단도직입적으로 물었다.

"무슨?"

"말 그대로야. 최 군 오빠하고 결혼할 수 있겠냐고? 그렇게 그리워하면서 적극적으로 그 오빠의 모든 것에 관심을 가지고 있다면, 결혼도 할 수 있느냐 말이야."

"그 사람은 널 좋아해."

혜영은 레몬 조각이 들어가 있는 얼음물을 마저 들이켜고는 바로 답했다.

"오해야. 오빠는 언니를 맘에 두고 있었어. 내가 꼭 직접 고백하게 해줄 거니까 두고 봐."

"저기, 혜영아……."

갑자기 지영이 어조를 낮추고 주변을 살폈다.

"네 어머니 말이야. 이야기 들었어?"

응? 하고 혜영은 갑자기 말문이 막혔다. 잊고 있었다! 전혀 생각지도 못한 이야기라 아무 예고도 없이 한 대 얻어맞은 기분이었다.

"너희 엄마. 이문동에 계신 그분, 있잖아……."

"이사장님이나 아버지가 보내서 왔어? 나한테 그까짓 협박이 통할 것 같아?"

혜영이 테이블 위에 놓인 투명한 컵을 틀어쥐었다. 손이 부들부들 떨려서 무언가 잡을 것이 필요했다. 그녀의 반응이 예기치 못했던 모양인지 지영이 크게 당황했다.

"혜영이 너 아무것도 몰랐어? 내가 잘못 알고 있나? 지난 주 금요일이었을 거야. 아버지가 네 엄마를 어딘가로 보내셨다던데. 난 그래서 네가 지금쯤 정신이 하나도 없어서……."

"그렇단 말이지……. 내가 정말 못살아."

혜영이 새하얗게 질린 얼굴로 자동인형처럼 되뇌고 있었다.

윤 대표는 고심하는 중이었다. 신형춘 회장의 하나 있는 아들인 신규영의 구속 수감과 함께 검찰의 표적 수사라는 음모론까지 양산하고 있는 명이원 부사장의 약물 비리 수사에 세금 탈세…… 그래서 그녀의 입지가 더욱 약해지게 생겼다.

그간 그녀가 그토록 싸고돌았던 이원에 대해 검찰 수사가 진행된다는 말이 나오자마자 회사의 주주들이나 임원들이 촉각을 곤두세우며 어떻게 해야 손실을 안 입을까, 각자 전전긍긍하는 입장이었기 때문이다.

말이 전전긍긍이지 그들은 윤 대표가 이원을 단칼에 쳐내길 원했다. 성인제약의 부사장인 명이원이 재벌 비리의 대표주자가 되기 전에 공개적인 사과를 하고 자리에서 내려가든가, 아니면 윤 대표의 칼질에 떨어져 나가게 될 것을 기대하는 입장들이었다.

그리고 그녀는 기가 막힌 사실을 한 가지 더 접했다. 석원이 가지고 있는 계열사 지분을 어느덧 신혜영, 그 아이가 가지고 있게 되었다는 것이다.

어떻게 그런 일이?

믿을 수 없게도 작은아들의 짓이었다. 하긴, 신지영의 동생과 동거를 한다는 소식에 지레 놀라 찾아간 적이 있었다. 어디, 여자가 없어서 형의 정혼자의 이복동생과 살림을 차려, 차리길!

처음엔 어이가 없었고 이러다 이원이의 혼삿길을 막겠다 싶어서 초조해진 맘에 행한 발걸음이었다.

상암 운동장에서 꾸미지 않은 그 아이의 모습을 보았다. 새하얀 얼굴에 순하고 둥근 눈매가 천진스러운 여자의 얼굴을 보고 새삼 감탄했었다. 예쁘구나. 아들이 저런 스타일에 혹한 것인가, 하고서 신혜영은 이미 석원에게 보통의 여자가 아니었음을 짐작했었다. 그래서 선수를 쳤었다. 석원에게 아이가 떠날 작정을 하고 있더라는 이간질을 했던 것인데, 아마도 그게 통하지 않았던 모양이다.

"석원이 걔는 직접 건들면 안 돼. 이제껏 욕심도 없고 적당히 제 분량만 채우는 스타일인 줄 알았는데, 그게 봐준 거였다?"

약점을 찾아보자, 하고 윤 대표는 중얼거렸다. 누구에게나 약점은 있다. 특히 석원이 가지고 있는 약점이란 것은 윤 대표에게는 식은 죽 먹기가 아니던가?

신혜영!

"현재는 정하준 실장이 비호하고 있으며 아예 외국에 나갈 수 없도록 여권에도 문제를 만들어놓았습니다. 그 정도로 이사님이 집중하고 계십니다."

비서의 보고를 듣고 있자니 그녀의 짐작이 더욱 확고해졌다. 석원이 이 녀석이 정말로 싸고도는 아이로구나.

결국, 윤 대표는 신 회장과 긴밀히 회동을 가졌다.

지영은 미용실에서 마치 결혼할 신부처럼 화장을 마치고 나서 고수민 비서가 내미는 상견례용의 옷을 받아 들었다.

"차 선생님은 어쩌고요?"

얌전하고 단순한 디자인이 고급스러운 아이보리색의 원피스를 보고 지영이 뜨악해했다. 청운그룹의 여자들은 주로 차은수 디자이너의 작품을 입어왔기 때문이다.

"이사장님이 직접 고르셨습니다. 이 브랜드가 고선 컬렉션에서 전문 예복으로 출시된 새 디자인이라고 하셔서요."

"알았어요, 주세요."

뭐든 김 여사의 마음대로다. 지영이 막 원피스를 입고 탈의실을 내려오는데 밖이 소란스러웠다.

"언니하고 잠깐만 이야기할 사람이니까 괜찮아요. 내가 책임진다잖아요?"

혜영의 목소리였다. 지영은 미용실의 스탭에게 눈짓을 해서 문을 열라고 시켰다. 왈칵, VIP실의 문이 열리면서 고 비서와 실랑이를 하고 있는 혜영이 눈에 띄었다. 그녀의 뒤로 시커먼 옷을 입고 껑충하니 키가 큰 남자가 서 있기에 의아해서 보다가 그녀는 하마터면 쓰러질 뻔했다. 최군이 왔다!

"언니, 잠깐이면 돼! 최 군 오빠가 언니하고 이야기하고 싶어해."

의자의 등받이를 붙잡고 있는 손이 하얗게 되도록 힘을 쓰며 지영이 발발 몸을 떨었다. 최 군은 혜영의 손에 팔 하나를 붙잡혀 있었는데 그 얼굴은 여전히 어둡고 날카로웠다. 그녀가 충분히 그리워했던 그 얼굴 그대로였다. 그녀는 가슴이 미어지는 것 같았다. 그녀는 곧바로 고 비서에게 문 앞을 지켜달라고 일렀다.

"혜영이 넌 네 엄마한테 달려간다고 하지 않았어? 언제 최 군한 테 갔었던 거야?"

"언니, 오늘이 네 상견례 날이잖아. 최 군 오빠를 데리러 가는 게 우선인 것 같았어."

혜영은 낮에 지영을 만난 뒤로 바로 임무열 팀장에게 도움을 청해서 회사에 무급 휴가 신청을 냈었다. 그녀는 지영의 언급을 통해 알아낸 최 군에 대한 정보를 이용해서 그길로 차를 몰았다. 최 군과 지영을 재회시켜줄 생각에 그녀는 흥분했었다. 목이 탄 혜영은 화장대에 놓인 다 식어버린 녹차를 마셨다.

"완전 사기야, 사기. 언니, 너 잘 들어봐. 이제 최 군 오빠가 나를 좋아한다는 등의 말은 쏙 들어갈 테니까. 정말 그거 불쾌했다고. 이 오빠가 어땠는지 알아? 내가 전에 규영 오빠와 단둘이 집에 있게 되었을 때에 목숨에 위협을 느낄 일이 있어서 급히 SOS 쳤거든? 근데, 자기는 진도에 있다면서 너무 멀어 나한테 못 온대. 그러고는 다른 남자한테 내가 있는 데를 가르쳐준 거 있지? 어떻게 됐냐고? 결국 최 군 오빠는 나한테 월하노인 노릇을 한 거였어. 오늘 보니까 엎어지면 코 닿는 데에 있었으면서 진도는 개뿔, 차라리 울릉도라고 하지 그랬어?"

혜영은 손바닥으로 부채질을 하며 이번엔 생수 병에 든 물을 마셨다. 그때까지도 최 군과 지영은 서로를 보며 말이 없었다.

"언니, 너한테 기회를 주려고 해. 이 사람 내내 찾았잖아. 어쩔 거야? 내가 자리 피해줘?"

흑흑, 하고 지영이 흐느낌과 함께 최 군을 불렀다.

"정호야, 최정호……."

지영이 안타깝게 그의 이름을 불러도 최 군은 그저 망연히 앞만 보고 있었다. 완벽하게 세팅이 된 지영의 머리와 메이크업, 그리고 손질이 잘된 손톱의 정갈한 네일 아트까지, 그는 그저 바라보았다. 그 표정은 무감했다. 예전에 경호원 시절을 지낼 때에 그녀의 곁에서 몇 걸음 떨어져 걸을 때의 그의 표정과 똑같이 일치하는 것이었다.

"최정호, 이 나쁜 자식아. 모스크바에서부터 나는 쭉 너밖에 없었어. 너도 그걸 모르지 않았잖아? 그렇게 훌쩍 자취를 감춰버리면 어떡해? 나보고 어떡하라고……."

그녀가 흐느끼느라 말을 제대로 잇지 못하자 혜영이 나섰다.

"오빠, 신지영 좀 똑바로 봐봐. 오빠보고 당장 어떻게 하라고 안 해. 난 언니의 소원을 들어주기 위해서 발 벗고 나선 것뿐이니까. 오빠의 감정이나 선택은 강요 안 할게. 오빠도 나한테 오작교 역할 해줬잖아. 나 실은 너무 고마워하고 있어. 나는 오빠가 어쩌면 놓치고 있을 그 무엇을 보여주려고 해. 봐봐, 지금이 아니면 영영 다시 못 오는 순간이야. 한 번은 그 감정을 정면으로 대하게 해준다, 내가."

그녀의 말이 통했는지 지영은 테이블 위의 박스에서 티슈를 쭉 뽑아 눈물을 닦았다.

"네가 왜 본명을 감추고 살았는지 이제야 알았어. 알고서 기가 막혔어. 우리 아버지 때문이었지? 애초에 계약을 할 때에 그랬다면서? 너도 나도 피가 펄펄 끓는 남녀라서…… 혹시 우리가 뭔 짓이라도 할까 봐서…… 그렇게 되면 우리 아버지나 엄마가 가만두지 않을 것 같아서 아예 시작할 때부터 본명이든 뭐든 감춘 거라고 들었어."

"대박! 고작 그게 신비주의의 원인이었던 거야? 별거 아니었잖아? 난 또 북한에서 넘어왔다는 루머를 믿었네."

혜영의 말에 두 사람 모두 피식 웃고 말았다.

"나 혜영이 동생처럼 예뻐했어. 귀엽고 밝고, 누구도 제대로 안 대해주는데도 사람에 대한 편견도 없고, 애처로우니까 그만큼 마음도 가고…… 가여웠어. 나는 지영이 네가 오해하고 있다는 것을 잘 알고 있었어. 내가 혜영이를 좋아한다고 생각하며 내내 괴로워하고 있는 것을 어쩌면 난 즐겼는지도 몰라. 신지영, 너는 고결한 백합처럼 내가 꺾을 수 없는 꽃이야."

찬물을 끼얹듯이 다시 분위기가 가라앉는 순간에 급히 지영이 입을 열었다.

"우리 둘이 계속 러시아에 눌러앉았더라면, 하고 나는 몇 번이고 후회해. 엄마 말 같은 것은 듣지 말걸, 하고 나 자신을 원망해. 정호야, 난 그저 내 맘을 한 번 이야기하지도 못하고 너를 떠나보내는 게……."

"애쓰지 마. 내가 말할게. 나 같은 놈이 너를 사랑해서 미안하다."

지영이 두 손으로 얼굴을 가리며 흐느끼는 순간에 혜영은 안도의 숨을 내쉬었다.

됐다!

실은 지영의 첫사랑을 완성시켜주고 싶어서 이런 행동을 하는 게 아니었다. 그녀에게는 따로 계획이 있었다. 지영이 오늘 낮에 점심을 같이 먹었을 때에 상견례를 한다면서 그 자리에 명석원 이사가 나올 거라는 말을 했었다.

'아버지가 그렇게 한대. 나를 어떻게든 명이원 부사장이랑 결혼시킬 예정인데 네가 방해된다면서 그렇게 하실 거래. 상견례 때에 네가 처제가 될 사람이라는 것을 확실히 알려주려는 계획이신 거지. 너도 오늘 우리와 같이 있어야 한다고 그랬어.'

비겁하게도 아버지는 상숙을 어딘가로 보내버렸다. 그만큼 분노했지만 그녀는 복수의 잔을 들어 건배할 시간을 챙겼다. 최 군, 그를 찾아내어 지영을 만나게 하는 것이 일단 그녀가 저지를 일이었다. 반은 성공했다. 그녀가 석원과 정상적으로 결혼을 하려면 사랑의 작대기는 올바르게 이어져야 할 필요가 있지 않은가? 석원이 그녀에게로 직진인 만큼 그녀 또한 마찬가지여야 하리라.

그때, 혜영의 휴대폰이 울렸다. 액정에 뜬 이름을 보고 세 사람의 얼굴이 단번에 굳어졌다. 신 회장이었다.

-고 비서한테 전달받았지? 너도 미용실에 있다면서? 오늘 얼굴 보여줘야 되겠다. 지영이 상견례 있는 날이다. 엄명이야!

석원에게 왕여희 기자의 전화가 걸려온 것은 퇴근 시간이 가까워 올 무렵이었다.

-이사님, 여원 문화사 왕여희 기자님이 전화하셨습니다. 급한 용건인 것 같은데 직접 통화 연결해도 되겠습니까?

그는 마침, 윤 대표와 직접 통화중이었다. 요지는 이것이었다. 오늘 저녁에 있는 가족 모임에 꼭 참석해야 한다는 것이었다.

"알겠습니다. 윤 대리에게 호텔 식당의 예약 시간을 일러주십시오."

그는 어쩔 수 없이 속히 통화를 마쳐야 했다.

-막내, 막내가요……. 이걸 어떻게 설명해야 되는지 모르겠는데요.

통화가 연결이 되자 왕 기자는 크게 더듬거리며 황당해하고 있었다. 철렁, 가슴이 내려앉는 것 같았지만 석원은 침착하게 다음 말을 기다렸다.

-무슨 연유인지 모르겠는데 회사에 갑자기 무급 휴가 냈어요. 얄밉게도 우리 회사의 낙하산 팀장이 한 명 있거든요? 그 재무팀장이 손을 써준 것 같아요. 막내가 오전에 촬영 나가서 그대로 안 들어왔는데 난데없이 무급 휴가라고…… 내가 명색이 제 사수인데도 나한테 아무 말 없었거든요? 그렇잖아요? 아침에 출근 잘해서는 집에서 가져왔다면서 우리한테 맞는 커피도 타주고 기분 좋게 외근 나갔는데 갑자기 무급 휴가라니요? 이사님이 뭔가 아시나 해서…….

아, 내가 미쳐! 석원은 다시 휴대폰을 고쳐 잡으며 한 손으로 넥타이를 끌어당겼다.

충격이었다.

아침에 혜영이가 나한테 무슨 말을 했더라? 평소처럼 장난을 치고 토라진 표정으로 쓰디쓴 즙을 다 마시고 나서는 내게 키스를 받았었지. 그런데 뭐가 문제인 거지?

말이 나오지를 않는 가운데 다시 키폰을 눌러 정 실장을 호출했다. 그는 아직 왕 기자의 전화를 끊지 않은 채로 정 실장에게 명령을 했다.

"노상숙, 찾으십시오. 그 집에 가봐요. 당장! 혜영이 거기 가 있는지 알아보고……."

문득 뜨거워진 머릿속으로 뭔가가 스쳤다. 그건 윤 대표의 비웃는 말이었다.

'……그 아이는 내가 보내주면 어디든 간다고 하더라.'

아니, 아니다. 그럴 리가 없다.

석원은 성마른 손길로 혜영과 단둘이 쓰는 휴대폰을 찾았다.

"어디야? 너, 어디에 있어?"

네에, 하고 혜영의 목소리가 휴대폰 너머에서 들려왔을 때에 그는 저도 모르게 어디에 있는 거냐고 버럭 소리를 질러버렸다.

-한가해서 전화했어요?

다소 퉁명스럽지만 여느 때와 다름없는 혜영의 목소리에 그는 그만 한시름 놓으며 넥타이를 쭉 잡아 빼버렸다. 아아, 다행이다! 석원은 깊이 안도하면서 바로 목소리를 바꾸었다.

"아니, 아니야. 그냥 해본 거야. 너 휴가……. 휴가 냈다고 해서 무슨 일인가 하고 내가……."

-아아, 엄마하고 어디 좀 다녀올 데가 있어서 그랬어요. 언제 또 그런 건 알았대요? 귀신같네. 하여튼 우리 정하준 실장님은 능력도 좋아요.

"혜영아! 너, 너 말이야……."

불러놓고서 뭐라고 말을 꺼내야 할지 몰라서 그는 앞이 까마득했다. 이때껏 나는 한 번도 당황한 적이 없었는데! 너는 왜 이다지도 나를 헷갈리게 하고 허둥거리게 하는 건지.

"너 나한테 몹쓸 맘먹으면 천벌 받을 거야."

겨우 한다는 소리가 어린아이 같은 협박이라니!

-나 바빠요, 끊으셔야 해요. 나중에 통화해요, 우리.

"정하준 실장하고 같이 가, 알았어? 그 친구가 그래도 뭐든 잘한다고 이 바닥에선 소문 자자해. 어머니 일이든 뭐든…… 알았지? 듣고 있어, 너?"

-알아요, 알아. 들어가서 봐요.

혜영은 그저 평소와 별반 다를 바가 없었다.

정말 별거 아닌가? 석원은 일단 전화를 끊고는 정 실장을 시켜서 원래 혜영의 친모를 케어하고 있는 사람에게 연락하라 일렀다.

급하다!

상견례 시간보다 30분 일찍 호텔에 도착한 혜영은 신 회장에게로 갔다. 김 여사와 신 회장은 스파를 끝내고 막 나오는 중이었다.

"일부러 먼저 왔어요. 이야기 좀 해요, 아버지."

항상 그녀의 존재를 대놓고 무시하는 김 여사는 먼저 나간다고 하면서 자리를 피해주었다. 두 사람은 대기실로 들어갔다.

"언니 상견례 자리라고 후딱 뛰어오라고 했는데, 그거 옷은 신경 쓴 거냐?"

플레어로 퍼진 검정 스커트에 흰 블라우스와 구색에 맞는 검정 재킷을 걸친 세미 정장 차림으로 혜영은 새파랗게 질린 얼굴이었다. 그러나 속으로는 지영이 터트릴 폭탄에 대해 생각하느라 고무되어 있었다. 아버지, 당신 뜻대로 안 될지도 몰라요.

"할 말이 뭐야? 바쁘다."

손목시계를 들여다보며 신 회장이 발끈했다.

그녀가 집요하게 신 회장의 얼굴을 바라보며 입을 뗐다.

"엄마요, 엄마. 몸도 성하지 않은 사람을 어디에 두셨어요? 저 평생을 엄마 얼굴도 못 보고 살게 하실 건가요?"

역시, 하는 얼굴로 신 회장이 혀를 끌끌 찼다.

"너 방심했어, 이것아! 신선놀음이 재미있든? 도끼 자루는 벌써 썩었다. 아무리 명석원이 너를 갖겠다고 규영이를 구속시키고 제 집안에 칼을 꽂았어도……."

"어떻게 신선놀음이라는 말을 할 수가 있어? 나는 사랑인데, 어떻게 그래? 그리고 그 사람이 재벌 비리 척결이라도 한대요? 솔직히 그 사람의 형이 실수한 거 맞잖아요? 그리고 손바닥으로 하늘이 가려져요? 규영 오빠 말이에요. 설마, 검찰에서도, 법원에서도 석원 씨의 말만 듣고 구속했을까요? 아버지는 그동안 썩은 연줄만 갖고 계셨어요? 왜 오빠를 꺼내지도 못하고서 구치소에 두고 재판을 기다리고 있는 건데요? 그만큼 아버지가 손을 써도 안 되게 빼도 박도 못한다는 이야기잖아요. 그러면서 이 와중에 언니를 성인 제약에 팔아버리고 싶으신 거예요?"

"그렇게도 태평하냐? 넌 네 명의로 새로 개설된 통장이 있는 것도 모르지? 그것도 세계 각국의 계좌를 텄더구나."

혜영은 신 회장의 입에서 나온 말이 무슨 말인지 언뜻 이해가 가지 않았다.

"오늘 윤설화 대표를 만나고 왔다. 내가 저울질은 또 선수잖냐? 바로 촉이 왔어. 역시 명이원 부사장이 내 사윗감이더라. 그 여장부가 굳이 미는 쪽이 그 회사의 후계자가 되는 거거든."

"뭐가 어떻게 돌아가는 건데요?"

혜영은 막연한 두려움을 느끼고서 신 회장의 욕심에 찬 두 눈동자를 쏘아보았다. 침이 꿀꺽, 삼켜졌다.

"명석원은 너하고 결혼할 심사였겠지만, 윤 대표가 어디 순순히 보고 있겠냐? 게다가 너를 얻자고 너에게 계열사 지분을 다 넘기고 제 형의 비리를 검찰에 넘겨 수사를 받게 했다는 것은⋯⋯."

"그만해요, 듣기 싫어. 왜요? 그런다고 내가 뒤로 물러날 줄 알아요?"

덜덜 떨리는 턱에 힘을 주고서 혜영이 신음처럼 토해냈다.

'기대하시죠. 이제 아버지나 김 여사님, 두 분에게 폭탄이 투하될 거니까요. 지영 언니에게는 월하노인 역할이지만, 두 분에게는 제가 똥을 뿌리는 거거든요.'

번쩍거리는 호텔 로비를 지나 일식당으로 향하면서 석원은 가족 예약석을 찾아갔다. 오랜만이었다.

특별한 모임이 있을 때에 애용하는 별실에는 이미 부친 명진만 회장을 비롯해서 어머니 윤 대표와 요즘 속이 시끄러울 것이 뻔한 형, 이원까지 모두가 모여서 그를 기다리고 있었다. 웬일로 화기애애한 분위기였다. 특히 우아하게 차려입은 윤 대표는 아주 기분이 좋아 보였다.

"어서 와라, 혹시라도 네가 빠지면 어쩌나 했다. 요즘 정 비서가 바빠서 그런가, 도무지 네 동선에 대한 말이 없더란 말이지."

"녀석, 많이 요원했지."

명 회장의 환영에 이어 이원이 날카로운 말을 툭 뱉어냈다.

"누구 죽어나가는 줄도 모르고 제 형의 등에 칼을 겨누느라 바쁘니까요."

석원은 눈을 똑바로 뜨고 이원을 향해 지지 않고 대꾸했다.

"말은 바로 해야지. 칼을 겨눈 게 아니야. 등에 깊숙이 꽂아 넣었지, 아마? 다신 못 일어날 거다."

"이 자식이, 말이면 다야? 너 정말 보자보자 하니까, 너……."

흥분하여 몸을 반쯤 일으키고서 석원에게 덤비려고 하는 이원을 윤 대표가 만류하고 나섰다.

"뭐 하는 짓들이냐? 사춘기 때도 안 하던 짓을 나이 서른 넘어서, 게다가 이런 데서 하다니! 석원아, 오늘은 네 형의 상견례 날이다. 아무리 수틀리는 일이 있어도 네가 조금만 참아줘야겠다."

상견례?

석원은 자리에 앉다 말고 표정이 굳어졌다.

"오, 마침, 저기들 오는구나."

석원은 순간, 욕지기가 치미는 바람에 명치끝이 조여오는 것을 느꼈다. 그는 자리에서 천천히 일어났다.

지배인이 들어오면서 열린 문 뒤로 신 회장과 그의 가족들이 들어오고 있었다. 신 회장을 비롯해서 그 아내인 김선진 신라대 이사장, 그리고 행사의 주인공임을 드러내듯 곱게 단장한 신지영이 분명한 여자와…… 혜영까지. 그렇게 일가족이 들어서고 있었다.

12. 꽃을 잊듯이

길게 늘어진 샹들리에가 반짝이는 천장, 구슬프게 울리는 샤미센 가락, 흰색의 식탁보와 정갈하게 세팅이 되어 있는 식기 도구 등이 한눈에 들어왔다. 그녀는 네모반듯하면서 기다란 식탁과 거기에 모여 앉은 사람들을 바라보지 않으려 애를 썼다.

혜영은 맨 나중으로 식구들 뒤로 입장을 하면서 석원의 시선을 받고 있다는 것을 알았다. 그가 몸을 일으키고 있었다. 부러 시선을 피해 시선을 약 45도 정도로 내리깔고 지배인의 안내대로 의자에 가 앉았다.

공교롭게도 석원의 맞은편이었다. 그녀는 절대로 그와 눈을 마주치지 않으면서 표정은 부드럽게 그리고 자세는 단정하게 하여 목례를 했다.

새색시같이 꾸민 지영은 좀 전의 사랑하는 남자와의 재회로 인해 많이 들떠 있었다. 그 탓인지 다른 날보다 몇 배는 더 아름다워 보였다. 힐끗, 명이원을 훔쳐보았다. 석원과는 체형부터 달라보였다. 왜소하면서 서글서글한 인상의 이원은 고압적이면서 딱딱해서 자칫 오만한 분위기의 석원과는 상반되는 모습이었다.

시작은 좋았다.

서로 간략한 소개들이 있었고 혜영의 차례가 되었을 때에 누군가의 입에서 신형춘 회장의 막내딸이 회사와는 무관하게 사회생활을 하고 있다는 것과 아직 어린 탓에 물불을 안 가리고 운동을 잘한다는 말이 나왔다.

"저는 참으로 바람직하다고 생각합니다만."

툭, 석원이 끼어든 말에 좌중도 어쩔 수 없이 수긍하는 눈치였다.

분위기가 무르익어 막 전채 요리가 들어오고 언뜻 결혼 날짜로 대화가 오고 갔을 때였다. 혜영이 손을 하나 번쩍 치켜들었다.

"이 결혼 안 돼요."

활활 타는 불에 물을 끼얹었다고 표현해야 할까? 아님, 반대로 타는 불에 기름을 쏟아부었다는 표현이 맞을까? 순식간에 앉아 있는 사람들이 움직임과 대화를 멈추고 혜영을 주목했다. 다들 뜻하지 않은 상황에 굳어 있는 얼굴이었는데 신 회장만이 으하하하, 길게 웃었다.

"원래 저 녀석이 엉뚱한 구석이 있는 데다가 지금 나한테 심통이 나서……."

"이 결혼은 안 된다고요. 지영이 언니에게는 딴 남자가 있어요. 그리고 여기 있는 명석원 이사님하고 제가 먼저 시작했어요."

결국, 신 회장이 그 큰 눈을 부라리면서 조용히 안 해? 하고 입 모양을 해 보였다.

"왜요? 안 믿어지세요? 언니한테도 확인을 해보시면 돼요. 언니, 언니는 아까부터 왜 울고만 있어?"

고개를 숙이고 다소곳하게 앉아 있는 지영을 향해 그녀가 힐난하는 것을 본 김 여사가 엄하게 야단을 쳤다.

"이게 무슨 추태냐? 너 하고 다니는 행실은 어쩌고 어디서 본데 없는 짓이니? 참아주니까 뵈는 게 없어? 버릇없는 짓 관두고 앉거라. 태어나기는 어떻게 태어났는지 몰라도 난 널 이렇게 키우지 않았어."

그러자 혜영이 고개를 돌려 김 여사와 시선을 마주쳤다.

"추태요? 키웠다고요, 나를?"

"너, 너! 그렇게 막나가도 돼? 이 자리가 어디라고 감히……."

기막힌 얼굴로 신 회장이 손가락으로 혜영을 가리키는 사이에 석원이 그녀의 맞은편 자리에서 몸을 일으켰다.

"실례하겠습니다!"

"놔요, 할 말은 하려고요."

신 회장을 향하여 공개적으로 엄마는 어디다 숨겼느냐고 물으려는 찰나, 석원이 재빨리 혜영을 부축하다시피 해서 식당을 빠져나왔다.

호텔 로비를 벗어나는 동안에 석원이 혜영의 등 뒤로 바싹 붙어왔다. 그녀가 갑자기 몸을 획 돌렸으므로 두 사람은 가볍게 부딪칠 뻔했다. 석원이 재빨리 팔을 뻗어 그녀의 몸을 붙잡았다. 그녀의 둥글둥글한 눈에 들어 있는 것은 그가 알지 못하는 것이었다. 초조하고 두려워졌다. 막연하게 이 여자가 지금 뭔가 틀어졌구나, 하고 감이 왔지만 상처는…… 비겁하게 가족들이 콕콕 찌르는 상처는 너무 안타까운 것이었다.

빌어먹을!

그는 속으로 신 회장을 원망했다. 분명히 이 여자를 사랑하고 아낀다고 말했건만, 기어이 제 형과 본처의 딸을 엮겠다는 건가?

석원이 고개를 숙여 그녀의 바싹 마른 입술에 쪽 키스해주었다. 혜영의 절로 감긴 눈이 파르르 떨었다. 그녀가 건조한 어투로 장난스럽게 다음과 같은 말을 내뱉었다.

"난 이 결혼 반댈세! 이사님은요?"

"물론이지."

아, 이런!

너무 귀엽잖아? 그녀가 대견한 한편으로 석원은 속으로 신 회장이든 그의 모친이든 이 아이를 끔찍하게 싫어하는 누군가가 일을 틀어버린 것에 절망했다. 신규영을 검찰에 고발하고 명이원을 적으로 돌린 것에 대한 반발인가? 내가 무엇을 놓쳐버린 건가? 혼자 생각하며 그가 혜영의 귀에 속삭였다.

"저 안을 쑥대밭으로 만들어놨어. 진짜 멋있었어. 신혜영, 대단해요. 원래 그 역할은 내가 해야 맞는 건데. 미리 선수를 쳤네."

"그래서 미워요?"

"아니, 너무 대견해서 눈물 나려고 한다. 무슨 열매를 먹었기에 그렇게 용기가 샘솟으셨나?"

"이사님한테 나도 뭐든 해야지요. 날 그렇게 사랑한다는데."

그녀가 한층 가라앉은 얼굴로 미소를 짓고는 그를 안심시켰다.

"혼자 갈게요. 여기 보는 눈들이 몇 갠데. 정말 미안한데요. 내가 저 어려운 자리를 깽판친 것 같은데 뒷수습 좀 부탁해요. 미안해요, 정말. 당신 부모님들한테 못 볼 꼴 보였어."

"정 실장보고 너 데려다주라고 할게."

석원이 알았다는 듯이 고개를 끄덕해 보이고는 정 실장을 호출했다. 불현듯 혜영이 휴대폰을 들고 있는 그의 손등에 키스했다. 하얗게 질린 뺨은 창백했고 두 눈에 눈물이 맺힌 채로 그녀가 사과를 해왔다.

"……미안해요. 너무 미안해."

"그거 말고 다른 말로 인사할 생각 없어?"

"내 맘 알지요? 나 이사님이…… 좋아요. 정말이야."

그녀가 말을 머뭇거리며 그의 눈동자에 제 눈동자를 열심히 맞추었다. 석원은 이상하다고 여기면서도 그녀가 말 잘 듣는 아이처럼 기대오는 이 상황이 마냥 좋았다.

"이사님한테 너무 미안하고 죄스러워. 그렇지만 사랑해."

"쉬이, 더 이상 아무 말 마. 혜영아, 너도 잘 알지? 사람이 타고난 현실이나 환경은 어쩔 수 없는 거니까……."

그는 어떻게든 혜영에게 위로가 되고 싶어서 겨우 생각을 추슬러야 했다. 제길, 이 아이를 만날 줄 알았으면 진즉에 성장 소설이라든가, 철학서 같은 것 좀 읽어둘 걸 그랬다. 어렸을 때부터 받은 교육이 있어서 인문학과 담쌓고 살지는 않았지만 혜영을 보면서 많이 부족하다고 느꼈다. 하긴, 다 부질없을지도 몰라. 신혜영, 이 아이의 아픔은 책에 있는 고전이나 학술가의 말 한마디로 사라질 것 같지 않으니 말이다.

물밀듯이 속에서 치받쳐 오는 무언가로 인해 그는 절박해져서 혜영을 붙들고 캐묻기 시작했다.

"그러니까 누구에게나 극복할 수 없는 문제는 있는 거잖아. 설마, 너 지금 영혼까지 불행한 거 아니지? 내가 이렇게 네 옆에 있는데도 너 많이 아픈 거 아니지? 지금 죽어라, 죽어라 하는 거 아니지? 저 안에 들어 있는 속물들 내가 다 이겨먹을 수 있거든, 응? 나 믿지?"

마치 그녀가 땅으로 꺼질 것 같아서 석원은 조마조마했다. 맘 같아서는 함께 있어주어야 하겠지만 그는 지금 할 일이 따로 있었다.

"참, 용해요."

갑자기 혜영이 배시시 웃었다.

"내가 생각해도 나는 내가 참 아니다, 싶은데. 다들 나만 보면 저것이 어쩌다가 우리 같은 로열패밀리한테 섞이려는가, 하고 이질감 느끼던데. 왜 이사님은 이렇게 나한테……."

"네가 예뻐서 그래."

석원은 무심코 안도하면서 혜영의 이마에 제 입술을 댔다.

"네가 너무 예뻐서 나는 평생 너 하나만 보며 살고 싶은 거야."

내 말, 믿지?

다음 순간에 혜영의 표정을 보며 그는 적이 안심했다. 그녀는 적어도 그의 말에 대해 의심은 없었다.

-혜영이 데리고 가.

"예. 알겠습니다."

정 실장은 차를 몰아 호텔 정문 앞으로 커브를 틀면서 곤혹스러웠다. 그는 오후부터 노상숙에 대한 것들로 골머리를 썩고 있었다. 아직 석원에게 보고하지 않은 것이 있었다. 원래 석원이 혜영과의 동거에 들어가면서 따로 그 모친을 케어하는 사람을 썼다. 꼬박꼬박 상숙의 동향에 대해 보고를 해오기에 별 의심 없었더랬다. 그런데 오늘 석원의 지시에 따라 그가 알아낸 사실은 마음을 놓을 수가 없는 것이었다.

상숙은 사라지고 없었다. 그녀를 맡았던 사람들도 신 회장의 협박이나 회유에 넘어갔는지 자취를 감췄다. 미리 알았어야 했는데, 하고 정 실장은 제 근무 태만을 후회하며 초조해했다.

그는 알고 있었다. 석원은 지금 물불을 안 가리고 신혜영을 사랑한다.

그 감정이 대체 어떤 거냐고 그가 실례를 무릅쓰고 물었을 때에 석원은 이렇게 대답을 했다.

'혜영이 걔는 꿈속 같아.'

'허상, 뭐 그런 이미지를 말씀하시는 겁니까?'

호기심을 못 이긴 채로 또 질문을 했을 때에 석원은 머뭇거리지도 않고서 단번에 속을 털어놓았었다.

'마치 꿈속에서 잡히지 않는 환영처럼 자세히 보려고 하면 할수록 멀어지고 마냥 궁금하고 가슴 뛰는 그런 거 있잖아. 잡히지 않아서 그런 건가, 온전히 내 맘을 받아주지 않아서 그런 건가? 나는 계속 미치고 있어. 나를 믿어주지 않고서 끊임없이 저 혼자서 불안해하고 뒤로 내뺄 궁리만 하고 있는 게…….'

말끝에 미적거리면서 그는 애가 정말 예뻐, 라고 했었다. 그때의 그답지 않은 수줍은 빛으로 물든 석원의 얼굴을 보며 정 실장은 진짜 콩깍지를 덮어썼다고 생각했었다.

"우리 정 실장, 안전 운전해라."

석원은 그녀를 위해 차 문을 열어주고서 차에 타는 것을 도와준 뒤에 상반신을 숙였다. 그는 두 손으로 혜영의 머리를 감싸고 그 이마에 키스했다.

"들어가 있어. 곧 갈게."

"네에."

혜영이 고분고분 대답하는데도 그래도 미덥지 못하다는 얼굴로 석원이 재차 그녀를 불렀다.

"혜영아, 신혜영!"

그가 한마디 단단히 이르는 소리가 들렸다.

"혜영아, 너한테는 아무도 없는 거야."

알아들은 모양으로 혜영이 순한 미소를 지어 보여 주었다.

"아무도 없다고, 응? 너는 나 외에는 아무도 없어."

또다시 끄덕끄덕하는 혜영의 머리를 마치 강아지 쓰다듬듯 하면서 석원이 출발하라고 했다. 예, 라고 대답하며 정 실장은 차를 출발시켰다.

"별일 없으셨지요? 제가 아직 이사님께는 보고하지 않고 있는데 말입니다, 사모님. 사모님의 어머니를 신 회장님이 어딘가로 모신 것 같습니다. 아마도 시설인 것 같은데 제가 어떻게든 전국에 있는 모든 곳을……."

조용하게 차가 움직이는 사이에 정 실장은 혜영에게 말을 걸고 있었다. 룸 미러를 통해 보이는 혜영은 평소와 달리 그저 실이 풀린 연처럼 고요했다. 여백이 보인다고나 할까? 이거, 불안하다.

"사모님?"

그가 고개를 갸웃하고 있자니 혜영이 한숨보다 야트막하게 숨을 내쉬었다.

"이사님이 내 앞으로 한 재산을 양도했대요. 내가 그래도 부자들이 어떻게 하고 사는지 제법 아는 사람인데, 내가 알기론 그거 쉬운 일이 아니거든요? 그 복잡한 짓을 저질러버려서 나는 이제……."

정 실장이 얼른 입을 열었다.

"원래 재벌들은 세금 문제 때문에라도 그런 거 잘하지 않습니까?"

"어떻게…… 돌아가는 모든 상황이 최악인데도 저 사람은 너무 좋아요."

"그거 칭찬인 거죠? 우리 이사님한테 좋은 말인 거죠?"

정 실장은 하하, 소리 내어 웃었고 혜영은 하얗게 질린 얼굴을 두 손으로 감쌌다. 설마, 우는 건 아니겠지? 정 실장은 난감했다.

그녀가 손수건이라도 꺼내려는지 제 가방을 뒤적이는 순간에 차는 강변북로로 진입하는 고가 밑을 지나고 있었다.

쿵!

갑자기 차체가 들썩였다. 눈앞이 아찔하면서도 정 실장은 본능적으로 운전대를 꽉 움켜잡았다. 더는 앞으로 밀리지 않기 위해 안간힘을 쓰면서도 그는 고개를 돌려 혜영을 찾았다. 그러나 그의 시선이 닿기도 전에 끼이이익, 하는 날카로운 굉음과 함께 차체가 옆

352

으로 기울어지고 있었다.

혜영을 정 실장의 차에 태워 보내고 나서 석원은 호텔 안으로 들어가 잠깐 객실에 들렀다. 전신을 비출 수 있는 거울 앞에 서서 그는 슈트 상의를 제대로 매만지며 옷매무시를 갈무리했다. 머리 모양도 한 점 흐트러짐이 없는지 살피고는 넥타이를 바로 했다. 전체적으로 품격을 갖춘 남자의 이미지였다. 어렸을 때부터 애써 훈련하며 만들어온 거였다. 그는 턱을 약간 치켜들고서 면도 자국이 파랗게 난 부분을 쓸어주었다.

보고 있나, 신혜영?

너를 사랑하는 남자는 모든 것을 다 갖추었지.

이 정도 허세쯤은 널 위해서 괜찮아, 안 그래?

출격이다!

용감하게도 양가 집안이 다 모인 자리에서 사고를 치던 그녀의 모습이 떠올라 피식 웃음이 나왔다. 그녀만 가만히 있었으면 그 자리에서 자신과 혜영의 결혼을 선포할 계획이었던 그는 약간은 어처구니가 없었다.

그는 상견례 장소로 되돌아갔다. 명 회장이 홀로 싱글벙글한 얼굴로 석원을 맞이할 뿐으로 모두들 조용히 식사 중이었다. 다만 신지영이 고개를 숙이고서 레이스 손수건으로 눈물을 닦아내고 있는 것으로 한바탕 해일이 할퀴고 지나간 것을 알려주고 있었다.

"아까 그 아이 맞지? 한눈에도 단박에 알아보겠더라."

제자리에 앉는 그에게 몸을 기울고서 명 회장이 은근한 어조로 물었다. 그러자 석원이 모든 사람들의 귀에 들리도록 큰 소리로 대꾸를 했다.

"맞습니다, 정말 예쁘지 않습니까?"

"뭐, 그만하면 어디 안 꿀리지 싶다. 솔직히 너한테는 과분한 상이야. 넌 할 짓 못 할 짓 다 해본 능글맞은 인상인 데 반해서 그 아이는 완전 청정 지역이더라. 고얀 놈, 내가 남자를 몰라서? 넌 죄책감도 안 들더냐?"

"결혼해야지요."

그러자 달그락, 하고 윤 대표가 젓가락을 소리 나게 내려놓았다. 그녀는 일본주가 든 잔을 높이 들었다.

"이원이하고 지영 양에게 건배를 할까요? 두 사람의 앞날을 위해서요."

"지영이는 왜 그렇게 울고 있어?"

신 회장이 나지막한 소리로 다그치자 지영이 울먹이며 답했다.

"다른 사람이 있다고요. 혜영이가 한 말이 사실이에요."

"시끄럽다!"

김 여사가 대뜸 지영을 향해 통박을 던지자 석원이 그 틈을 타서 몸을 일으켜 세웠다. 그는 먼저 제 잔을 들어 윤 대표가 들고 있는 잔과 부딪치고는 입을 열었다.

"축하는 제게 해주십시오. 제가 결혼을 합니다. 물론 신혜영 양하고요."

그러고는 이원을 향해 잔을 들어 보였다.

"설마 겹사돈을 원하는 건 아니겠지? 이미 판은 깨진 것 같은데……."

김 여사가 뭐라고 항변을 하려는데 신 회장이 이 사람아, 가만

있게, 라고 지청구를 던졌다. 윤 대표가 천천히 그러나 한마디 한마디에 힘을 실어서 석원에게 따지고 들었다.

"똑바로 말해. 그 아이가 그러자고 하던? 제 언니가 이 집안에 시집올 것을 아는 아이가, 게다가 우리들만의 비즈니스에 대해서도 잘 아는 아이가…… 제 주제에 너한테 간다고 하던?"

석원은 돌연, 만면에 웃음을 띠고는 신 회장에게로 향했다.

"회장님도 말씀해보십시오. 회장님의 따님이기도 하잖습니까? 혜영이 저에게 주십시오. 정식으로 찾아뵙기 전에 미리 언질 드리는 겁니다."

신 회장이 입을 떼기도 전에 윤 대표가 먼저 언성을 높였다.

"너부터 대답해라. 그 아이가 너랑 결혼한대?"

석원은 제 모친을 향해 눈길 한 번 돌리지 않고서 계속 말했다.

"애먹고 있습니다. 도와주십시오. 한 나라의 경제를 떠맡고 계신 어르신들이 더 이상 유치하면 안 되지 않습니까? 나이는 그냥 먹는 게 아니라고 배웠습니다. 점점 고매해지셔야 합니다. 두말 않겠습니다. 우리는 결혼할 사이입니다. 양가 집안 어른들은 여기 계신 두 사람의 결혼을 추진하지만 않으시면 됩니다. 그냥 가만히 계십시오. 그게 도와주는 겁니다."

"대답해! 그 아이가 너와 결혼한다고 했느냐 말이다!"

석원이 씽긋 미소를 짓고는 일부러 말을 느리게 해서 이렇게 답했다.

"내가 너 사랑하면 안 되냐? 내가 너 사랑할 수도 있잖아……. 계속 들이대는데도 그 아이는 많이 아픈 모양입니다. 얼마나 갈등하고 있는지 그 속이 다 보입니다. 아, 대답은 이미 알고 있어요. 그 아이는 저한테 빠져 있으니까요."

"여기서 네 결혼 발표가 나오는 게 어째 조금 아귀가 맞지 않는 것 같다."

명 회장이 별로 화가 나 있지 않은 얼굴로 아들을 보며 한마디 했다.

"아귀가 맞지 않은 것은 어른들의 잘못입니다. 분명히 제가 혜영이와 사귀는 것을 알고도 형의 상견례 자리를 마련한 것부터가 잘못이지 않습니까?"

"사실은 명석원, 축하해! 이원이가 아니라 네가 먼저구나. 축배를 들자! 그래, 결혼은 그런 마음일 때에 하는 거지!"

명 회장이 들뜬 웃음과 함께 호탕하게 건배 제의를 하자 윤 대표는 버럭 성질을 냈다.

"당신은 우리 집안일에 빠져요! 자격도 없는 양반이 어디서……."

"나 이혼 안 할 생각인데?"

갑작스러운 명 회장의 말에 좌중은 물을 끼얹은 듯이 싸늘한 분위기가 되었다.

"당신, 정말! 그 이야기는 나중에 하자고 했지요?"

윤 대표는 신 회장 부부의 눈치를 살피며 낮은 어조로 신경질을 냈다.

"뭘 나중에 해? 여기서 아예 끝장을 보자고. 난 아무리 생각해도 결혼 생활이 안 맞는 사람이야. 괜히 젊은 여자하고 시작했다가 무슨 원망을 들으려고. 그냥 단순한 해프닝이었다고 보도 자료 낼 거네."

신 회장과 김 여사가 이 일에 대해 감감무소식이었던 만큼 깜짝 놀라서 서로 얼굴을 맞대고 의논을 시작하는 그때였다. 윤 대표의 휴대폰에서 소리가 났다. 언뜻 액정을 살펴 확인을 하던 그녀의 얼굴이 급격하게 굳어졌다. 그녀는 슬쩍 답장을 보냈다.

[강변북로 쪽? 수고했고 후퇴하세요.]

13. 가속도의 법칙

쾅, 하고 울리는 소리에 혜영은 눈을 감았다가 떴다. 머리 위로
폭탄이 터진 것 같은 소리가 나면서 귀가 먹먹했을 때는 정신이
하나도 없었다. 그러나 몸이 기우뚱하면서 중심 잃은 차와 함께 옆
으로 넘어갔을 때는 사고가 났다는 것을 바로 깨달았다.

3초 정도는 아무 생각이 없었지만 곧바로 몸을 웅크리고서 질
끈 눈을 감았다. 민첩하게 무릎에 끼고 있던 가방을 얼굴에 대고서
차 유리에 부딪치는 순간을 견뎠다. 오늘 따라 가방 속은 노트북이
며 두꺼운 잡지책이며 든 것이 많았다. 아마도 그녀가 탄 차는 뒤
에서 받치면서 옆으로 쓰러진 모양이었다.

"실…… 장님?"

정 실장을 부르다가 그녀는 생각보다 사고가 심각했음을 알아
차렸다. 벨트에 매달린 정 실장의 몸이 에어백에 끼어 있었다. 겉

으로 외상은 없어 보였지만 기절한 것이 분명했다. 혜영은 주섬주섬 가방을 뒤적여 휴대폰을 꺼냈다. <마감 승리!> 라는 글씨가 고딕체로 박힌 바탕 화면의 액정을 더듬었다.

침착해야 해.

나는 지금 괜찮아.

112에 해야 해, 아님, 119에 해야 해? 하고서 교통사고가 났을 때의 대처를 생각하고 있는데 딩동, 소리가 나며 문자가 떴다. 삐돌이, 라고 저장을 한 석원이었다. 갑자기 눈물이 핑 돌았다.

[아무도 못 말린다. 너도 나 못 말려. 지금 양가 식구들이 모인 가운데 나 명석원이 신혜영과 결혼할 거라는 발표를 했다.]

명석원.

그녀는 그가 신기했다.

그가 속한 세상과 그녀가 속한 세상이 너무도 다른 것을 모두들 잘 알고 있는데 이 남자만 모른다. 그가 사는 세상에는 제 밥그릇 챙기기 바쁜 사람들만 모여 있는데도, 그리고 그녀가 그 밥그릇을 채워줄 수가 없는 불량 중의 불량이라는 게 문제인데도 그는 모른다. 사랑은 눈을 멀게 한다더니, 하고 혜영은 자조했다.

갑자기 전화벨이 울렸다. 더듬거리는 손으로 한 뼘 통화를 터치했다. 석원의 목소리는 흥분으로 인해 조금은 들떠 있었다.

-문자 봤어? 일생일대의 선전포고였어. 내가 사랑에 빠져서 결혼을 할 줄이야. 너 아니면 이런 일도 안 만들었다. 신혜영, 평생 황송해하며 살아야 해. 이제 너는 평생을 나만 보고, 나만 생각하고, 나만 사랑하고 살아야 해. 너! 내가 너한테 덤덤해질 것을 바라지도 마. 난 하나에 꽂히면 죽을 때까지 그것만 파니까. 혹시라도 이

남자가 변할까 봐 겁내지 말라고. 왜냐고? 너를 차지하기 위해서 난 모든 것을 걸었거든. 이런 거 쉽지 않고, 어디에도 없을걸? 이젠 너 어디 못 가.

절대로 귓등으로 넘기지 않아, 귀로 듣고 머릿속이 듣고 심장으로 새겨듣고 있어.

나는 다이아몬드 알이 박힌 목걸이나 새로 개설한 계좌보다도 당신이 내게 속삭여 주는 밀어(蜜語)가 가장 좋아. 너무 좋아.

또 누가 나를 이렇게 사랑해줄 수가 있을까?

"이사…… 님."

그녀가 조용히 목소리를 낮추어 그를 불렀다. 지금 한창 기분이 업된 그에게 찬 물을 끼얹기 싫어서 말이 나오지를 않는다. 나 지금 교통사고가 났어……. 그치만 걱정 마. 나는 아무 일도 없을 테니까. 나는 괜찮을 테니까 아무 걱정 마세요.

그녀는 일단은 그를 안심시키고 싶었다.

"나 아직 안 들어갔어요. 이사님도 거기 일 안 끝났으면……."

-신혜영.

그가 똑똑하고도 선명하게 그녀를 불렀다. 대답하지 않을 수 없어서 네에, 라고 하는데 그가 바로 말했다.

-조금만 용기를 내줘. 그러면 돼.

그가 금방 들어가서 보자, 라고 말하고는 전화를 끊었다. 통화로 인해 바로 그가 곁에 있었던 것 같은 착각 속에서 혜영은 빙글, 미소 지었다.

쿵쿵.

문득, 밖에서부터 울리는 소리에 정신이 나서 보니 벌써 사람들이 운전석 쪽 문을 열고서 정 실장을 끌어내고 있었다. 바닥에 끼어 있지 않은 차 문 쪽에서 구급대원으로 보이는 사람이 소리를 냈다.

"제 말 들리십니까? 다행히 문이 열립니다. 이쪽으로 팔을 내밀어주십시오."

혜영은 소방대원의 길게 내밀어진 팔을 붙들었다. 부들부들 떨리는 턱에 힘을 주며 심장이 요동치는 것을 간신히 억누른 채로 그녀는 기운을 차렸다.

"함부로 움직이지 마십시오. 뼈가 부러졌을 수도 있으니까요."

"아니, 제가 잘 알아요. 하나도 안 다친 것 같아요."

차 밖으로 나오니 벌써 다른 차들이 멈추어 서 있었고, 운전자들이 몇몇은 밖으로 나와 웅성대며 저마다 사고를 구경하고 있었다. 경광등이 반짝거리는 순찰차와 구급대원들이 모인 틈으로 혜영은 사고의 경위를 들었다. 그러고는 거의 강제로 구급차에 실려 올라갔다. 아직 정 실장은 의식이 없었는데 들것에 실린 채로 목에 지지대를 하고서 옮겨지고 있었다.

"보호자분께 연락해드릴까요?"

구급대원이 이렇게 물었을 때에 퍼뜩, 혜영은 휴대폰이 생각났다. 잊고 있었다! 호텔에서 나올 때에 신호가 울렸는데 무심코 읽고 넘겼던 문자가 한 통 있었다.

[내가 그리 만만해 보이나? 이런 경고가 우습기도 하겠지.]

"아까 뭐라고 하셨어요? 뺑소니 사고라고 하셨나요?"

혜영은 상대방의 대답도 듣지 않고서 혈압계를 들이대는 간호사를 뿌리치고 제 가방의 지갑을 뒤적였다. 있다! 반강제적으로 윤설화 대표가 제게 쥐여준 명함이었다. 정체불명으로 보내진 문자의 번호와 딱 일치했다.

윤설화 대표는 자신의 집무실에서 혜영을 기다리고 있었다. 상견례 자리에서 입었던 옷 그대로 입고 있는 그녀는 현란한 문양의 버건디 원피스에 물결이 흐르는 것 같은 실크 재킷이 참으로 화려하였다. 그녀는 혜영을 싸늘하게 반기며 코웃음쳤다.

"용케 안 다친 것 같네? 이래도 내가 만만해 보이니? 기실, 네 행동은 다 보였어. 이런 정도의 경고로 겁을 먹고 꽁지 빠지게 도망을 치든가 해야지, 원. 바로 나를 찾아오면 어떡하니? 이건 예상치 못한 결과라 나도 꼴이 우습구나."

혜영은 천천히 가방을 어깨에서 내리면서 정장 재킷을 벗었다. 그러고는 차례대로 블라우스의 프릴 카라에 달린 리본을 풀고서 단추 몇 개도 끌러 내렸다. 사고 당시에는 몰랐는데 여기까지 이동하면서 보니 어깨가 욱신거리면서 참을 수 없을 정도의 통증이 느껴졌었다. 혜영은 블라우스를 반 벗어 어깨를 드러내고 윤 대표를 정면으로 시선을 쏘았다.

"다친 것 같아요. 왼쪽 어깨뼈가 쑤시고 아픈 것이 전치 몇 주는 나오겠죠. 근데요, 그게 문제가 아니고요. 사람이 죽을 뻔했어요. 어떻게 생각하시는지요?"

"지금쯤 무서워 발발 떨고 있을 줄 알았는데. 역시 명석원 이사의 여자답다고 해야 하나, 요즘 애들의 특징이라고 해야 하나?"

윤 대표는 혜영의 맞은편에 있는 가죽 소파에 앉으며 웃었다.

"대답해주세요. 사람 죽이려고 하셨어요?"

"우선 흥분을 가라앉히고 이거라도 마셔요."

그녀는 자신의 책상으로 가서는 커다란 도자기 잔을 들고 와 혜영에게 건네었다.

"우리가 진즉에 머리 맞대고서 이야기했어야 했는데, 사고가 터져서야 내 생각이 난 모양이네? 하여튼 내가 만만해 보이지 않게 되었지?"

"절 너무 우습게 보셨어요. 정말 왜 그러셨어요? 이래놓고 뒷감당이나 되시겠어요?"

혜영은 머리를 쓰다듬어서 얌전하게 뒤로 넘긴 뒤에 잔에 담긴 것을 한 모금 마셨다. 다 식어버린 원두 커피였다.

"석원이……."

윤 대표는 말을 잇지 못하고 잠시 멈추었다가 그대로 말을 이었다.

"석원이가 이런 식으로 나올 줄은 꿈에도 몰랐어. 제 자신이 둘째 아들로 태어난 것에 별 불만 없다는 듯이 살고 있는 아이였거든. 저보다 못한 형을 무시하지도, 또 그렇다고 부러워하지도 않고서 딴에는 유들유들하게 타협하기에 그냥 평생 그런 놈인 줄로만 알았는데. 지금 너한테 빠져서 한 짓들을 믿을 수가 없어. 전문가들로 섭외해서는 네 계좌부터 만들어서 지분이랑 꽉꽉 채워 넣은 거……."

"알아요, 다 알고 있는 사실이에요."

"너 아주 하늘을 날아다니는 기분이겠구나? 거기서 평생 내려오지 않을 것 같지?"

"그럴 리가 없잖아요? 나는 당신네 같은 속물들이 아니니까요. 덕분에 죽도록 사랑을 해보네요. 그거 아세요? 차가 전복될 뻔했는데, 불이라도 붙었으면 분명 죽었을 거예요. 당신 미워서라도 그 사람 손 잡아줄 거예요. 사실, 떠나려고 했었어요. 내가 다니는 잡지사에 은밀히 미국 지사행 알아보고 있었고요, 우리 불쌍한 엄마를 안전하게 맡길 곳도 다 알아보고 그랬었다고요."

"떠나려 했다고? 석원이 같은 남자는 크리스마스 선물 같은 존재일 텐데?"

"석원 씨나, 저나 우린 그저 지나가는 바람 같은 관계라고 생각했어요. 그 사람이 끊임없이 좋아졌지만, 그래서 많이 괴로웠지만, 혼자서 땅 많이 팠지만…… 저 자신에게 사랑이 밥 먹여주는 거 아니라고 계속 세뇌시켰어요. 그런데 안 되겠어요. 그 사람한테는 내가 답이에요. 덕분에 오늘 똑똑히 깨달았어요."

"됐다. 너무 멀리 가지는 말거라. 믿어줄지 모르겠지만 내가 너 죽을 것까지는 계산 안 했다. 나는 단지, 석원이가 너무 괘씸해서 너 잘못됐다는 소식 듣고서 오싹 소름이라도 끼치게, 그리고 너란 아이도 나를 두려워할 수 있도록 그야말로 살짝……."

"살짝?"

"응, 살짝. 접촉사고 정도로만."

혜영은 아득해지는 정신을 똑바로 차리기 위해 두 주먹에 힘을 주었다. 절로 이가 악물렸다.

"잘 들어요, 절대로 당신 뜻대로 되지 않을 거예요."

"똑똑하고 맹랑한 아이라고 들었다. 머리를 좀 굴려봐라. 너는 나한테서 공포감을 느껴야 해. 내가 어떤 짓을 했는지 잊지 말아야 한다는 소리다. 이건 약과야. 난 더한 짓도 할 수 있지."

"걱정 마세요. 오늘 일을 절대 잊지 않을 겁니다. 그리고 확실히 알겠어요. 석원 씨는요, 당신과 달리 사람이 참 반듯해요."

그녀는 제 휴대폰을 뒤적였다. 석원으로부터 부재중 전화가 수없이 와 있는 것으로 보아 교통사고에 대해 벌써 알아차린 것 같았다. 그녀는 애써 그것을 외면하고서 갤러리로 화면을 넘겼다.

"저희 오빠가 천하의 잡놈이라고 해도 이럴 때는 진짜 고맙더라고요. 한번 보시겠어요?"

"뭐니?"

윤 대표는 혜영의 손에 있는 휴대폰을 낚아채듯 빼앗았다. 그 얼굴이 하얗게 질려 있었다.

"우리 오빠가 다니는 VIP 클럽에서 하필이면 당신의 그 귀한 아들이 어울렸다는 증거. 둘이서 사이좋게 약 했다는 증거요. 이건 실제 장부를 찍은 거예요. 친구 따라 강남 간다고 했나요? 수차례에 걸쳐 대표님 아드님은 우리 오빠한테서 마약을 받았을 뿐만 아니라, 돈을 줬더라고요. 여기 보시면 그 통장 거래 내역이 나와요. 하도 제 오빠가 난폭해서 방어 목적으로 이런 것을 챙겨두었어요. 근데 제가 차마 남의 앞길에 기름 붓고 불 지르면 안 되는 거잖아요? 그 남이라는 사람이 명이원 성인제약 부사장님이시고 말이에요. 신중하고 싶었습니다만."

아, 하고 입을 벌린 채로 윤 대표가 그녀를 빤히 바라보았다.

"그냥 접촉 사고였다니까!"

혜영은 서둘러 블라우스의 단추를 채우고 대충 재킷을 걸쳐 입었다. 그러고는 주섬주섬 휴대폰의 번호 하나를 눌렀다.

 -응, 혜영아.

 최 군의 목소리였다. 그녀는 멍한 얼굴의 윤 대표에게 최 군에 대한 간략한 설명을 해주었다.

 "대표님이 또 무슨 짓을 저지를지 몰라서 제가 같이 오자고 했어요……. 오빠, 다 끝났어. 들어와서 나 좀 데리고 가요."

 늦은 시간까지도 윤 대표를 보좌하는 여자 비서 한 명이 문을 열어주자 최 군이 방 안으로 성큼 들어왔다. 가방을 챙기고 일어나면서 혜영은 윤 대표를 보았다.

 "대표님, 안심시켜드릴까요? 제가 지금은 그냥 가지만 나중에 일 만들지 않는다는 보장 없어요. 이제 칼자루는 제가 쥐고 있는 셈이에요. 대표님은 어머니로서도 그렇고, 회사의 임원 어른으로서도 우리 석원 씨가 하자는 대로 따르셔야 할 거예요. 그러셔야 해요."

 불현듯 모든 것을 포기한 얼굴로 윤 대표는 테이블 위에 놓인 시가를 꺼내 지포라이터로 불을 붙였다.

 "인생이 그렇게 쉬운 게 아니란다. 계란으로 바위치기를 하겠다는 거야? 우습다. 난 한 남자를 알고 있지. 단지 재벌이 아니라는 이유로 그는 여자를 사랑할 수 없었다. 일본으로 유학까지 간 전도유망한 청년은 재벌의 딸을 사랑한 죄로 인생이 엉망이 되었다. 그 여자가 떠나갔을 때에 그 남자는 도박이며 술에 절어 그렇게 망가지더니 끝내 죽었어. 이게 바로 우리 세계의 사랑이고 해답이다."

 혜영은 제 가방을 최 군에게 건네면서 윤 대표를 향해 목례부터 했다. 그러고는 비웃는 어조로 대꾸했다.

"대표님의 사랑에 경의를 표할게요."

윤 대표는 검게 물든 창을 보면서 연기를 내뿜었다. 창에 비치는 그녀의 얼굴이 죽은 사람같이 되어 있었다.

혜영의 반격은 끝이 없었다. 그녀는 차 안에서 윤 대표에게 전화를 걸어 확인 사살을 했다.

"제가 왜 당신한테 갔을까요? 이 휴대폰에 당신과의 대화를 다 녹음했어요. 성인제약 녹원홀딩스 대표께서 아들의 애인을 살인 교사 했다는 사실은……."

말을 끝맺지도 못했는데 휴대폰에서 윤 대표의 히스테릭한 비명이 울렸다.

-으아아악!

혜영은 인상을 긁고는 살며시 휴대폰을 귀에서 멀어지게 했다.

"괜찮은 거야? 병원 안 가도 돼? 교통사고로 다치면 겉은 멀쩡해도 속은 모르는 거야."

운전석에서 최 군이 룸미러를 통해 그녀의 얼굴을 살폈다. 그녀가 뭐라고 대꾸를 하기도 전에 금방 전화벨이 울렸다.

당연히 석원이었다. 후드득, 눈물이 쏟아졌다. 혜영은 생수병을 들고 물을 한 모금 삼킨 뒤에 마음을 진정시키고는 전화를 받았다.

-너 어디야? 응? 병원에도 없고, 너 어디 있어? 너 내가 돌아버리는 꼴을 기어이 보겠다고 그 사명으로 이 땅에 태어난 거지? 너 내가 만약에…….

화가 난 음성이 툭 튀어나왔다. 운전석의 최 군이 돌아볼 정도로 심한 소리에 얼른 혜영이 휴대폰을 고쳐 잡았다.

"쉿, 진정해요. 나 지금 집에 가요. 우선 급한 일이 있어서……."

-병원으로 달려왔더니 달랑 너만 없어. 전화는 안 받고, 또 통화 중이고. 이거 어떻게 해석해야 해?

"말짱하니까 이러고 다니는 거잖아요. 나 오늘은 한남동으로 들어갈게요. 아님, 내일이나 가서 종합 검진할 겸 입원해 있을게요. 됐지요?"

-어디냐고, 지금!

크게 윽박지르는 소리에 이어 연이어서 어디냐고, 어디야? 하는 반복된 비명이 터져 나왔다.

"명 이사가 너한테 못되게 구는 거 아니야?"

최 군이 양 미간을 좁히며 그녀를 바라보았다. 혜영이 쉿, 하는 소리를 내고는 어서 가자, 라고 말했다. 두 사람을 태운 차는 한성 대역 앞에 멈추었다. 거기에 지영이 기다리고 있었다.

고수민 비서가 커다란 트렁크를 들고 서 있는 앞에 지영이 긴장한 얼굴로 그들의 차를 맞이했다. 최 군의 지프차에서 내린 혜영은 곧바로 지영을 끌어안았다.

"잘 지내다 와."

"너도 몸 건강히 잘 지내. 야, 이 계집애야. 너 진짜 다시 봤다. 명석원 그 사람, 정말 대박이었어. 너 나가고 나서 바로 선포했었어. '이 사람이랑 결혼할 겁니다.'라고. 아우, 나 까무러칠 뻔했잖아. 너도 봤어야 했는데."

"알고 있어. 그 사람은 항상 거침이 없는걸."

그녀는 지영의 몸을 바투 끌어안았을 뿐이다. 아아, 언니. 행복해야 해!

"넌 내가 항상 무시하고 구박했는데 참 착한 동생이었어. 그 사람이랑 꼭 잘됐으면 좋겠어. 가만 보면 처음부터 짝은 정해져 있었나 봐."

지영은 끌어안은 동생의 등을 쓸어주면서 눈물을 글썽거렸다. 욱씬, 어깨가 아팠다. 혜영은 남몰래 신음했다. 포옹을 풀고 나서 혜영은 제 지갑에서 카드를 두어 장 꺼내 내밀었다.

"언니야, 언니 카드는 쓰면 안 될 것 같아. 당분간만이라도 이걸로 챙겨둬. 아버지나 이사장님은 분명 카드부터 검사할 거야. 공항에서 현금부터 인출해. 한도 내에서 전부. 나 은근 부자니까 걱정말고. 내가 미리 주는 결혼 선물이야."

그녀는 이번엔 우두커니 서 있는 최 군에게 악수를 청했다.

"오빠, 최정호? 이름 멋지다. 이젠 형부라고 불러드릴게요. 언니, 잘 부탁해요. 언니도 후회할 일 생기면 바로 나한테 연락해. 남자는 믿을 게 못 돼. 우리 석원 씨 빼고."

고 비서까지 포함해서 세 사람은 지프차에 올랐다. 고 비서는 신 회장과 김 여사의 눈을 피해 비밀리에 러시아 행의 신혼여행을 준비해준 사람이었다. 지영은 러시아에 유학할 당시에 친했던 동료 중의 한 명에게 미리 연락을 취해놓았고 이미 그들이 기거할 곳도 마련한 상태였다. 그들이 커다란 트렁크와 함께 차에 오를 동안에도 혜영의 휴대폰은 끊임없이 울어댔다.

"웬 전화니? 혹시 아버지? 엄마니?"

차창을 열고 지영이 마지막으로 손을 내밀면서도 걱정스러운 얼굴을 했다. 혜영은 휴대폰의 액정을 보여주면서 안심하라는 듯이 웃어 보였다.

"명석원 이사님이지, 누구겠어? 아까부터 불나게 나를 찾아. 어서 출발해. 고 비서님, 하루 종일 수고 많으셨습니다. 나중에 제가 밥 살게요."

지프차가 멀어질 때까지 기다렸다가 혜영은 아직도 울리고 있는 휴대폰을 들여다보았다. 받아야 하나, 말아야 하나 고심하고 있는데 그 신호가 끝나자마자 다른 이름이 떴다. 김선진 여사였다. 설마, 지영이 공항으로 가기도 전에 발각되는 것이 아닌가 싶어서 얼른 휴대폰을 귀로 가져갔다.

―사람 마음이라는 게 참으로 독하고 매정해. 너나 네 엄마나 아주 바닥이로구나.

처음부터 김 여사의 한탄이 폭포수처럼 쏟아졌다.

―네가 초쳤어. 너같이 발칙한 것이 우리 지영이 신세 망치려고 아주 작정했다고. 일부러 성인제약 둘째아들과 결혼해서 우리 지영이를 물 먹이려는 거니? 우리 아이의 혼처 중에서 그래도 고르고 골라서 가장 낫다고 생각한 곳이었다."

다행히도 김 여사는 지금 지영의 행방에 대해서는 감감무소식인 것 같았다. 하긴 고 비서가 철저히 감시 아닌 감시를 하며 딸의 옆에 꼭 붙어 있지 않은가? 또한 김 여사의 인식으로는 제 딸 지영은 허투루 딴짓을 할 수도 없는 위인이었다.

"물 한 방울이 바위에 구멍도 낸댔어요. 이사장님과 제가 사는 동안에요, 만약에 이사장님이 제게 아주 작은 애정을 방울방울 떨어뜨리셨다면 어땠을까요? 그 애정이 뭉쳐서 이럴 때엔 이사장님의 도움이 되었을 수도 있었을 텐데. 이사장님이 제게 뿌린 것들이 순 무시와 혐오뿐이니, 저는 이사장님을 마음으로라도 도와드릴 수가 없어요."

혜영은 김 여사의 입장에서는 충분히 애매모호하게 대답을 해주고는 전화 끊습니다, 라고 정중하게 말했다.

화면에 터치를 하자마자 또다시 석원의 번호가 액정에 떴다. 마치 뜨거운 것에 손이 닿았을 때처럼 혜영은 화들짝 놀랐다.

-제길, 신혜영! 너 어디 있어? 경비실에도 전화했었어. 너 한남동에도 안 들어왔다던데? 대체, 누구와 통화 중이었던 거였어?

투정인가? 닦달인가?

아니다. 걱정하고 있는 거구나.

심장이 아프면서도 간지러웠다. 내가 대체 뭐라고, 이 남자는.

"접촉사고가 난 것 가지고 왜 이래요, 정말?"

저도 모르게 목이 미어져서 울먹거렸다.

그가 왈칵, 소리를 높였다.

-너한테 누가 있어서? 너한테는 나 말고 아무도 없다고, 내가 그랬지? 너도 순순히 나밖에 없다고 인정했잖아.

"이사님, 우리 석원 씨야! 제발 진정합시다."

혜영은 그를 타이르듯 불렀다. 정상이냐고요, 이게? 나를 사랑한다는 당신이나 당신을 사랑하는 나나 우리는 비정상이야. 나는 당신의 어머니가 죽으려고까지 한 사람인 데다, 당신은 모든 것을 이겨먹으며 나를 곁에 두려고 해. 나는 당신이 너무 안됐어. 나 같은 것이 뭐라고. 그러나 사랑해. 진심으로.

-너 괜찮아?

그가 옥박지르는 것을 억제시키면서 숨을 골랐다. 눈시울이 붉어지면서 혜영은 대답했다.

"여기 한성대 입구, 지하철역인데요. 데리러 와줄래요? 진짜 보고 싶어."

막 석원과 통화를 끝내고 난 뒤에 그녀는 후들거리는 다리에 힘을 주고서 주변을 둘러보았다. 교통사고 후유증이 제대로 나타나려는지 어느덧 기운이 빠지는 바람에 더 이상 서 있을 수가 없었다. 당장 눈에 보이는 편의점이나 카페에 들어가서 그를 기다릴 작정을 하고 있는 사이에 누군가가 그녀의 이름을 불렀다.

"신혜영 씨."

"누구…… 세요?"

혜영은 날이 서 있는 경계의 눈초리를 하고는 자기도 모르게 뒷걸음질을 쳤다. 두 명의 낯선 남자가 그녀에게로 다가오고 있었다.

"휴대폰만 내놓으십시오. 그러면 됩니다."

남자들 중의 한 명이 그녀 앞으로 팔을 뻗었다. 혜영은 슬그머니 주위를 살폈다.

문제다.

밤 12시가 가까워지는 이슥한 시간대, 비교적 시내에서 벗어난 지하철역, 지나가는 행인들이 별로 없다는 것 등등. 어쩌면 총체적 난관이다.

빌어먹을, 방심했어. 혜영은 낭패감으로 인해 욕설을 뱉어낸 뒤에 고개를 똑바로 쳐들고 물었다.

"윤설화 대표님이 보내셨어요? 빌딩에서부터 제 뒤를 밟았군요?"

"휴대폰을 주시면 됩니다. 저희는 그 심부름만 합니다."

단지 그것만이 목적이라는 듯이 남자들은 묵묵히 서 있기만 했다. 혜영은 가만히 그들을 향해서 손에 쥐고 있던 휴대폰을 내밀었다.

"폰은 내어드리겠지만 저도 얻는 게 있어야지요. 윤설화, 그 분이 시킨 거 맞지요?"

"그렇습니다."

혜영이 실소했다.

"대표님 맘대로 안 된다고 좀 전해주시죠."

그들이 사라지고 나서 혜영은 그 자리에 털썩 주저앉았다. 어깨가 저리도록 쑤셔댔고 다리에 힘이 하나도 느껴지지 않았다.

"못 해 먹겠네. 내가 무슨 영화를 보겠다고. 대표님, 저하고 한번 해보시겠어요? 당신은 아들을 그렇게 모르세요?"

누가 더 한 수 위일까?

살인 미수가 분명한데도 접촉 사고를 낸 것뿐이라고 박박 우기는 윤 대표, 그녀의 진실을 모두 녹음했던 자신, 굳이 승자를 가리자면 둘 중의 누구일까? 기어이 사람을 시켜서 그 녹음이 들어 있는 휴대폰을 빼앗아 간 윤 대표의 절박함이 이해가 되었다. 내가 여우의 탈을 쓴 계집으로 보였겠지. 아들에게 시시콜콜 고해바치는 것으로 칼자루를 휘둘러버리는 여우.

윤 대표는 하나만 알고 둘은 모른다. 혜영이 사람 미워하는 일에 지쳐 있다는 것을.

명석원, 그에게까지 겪지 않아도 될 감정을 겪게 하고 싶지가 않았다. 혈연으로 이어진 가족에게 증오의 칼을 겨누게 하고 싶지 않았다. 자신이 충분히 느낀 감정, 그가 영영 모르고 살기를 원했다.

그때였다. 그녀의 앞에 택시 한 대가 멈추었다. 늦게 귀가하는 대학생으로 보이는 젊은이들 서너 명이 만취상태로 택시에서 내리고 있었다. 정신이 퍼뜩 난 그녀는 허겁지겁 가방을 챙겨서 일어났다. 술 취한 학생들에게 돈을 받고 있던 기사가 놀란 눈으로 그녀를 맞이했다.

"성북동이요, 기사님."

윤설화 대표님, 당신 때문입니다.

혜영은 윤 대표의 차가운 가면 같던 얼굴을 떠올리며 혼잣말로 중얼거렸다.

"당신 아들에게서 자취를 감추는 것은 전부 당신 탓이란 말입니다. 저에게 공포심을 느껴보라고 했나요? 겁을 집어먹고 당신을 만만하게 보지 말라고 했던가요? 이젠 당신이 당할 차례입니다. 그렇게 사람 목숨 가지고 장난하면 벌 받아요."

윤 대표는 이미 간파하고 있었던 거다. 혜영이 차마 석원에게 달려가 당신의 어머니가 내 목숨을 가지고 장난쳤다고 고해바칠 수 없음을 알고 있다는 얘기다. 혜영은 숨을 골랐다. 그래? 그렇게 진부하게 나가주지 않겠어요.

이제 그녀는 뛰는 놈 위에 나는 놈이 되어야 하리라.

집에 도착한 그녀는 가정부 아주머니가 심상치 않은 기색인 것을 알았지만 모른 척하고 신 회장부터 찾았다.

"아버지는요?"

"서재에……. 그런데……."

낌새를 보아하니 이제야 지영의 행방에 대해 난리가 난 것 같았다. 혜영은 알아요, 라고 아주머니에게 희미한 미소를 보여주며 서재로 향했다.

아닌 말로 물 먹은 솜이 된 것처럼 몸이 말이 아니었다. 다리를 끌다시피 하면서 어깨의 통증에 입술을 깨물며 서재 문을 열었다.

신 회장은 누군가와 통화를 하고 있었는데 노기 띤 음성이 방 안을 쾅쾅 울렸다. 블라인드가 쳐진 창문 앞에서는 김 여사가 황당하다 못해 기가 빠진 얼굴로 비서실장과 대화를 나누고 있다가 그녀를 발견하고는 인상을 굳혔다. 잔뜩 울 것처럼 그녀는 두 눈이 충혈되었고 입술은 뾰족 튀어나왔다. 반나절 사이에 그녀는 갑자기 늙어버린 듯한 얼굴이었다. 그녀를 보며 혜영은 섬뜩한 쾌감을 느꼈다.

도와주지 않을 거야. 나는 당신의 소중한 딸이 어디로 갔는지, 누구와 함께인지 전부를 알고 있지. 당신은 당신이 쌓아온 탑이 와르르 무너지는 고통을 맛보게 될 거야.

메롱이다!

"아버지."

그녀가 약간 절뚝거리는 걸음인 것을 보고 신 회장이 귀에서 휴대폰을 떼어낸 채로 인상을 팍 썼다.

"이 물건은 또 왜 이래? 설마, 언니 없어진 것 때문에 온 거야? 하긴, 너희들끼리는 각별했지?"

혜영이 울컥, 터지는 말문으로 입을 열었다.

"아버지는 제가 이 세상에 태어난 것이 사고 때문이라고 했지요? 그냥 없어져버렸으면 했지요? 소원대로 나 죽다 살아났어요. 아버지, 나 너무 아파. 나 죽을 것 같아. 나 엄마한테 데려다줘요, 네에? 내가 다른 거 하나도 욕심 안 내고 명석원 그 사람 하나만 욕심내면 안 되나요? 그게 그렇게 죽을 일이에요? 내가 이 세상에서 콱 죽어 없어져버리면…… 좋겠어요? 나 엄마한테 데려다줘요."

"지금?"

신 회장이 그녀의 기색을 꼼꼼히 살피며 어조를 달리했다.

"응, 지금."

한 줄기 눈물이 볼을 따라 흘러내리는 말간 얼굴로 혜영이 고개를 끄덕끄덕했다. 윤설화, 당신이 나한테 한 짓을 눈감아주려고 했는데, 우리 이사님이 당신을 증오하는 병에 걸리지 않게 하려고 나는 끝까지 모른 척해주려고 했는데…… 안 되겠어. 아들에게 평생 미움받고 살아보라고, 평생!

그 시각, 한성대역 입구에서 석원은 딱딱하게 굳은 얼굴로 서 있었다. 전화 연결도 되지 않은 채로 혜영이 사라졌다. 처음엔 주변을 샅샅이 살폈다. 스산한 초여름 자정의 역 앞은 만취 상태의 취객들이 토해낸 부유물과 하다못해 길 잃은 고양이들까지 그에게 들켰지만 그녀 혼자만이 자취가 없었다.

버림…… 받은 건가?

왜 전화를 받지 않지?

우선 그는 전화로라도 그녀의 위치를 파악해야 했다. 그렇지만 지금의 뜨거운 머리로는 아무것도 할 수가 없었다. 너 나를 버리고서…… 무사하기나 한 거냐?

이가 으득, 갈릴 정도로 그는 배반감에 치 떨리고 화가 났지만 그중 가장 큰 것은 역시 그녀에 대한 걱정이었다.

신혜영, 너 어디 있어?

내가 다 잘못했다. 무사히 내 앞에 나타나기만 해줘.

내가 사랑해서 너를, 하고 그는 괴로움에 신음했다. 내가 너를 망치고 말았어. 그런 것 같다.

초여름의 미풍이 불어 석원의 머리카락을 제멋대로 엉클어뜨리고 있었다.

"전국 모든 병원의 응급실이나 입원실에 신혜영이라는 이름으로 환자를 찾으시면 됩니다. 예, 부탁드립니다. 이름이 아니어도 1991년생인 여성이면 됩니다. 정확히는 1991년 12월 2일 생입니다…… 예, 부탁합니다."

혜영이 감쪽같이 사라져버리고 연락두절인 채로 일주일이 지났다. 그는 모든 인맥과 능력을 총동원하여 혜영을 찾았지만 허사였다. 그동안에 정 실장은 가벼운 뇌진탕과 쇄골 뼈가 금이 갔다는 진단으로 입원해 있었다가 오늘에야 퇴원을 했다.

그리고 석원은 신 회장의 집에서 날아온 흉흉한 소식들을 들었다.

그것은 성북동 대호인 신형춘이 자식 농사를 망쳤다는 소문이었다. 소문의 골자는 금이야 옥이야 키운 두 남매가 모두 엉망이 되었다는 건데, 그중 하나는 떠들썩한 언론이 파헤치는 통에 온 국민이 알게 된 신규영에 관한 것이었다. 규영은 기소유예도 없이 징역형을 살게 되었다. 그리고 또 다른 소문의 주인공은 신지영이었다. 신지영이 행방불명이 되었다는 것, 그것도 같이 다니던 경호원과 함께 사라졌다는 것이었다.

석원은 당장 신지영을 찾는 일부터 했다. 혜영이 같이 있을 수도 있겠다고 판단했기 때문이었다. 다행히 지영의 개인 비서였던 고수민이라는 여성과 통화가 되었는데 그녀는 간단히 답을 말해주었다.

-혜영 님과는 같이 계시지 않습니다. 제가 신지영 님의 비행기표와 모든 것을 처리했는데 그 당시에 혜영 님께서 도움을 주어서 가능했던 일입니다. 회장님이나 이사장님은 절대 모르시는 일이고 말입니다. 계획대로라면 두 분은 한 달 정도 신혼여행을 하시고 귀국할 예정이십니다.

기가 막혀서!

누군가의 월하노인 노릇은 톡톡히 해주었으면서 정작 너는 혼자가 되어 어디를 헤매고 있는 것인지.

이젠 분노보다는 허무함이 강렬했다. 요사이 밥을 먹어도 먹은 것 같지 않고 잠을 자도 잔 것 같지 않은 상황이 계속되었다. 그는 아예 한남동으로는 들어갈 엄두가 나지 않고 있었다. 차마 그녀가 없는 공간에 홀로 들어갈 자신이 없었다. 다시금 깨닫는다.

내가 너를 정말로 사랑하고 있구나.

땅으로 꺼졌는지, 하늘로 솟았는지.

전국의 병원 기록은 죄다 뒤졌지만 아무 소용이 없었다.

오늘은 용기를 내어 일부러 한남동으로 퇴근을 했다. 석원은 문을 열고 들어서자마자 혜영의 짐부터 샅샅이 살피기 시작했다. 그동안의 행적을 찾으면 아마도 무슨 힌트라도 나오지 않을까 싶어서였다.

그나마 위안이 되는 것이 있다면 공항 출입국 관리소까지 손을 써서 알아낸 사실이었는데, 그녀가 절대 외국으로 나가지 않았다는 거였다. 또한 그는 그녀의 여권에도 미리 손을 쓰지 않았던가?

그녀는 왕여희 기자에게서도 새로운 사실을 알아냈었다.

'앙큼한 막내예요. 나도 모르게 미국의 프리랜서로 신청을 해놓았더라고요. 그건 물론 비정규직이긴 해요.'

그러니까 너는 어떻게든 떠날 준비를 하고 있었구나. 그는 드레스 룸부터 해서 화장대의 서랍, 심지어 컴퓨터의 검색 기록까지 그녀가 무언가를 남기지 않았을까, 하고 미친 듯이 뒤적거리기 시작했다. 미치겠다! 아무것도 찾아낼 수가 없었다.

아니면 미처 그가 발견하지 못한 것일 수도.

그는 갈수록 조급해지고 아파졌다.

게다가 더욱 미치겠는 것은 그녀가 쓰는 액세서리 통에서 피임약을 발견했다는 사실이었다.

이런 줄도 모르고서 그는 내심 임신을 원했었다. 아이고, 신혜영! 너같이 똑똑해서 제 앞가림 잘하는 여자는 내 타입이 아니야, 절대 아니야!

그렇게 그녀에게 분노해 놓고서 석원은 허겁지겁 그 생각을 바꾸었다. 마치 그녀가 앞에 있기라도 하듯이.

……아니다.

너는 무조건 예뻐. 세상에서 가장 예쁘다.

넌 잘못한 거 없어, 그러니까 돌아와 줘.

우르릉, 꽝꽝!

어느새 비가 후드득 쏟아지면서 우레가 번쩍였다. 천둥이 치는 소리에 그는 더욱 암울해져서는 캐나다에서 혜영에게 선물로 주려고 샀던 목걸이를 오랫동안 들여다보고 있었다. 이런 것도 너한테는 부질없단 말이지.

그는 휘청거리는 걸음으로 거실로 나가 아직도 매고 있는 넥타이를 아무렇게나 끌렀다. 그때, 센서등에 의해 불이 비치는 바닥을 보고 대뜸 누군가가 와 있는 것을 알았다.

놀라서 등을 돌려 세웠다가 실망하여 인상을 구겨버렸다. 그곳에는 이원이 서 있었다. 그는 며칠 면도를 거른 탓에 까칠한 수염이 돋아난 얼굴과 피곤에 찌든 기색이 역력한 모습을 하고 있었다.

"오, 있었어? 석원이 내 동생이 웬일로 집에 와 있나? 매일 찾아와도 너 없더라."

"취했으면 가. 나 형 볼일 없어."

석원이 넥타이를 끄른 뒤에 우악스럽게 슈트 상의를 벗었다. 이원은 저벅저벅 걸어 들어와 갑자기 무릎을 꿇고 앉았다.

"미안하다, 동생아. 내가 정말 너한테 못할 짓했어. 난 나밖에 모르는 어머니가 다 마크해줄 줄 알았어. 사실 너한테 죄를 지었어. 나 지금 말짱한 정신이야. 술 안 취했다."

"고해는 집어 치우고, 그대로 꺼지시지."

석원은 와인 바로 향하면서 신경질을 냈다. 그러나 그가 그러거나 말거나 이원은 넋두리를 늘어놓기 시작했다.

"나 좀 도와주라. 나 사실 겁쟁이야. 무서워. 나 감사 받고 있는 것도 무섭고 회사 임원들도 무섭고, 여론들도 무섭고…… 나 따지고 보면 겁쟁이라서 지금 이 자리가 너무 버거워. 너 내가 빈말로 사죄하는 줄 아는가 본데, 천만에! 네게 사죄의 의미로다가 네 여자에 대해 다 말해줄게."

"취했어? 아님, 또 약 했어? 나를 봐봐."

그는 급히 다가가 이원의 눈에 손가락을 가져갔다. 이원이 그를 뿌리치면서 고개를 저었다.

"너한테 오려고 용기를 얻기 위해 술 몇 잔 했을 뿐이야. 하여튼 네 여자 이야기야. 들어봐."

"무슨 소리야? 내 여자라니? 설마, 혜영이?"

"신지영 동생. 그 예쁘장하게 생긴 아이. 걔가 우리 윤설화 대표님과 일대일로 결판낸 거 너 모르지?"

"무슨? 제대로 말해봐."

석원은 꿇어앉은 이원의 멱살을 잡아 소파에 앉혀놓았다. 게슴츠레했던 이원이 갑자기 명료한 눈을 하고서 그를 보았다.

이원이 객쩍은 얼굴로 술술 토해내기 시작했다. 그들의 모친이 혜영의 교통사고를 사주한 것, 혜영이 눈치채고 달려와서는 협박을 했다는 것, 그에 놀란 그들의 모친이 혜영에게서 휴대폰을 빼앗았는데, 그 안에는 이원이 마약 거래를 한 정황이 들어 있어서 아주 끝탕을 하고 있더라는 것…….

석원의 악물고 있는 잇새로 신음이 터졌다.

"내 마약 거래 내역을 놓고서 그 아이가 무슨 딜을 했는지 알아? 그 아이가 맹랑하게도 그런 말을 하더래. 네가 무슨 짓을 하건 가만히 있어 달라고 말이야. 그게 무슨 뜻이겠냐? 너하고 결혼할 거니까 댁은 뒷짐 지고 빠지시오, 이거 아니냐고? 진짜 대박이지 않냐?"

"아, 진짜, 신혜영!"

신음이 나오는 사이로 석원은 숨이 가빠졌다. 혜영이, 너는 나를 사랑해, 사랑하고 있어! 온몸으로 피가 돌면서 안도감이 몰려왔다.

"교통사고가 난 그날 밤에 어머니랑 대화 나누고 갔더래. 어머니가 사람 시켜서 쫓아가보니까 제 언니라는 사람을 외간 남자하고 차에 태워 보내고 있더란다. 그러고 나서 성북동 가까운 삼선교 있잖아? 그 지하철역이 있는 부근에서 휴대폰 빼앗아왔더라고. 아무 말 않고 내주는데 나중에 보니까 이를 가는 얼굴로 한마디 했다더라. 그 젊은 아가씨가 뭐라고 했는지 아냐?"

석원이 잠자코 있자 이원이 낄낄거리면서 말해주었다.

"아, 생각하면 생각할수록 웃겨서 말이야. 윤설화 대표님 맘대로 되지 않는다고 그랬단다. 아이고, 참! 너도 임자 제대로 만났다. 네가 그때 우리 어머니 얼굴을 봤어야 했는데! 내가 너한테 이런 말한 것은 비밀이다. 대신에 나 좀 살려줘라. 나 감사고 뭐고 다 똥됐다. 그냥 놔줘. 내가 알아서 길게."

충북 제천의 수안보가 가까운 요양원이었다.

상숙은 요양원의 별채를 혼자 다 쓰고 있었는데 딸이 도착해도 그저 심드렁했을 뿐이다. 깊은 밤에 들이닥쳐서 상숙이 누운 이불 속으로 쏙 들어간 혜영은 그대로 잠에 곯아떨어져서는 내리 잤다. 욱신거리는 온몸이 신호를 보내와서 어쩔 수 없이 눈을 떴을 때는 벌써 이틀인가 사흘이 지나 있었다.

"엄마."

그녀는 번개가 치고 빗방울이 세차게 창문을 두드리는 새벽에 문득, 잠에서 깼다. 어느덧 일주일이 지나가고 있었다.

"엄마, 일어나봐."

상숙의 잠을 깨웠다. 혜영은 울고 있었다. 그녀는 상숙에게 할 말이 있었다. 그러나 상숙은 몸을 뒤채기만 할 뿐으로 숨소리가 편안하게 일정한 것이 잠에서 깰 기미가 보이지 않았다.

"엄마, 있지. 모든 게 다 잘될 것 같아. 나는 엄마처럼 아프지 않을래. 실은 말이야, 나 이사님한테 가보려고 해. 나 그 사람 많이 좋아해."

서러움을 닦아내듯이 눈물을 훔치고서 자리에서 몸을 일으켰다.

그녀는 오전에 신 회장에게 문자를 받았었다.

[너도 참 징하다. 나쁜 뜻은 아니고. 명석원이 제 어미와 완전히 척을 진단다. 사람 일은 모르는 거라더니, 너 때문인 것 같다.]

됐다.

그녀는 이제 그에게 돌아갈 수가 있게 되었음을 기뻐하였었다. 그것도 잠시, 그래도 혹시나 그녀가 그에게 독이 된다면 어쩌나, 하고 망설였다. 그러나 석원이 여태 보여준 사랑 앞에서 그녀는 더 이상 주춤할 수가 없었다.

그녀는 부리나케 욕실로 달려가 칫솔질을 하고는 세수를 했다. 스킨케어 제품도 비비 크림도 없어서 대충 상숙이 쓰는 베이비 로션으로 얼굴을 마무리하고는 거울을 봤다.

물기가 맺힌 속눈썹 밑의 초롱한 눈동자는 전에 없이 빛이 들어 있었다. 제 자신을 그리 아름답다 여기지 않고 살았었다. 그러다가 석원과 같이 지내는 동안에 알게 된 사실은 자신이 꽤나 아름답다는 것, 그것도 사람을 사랑하는 빛이 난다는 거였다.

그녀는 황망히 잠옷 대용으로 입고 있던 회색의 트레이닝 바지와 하얀 반팔 티를 훌렁 벗었다. 감청색의 마 원피스를 머리 위로 뒤집어쓰듯이 입고서 대충 카디건을 찾아 걸쳤다. 아직 부자유스러운 어깨 탓으로 입는데 시간이 오래 걸렸다.

다급해졌다. 손목에 걸린 끈으로 머리를 한데 모아 묶고는 요양원 마당에 세워놓은 자신의 붉은색 경차로 향했다. 급한 마음에 우산을 찾을 새도 없어서 온몸이 비에 홀딱 젖어버렸다.

현재 시각 새벽 6시 48분.

차를 몰아 도착하는 시간은 넉넉잡아 9시.

그녀는 조금 고심하다가 내비게이션에 삼성동을 쳤다.

"오케이, 긴급 브리핑은 차 안에서 듣는 것으로 조율하겠습니다. 차 준비하십시오. 바로 출발합니다."

석원의 오전 일정 중에서 특히 중요한 것이 원자재 과에서의 회의였다. 그 일정을 무마하면서 석원은 흥분해 있었다.

신 회장이 갑자기 전화를 해와서 혜영의 소재를 가르쳐 준 것은 의외였지만 대단히 감사한 일이었다.

약삭빠른 장사치.

석원은 슬쩍 신 회장을 비웃었다.

자신이 이제 실질적인 성인제약의 후계자가 된다는 것을 알아차린 탓에 줄을 제대로 서려는 모양이었다. 어쨌거나 천만다행이었다.

그는 당장 혜영이가 있는 곳으로 갈 작정이었다. 그 전에 할 일이 있었다. 그는 급히 사무실을 나오기 전에 키폰을 눌러 윤설화 대표를 연결해달라 했다.

-예, 곧바로 연결해드리도록 하겠습니다.

낭랑한 비서의 목소리에 이어 윤 대표가 퉁명스러운 말투로 전화를 받았다.

-왜?

"명이원 부사장님이 사퇴하겠다고 했습니다만, 알고 계시는지요?"

-시끄러워! 죽 써서 개 주게 생겼다. 넌 인정하고 싶지 않겠지만 거의 반은 내가 일군 회사다.

"저도 아들인데 어째서 죽 써서 개를 준다는 표현을 하시는 겁니까? 아무튼 형은 이제 회사에는 얼씬도 못 하게 생겼으니 그리 아십시오. 저는 지금 혜영이한테 갈 작정입니다."

-찾았니? 그 집 딸들은 죄다 집 나갔다고 하던데?

그녀의 목소리에 당혹스러움이 묻어나서 석원은 어처구니가 없었다.

-얘기 좀 하자. 내가 너 있는 데로 가마.

"끊습니다. 아, 그리고 어머니. 며칠 전에 제가 아버지의 변호사들을 만났는데 순순히 그냥 은퇴하시지는 않을 것 같습니다. 그것도 접수해두십시오. 그리고 어머니는 어머니가 저지른 일들을 생각해보셔야 할 겁니다."

-석원아, 잠깐만…….

무작정 휴대폰을 내려놓았다. 그러고는 잠시 벗어놓았던 슈트 상의를 걸치고서 사무실 밖으로 나갔다. 갓 내린 커피를 담은 잔을 들고 윤 대리가 그에게 다가왔다. 그것을 가볍게 사양하고서 그는 문을 열었다.

1층 로비에서 그가 막 목에 걸린 아이디카드를 빼며 경비의 인사를 받을 때였다. 그의 시선이 회전문으로 향했다.

아, 하고 그가 외마디 신음을 지르며 걸음을 멈추었다.

"혜영…… 아?"

믿어지지 않게도 회전문을 통과하는 사람은 혜영이었다. 9시가 훌쩍 지난 시간인지라 출근 인파도 하나 없는 썰렁한 로비에서 둘은 거짓말같이 마주쳤다.

올렁올렁, 그의 심장이 마구 요동을 쳤다. 그녀와 눈이 부딪쳤을 때에, 그 짧은 찰나에 세상에 태어나 한 번도 가져본 적이 없는 설렘과 고통의 시간이 흘렀다.

새까맣고 커다란 눈이 감기면서 혜영이 방긋 웃어주고 있었다. 그가 항상 예뻐하던 눈 밑의 살이 도도록 나오는 웃음이었다.

그는 우뚝 걸음을 멈추고서 팔 하나를 옆으로 활짝 벌렸다.

이리로 와!

네가 내 옆으로 와, 어서!

그가 눈으로만 말했다. 혜영이 알아듣고는 처음에는 천천히 그러다 조금 빨리 걸어서 그에게로 왔다. 그녀가 오는 동안을 참지 못하고서 그가 성큼 다가가 훌쩍 그녀의 허리를 잡아챘다. 그녀가 두 팔로 목을 감아왔다.

"세상에, 아픈 데는 없어? 괜찮아?"

그녀의 이마에 입술을 묻고 안부를 묻는데 목소리가 꽉 잠겨 나왔다.

"내 꾀에 내가 넘어갔어. 이사님이 보고 싶을 줄 알았으면 그렇게 멀리 가 있지 않았을 텐데."

"됐어, 네가 왔으니까. 우리가 만났으니까 됐어. 너무 감사해. 나 지금 너한테로 가는 길이었는데."

그가 키스를 하려고 하자 혜영이 화들짝 몸을 떼어냈다.

"혜영아?"

제 몸에서 떨어져 나간 그녀가 서운해서 그가 두 팔을 내밀었다. 하얀 얼굴이 홍시같이 익어서는 그녀가 고개를 저었다.

"분명히 뽀뽀하려는 거잖아. 여기선 안 돼요. 이사님이 하루 휴가 내면 안 돼요? 나 곤지암 데려다줘요. 갑순이인지 유아인인지 그 녀석이 보고 싶어. 당신이 해준 맛있는 것도 먹고 싶고."

"그래, 그렇게 해."

그가 다시 그녀에게로 성큼 다가갔다. 뒷걸음질치는 혜영의 눈동자에 눈물이 맺혔다.

석원은 고개를 숙여 정수리에 키스를 한 번 해주고는 그녀의 손을 잡았다. 그러고는 붉은색의 카펫이 깔린 로비를 걸었다. 나란히 회전문 앞에서 잠시 멈춘 사이에 그가 그녀를 훌쩍 안아 들었다.

"꽉 붙잡아."

혜영이 까르르 웃으며 그를 놀렸다.

"아주 평생 붙잡을게요."

석원은 상앗빛같이 말간 그녀의 이마에 입술을 누르며 한숨을 내쉬었다.

"네가 나한테로 와줘서…… 나 너무 좋다. 그럼, 이래야지. 이래야 얘기가 되는 거지."

에필로그

"혜영아, 신혜영!"

아침부터 그는 혜영을 조르고 있었다. 막 파우더 룸에서 그가 입을 새 슈트를 가지고 나오던 혜영이 또 왜요? 하는 얼굴로 그를 보았다.

"내가 무슨 말을 하는지 몰라서 그래? 우리 결혼식 말이야."

"결혼식 이야기는 나중에요, 네에? 얼른 아침 먹고 나가야 해."

"너는 지금 먹는 게 입으로 들어가?"

그의 안달에도 불구하고 혜영은 그에게로 가까이 다가가 짙은 색의 양복 상의를 가져다대는 일만 하고 있었다.

"당신 옷 만들어 주는 피바로스 장인(匠人) 말이에요. 감각이 좀 올드 한 것 같지 않아요? 어떻게 당신의 몸에 대해 가장 잘 안다고 자부하는 재단사가 늘 칙칙한 스타일만 고수하지? 우리 이사님은 분위기가 참 모던한데 말이야."

"신혜영!"

그가 엄한 눈을 하고 있었지만 혜영은 고개를 갸웃하기만 했다.

살굿빛의 캐미솔과 팬티만 걸친 그녀의 몸이 훌렁 그의 한쪽 어깨에 감겼다. 그는 다소 성난 몸짓으로 널찍한 거실 쪽으로 나가서는 노트북이 펼쳐진 데스크 앞으로 갔다. 그러고는 그녀를 의자에 앉히고는 노트북의 엔터를 두드렸다.

"보라고."

노트북의 화면에는 윤설화 대표가 침통한 표정을 짓고 있었다. 화면의 하단으로 뉴스의 자막이 지나가고 있었는데 성인제약 녹원 홀딩스의 윤설화 대표가 재벌 비리와 탈세에 대해 사과하면서 은퇴 입장을 공고히 발표하고 있다는 내용이었다. 검은 옷을 입고 화장도 평소와 다르게 한 탓에 그녀는 몹시 딱딱하고 수척해 보였다.

"이미 다 봤어요."

혜영은 착잡한 얼굴로 그러나 무표정하게 그의 시선을 피하려고 했다. 석원이 씨근덕거리며 물었다.

"내가 왜 어젯밤에 득달같이 여기로 달려온 줄 알아? 아니, 날아온 이유, 알아?"

석원이 그녀가 살고 있는 미국 플로리다 주의 탬파에 날아온 것이 어제 저녁 7시경이었다. 그녀는 회사의 무급 휴가를 끝내지 않고서 바로 사표를 제출했었다. 그러고는 미국 프리랜서 일을 지원하여 한국을 떠났다. 그녀는 탬파의 주립 대학에서 대학원을 다닐 예정이었다.

이곳을 택한 이유는 비교적 온후한 기온과 안전한 해안 도시라는 점이었다. 상숙에게 그보다 더 좋은 조건은 없었다.

그녀에게는 개인 간호사를 한 명 붙여서 세인트피터즈버그의 소도시에 있는 전문 노인 병원에 입원을 시켰다.

혜영은 병원과 가까운 곳에 집을 얻었다. 그녀는 미국의 각종 패션 매거진에 대한 정보를 올리는 등의 여원 문화사 특파원 노릇을 하며 바쁘게 지냈다.

사실은 성인제약의 미국 공장과 지사가 근처의 마이애미에 있었으므로 석원은 일부러 이곳 탬파에 신접살림을 차린 셈이었다. 석원은 한국과 미국을 바쁘게 오갔다.

오늘은 혜영이 미죽으로 온 지 두 달째로 벌써 9월을 맞이하고 있었다.

혜영이 미국으로 떠나고 석원은 차근차근 사장 승진을 밟고 있었다. 이혼과 은퇴를 반려한 명진만 회장이 아직은 건재했고 이제 각종 비리를 양산한 윤설화는 검찰과 여론의 뭇매를 맞다가 결국은 자리에서 물러난다는 공식 입장을 발표했다.

탈세 혐의나 정경 유착에 대해서는 바득바득 표적 수사라고 맞대응하던 그녀가 자신이 싸고돌던 큰아들의 약물 복용, 그리고 환각 파티에 대해서는 무릎을 꿇은 셈이다.

명이원과 신규영의 비이성적인 약물파티나 마약 거래에 대한 죄목은 들불이 번지듯 세상에 퍼졌고, 각종 재벌 비리에 질린 국민들이 일제히 죄를 성토하고 나섰다. 때문에 성인제약의 주가를 하락시킨 책임을 물어 은퇴를 결심하게 된 것이다. 명이원은 구속 수사를 받았다가 윤설화가 뇌물을 통한 청탁을 하는 바람에 더욱 빠져나올 길이 없어졌다. 현재 명이원은 지병을 이유로 보석 신청 중에 있었다.

석원은 사실 혜영의 미국행을 적극 도운 사람이었다.

더 이상은 신 회장이나 김 여사가 있는 한국에는 있을 수 없다는 판단 아래, 혜영이 그동안 원하던 대로 해외로 나갈 수 있도록 마음을 쓴 것이다. 석원은 솔직한 심정으로 죽음의 위기를 넘긴 혜영에게 숨을 쉴 여유를 주고 싶었다.

무조건 너 하고 싶은 대로 하고 살아.

하기 싫은 거 절대 하지 마!

그리고 단 하나, 그가 그녀에게 원하는 것!

"우리, 결혼식."

완벽하게 두 사람이 가족이 되었다는 것을 세상에 알리고 싶었다.

혜영은 오랜만에 만난 그에게 한없이 안겨들면서도 끝내 대답을 해주지 않아서 그를 괴롭혔었다.

조금만 참아주세요.

혜영은 자꾸 안달하는 그에게 마음속으로 지청구를 주었다. 정식 프러포즈를 자신이 할 참이었는데, 하고 그녀는 안타까웠다.

한편, 석원이 템파에 도착했다는 소식에 맞추어 경제인 연합회 재미 교포들의 모임에서는 파티를 준비하고 있었다.

"그런 데는 안 가도 돼. 미리 약속된 자리도 아니야."

그는 벌컥, 화를 냈지만 혜영은 도리질을 쳤다.

"미안하지만 경제인 대표는 함부로 행동하는 거 아니에요. 저번에도 한인 회장님이 얼마나 머쓱해했는지 몰라요. 당신이 여기까지 왔다가면서 한 번도 들르지 않았다고요. 자기가 왔다니까 일부

러 자기 있는 날로 택해서 파티 한다잖아요. 뉴욕에서도 날아오신
대요. 오늘 저녁만 눈 딱 감고 참석해주면 성인제약도 살고, 나라
도 살고, 경제도 살고요. 마치 나비효과 같이 작은 날갯짓이 서로
를 윈윈 하게 하는 거예요."

"벌써 사업가 내조하는 마누라 모습이잖아? 은근 좋은데? 그런
데 가만 보면 한국 사람들은 떼 지어 모이는 거 진짜 좋아해. 아니,
피를 나눈 형제자매도 아닌데, 무슨 일만 있으면 구실 찾아 모여서
인맥 만들려고 하는 거, 그런 거……."

"오빠!"

갑자기 혜영이 오빠, 라는 호칭으로 그를 불렀다. 그러면서 그의
무릎에 올라앉았다.

"오빠, 라고 한 번 불러준다. 오빠, 석원 오라버니."

"그래, 혜영아."

그는 혜영의 입에서 처음 들어보는 소리에 잠자코 할 말을 잃었
다. 그 기세를 몰아서 혜영이 단단히 약속을 했다.

"오늘 저녁에 웨이드햄프슨호텔이에요. 잊으면 안 돼요."

"알았어, 약속 지킬 테니까 너도 내 말 들어야 해?"

네에, 하고 혜영이 그의 까끌까끌한 턱에 제 손바닥을 가져가
어루만지며 고개를 끄덕거렸다.

혜영은 헤실헤실 웃으며 그를 놀렸다.

석원은 상숙을 면회하고 있었다. 그녀는 갓 목욕을 마친 뒤에
정갈하게 머리를 빗질해 말끔한 모습이었다.

한국의 드라마가 방영되는 텔레비전 화면에 눈을 못 박고서 오

렌지를 까먹고 있던 그녀는 멀쑥하게 정장을 입은 남자가 들어오자 웬일로 고개를 돌렸다. 커다란 과일 바구니를 탁자 위에 올려놓고서 석원은 상숙의 앞으로 가서 큰절부터 올렸다. 그러고는 딱 두 마디만 말했다.

"어머님, 따님을 저에게 주십시오. 행복하게 해주고 싶습니다."

상숙의 눈동자에 희미하게나마 미소가 비친 것 같다고 간호사는 생각했다. 착각일지라도 그것은 기쁜 일이었다. 그녀는 휴대폰으로 동영상을 촬영했다가 바로 혜영의 번호로 전송을 했다.

높은 천장에 주렁주렁 매달린 샹들리에 밑에서 울긋불긋한 드레스를 입은 여성들과 정장을 빼입은 남성들이 떼를 지어 모여 흥을 돋우고 있었다. 현악 5중주의 선율이 부드럽게 타고 흐르는 홀은 한국 사람들끼리의 만남으로 인해 한층 들뜬 분위기였다.

혜영은 석원이 이미 도착해서 만찬을 끝냈다는 말을 들었다. 그녀는 플로리다의 다운타운에 있는 유명 비치 숍에 대한 취재를 해서 메일로 기사를 전송하느라 정신이 없었다. 이제야 차를 몰아 호텔에 도착한 참이었다.

그녀를 익히 잘 아는 플로리다 주의 한인 회장과 또한 미국 전체를 아우르는 재미교포 경제인 연합회 회장은 이제나저제나 한국의 젊은 경제인인 석원을 기다려왔었다. 사실은 미리 준비가 된 파티였다. 그녀는 석원이 공항에 나타나자마자 기민하게 그들에게 연락을 취해서 오늘의 자리를 예고했었다.

매달려준다, 내가.

혜영은 사실 그에게 결혼에 대한 대답을 준비하고 있었다. 그런데 그날이 오늘이 될 줄은 몰랐다, 사실 그녀는…….

'오늘이 디 데이야.'

그녀는 파티가 열리고 있는 룸으로 들어가는 대신에 우선 객실로 향했다. 어두운 먹빛으로도 비치는 분홍 스란치마에 연두색의 저고리가 딱 새댁 느낌이었지만, 선택의 여지가 없었다.

그녀는 거울을 보며 대충 화장을 고치고 머리를 땋고서 떨잠까지, 완벽하게 꾸몄다. 그에게 청혼을 하는 순간에 가장 아름답고 싶었다.

모든 것을 마치고 나서 그녀는 손가락에 옥 반지를 끼는 것으로 마지막 갈무리를 했다. 다소 붉지 않은 입술 색을 고쳐야 하는지, 또는 붙이는 속눈썹이라도 해야 하는지, 여러모로 제 모습을 보며 망설이고 있는데 거울을 통해 누군가가 그녀에게 아는 척을 해왔다.

"신혜영 기자님, 맞으시죠?"

혜영은 눈을 들어 그녀를 보았다. 키가 그녀만큼이나 후리후리하고 무척이나 육감적인 몸매를 자랑하고 있는 여자로 나이는 어림잡아 삼십 대 초반쯤으로 보였다. 가슴골이 훤히 드러나는 저지 드레스의 화려한 옷차림과 웨이브를 넣어 치렁치렁 기른 머리가 한국인이라기보다는 미국의 할리우드 배우와 같은 인상이었다.

"저를 아세요?"

혜영이 돌아서서 그녀와 마주 섰다.

"여원 문화사의 신혜영 에디터, 아니면 명석원 이사님의 피앙세라고 소문난 그분."

"먼저 본인을 밝히셔야 실례가 아니겠지요?"

혜영은 하필이면 단아한 한복 차림의 제 자신과 시상식 여배우와 같은 차림의 그녀를 비교하지 않을 수가 없었다. 에이, 하고 그녀는 입술을 더 진하게 바르려던 생각을 접었다. 역시 우리 한복에는 단아함이 최고지, 하고서. 그러는 사이에 글래머의 여인이 먼저 손을 내밀어 악수를 청해왔다.

"유미, 김유미라고 해요. 석원이하고는 대학 때 같이 공부했고요. 저는 LA에서 박물관 기념 사업회를 하고 있어요."

혜영은 내밀어진 손은 한번 쳐다보지도 않고서 고개를 숙여 정식으로 인사했다.

"안녕하세요, 신혜영입니다."

"소식 들었어요. 실은 한국에 있는 동창들끼리의 모임이 있는데 몇 달 전에 아주 난리도 아니었거든요. 석원이가 여자한테 빠져서는……."

"그 여자가 저라는 것을 어찌 아셨어요?"

"우리가 하는 일이 다 그렇죠, 뭐. 애들이 소식을 퍼다 나르더라고요. 포시즌 백화점 대표님의 따님이라고, 또 여원 문화사 잡지의 기자라는 것까지. 신상 다 알려졌던데요? 웃기는 일은 석원이가 그렇게 열렬히 구애하며 미쳐 있다고, 그 현장을 목격했다면서 한바탕 뜨거운 감자였지요. 석원이 반응 또 기가 찬 것이 여자 쪽이 자꾸 튕겨서 죽겠다고 엄살떨었던가 봐요. 그래서 많이 궁금했어요. 사실, 학교 다닐 때에 친구로, 아님 그 이상으로 우린 진도 나갈 수 있는 사이였거든요? 근데, 애가 너무 미적지근하고 무뚝뚝하고, 아무튼 남자가 참 아니더라고요. 집안끼리는 어찌어찌해서 맺어질 수는 있다 쳐도 뭐랄까, 너무 연애에 열렬하지가 않아서 그게 그 녀석의 매력인 줄 알았는데 혜영 씨하고는 호텔 수영장에서 영화 찍었다고 하지를 않나……. 마침, 혜영 씨가 미국에 왔다기에 언제 얼굴 한번 보나 궁금했었어요. 아까 로비에서 마주쳤는데 딱 신혜영 씨라고 알겠더라고요. 석원이한테도 네 애인 언제 보여주느냐고 막 갈구던 참이었거든요. 근데, 청운대표의 따님이라고 하면 신지영이라는 발레리나밖에 없는 줄 알았는데, 그 러시아에서 활약하던 그……."

"속이 안 좋아서요, 잠깐, 실례 좀 할게요."

혜영이 재빠르게 응수하면서 웃어 보였다. 너희 같은 족속을 잘 알지. 피가 반밖에 섞이지 않은 주제에 왜 우리와 같은 레벨로 급상승하려고 하느냐고, 너는 지금 비꼬고 있는 거야. 그래놓고서 석원 씨에게는 우리 두 사람을 축복한다고 아첨했겠지. 뱀의 혀같이 두 개를 가지고 있는 너 같은 사람을 나는 잘 알아.

그녀는 제 숄더백을 뒤적여 휴대폰을 찾았다. 그녀는 유미가 지켜보는 가운데 석원의 목소리가 들리기를 기다렸다.

-왔어? 왜 이렇게 늦는데? 내가 얼마나 기다렸는지 알아?

우수수, 낙엽이 막 떨어지듯이 석원이 다급하게 물어왔다. 혜영은 침을 한 번 꿀꺽 삼켜준 뒤에 입을 열었다.

"깜짝 놀랄 서프라이즈 해주려고 했는데, 다 망쳤어. 황 선생님한테 한복이랑 다 구해놓고도 난 왜 안 되나 몰라? 근데, 지금 속이 너무 울렁거려서 더 이상은 못 견딜 것 같아요."

-무슨 말이야? 너 어디야? 아파?

"아픈 건 아닌데, 예전에 당신이 해주던 문어 삶은 거, 그거 먹고 싶어요. 초고추장에 찍어서 먹으면 속이 괜찮아질 것도 같아."

-지금?

"응. 지금요."

-그래, 집으로 가자. 내가 바로…….

"아니, 파티도 안 끝났는데 그러면 안 돼요."

-기다려봐, 파티가 문제야? 어디 있어? 데리러 갈게. 갑자기 문
어를…….

그녀는 순간 이 남자가 여자의 입덧에 대해서는 전혀 문외한이
라는 데에 생각이 미쳤다. 안 되겠다. 결혼해달라고 매달리는 것이
그의 소원이 아닌가? 그녀는 직구를 날려야 했다.

"내년 5월 초에 아빠가 될 것 같대요."

-오오, 축하할 일이네. 누가?

"누구긴 누구겠어요? 내가 사랑하는 남자겠지요."

석원에게서는 대답이 없었다.

"브라보!"

유미가 손뼉을 치면서 입만 벌려 환호했다. 그러면서도 퉁명스
럽게 입을 뗐을 때였다.

"석원이가 열일 했네!"

"신혜영!"

객실의 문이 벌컥 열리면서 석원이 들어왔다. 유미와 혜영이 놀
라 입을 다물지 못하는 사이에 석원이 성큼성큼 걸어와 몸을 숙였
다. 곧바로 혜영의 얼굴을 두 손으로 감싸며 그 입술에 깊은 키스
를 했다. 얼마 후에 그는 혜영의 얼굴에서 제 얼굴을 떼고는 감격
에 찬 어조로 중얼거렸다.

"대견해, 정말 대견해. 예뻐, 신혜영."

"야, 명석원! 아니, 이제는 부회장님이신가? 몇 년 만에 보는 친구는 아예 뒷전이네? 나는 안 보이냐?"

"응, 그래. 전혀 안 보이네."

석원은 혜영을 훌쩍 안아 들면서 건성으로 대답했다. 그러자 맘이 상한 듯이 유미가 입을 벌리고 두 사람을 쳐다보는 눈빛에는 부러움 반과 놀라움 반이 한데 섞여 있었다. 석원은 혜영을 안아 들고 품에 꼭 안으며 이렇게 말했다.

"넌 몰랐지? 오늘 저 많은 사람들 앞에서 네게 정식으로 프러포즈하려고 했단 말이야. 그런데 말이 돼? 너는 자꾸 늦지, 사람들은 일제히 꽃을 들고 대기하고 있지, 악단도 연주를 시작하려고 내 신호만 기다리지, 나 혼자서 가슴이 터져 죽는 줄 알았다."

"무슨 말이에요? 한복까지 갖춰 입고서 내가 이사님에게 프러포즈하려고 했는데? 대사까지 준비했단 말이야."

"뭐라고 준비했어?"

"그럼, 이사님부터 말해주세요. 이사님은 무슨 멘트 하며 청혼하려고 했는데요?"

"자자, 그만하고 어디든 사라져서 두 사람만이 깨 볶으세요. 오글오글 간지러워 못 보겠으니까."

유미가 툴툴거리는 소리는 들리지도 않은 모양인지 석원이 홍분한 어조로 입을 열었다.

"결혼해달라는 말이지, 뭐. 네가 자꾸만 결혼식을 회피하는 것 같아서 나 많이 초조하고 불안했거든."

나는요, 하고 불현듯이 혜영이 볼에 홍조를 띠며 눈망울이 물기로 흔들거렸다.

"내 아이의 아빠가 당신이어서 너무 근사하다는 말을 하려고 했어요. 아, 오해는 말아요. 난 임신이 아니었어도 이사님이 미국 들어오는 날에 결국은 프러포즈하려고 했으니까요."

그녀의 이마와 인중, 그리고 입술에 차례로 키스하며 석원이 속삭였다.

"너는 그런 거 하지 마. 모양 빠지는 거야. 아무리 대단한 세상이 왔어도 남자가 여자한테 매달리는 게 낫다. 내가 너한테 평생 매달려 줄 테니까 너는 그냥 가만히 있어. 그러면 돼."

유미가 토하고 싶다, 라고 중얼거리자 혜영이 동감이에요, 하고서 까르르 웃음을 터트렸다.

-마침-